媒体眼中的大连医科大学

Mei Ti Yan Zhong De Da Lian Yi ke Da Xue

2007~2012

大连医科大学宣传统战部　编

线装书局

图书在版编目（CIP）数据

媒体眼中的大连医科大学:2007～2012 / 胡莉莉主编;大连医科大学宣传统战部编．—北京:线装书局，2012.12

ISBN 978-7-5120-0831-1

Ⅰ.①媒… Ⅱ.①胡…②大… Ⅲ.①新闻报道—作品集—中国—当代 Ⅳ.①I253.4

中国版本图书馆 CIP 数据核字（2012）第 314681 号

媒体眼中的大连医科大学:2007 -2012

主　　编:胡莉莉
编　　著:大连医科大学宣传统战部
责任编辑:张媛媛　孙嘉镇
排版设计:秋　水
出版发行:线装书局
　　　　地　址:北京鼓楼西大街 41 号(100009)
　　　　电　话:010 -64045283　64041012
　　　　网　址:www.xzhbc.com
经　　销:新华书店
印　　刷:北京天正元印务有限公司
开　　本:710mm×1000mm　1/16
印　　张:24.5
字　　数:418 千字
版　　次:2013 年 5 月北京第 1 版　2013 年 5 月第 1 次印刷
印　　数:2000 册

定　　价:59.00 元

编 委 会

序

“历史是新闻的沉淀，新闻是历史的流淌”。《媒体眼中的大连医科大学（2007~2012）》精选了近6年来各类媒体有关大连医科大学的重要报道，这些报道或许对媒体和大多读者来说不过是众多新闻中的一条，诸多事件中的一个，但是对大连医科大学来说它们却是成长的脚步、成功的努力、历史的瞬间、永恒的记忆。那一篇篇报道，记录着大医发展的一个个片段，是大医前进的一串串脚印……

媒介是一种载体，媒介也是一种力量。相信此书中媒体所报道的大连医科大学师生的感人事迹、学校的重大事件、重要成果等会幻化成一种精神的力量，催人奋进。

在学校出台的《大连医科大学文化建设规划》中，媒介文化建设是其中的重要一项。对一座大学而言，许多保留是一种积累，人们在积累岁月的同时也积累下了思想的启迪和反思的理性；许多积累是一种财富，无论是成功的喜悦还是奋斗的艰辛，都是在收获一种精神的力量和文化的传承，而这不仅构成熠熠生辉的大学的精神内涵，同时也是一座大学发展历程中用之不竭的财富。

记录、保留并不是保留的真正目的，从“过去”中获得思考，从“经历”中汲取智慧，从“曾经”中得到思想的启迪与勉励，或许正是这本书汇编出版的真正意义。

希望广大师生、校友和关注大医发展的社会各界人士能透过新闻报道沉甸甸的文字，感受到大医近年来的巨大发展变化，从而进一步激发师生们的爱校热情，激励全校师生传承大医精神，携手共创大医更加美好的未来！

大连医科大学党委书记　周万春

2013年4月

目　录

Contents

第一篇 01

| 2007 |

媒体眼中的大连医科大学

三位留学生大连过新年

新商报　2007.01.04

（记者：王迎超）

新商报讯　对大连医科大学留学生埃丝米、萨亚夫和尤瑟夫来说，这个新年非比寻常。当2007年新年的钟声响起时，他们在异国他乡——中国大连向家乡亲人捎去了默默地祝福。

“这个新年有点冷！”埃丝米的家乡在非洲加纳，在她的记忆里，那里一年只有旱季和雨季两个季节，因为信奉基督教，他们的新年气氛从24日平安夜就已经开始弥漫了，“在家乡的时候，在12月31日晚上，我们会去教堂，在那里祈祷、唱歌和跳舞一直到早上5点还要再次祈祷。”埃丝米告诉记者：“再次祈祷后，我们会邀请朋友回家，互赠礼物，出去Party，然后回家再送家人礼物。”埃丝米还告诉记者，在这个节日里，女孩子们都会穿着民族服装“安察玛”和“卡巴”，载歌载舞。今年的元旦夜里，埃丝米则来到一个赞比亚的朋友家里整晚Party，一直到凌晨。埃丝米感觉在中国大连，新年的气氛很淡，显然她还不了解，中国的春节才是传统意义的“年”。

萨亚夫的家在马尔代夫，和巴基斯坦的尤瑟夫一样都是穆斯林，他们最重要的节日是一年两次的开斋节。开斋节的早晨进行祈祷后，他们会和朋友互相祝福，晚上在就餐前则要阅读《古兰经》并感谢上天的恩赐。

萨亚夫告诉记者，在新年的晚上，马尔代夫的首都也会举行音乐会来庆祝，并燃放焰火，不过庆典的规模比较小。对于首次在大连度过的新年，萨亚夫和尤瑟夫都有着自己的打算，萨亚夫邀请朋友们来了一个通宵Party，而尤瑟夫则选择了和中国朋友们一起聚餐。

人在异国他乡，最惦记的莫过于家乡亲人，当记者问起他们的新年愿望时，三人不约而同地表达了对家人身体健康的祝愿。

赵安清割肝救子感天动地

大连晚报 2007.01.14

（文/本报记者 宋京）

感动回放

见报日期：2006 年 11 月 29 日

采写记者：陆彤

2006 年 11 月 26 日，大连医科大学附属二院进行了有史以来最惊心动魄的一场手术，这是东北地区第一类活体肝移植手术。一位 44 岁的母亲赵安清的肝脏被割下大半移植到儿子的体内。这位家住金州的伟大母亲的行为感动滨城。

大医附属二院　上演生死时速

当天早 7 时 30 分，母亲赵安清被悄悄推进了手术室，此时不知内情的儿子也正在做着手术前的准备。8 时 30 分，赵安清的手术开始了，医院副院长、普外科专家田晓峰教授亲自为其做带肝中静脉右半肝的切除手术，根据儿子的身高、体重，母亲 1000 克重量的肝被切去 540 克。11 时左右，儿子王小亮也进了另一间手术室。原本的坏肝被完全切除，母亲的肝被放入儿子的体内，一根根的血管吻合，一针一线的精细缝合，直到被移植的肝有红晕。母亲的手术用了 10 个小时，儿子的手术用了 9 个小时，母子分别被推入 ICU 的两间病房，一墙之隔，为了隐瞒母亲捐肝的真相，母亲只能对着墙壁祈祷儿子平安。

捐献肝脏　捐者危险更大

这个幸运的儿子是大连民族学院 20 岁的大二学生，患了胆淤积性肝硬化，肝功能衰竭，肝昏迷，情况非常严重。经诊断，患者只有接受肝移植手术才能挽救其生命。

2006 年 11 月 20 日，患者被转入大医附属二院器官移植中心病房住院，等候肝脏供体。原本在 11 月 24 日患者可以接受正常的尸体肝移植手术，可肝供体却出了意外，手术被迫取消。此时，患者肝昏迷异常严重，奄奄一息，医生意识到患者不能再等下去了。

看着生命即将终结的儿子，赵安清什么也顾不了了。“把我的肝割下来给儿子。”

赵安清的说法遭到了全家人的反对，尤其是她的兄弟姐妹。“孩子的生命固然重要，可是你的生命对我们来说也同样重要，你是母亲，你为了孩子可以这样，你再想想我们的妈妈，要是你有个闪失，妈怎么办?”

捐肝不同于捐肾。人有两个肾，失去一个可以保证正常的肾功能。但人只有一个肝，捐肝对供体来说，比得了肝病还危险，有可能出现供受体双亡的悲剧。赵安清没有任何动摇，执意躺上了手术台。

“2006，他们感动大连”获选理由：

与肾脏不同，人只有一个肝，重量在1000克~1500克之间，如果需要活体肝移植，供体需根据受体的身高、体重标准而供给相应重量的肝，这意味着对供体来说，损伤较大，危险系数较高，有可能出现供受体双亡的悲剧。所以，目前国内多采用尸体肝移植手术，而活体间的肝移植手术目前国内仅一两家医院可以实施，而且成功率较低。活体肝移植手术属于复杂高端的手术，尤其是右半肝带静脉切除肝移植，难度更大。1996年，日本做了第一例这类手术，截至目前，国内只有一两例手术。因此，手术前医生的心理压力很大，面对的是道德、人性以及手术风险的诸多选择。

我们都说母子情深，在面临生命的选择时，我们还是真正看到了不可抗拒的母爱的力量。这位母亲为了救自己面临生命危险的儿子时，勇敢而果断地要求医生割掉自己的肝脏来救儿子，当医生为她进行了肝脏检查后发现，母亲的肝脏上有血管畸形时，母亲竟毅然决然地说：“把好的部分割下来给儿子。”当天做手术的有40多名医疗工作者，他们含泪完成了这个伟大而危险的手术。

捐献肝脏的母亲，下定决心用自己的生命换取儿子的生命的决心，此举即使发生在母子间也同样感天动地。

养老院来了14名留学生

他们成为在日新街道注册的首批外国志愿者，将定期为老人们服务

大连晚报　2007.01.14

（通讯员：陈晓明　本报记者：卢真珍）

本报讯　昨天，日新街道红岩养老院里热闹非凡，这里来了14名外国留学生。这是日新街道团工委、更新社区与医科大学团委联合，利用假期到大学生敬老志愿服务基地——红岩养老院开展的志愿服务活动。这14名留学生也成为在日新街道注册的首批外国志愿者，以后他们将定期到养老院来为老人们服务。

14名外国留学生，来自尼泊尔、赞比亚、斯里兰卡、印度、巴基斯坦5个国家。带队来的大连医科大学的辅导员说：“这些学生都是自愿来的。”他们利用自己的专长，有的在活动室内为老人测量血压；有的通过网络为老人讲解健康知识；有的操着流利的汉语为老人阅读报纸。最精彩的就数魔术表演了，来自尼泊尔的小伙子比马尔为老人们表演了“巧妙解绳”、“袋中认牌”两个小魔术。老人们又惊又喜，纷纷跟着比马尔学起来。比马尔说，这是第一次来中国的养老院，中国的养老院比他们那里先进很多，他们都愿意来。

看罢留学生的表演，老人们也不“示弱”，为他们表演了快板、手把手教他们剪一个憨态可掬的“金猪”。养老院的院长告诉记者，为了准备昨天的活动，老人们一大早就起来了，穿上只有过年才舍得穿的喜庆衣服等着留学生的到来。

一上午的志愿活动即将接近尾声，老人们将自己买来的“金猪”小挂件送给留学生。为留学生表演快板的老人张桂耀激动地拉着记者的手说：“我们老人就盼望着这些异国的孩子们来，他们的到来，让我们体验到了青年人的爱心，和他们在一起，我们显得格外年轻。”留学生丽莎用不太流利的汉语说：“奶奶，我们以后会经常来看你的。”活动结束后，14名志愿者填写了志愿者登记表，领取了日新街道团工委颁发的社区大学生志愿者证书，成为大连市首批留学生社区服务志愿者。

卫生人员有了培训中心

大连晚报 2007.01.27

（通讯员：胡莉莉）

本报讯 1月26日，辽宁省基层卫生人才培训工作会议在我市召开，全省各市卫生局主管局长、科教处（科）长及医疗专家30余人参加了会议。会上举行了“辽宁省基层卫生人员培训中心”成立仪式，该中心挂靠在大连医科大学继续教育学院，将在省卫生厅领导下承担全省基层卫生人员培训的组织、协调、指导工作，将开展医学专科学历教育、在职在岗培训和网络建设与教育，主要面向农村和社区卫生人才的培养。

印度留学生给柯棣华夫人拜早年

大连晚报 2007.02.09

（文/图 本报记者：孙卉）

本报讯 1938年9月，由5位医生组成的印度援华医疗队千里迢迢来到中国，支援中国的抗日战争，柯棣华就是其中之一。昨日一大早，大连医科大学临床医学专业的7名印度留学生代表，来到柯棣华夫人的家，为郭庆兰老人送去新春的祝福。

今年92岁的郭庆兰老人，看到这些印度留学生很是高兴，热情地拿出昔日的照片，为学生们做讲解。1名女生禁不住为老人表演了一段印度舞蹈。

记者了解到，老人与柯棣华医生在印度的亲属一直保持着来往。在临别时，7名留学生表示要做她与印度亲属交流的信使。

大医附一开发区三部开诊

大连日报　2007.03.06

（实习生：赵思源　记者：姜云飞）

本报讯　昨日上午，大连医科大学附属第一医院位于开发区的三部正式开诊。新医院的投入使用，将有利于缓解开发区及北三市等地百姓看病难问题，也将大大提升大连开发区的投资环境。市领导孙世超、郑全慈出席了开诊仪式。

大连医科大学附属第一医院三部其前身为大连医科大学附属第三医院。2004 年 5 月 12 日并入大连医科大学附属第一医院。新建成的三部设有内科、外科、妇产科、特需医疗等 19 个病房，开诊后，来自大连医科大学附属第一医院的 82 位各科专家将轮流在三部坐诊。新医院与医院本部、二部，通过专线光缆，实现了信息共享。如医学影像资料的共享，使远程会诊成为可能。

据了解，此前大连开发区尚没有具备较高医疗水平的三级甲等医院。大连医科大学附属第一医院三部的投入使用，将使我市优质医疗资源分布更加合理。

蔡洋：积累中开启创业之门

中国教育报 2007.03.21

（胡莉莉 本报记者：刘玉）

一位医科大学的专科生，在私人诊所打工两年后，自己开设了五家整体按摩连锁店、两家加盟店。用短短5年时间成为一名出色创业者的他，是大连医科大学2001年毕业医学生蔡洋。

积累 厚积薄发

蔡洋1998年考入大连医科大学针灸推拿专业，他没有因为自己是专科生而自暴自弃，反而更加刻苦地学习专业知识，他是学校“三好学生”、“优秀共青团员”、“优秀班干部”，还获得过校级最高级别的“医学联邦奖学金金奖”。

但蔡洋绝不是“书呆子”。假期，他经常到中医按摩院打工，一方面能提高自己的实践能力，一方面也能赚取学费，减轻父母负担。大学期间，为增加推拿按摩中的腕力，蔡洋坚持篮球、足球等体育锻炼。

创业 艰辛并快乐

三年寒窗苦读，蔡洋以全系最优异的成绩毕业。由于家庭条件所限，他没有选择继续读书深造，也没有选择留校或去医院工作，而是直接选择了在私人诊所打工。两年中，他每天至少工作十四个小时，连春节都主动留下来值班。由于工作认真负责，所以找蔡洋治病的患者越来越多。他曾经每天接诊四十多个患者，从早晨六点钟一直工作到半夜十二点，甚至到凌晨一点多，白天只能吃上一顿饭，半夜下班后才能吃上晚饭。他因此得了胃病，手指也因长时间用力而弯曲变形。但两年时间里，他积累了上万人次的患者病例，积累了大量的临床经验。同时，他对工作过的两家诊所的经营管理模式进行了比较分析，为日后自主创业积累经验。

2003年9月17日，蔡洋认为创业时机已成熟，便毅然辞职，同年10月

26日在大连市金州区创立了“蔡洋整体按摩店”。由于有了打工时积累的各种经验，第一个店很快步入正轨，并且在当地小有名气。

发展　观念与管理

随着知名度的不断提高，第一家店的规模已不能满足顾客需求。是安于现状还是扩大经营？蔡洋毫不犹豫地选择了后者。但是扩大经营面积还是扩大经营区域？前者利于管理、风险小、实现利润快；后者虽然管理难、风险大，但发展空间大。权衡利弊后，蔡洋决定开分店。

分店开业了，问题紧接着也来了。以前店小、床位少，管理、后勤、人事、广告策划、宣传……蔡洋一个人还勉强应付得过来。如今又开了一个大店，床位与员工都多了很多，渐渐地，他有些应付不了了。两个月下来，蔡洋嗓子哑了，体重降了好几斤，可管理总上不去，工作效率直线下降。

难道是当初的选择错了吗？蔡洋彷徨了……身心俱疲的他决定给自己放一个星期假，回丹东农村老家休养一下。临行前他将两个店里的各项工作分别交给两个老员工暂时负责管理。

一周后回到店里，蔡洋被眼前的情景惊呆了。原以为两个店都会一团糟，没想到反而比他走之前要好得多。环境卫生好了，工作热情高了，就连工作业绩也提高了。蔡洋此时恍然大悟：一个身心俱疲的人管两个店，与两个热情高涨的人各管一个店，其结果是显而易见的。

当天晚上，蔡洋决定两个店分别由那两个老员工全权管理。他领悟到，一个企业要想规模化、正规化发展，必须要有完善的管理体制，还要有明确的规章制度。一周之后，“员工手册”、“规章制度”、“奖罚尺度”等管理章程每个员工一人一份。一个月后，两个店的工作业绩和工作效率都得到了快速提高，工作氛围更加融洽，企业文化也得到进一步提升。

腾飞　走向国际市场

在蔡洋及全体员工的共同努力下，2006年7月1日，“蔡洋整体按摩院五部”进驻大连市最繁华地段——大商新玛特七层健身会馆。至此，蔡洋整体按摩院已有五家连锁店、两家同盟店。

蔡洋说，创业三年最大的收获不是他现在拥有了多少个店，而是现在拥有了几十名非常优秀的员工！因为蔡洋用人的原则是：人品第一位、技术第二位、服从管理第三位。

蔡洋说："年轻人要想干点事业，必须有虚心好学的态度、废寝忘食的工作热情及勇敢创新的拼搏精神。"正是凭借这些，蔡洋整体按摩院已经开始接收国外患者的电话预约。下一步，蔡洋想建市级、省级及日本连锁店。在他心中，还有一个更大的宏图：以发扬中医为己任，使中医按摩从夹缝中走向更广阔的国际市场。

医大20名大学生无偿捐献血小板

大连晚报　2007.04.05

（实习生：刘方园）

本报讯　"如果人人献出一点血，将会给更多的人带来希望。"大连医科大学一位准备捐献血小板的同学这样告诉记者。

近日，市红十字血液中心与医科大学携手在医大举行无偿捐献成分血的宣传活动。血液中心的工作人员与医科大学7年制05级一班的全体同学在校园中，边现场宣传机采血小板，边为同学免费检验血型。有20多名学生当天便加入到献血队伍，来到血液中心捐献血小板。

大学生下社区义诊

大连晚报　2007.04.22

（本报记者：常婷）

本报讯　昨日上午，大连医科大学的学生们来到机场街道昌虹社区为辖区居民义诊，吸引了辖区数百位居民前来就诊。大学生们为居民测量血压，测脉搏，耐心的询问居民的病史以及目前发展状况，并对他们的日常饮食、保健做出指导，令居民十分满意。同时辖区还设立了法律咨询点和再就业咨询点，帮助居民解答相关问题。

我市完成一罕见高难度心胸手术

拳头大肿瘤和心脏长在一起

大连日报　2007.04.30

（通讯员：刘者明）

本报讯　昨日上午，在大连医科大学附属第一医院胸外科病房，坐在床上的王女士面带笑容，还时不时地和前来看望她的亲属唠家常。谁能想到，就在几天前，她却在死亡边缘游走了一回——经过6个小时惊心动魄的手术，医生帮助她拒绝了死神的约会……在病房走廊里，王女士的爱人向病友们讲述着求医经历，当说到附属一院胸外科的大夫顶着巨大压力，冒着极大风险进行手术时，他的眼睛已有些湿润了……

42岁的王女士家住瓦房店市，去年12月下旬开始出现咳嗽症状，到当地医院检查的结果让全家人吓了一大跳：胸腔内长有罕见的巨大肿瘤。

不敢怠慢的夫妻俩连忙收拾东西到北京求医，先后在两家大医院就诊。专家们在看了磁共振片子后均连连摇头：瘤子太大，而且和部分心脏长在了一起。如果手术的话，恐怕下不了手术台。无奈，夫妻俩又到了上海，同样去了两家大医院，可结果是一样的。

回到家后，夫妻俩抱头痛哭。无奈之下，第二天两人抱着最后的希望来到了大连医科大学附属第一医院。胸外科主任李继良看了片子后感到惊讶：10厘米×12厘米的大肿瘤已够罕见，更要命的是它与部分心脏长在了一起。这种特殊的病例如果采用常规手术，即在心脏不停跳的情况下，肿瘤无法切除；而如果进行体外循环下心脏停跳切除部分心脏，这不仅在大连市没有先例，国内也少有报道。为了挽救患者的生命，在随后的几天里，经过医院医务部组织的多科专家会诊和李继良组织治疗组的反复研究，最后决定采用风险度极高的后一种手术方案。

大胆的决定重燃了王女士生的希望。4月23日上午9时，在相关科室的配合下，一场体外循环下心脏停跳切除右全肺及肿瘤包裹的部分心脏的攻坚战打响了。下午3时，经过6个小时的紧张手术，额头汗珠还没来得及擦的李继良送出了手术成功的消息。一直在手术室外焦虑等待的亲属们顿时泪如雨下。

新“大医”别致楼群拔地而起

大连晚报 2007.05.11

（本报记者：孙卉）

记者昨日来到位于旅顺南路的大学城“大医”新校址。眼前是庞大的工地，由数十栋造型别致楼房组成的楼群拔地而起，其中包括在建中的体育场、体育馆等。

大医、大外的新校址坐落在旅顺南路两侧的庙西村和盐场村。据介绍，大学城一期规划 4.3 平方公里，两校占地 2.7 平方公里。

大医新校址占地 1.5 平方公里。新校区规划了国际会议中心、体育中心和生物医药园区。大外在大学城的规划面积有 1.2 平方公里。

记者在旅顺南路沿途看到，长约 20 公里的旅顺南路引水管线，已从学苑广场沿旅顺南路（大连—旅顺方向）右侧铺至塔河湾附近，计划今年 6 月贯通。

大医今年首招4名护理专业研究生

大连晚报　2007.05.13

（文/本报记者：孙卉）

本报讯　昨天是第52个国际护士节，大连医科大学中山学院2006级护理专业的170多名本科生，在近代护理的创始人——英国护士南丁格尔画像前，接受了学校4位护理界前辈的授帽。

大连医科大学是从2001年开始招收本科护理专业学生的，6年多，已经培养了400多名学生，今年还新招收了4名护理专业硕士生，目前正在积极申请招收护理专业博士生。在昨日的授帽仪式上，有5名男学生也戴起洁白的燕帽。男生戴护士帽，虽然在队伍中显得有些不协调，但他们对未来的就业前景却充满信心。大医中山学院2006级护理专业学生刘溪告诉记者："男生当护士特别吃香，家里也非常支持我。"从去年大医本科护士就业形势看，男护士格外抢手。

大连医科大学护理系副主任张新宇介绍，根据社会需求，学校今年首次招收了4名硕士生，专业主要是护理心理方向和临床重症方向。

国际护士节　大连向"准护士"授帽

大连日报　2007.05.13

（大连日报：胡丽丽　本报记者：丁雷摄）

昨日是国际护士节，在大连医科大学中山学院金州校区，包括5名男同学在内的168名"准护士"虔诚地接受了大医附属一院护理界前辈授予的护士帽，并手持象征南丁格尔精神的蜡烛庄严宣誓。

据大医护理系主任张新宇介绍，大医从2001年开始招收护理专业本科生，第一批学生29人。而目前在校的护理专业本、专科生共800余名，大医还建立了大连市首家护理学专业硕士学位授权点，今年已招收4名研究生。

新搬迁的大医和大外是个啥样（节录）

大连晚报 2007.05.26

（本报记者：孙卉）

大连医科大学旅顺新校区正在加紧建设当中，很多高考考生和家长对新校园目前的建设进度、未来的管理和使用情况等都十分关注。记者就一些大家普遍关心的问题，采访了学校的相关部门。

问：新校园目前的建设情况怎样？预计什么时候搬家？

答：新校园预计7~8月份大部分工程建设完毕，届时搬家。因为学校“十一”期间要进行建校60周年校庆，所以2007级新生将在“十一”后开学报到。

问：老师上下班和学生实习的交通问题怎样解决？

答：职工上下班通勤和学生平时往返市内用车主要由市交通公司解决。校内办公用车、学生见实习、学校突发事件等应急运输主要由学校后勤集团承担。

问：新校园内有几个食堂？

答：新校园有三处食堂：一食堂（暂称）位于教学区，建筑面积约14000m^2，可容纳万人就餐，作为学校主力餐饮供应场所；二食堂（暂称）位于生活区，建筑面积约500m^2，以特色档口形式设置，丰富学校饮食供应品种；专家楼宾馆餐厅（暂称）位于专家宾馆内。一食堂由学校后勤集团负责经营管理；二食堂则面向校内外招标经营；专家楼餐厅由经营专家楼宾馆的部门管理。同时学校还将在校内布局若干商业网点，以方便师生生活。这些网点也将向校内外招标经营，经营活动将由新成立的经营管理处负责管理。（大外娱乐网）

问：学生宿舍几人一间？宿舍内可以上网吗？开水怎么提供？

答：留学生公寓有1人间和2人间两种，博士和教工是2人/间，硕士3人/间，本科4人/间，卫校学生是6人/间，每间学生宿舍里都安装了宽带。学生饮用开水采取在每栋学生公寓楼内设开水房，学生不用出门打开水。

团市委昨命名柯棣华团支部

大连晚报　2007.05.31

（本报记者：陈迪　师晓薇）

本报讯　为更好地弘扬柯棣华大夫伟大的国际主义精神，号召广大青年学生向柯棣华大夫学习，团市委于昨天在大连医科大学操场举行了柯棣华团支部命名仪式，命名大连医科大学医疗2006级团支部为柯棣华团支部。柯棣华大夫遗孀郭庆兰老人、老红军陈万明、战士作家高玉宝和刘德全将军等参加了仪式。

三万师生进驻大学城带动南路人居新变化

大连日报　2007.06.14

（本报记者：丁雷）

在旅顺南路产业带的另一端，依靠大连医科大学、大连外国语学院等大专院校的搬迁建设形成的教育研发产业区，大连医科大学和大连外国语学院60多栋崭新的大楼已经在塔河湾拔地而起；随着今年两所大学新校区的启用，届时将有3万人入住“大学城”。对于这个区域目前的发展情况，笔者采访了大连医科大学规划建设部的郑春波部长，了解到了未来该教育研发产业区的发展趋势。

从2001年末的换建决策，到2005年末开始动工建设，如今一期建设已经基本完成，郑处长不仅亲身参与了整个新校园的建设，也亲眼见证了旅顺南路产业带的发展历程。

3万高校师生涌入旅顺

软件园二期规划建设，以及高等学府的迁入会对旅顺口区的经济产生一个巨大的推动作用。原来旅顺口区的人数不多，开放程度也不够。大外和大医两所院校的迁入，我们将会有近3万人涌入旅顺这个地区，这么多“高知人群”的进入对整个区域的经济是一个拉动作用。

大学的进入对旅顺口区的岗位需求是很大的，保洁，绿化，宿舍管理，治安，餐饮服务等等都要招聘一大批的人员。前期大医对我们需求的岗位人员进行统一的培训，还定期地给村民作讲座，例如实验动物饲养的讲座，保洁、绿化、宾馆服务等一系列的讲座，很大程度上满足了当地村民就业需求。

此外，大学的迁入对当地的房屋出租，房屋建设，房地产业都有一个推动作用。很多人看到了这个地方的区域价值，未来随着软件产业的兴起和高校各种人才培养的成熟，这个地区一定会成为大连经济发展和人文气息浓郁的热点地区。现在已经有很多高校的教职员工在学校附近买了房子，准备在这个地区安家立业了。良好的生态环境，大学周边安静的居住环境，这里是生活，休闲，做学问的好地方。

现在旅顺地区还没有比较大的医院。大连医科大学此次迁入，将成立一个校医院，尽管规模不会很大，但是这里将拥有先进的医疗设备，大连医科大学的教授也会定期坐诊。使居住在当地的居民不用到市区就可以享受到一流的医疗服务。

校企合作培养更多“复合”型人才

高校与企业之间的合作，提升的不仅仅是一个地区的文化内涵，更重要的是彼此之间搭建了一个交流学习的平台。一方面学校可以根据市场需求培养学生，另一方面通过合作企业可以选拔优秀人才充实后备力量。这次软件园二期的建设，大连外国语学院和大连医科大学的进入正是为这样的合作提供了很好的契机。随着医疗技术及医疗管理数字化水平的不断提高，医疗行业与计算机应用越发密不可分，完善的诊断技术、先进的医疗设备、高效的医疗管理都少不了计算机软件的支持。为了满足市场发展的需要，学校今后还会加强一批新兴专业的建设，以培养出更多适合市场需求的应用型、复合型人才。旅顺南路产业带地区这种高校与企业合作一定会为大连的经济带来新的增长点。

大连医科大学将成为旅顺口区标志性建筑群之一

大连医科大学新校园位于旅顺南路海滨观光段的中段、旅顺口区龙王塘街道盐场新村。整个新校园的占地面积约151万平方米。一期项目占地面积约114万平方米，规划面积为38万平方米左右，共建45个单体建筑。总投资概算约14.56亿元。现在工程进展情况是：主体建设已经接近尾声，道路、管网、强弱电等配套及景观绿化工程也已基本完成，预计今年9月份，就可以整体搬迁投入使用了。

大连医科大学新校区的建设可以说是旅顺口区的一个亮点。遵循“国际化、数字化、花园式、开放式”的主导原则，将“大海、波浪、灯塔、卵”等设计元素融合于整体规划之中，体现了“保护生态、节约资源、促进可持续发展”的主题和“打造融合环境、建筑、人文、心理需要于一体的建筑经典”的宗旨。设计方案也获得了2005年全国人居经典规划设计方案竞赛综合大奖。有着浓厚现代气息的医科大学必将成为大连市、旅顺口区一组标志性建筑群，成为旅顺南路的一大亮点。

独特的设计风格，巧妙与自然融合的设计理念。在旅顺南路这块土地上，大连医科大学的建设不仅提升了整个地区的文化内涵，也改变了当地村民居住的环境。现在再也看不到堆满垃圾的臭水沟了，随之而来的是一所美丽的大学，一汪碧蓝的海水和一群淳朴居民幸福的微笑。

大连医科大学规划效果图

学生作品引来众多老外参观

大连晚报　2007.06.17

(文/图　本报记者：欧阳洋)

本报讯　昨日10时，在高尔基路体育场车站附近一展厅内，举行了大连医科大学影像艺术学院07届毕业生摄影、影视作品及其形象设计作品展示活动。

记者在活动现场注意到，除了大连医科大学的学生和老师，还有一些金发碧眼的外国人也前来参观，据了解这些外国人都是来中国学习的，并且他们也都是摄影爱好者。

大连医科大学 60 周年校庆公告

光明日报 2007.07.05

风雨同舟，沧桑磨砺半世纪；桃李争艳，春华秋实六十年。在星海秋韵的金色十月，大连医科大学即将迎来 60 周年华诞。为此，我们谨向长期以来关心、支持学校建设与发展的各级领导和各界朋友，向海内外广大校友致以诚挚的问候和崇高的敬意！

大连医科大学创建于 1947 年，时称关东医学院，是中国共产党为适应人民解放战争和未来国家建设对医学人才的需要，在解放区创办的正规医科高等学校。1949 年，关东医学院与大连工学院等一起并入新成立的大连大学，成为大连大学医学院。1950 年大连大学撤销后独立成立大连医学院。50 年代，大连医学院云集了一批老一代医学科学家和医学教育家，如沈其震、魏曦、吴汝康、杨简、薛社普、张毅、吴襄等，大连医学院以雄厚的师资力量，严谨的教风、学风和高质量的毕业生享誉全国，为国家输送了大批优秀的高级医学专门人才。

1969 年，大连医学院举校南迁贵州省遵义市，建立了遵义医学院。1978 年学校在大连医学院原址复办。1994 年 1 月，经原国家教委批准，学校正式更名为大连医科大学。

半个世纪以来，大连医科大学始终发扬“团结、严谨、求实、创新”的光荣传统，在教学、科研、医疗、管理等方面都取得了长足的进步与发展。进入二十一世纪以后，学校以“甚解、敏行、明仁、济世”为校训，以“志学、致学、治学”的学风和“重教、严教、善教”的教风，再创大连医科大学发展历史上的崭新业绩。学校现已成为以医学为主，法学、文学、理学、管理学等多学科发展的辽宁省重点高校，并向着多科性、特色鲜明、国内先进的医科大学的目标迈进。

学校现有各类在校学生 15400 余人，教职工及医护人员 4300 余人；10 所附属医院，其中 2 所为直属附属医院；1 个博士后科研流动站，1 个一级学科博士学位授权点，12 个二级学科博士学位授权点；5 个一级学科硕士学位授权点，50 个二级学科硕士学位授权点。设有 1 个七年制专业，14 个本科专业，8 个高等职业技术教育专业。形成了以培养博士生、硕士生和本科生为主的多学科、多层次的高级医学人才培养体系。

为了促进学校快速发展，学校在大连市旅顺口区沿黄金海岸建设了占地面积1.5平方公里、一期建筑面积38万平方米的新校园，9月份大连医科大学将整体搬迁，并于校庆时举行新校园落成庆典。大海山林相近相融，人与自然和谐共生，一座“国际化、数字化、花园式、开放式”的新校园从根本上改善了学校的办学条件，完善了学校的功能布局，极大地推动了大医教育模式、管理机制、学科建设以及服务体系的改革与创新，加快了学校跻身国内先进医科大学行列的进程。60周年校庆暨新校园落成典礼，是大连医科大学发展历史上的里程碑，是大连医科大学走向未来的又一个新起点。

六十年风雨沧桑，六十载磨砺奋进。学校将以“凝聚力量，振奋精神，展现大医风采；传承历史，继往开来，续写大医辉煌”为主题，本着“隆重、热烈、务实、高效”的原则，办好60周年校庆暨新校园落成典礼，充分展示学校60年，特别是进入新世纪以来跨越式发展的巨大成就。目前，校庆筹备工作已开始启动，其中包括建设校史馆，编写整理校志，出版校庆报刊、画册、光盘，完善校友会、筹集资金、认捐新校园景观活动等。校庆暨新校园落成典礼初步定于2007年10月5日举行，详情请登录大连医科大学网站http：//www.dlmedu.edu.cn，我们热诚期待大家关心、支持和参与校庆。

金秋学子游故地，六十华诞贺大医。大连医科大学党委书记宫黎明、校长唐建武代表全校两万名师生员工，欢迎各个时期的校友回校参加庆祝活动，期盼昔日的学子回来找寻青春的足迹，共叙情谊，共襄盛举，共展蓝图！

特此公告，敬祈周知。

大连医科大学60周年校庆暨新校园落成典礼筹备工作委员会

2007年7月4日

大连医科大学60周年校庆公告

毕业生们将学士帽高高抛起庆祝大学生涯学有所成

大连日报　2007.07.08

（孙颖　本报记者：钟启钢摄）

近日，我市各大高校陆续举行毕业典礼，毕业生离校高峰随之来临。作为全国最早开设摄影专业的院校之一，大连医科大学影像艺术学院昨天为第十届毕业生举行了隆重的学位授予仪式。

毕业生们将学士帽高高抛起庆祝大学生涯学有所成

守护生命　守望健康

——南丁格尔奖章中国获奖者素描

新华网　2007.07.17

新华网北京7月17日电（记者：李斌、崔静）

“选择了护理事业，就意味着选择了人道、博爱和奉献。”

17日上午，第41届南丁格尔奖章颁奖大会在人民大会堂小礼堂举行，5位中国优秀护理工作者获得这一国际护理界最高荣誉。作为获奖代表，新疆医科大学第一附属医院主任护师聂淑娟走上讲台发言。

掌声，在小礼堂内响起……

作为我国140多万护理人员的代表，鲜花和掌声的背后，有着怎样动人的故事、鲜为人知的传奇？让我们走近这些东方“提灯女神”……

陈海花：传播爱心的和平天使

颁奖大会上，陈海花一身戎装，格外引人注目。

这位38岁的北京军区总医院消化内科护士长从事护理工作已有20多年。2006年3月，陈海花担任北京军区首支赴利比里亚维和医疗分队护士长，走出国门执行国际人道主义卫生救援任务。

地处非洲的利比里亚，因长期战乱，局势动荡，经济衰退，艾滋病、疟疾、霍乱等多种传染病高发，日平均气温在40摄氏度以上。在这种艰苦的条件下，陈海花和她的姐妹们先后救护艾滋病患者600余例，疟疾患者186例。

那段日子里，作为医疗分队护士长的陈海花不畏风险、冲锋在前。在她接触的病人中，疟疾、结核、艾滋病（HIV）阳性携带者和各类热带传染病患者占很大比重，有40%的HIV阳性患者同时患有开放性肺结核，传染性极强。病区环境简陋，防护装置简单，护士们直接面临着受感染的威胁。然而通过高效的预防护理，医疗分队实现了病人与病人之间、病人与医务人员之间零感染的目标，多国维和部队和当地群众称陈海花为“传播爱心的和平天使”。她还被联合国授予“联合国和平一级勋章”。

丁淑贞：危急时刻的巾帼英雄

发表第一作者论文23篇，主编著书9部，获得省级科技进步三等奖……

丁淑贞，这位虽然身患癌症，却忘我投入护理事业的大连医科大学附属第一医院护理部主任、大连市护理学会理事长，不仅在护理一线创造了业绩，而且大胆改革护理管理模式，在护理业务研究上成绩斐然。

从1976年唐山大地震到2003年抗击非典，危急时刻，丁淑贞总是挺身而出。1976年唐山大地震发生后，她踊跃报名参加抗震救灾；在抗击“非典”的战斗中，她不顾个人安危，扑在发热病房的第一线。一天夜里，她在从单位回家的路上摔倒了，造成腕部骨折，她生怕同事知道，用白大衣遮住石膏固定的位置继续上班，没有休息一天。

从事临床护理工作的30余年里，她在平凡的岗位上注入了自己对护理工作的热爱：病人呕吐了，她不等卫生员来，就把地面拖擦干净；没有儿女的老人住院，她常常帮助老人换洗内衣……长期的劳累让这位“铁打的”护士长患上了癌症，但她仍忘我工作，将病情隐瞒多年。

丁淑贞还探索出多项改革创新模式，促进医院护理工作的发展。她主持撰写的一套完整的护理管理大全，成为医院护理人员的工具书。

聂淑娟：病床前盛开的“雪莲花”

从1965年走上护理岗位至今，新疆医科大学第一附属医院主任护师聂淑娟用雪莲花般坚韧的性格和无私的精神，为来自天山南北、13个民族的患者默默奉献了42年。

一名塔吉克族牧民妇女由于分娩时间过长，新生儿因羊水堵塞了气管而呼吸不畅、气息微弱，聂淑娟不顾新生儿面部的血渍、羊水、胎粪，口对口将孩子嘴里的羊水吸出来；一位身患麻风病的塔吉克族老太太双手溃烂得不忍目睹，旁人都不敢接近，聂淑娟却不但坚持给老人换药，还把老人当做亲人一般无微不至地关怀和照顾……

颁奖大会上，聂淑娟平静的叙述，仿佛将人们带到了那辽阔的祖国西部边陲……在那里，为了给基层培养民族护理人才，她不顾山高路远，严寒酷暑，更不顾自己身患高血压、糖尿病，踏遍新疆为各族护士传播护理知识，8年里为全疆各地培训各级护理人员1万多人次。

而在聂淑娟心中，人们的理解和感动，同样燃烧着她的心灵："有一次，当一位维吾尔族肝昏迷孕妇苏醒后的第一句话喊出'白衣圣人亚克西'时，我激动得泪水夺眶而出。"

泽仁娜姆：高原上"伺候病人的公仆"

颁奖大会上，身着民族盛装的藏族女护士泽仁娜姆言语不多，只是微笑。

作为青海省同仁慢性病防治院主管护师，泽仁娜姆十余年来的主要救助对象是麻风病人，她没有对病人歧视和排斥，而是用一颗慈爱的心呵护那些身受肉体和精神折磨的病人，像亲人一样耐心地为患者讲解病情，督促指导病人做到规范治疗，按时定量服药，让病人知道麻风病可防、可治、不可怕，使很多对生活失去信心的患者及家属积极配合治疗。

在服务病人的过程中，她发现一个藏族老奶奶被家人歧视，生活特别困难，她主动把老奶奶作为自己的帮扶对象，经常送去面粉、青油、衣物等生活用品；一名孕妇要进行剖宫产手术急需供血，值夜班的泽仁娜姆得知病人的血型与自己相符后，毫不犹豫地伸出了胳膊——输血300毫升，挽救了这对母子的生命。事后，她谢绝了藏族牧民的酬金，说："我是护士，护士在藏语中的意思是伺候病人的公仆，其职责是救死扶伤，我做的只是我应该做的事"。

罗少霞：癌症患者的"爱心之友"

"他们（癌症患者）心里都承受了巨大的身体和心理痛苦。我们应该让她们安心地'离去'。"提起为服务癌症晚期病人而倡导设立的康宁中心，澳门镜湖医院护理部主任罗少霞目光中流露出无限同情。在那里，她和她的姐妹们每年都要为500多位患者提供护理服务……

从事护士工作37年来，罗少霞为推动澳门护理事业的发展尽心竭力。为了帮助癌症患者及其家人寻求社会支持，她协助癌症患者成立的"澳门爱心之友协进会"，不仅燃起癌症患者的斗志，更激发起人们特别是年轻人互助互爱的热情，唤起了特区政府及社会各界对癌症的关注。

她时常担任导师，教导病人及家属关于化疗及放射治疗的知识，加强病患者及家属战胜疾病的信心；她培训大量的义工，定期组织会员到病友家中探访，又协助病友向有关部门申请办理紧急援助，以解燃眉之急；她动员身边一切可以运用的资源和力量，寻求有效的方法来照顾每一位癌症患者，与他们携手度过生命的难关。

将生命融入护理事业，用爱心温暖人间。陈海花、丁淑贞、聂淑娟、泽仁娜姆、罗少霞和全国140余万护理工作者们一起，在平凡岗位上谱写着一曲颂歌。

“拯救生命是我们的天职，更是我们的荣幸。”颁奖大会上，作为青年护士代表，北京佑安医院青年护士福燕的一席话掷地有声：“守护生命，守望健康，我们无怨无悔！”

人民日报（2007.7.17）、光明日报（2007.7.18）

胡锦涛为第41届南丁格尔奖章中国获奖者颁奖

新华社 2007.07.17

（记者：李斌）

新华社北京7月17日电 17日上午，中国红十字会代表红十字国际委员会在人民大会堂举行第41届南丁格尔奖章颁奖大会。中共中央总书记、国家主席、中央军委主席、中国红十字会名誉会长胡锦涛出席大会，为5名中国获奖者颁发奖章，代表党中央、国务院，向获奖者表示热烈的祝贺，向全国所有的护理工作者、红十字工作者和广大志愿者表示亲切的问候。

今年共有18个国家的35名护理工作者获得本届南丁格尔奖章。我国获奖的5名优秀护理工作者分别是：长年工作在青藏高原、用慈爱之心呵护麻风病人的青海省同仁慢性病防治院主管护师泽仁娜姆，“联合国和平一级勋章”获得者、北京军区总医院消化内科护士长陈海花，身患癌症、仍忘我投身护理事业的大连医科大学附属第一医院护理部主任丁淑贞，勇敢奋战在肝炎疫区、坚持为基层培养民族护理人员的新疆医科大学第一附属医院主任护师聂淑娟，为促进澳门护理事业的发展不遗余力的澳门镜湖医院护理部主任罗少霞。

中共中央政治局委员、国务院副总理吴仪在颁奖大会上讲话指出，护理工作是医疗卫生事业的重要组成部分，党和政府对此高度重视。希望全国广大护理工作者以获奖者为榜样，继续发扬光大南丁格尔精神，不断提高护理水平，更好地为人民群众身体健康服务，为社会主义现代化建设服务。希望中国红十字会深入贯彻落实科学发展观，全面履行《中华人民共和国红十字会法》赋予的职责，发扬光大红十字精神，注重发挥人道救护服务领域政府助手的作用，积极推动护理工作和有关社会事业。各级党委、政府和有关部门要继续重视和支持护理工作的发展，采取积极有效措施，促进护理工作与社会经济和医学技术相协调，并在全社会营造关心、爱护护理工作者的良好氛围。

中国红十字会会长彭珮云在会上说，5名获奖者是我国护理界的优秀代表，她们的高尚品格和奉献精神值得大家认真学习。希望广大护理工作者和红十字工作者继续弘扬“人道、博爱、奉献”精神，在护理工作岗位和人道服务领域取得新的成绩。希望获奖者珍惜荣誉，再接再厉，继续为推动护理工作发展奉献自己的光和热。

7月17日，中共中央总书记、国家主席、中央军委主席、中国红十字会名誉会长胡锦涛为第41届南丁格尔奖章5位中国获奖者颁奖。（新华社记者：李学仁摄）

获奖者代表聂淑娟、青年护士代表福燕分别在会上发言。

司马义·艾买提、何鲁丽、黄孟复、张怀西和中央军委委员廖锡龙及有关方面负责人出席颁奖大会。

南丁格尔奖章是红十字国际委员会设立的护理界国际最高荣誉奖。我国自1983年首次参加第29届南丁格尔奖章评选以来，先后有48名优秀护理工作者获此殊荣。

人民日报　2007.07.18

健康报　2007.07.18

给我一顶燕帽，让我守护生命的灿烂（节选）

健康报 2007.07.18

丁淑贞 要感染就感染我吧

“给我一支蜡烛，那是青春跳动的火焰；给我一顶燕帽，那是守护生命的灿烂……”在大连医科大学附属第一医院，这是医护人员耳熟能详的旋律。每逢医院有文艺活动，都少不了这曲《天使之爱》。

亲笔创作《天使之爱》的正是大连医科大学附属第一医院护理部主任丁淑贞。

回望30余年护理生涯，丁淑贞觉得自己有两件事干得很漂亮，创作《天使之爱》就是其中之一。当前由于护理人员少工作量大，不少护士难以排解自己的压力，对前途感到渺茫。丁淑贞感到，这个时候，护理界太需要鼓劲了，《天使之爱》就这样诞生了。电话那头，丁淑贞的语调略显激动，“一唱这首歌，浑身就有劲儿，可以相互鼓励，让大伙找到职业的归属感，意识到我们所从事的是一份崇高的事业。”

曾经是全院最年轻的护士长，护理过不计其数的病人，在同事眼中像“通了电的机器人”一样忙碌不休的丁淑贞其实是个老病号。罹患膀胱癌的她血尿已有5年，她总是吃点消炎药就扛过去了，直到尿流血块不止，一熬夜就呕吐时才去看病。因癌症复发她曾做过3次手术，至今仍然在化疗。成为病人后，丁淑贞更理解了患者的心情，对疾病的担忧，对手术的恐惧，患者的心理压力多大啊！她召开了一个畅谈会，让护士们讲讲自己当病人的体会。一位护士说：“我生病了住在自己工作的医院，环境相对熟悉，大夫、护士都是我的同事。可就是这样，上手术台前我的腿还是紧张得发抖。而普通患者呢，来了医院谁也不认识，肯定会格外不安。以前我们老说患者挑剔，现在我理解了，其实是他们心里紧张造成的。”这个畅谈会足足开了3个小时，护士们纷纷登台讲述自己的心路历程。丁淑贞说：“我不喜欢苍白无力的说教，分享自己的患病经历，换位思考，就会明白病人需要什么，我们能为病人做什么。”

丁淑贞也有遗憾。1985年她去日本研修护理，母亲突然辞世，为了不影响她的学业，父亲没有告诉她。一年后回国她才知道已经与母亲阴阳两隔，痛苦得揪心。她决心好好照顾年迈的父亲，弥补对母亲的愧疚。可是父亲病重期间，正赶上医院作为辽宁省卫生厅护理改革工作试点，众多工作压得她喘不过气来，她分身无术。在父亲临终的那个晚上，下半夜她处理完手头上的工作，赶到父亲床前时，慈爱的父亲已经离开人世了……从那以后，她唯一能做的就是不让自己手下的护士重复自己的遗憾，护士的父母生病了，丁淑贞就给她们放假。"我们一辈子都在照顾病人，如果父母生病不能亲自照顾，一旦发生意外，就会留下终身的遗憾。"

还有一个遗憾就是SARS期间，她们这群与SARS病魔搏斗的战士竟然没有一张合影。那是一段激情燃烧的岁月，是一笔异常珍贵的人生财富。进SARS病房前，护士们紧张得脸通红。那时的她已经身患癌症，"要感染就感染我吧。"她第一个走进SARS病房，制定出一整套详细的预防措施，就连一张纸、一个处方的消毒和传递都有详细规定，还在全院示范"八步洗手法"，避免医护人员被感染。

记者让丁淑贞与同行分享她的护理管理经验，率直的她说，护理工作能不能做好，关键不在于护士，而要看头儿的思维导向，你要求别人做到的，自己一定要先做到，行为示范的作用远远胜过上政治课。还有就是不要鹦鹉学舌，而是要尽快吃透领导的精神，结合自己的专业，制定出可操作性强的方案，便于下面的人执行。

电话那边传来她的阵阵咳嗽声，让人心疼。生病后的丁淑贞一直不愿离开岗位回家休养，对于病痛她很达观。"既然已经得病，单纯靠治疗是没有特效的，只要生命还在，就得提高生活质量，一旦闲下来，脑子就会生锈，成天想着我的病怎么样了。处于工作状态，一个病人接一个病人，忙得不可开交，就没有那么多脑细胞去胡思乱想了，为什么不过得轻松一些呢?"

作者：张灿灿　孔令敏　谭嘉　薛原　闫龑　王燕松　赵瑞清

丁淑贞——大连的“南丁格尔”

大连日报 2007.07.19

（王颖 姜云飞）

7月17日，第41届南丁格尔奖章颁奖大会在北京人民大会堂举行。中共中央总书记、国家主席、中央军委主席、中国红十字会名誉会长胡锦涛亲自为5位中国获奖者颁奖。大连医科大学附属第一医院护理部主任、大连市护理学会理事长丁淑贞第一个走上主席台，成为大连市第一位、辽宁省第二位获得这一国际护理界最高荣誉者。昨日，在市卫生局、市红十字会和大连医科大学附属第一医院联合举办的新闻通报会上，面对记者丁淑贞说：“这份荣誉不仅属于我，更属于所有工作在护理岗位的白衣天使，属于所有仍然忙碌在临床一线的无名英雄。”

昨日，大连市卫生局、市红十字会发出号召，要求全市护理工作者向丁淑贞学习。

【颁奖一刻】

“胡主席让我给辽宁护士问好”

7月15日，丁淑贞就来到了北京。“我们参加了中国红十字会召开的准备会。当时并不知道胡主席要亲自颁奖，但仍然很兴奋。”丁淑贞说。到北京领奖，原本准备穿一套藕荷色的衣服，可同行的朋友都说不好，“大家都说这是一个人生的亮点，应该穿得喜庆些。”于是，在最终的领奖台上，丁淑贞那身红色的服装格外鲜艳、醒目，“和我的心情一样。”

丁淑贞是第一个接受胡锦涛主席颁奖的。“当我看到胡主席迎面走来时，我特别紧张、激动。我正想鞠躬，可主席已经伸出手来——‘你好’，主席一句话就让我所有的紧张感都没了。”慈祥、温和，丁淑贞回味着胡主席的音容笑貌。“我跟主席说‘辽宁省的护士向您问好’。主席回应：‘好啊，好啊，给你们问好，你们很辛苦。’当时，我觉得整个心都被温暖包围着，激动得只能连说谢谢……”在记者们面前，回忆颁奖一刻，丁淑贞激动的心情溢于言表。她告诉记者，她能够感受到主席目光中的温暖和慰问，那一刻她觉得自己选择的护理工作，尽管很辛苦，但却是崇高的。“护理专业要和垂危的生命打交道，是天使一般的职业，真的是充满了奉献精神。主席给我们颁奖，是对我们的激励和鼓舞，更是对护理工作的支持和关注，是对千千万万中国护理工作者的肯定。”

护士服、护士帽、护士鞋，昨日的丁淑贞又恢复了她一贯的装扮。她说她还是更喜欢这些陪伴了她 30 多年的“行头”。“我只是普通护理工作者的一员。我从未想过自己会获得南丁格尔奖。我唯一能做的只是用一颗赤诚之心，用情感和温暖履行护理工作的职责，传扬红十字人道、博爱、奉献的精神。”

【同事评价】

护理专家、榜样、提灯女神

赵钢（大连医科大学附属第一医院副院长）

如果用一句话概括，丁淑贞是“一头肯干、倔强、不张扬的老黄牛”。作为医院的管理者，我非常佩服丁主任身上那种拼命精神，更敬仰她为护理管理工作的正规化、专业化作出的杰出贡献。丁淑贞是从临床一线一步步成长为全院 1000 多名护士的领头人的。做护士，哪里艰苦，哪里就闪烁着她的身影。1976 年唐山大地震，她是大连市抗震救灾医疗队的队长。2003 年“非典”爆发，她扑在发热病房的第一线，甚至腕部意外骨折，她用白大衣遮住石膏固定的位置继续上班。做护理管理者，她利用业余时间刻苦钻研业务，先后在国家级杂志上发表第一作者论文 23 篇，主编著书 9 部，主持完成“空气消毒法的观察研究”获省级科技进步三等奖——这在护理界是非常少见的。她大胆对以往的护理管理模式进行改革。她在国内率先提出细致划分不同护理岗位制定相应的薪酬制度。这项改革首次对护理工作的性质和任务进行了详细划分，促进了护理工作的制度化、系统化，降低了技术风险。在医院引进 ISO9000 质量管理体系中，丁淑贞主持撰写的一套完整的护理管理大全，成为全院护理人员的工具书。

正如南丁格尔实现了护理工作的正规化，成为现代护理奠基人一样，丁淑贞对护理事业的贡献更多地体现在她对护理管理的研究和开创性实践。

亓月琴（大连医科大学附属第一医院护理部护士）

我是和丁淑贞同时到医院参加工作的。30 多年来，她留给我最深刻的印象就是认真、严格、忘我。护理工作需要时刻关注患者的状况，即便如此丁淑贞的工作时间仍然可以排在全院前列——加班加点对丁淑贞来说已是家常便饭。丁淑贞先后两次患重病，一次是患了巨大的子宫肌瘤导致的重度贫血，血色素只有4.5克/升；一次是膀胱癌。知道这个消息的时候，我们都震惊了：在我们的印象中她就像铁人，从来没听说过哪儿不舒服，怎么突然患了绝症！后来才知道，她血尿已经有5年之久了，但从没向任何人说起，也从未因此耽误一天工作。作为她这么多年的同事和朋友，我有时候都心疼得提醒她：生命只有一次，要爱惜自己。可她把自己全都献给了工作，献给了她的患者。

对工作、对患者，丁淑贞绝对问心无愧。但我知道，她对家庭、亲人却是有愧的。作为妻子，她难说是个好妻子，家中的大事小事全落在丈夫一人身上，她的丈夫最大的期望甚至只是她能早点回家，全家人一起吃顿饭。作为女儿，她同样有愧于已故的父母。她父母离开时，她都没有在身边，那些时候她坚守在自己的工作岗位上。她总是告诉我们，“当护士，一辈子都在照顾病人，自己的父母病了，一定要亲自去照护一下，否则会留下终身的遗憾。”每次说这番话时，她都是泪光闪闪。

【大连“天使”】

1.3万护士撑起医疗半边天

尽管已经离开临床一线十几个年头了，但丁淑贞照顾过的患者，永远在心中留住了那个和蔼可亲、任劳任怨的“丁护士”，她是他们心中的“提灯女神”。

丁淑贞曾先后担任过普外科、烧伤科、神经内科等病房的护士长，虽然工作科室不同，但她埋头工作、乐于奉献的精神却没变。她常说：“南丁格尔舍去荣华富贵，到危机四伏的战场救护伤员，我们在医院多干点活算得了什么！”病人呕吐了，她不等卫生员来，就把地面拖擦干净；没有儿女的老人住院，她常常帮助洗内裤；当看到有些山区的老人内裤很破，她干脆就自己掏钱买新的给老人穿上，有的病人还以为是医院发的。

丁淑贞深知，和谐的医患关系离不开护理队伍人员素质的提高。如何针对现代护理队伍年轻化、独生子女多的特点，行之有效地调动护理人员的工作热情就显得非常重要。她设计组织了“珍惜生命的1800天”、“与健康同行”等护患座谈会；举办了“阳光宝贝节日快乐”小患儿与护士联谊会；“与你一块去长城”室外游活动等。护士把行动困难的病人用轮椅推到花园，模拟旅游的路线。每到一站为病人讲述祖国大好河山、特产、物质的同时，渗透着生命的价值，鼓励病人战胜疾病。使病人在游戏中，感受人间的关爱。有一位患者曾兴奋地说："今天我的病好了一半。"

医疗护理"三分治，七分养"。在丁淑贞的身后是我市一支高水平的医疗护理队伍。记者从市卫生局获悉，目前在全市2531个卫生机构的3.4万名卫生技术人员中，护士有1.3万名，占卫生技术人员的30.9%；与1986年0.87万名护士相比，翻了近一番。护士队伍中具有本科以上学历人员，占护士总数的2.8%；大专学历占护士总数的30%，护士的整体素质有了明显的提高。

"全国护理，辽宁属一流；辽宁护理，大连是先进"。像丁淑贞一样，我市护理工作者在技术创新、推动护理专业发展方面成果频出。2001年—2005年护理科研共立项29项。王秀玲的《压力止血带》、刘淑君的《一次性灌肠器的研制与应用》、邓炳兰的《一次性无影灯柄的临床应用》、姜毅的《一种医用吸氧装置》、黄艳的《持续点眼装置安装的改进和使用》、郝淑风的《便携式分指板》共6项获国家技术专利。护理工作已成为我市医疗卫生事业发展的重要力量。

丁淑贞说，这个荣誉不是一个人、一家医院的，而是所有在岗位上辛勤工作着的医护人员的荣誉。

丁淑贞把获得的一万元奖金全部捐赠给了大连红十字会。（冷宁/摄）

大连医科大搬往旅顺口区龙王塘街道盐场新村

大连日报　2007.08.11

（记者：丁雷）

昨天上午，在蒙蒙细雨中，伴随着喜庆的鞭炮声，十余辆装满行李的大卡车缓缓驶出大连医科大学的大门，向位于旅顺口区龙王塘街道盐场新村的新校区进发，拉开了大连医科大学整体搬迁的序幕。

在搬迁启动仪式上，大连医科大学副校长邹存慧告诉记者，老校区于1951年兴建，由于面积小、教学楼陈旧等原因，影响了学校整体发展。为从根本上改善学校办学条件、完善学校功能布局，医科大新校区于2005年11月动工。新校区总体规划占地面积约1.5平方公里，是老校区面积的7倍，可容纳1.6万名学生。在新校区记者看到，建筑基调以白色为主，包括教学楼、图书馆、体育场和宿舍公寓，绿化面积较老校区明显增多。目前新校区整体建设基本完工。今年9月28日学生返校前，新校区的建设施工将全部完成。

据悉，医科大搬家将持续一个月时间，前期主要搬运学生行李等，后期主要搬运大型教学科研设备、办公设备和办公用具。新校区投入使用后，老校区将由政府进行拍卖。

大连医科大学昨天正式乔迁

大连晚报　2007.08.11

（文/图　通讯员：胡莉莉）

新校园位于旅顺南路龙王塘街道盐场新村，新校园总规划用地面积约1.5平方公里，是老校园的7倍

本报讯　8月10日上午，十余辆装满了学生行李的卡车在喜庆的爆竹声中从位于星海三站的大连医科大学老校园出发，拉开了大医整体搬迁的序幕。

大连医科大学新校园位于旅顺南路海滨观光带的中段（龙王塘街道盐场新村），距离大连市区29公里，距离旅顺口区中心2.8公里。新校园总规划用地面积约1.5平方公里，是老校园的7倍。一期占地面积114万平方米，建筑面积38万平方米，共有45个单体建筑，分为教学区、生活附属设施区和体育运动设施区，可容纳1.6万名学生生活和学习。

十余辆卡车装满了学生的行李

2005年11月8日，大医新校园建设正式破土动工。今年10月5日大医将在新校园举行60周年校庆暨新校园落成典礼，2007级新生将在“十一”后开学报到。

大医新校园建设遵循“节能型、环保型、生态化、人文化”的理念，突出了生态环保意识、贯穿了以人为本思想、倡导了资源共享的原则，并将“大海、波浪、灯塔”等设计元素融合于整体规划之中，体现了“保护生态、节约资源、促进可持续发展”的主题，使得新校园规划设计方案荣获了2005年全国人居经典规划设计方案竞赛综合大奖。

大海山林相近相融，人与自然和谐共生，一座“国际化、数字化、花园式、开放式”的新校园从根本上改善了学校的办学条件，完善了学校的功能布局，极大地推动了大医教育模式、管理机制、学科建设以及服务体系的改革与创新，加快了学校跻身国内先进医科大学行列的进程。

据大连医科大学副校长邹存慧介绍，大医搬家将持续一个月时间，前期主要搬运学生行李、宿舍家具等，后期主要搬运大型教学、科研设备、办公设备、办公家具等等。

辽宁省实验动物供应基地昨在大医挂牌，记者探秘SPF鼠的“乐园”

极品老鼠住空调间吃消毒饭

半岛晨报 2007.08.30

（首席记者：辛敏娟 实习生：杨雪）

SPF鼠的奢侈生活

温度必须控制在19℃～22℃之间，湿度必须在40～70%之间，如住空调间。光线不能太强也不能太弱，而且必须12小时定期白昼更换。

老鼠吃的是经过钴60射线照射的真空包装全价饲料，这种射线是用来杀死癌细胞的，几乎各种微生物都逃不掉；喝的是经过磁化、净化、高温高压消毒的水……

半岛晨报消息 “老鼠过街，人人喊打”。不过这里的老鼠别说打，就是碰一根寒毛也不行。昨天，辽宁省实验动物供应基地在大连医科大学新校园挂牌，这些特别的老鼠浮出水面。

每年数以百万计的经过特殊培育的大小老鼠从这里被送到各类科研机构、医药单位、生物制品企业。这些老鼠在“献身”前，就在这里享受高规格的待遇。昨天，本报记者探秘老鼠“乐园”。

大医每年培育百余万SPF鼠

在辽宁省实验动物供应基地，记者想和老鼠合影的要求被拒绝了，原因是这里的老鼠全部无菌，怕受到外来细菌、病毒的感染。这里的动物都是SPF（无菌、无毒）实验动物，这种动物无特定的微生物存在。

工作人员介绍，这里的老鼠很娇贵，老鼠种类也很多，大小鼠一共有10种左右。任何人要进入SPF实验室，必须先洗澡。而且包括内衣在内，一切要带入实验室的服装、仪器（比如照相机）都要通过专门的紫外线消毒传递窗传递。

最近，辽宁省政府出台了一个规定，2007年末全省开始实施实验动物标准化，即做实验时要用SPF动物。预计省内每年“SPF鼠”需求量是180万只，而全国目前除大医外仅有3个SPF中心，无法满足供应。

位于大医新校园的辽宁省实验动物供应基地建筑面积将达到2万平方米、动物饲育及实验设施1.4万平方米，可年产大约115万只国际水准的实验动物。

小老鼠解决大问题

为何给老鼠过这样奢侈的生活？该基地负责人王靖宇说，实验动物是生命科学研究中基础中的基础，它标志着一个国家的科技发展水平。无特定病原体动物，由于排除了传染病和寄生虫等对动物实验的干扰因素的影响，实验结果准确可靠。国内很多专家教授的科研论文水平很高，有的甚至是世界领先的，可是就因为做实验用的老鼠不是符合国际标准的“SPF鼠”，所以国外的学术界不承认其实验结果，使中国人错失了很多机会。前几年国内“SPF鼠”数量少、品种单一、价钱昂贵，竟然出现了从国外空运老鼠回国做实验的现象。

另外，实验动物的标准化直接关系到生命科学研究的质量、生物制品的产品质量，以及药品、食品等方面的安全性，就拿流感疫苗的动物实验来说，用普通动物，存在误差，尽管比率很小，但很可怕；而用SPF动物实验，准确率百分之百。

实验动物供应基地落户大医

年产小白鼠115万只

大连日报　2007.08.30

（记者：丁雷）

我国有不少专家教授的科研水平很高，可就是因为做实验用的小白鼠不是符合国际标准的“SPF鼠”，所以国际学术界就往往不承认其实验结果。为了获得实验用的“SPF鼠”，我国不少实验室需要从国外空运小白鼠回国做实验。昨天，年产量达115万只“SPF鼠”的辽宁省实验动物供应基地在大连医科大学挂牌成立，从此，“空运小白鼠回国”这一现象将在辽宁省内的实验室得到根本性改变。

SPF动物是指无特定病原体动物，这种动物体内无特定的微生物存在，是国外已经被广泛使用的实验动物，其中以实验小白鼠为主。大连医科大学SPF实验动物中心是2005年由省科技厅确定的首个SPF动物繁育基地，目前每年可对外供应1.5万只SPF小鼠、4000只大鼠，是东北三省最大的实验动物供应基地。

大连医科大学SPF实验动物中心主任王靖宇教授说，SPF实验室对技术有近乎苛刻的要求，需要保持无菌状态，要求温度一天 24 小时恒定。目前我国仅有北京、上海和大连三地有 SPF 实验动物中心。

据介绍，今年年底，辽宁省将开始实施实验动物标准化，即做实验时必须要用 SPF 动物，一方面来保证实验结果的可靠性，与国际接轨；另一方面可以控制流行性出血热、狂犬病等人兽共患病的传染暴发。据预计，新规定实施后，辽宁省每年 SPF 鼠需求量约为小鼠 140 万只，大鼠 40 万只。

据悉，大连医科大学新校舍专门规划出了建筑面积 2 万平方米、动物饲育及实验设施 1.4 万平方米，建立国际水准的实验动物中心——辽宁省实验动物供应基地，承担全省实验用动物的供应任务，预计可年产 SPF 小鼠 100 万只，大鼠 15 万只。该基地除了为辽宁省内的实验室供应实验用的小白鼠外，还将供应实验用的狗、兔子等近十个品种。

老校友回忆大连医科大学　当年在上海名气相当大

大连晚报　2007.09.30

（文/本报记者：师晓微）

最近，大连医科大学正在搬迁至旅顺新校区，10 月 5 日，医科大学将在新校园举行 60 周年校庆暨新校园落成典礼，可谓“双喜临门”。大连医科大学新校园是老校园的 7 倍，共有 45 个单体建筑，可容纳 1.6 万名学生生活和学习，与学校建成初期的简单校舍和教学设备不可同日而语。

历史上的大连医科大学为我国解放战争做出了不少贡献，它培养出的学生很大程度上解决了当时医疗人员匮乏的燃眉之急。为探寻更多大连医科大学的老故事，记者联系上了几位毕业于大连医科大学的老校友，在他们缓慢的讲述中，一幕幕往事像过电影般展现在记者眼前，仿佛将记者带回到半个多世纪之前的大连医科大学。

前身是关东医学院

大连医科大学的前身是关东医学院，追根溯源，它最早是为支援人民解放战争医疗救护工作与新中国医学人才培养需要而建立的。可以说，历史上的大连医科大学为我国解放战争做出了不少贡献，它培养出的学生很大程度上解决了当时医疗人员匮乏的燃眉之急。

在抗日战争胜利后，国民党政府发动了全面内战，中共中央决定巩固东北根据地。1946年1月，东北军区罗荣桓司令员派辽东军区卫生部第二部长王布君进驻大连，接收日伪医疗机构，组织医疗力量，调集药品、器材等支援东北解放战争。当时的战争期间，医疗救护极需大批军医，在这样严峻的情况下，王布君根据上级指示，着手在大连这一特殊的和平地区筹办建立一所较为正规的军医大学，为战争的医疗救护做后盾，也是为新中国医学人才的培养做准备。在经过多方努力下，王布君接收了一所中学校舍和一些家具、教学设备，在1947年2月成立了大连医学院，除了在大连本地招生外，学校还从山东的胶东军区卫校以及从丹东撤退到大连的东北军政大学辽东分校调转了部分学员。

同年4月，旅大地区召开人民代表大会，成立关东公署，大连医学院奉令改名为关东医学院，并在1947年5月4日举行了关东医学院创校及首届开学典礼，时任卫生厅副厅长的王布君兼任关东医学院院长。1948年，关东医学院迁至关东公署对面五四路26号（现人民广场附近）。

几位老校友告诉记者："所以我们的校庆日应该是5月4日，今年之所以安排在10月5日是因为赶上了搬迁新校址，所以干脆就将60周年校庆与新校园落成典礼放在一起庆祝了。"

曾与理工、大外合并为大连大学

很少有人知道，大连医科大学在历史上曾经与现在的大连理工大学、大连外国语学院一起合并为大连大学。

"那是在辽沈战役期间，中共中央决定要在东北建两所我们自己的党办大学，以培养全国解放后进行建设所需的科学技术人才，后来就有了哈尔滨大学和大连大学，大连大学包括三部分：工学院、医学院和俄语专修科。关东医学院就是在那个时候并入到大连大学成为大连大学医学院的。"一位老教授回忆说道。

当时，上至中共中央、下至旅大地方，都十分重视成立大连大学，根据上级指示，中共旅大地委在1948年10月底成立了大连大学党委及大连大学筹备委员会，由关东公署副主席乔传珏兼任筹备委员会主任委员，并分几次会议讨论建校初期的各大问题。1949年3月，大连大学正式成立。当年的《旅大人民日报》还为此专门发表社论，声称："大连大学的创立是旅大人民难忘的大事，标志着旅大新民主主义建设事业的迅猛前进，象征着旅大地区学术发展的开始。”

随后不久，工学院、医学院和俄语专修科逐渐发展壮大，都各自具有一定规模，在1950年7月，大连大学所属的学院和专科各自独立，并分别成立了大连工学院、大连医学院及大连俄文专科学校。

上海学生争报大连医学院

几位老校友中有一些是上海人，记者很奇怪，上海本就有知名高校，与大连又相隔很远，他们当年是怎么来到大连求学的呢？面对记者疑问，几位老人神秘一笑：“大连医学院当年在上海可算是所名校，名气甚至超过了北大、上海医科大学。细心的人可以发现，大连医科大学里70岁以上的老毕业生大部分都是上海人，我们当年都是冲着党办大学来的。”当年，大连由于受到日本帝国主义多年的殖民统治，大部分中国青少年被剥夺了受教育的权利，大连当时少有的高级中学里就读的也大都是日本人的子女，所以1950年大连医学院刚独立时，招收一定数量并符合质量的高中毕业生较为困难，因此便在上海、北京等大城市招生。

“上海当时虽然已经有一些知名大学，但都是外国人建的私立大学，不知道以后学校会是什么前途。”一位老教授说：“我们都很向往解放区、向往革命，大连医学院虽然是新建学校，但它是党办学校，所以我们都争先恐后去报名参加考试，很多已经上大学一年级的大学生也回来重新报考大连医学院，还有同时考上北大、上海医科大学的学生最后都选择上大连医学院。”

女同学晚上偷跑出去吃馄饨

在刚入学的前3个月里他们不上课，先进行思想政治教育，每个人讲自己的入学动机。从上海来到大连，陌生的环境、全新的生活习惯让他们对一切都感到好奇。

“最记忆犹新的就是‘甩袖汤’和窝窝头，‘甩袖汤’是用白菜、鸡蛋和海蛎子、蚬子做成的，我们一直都很好奇为什么取这个名字？”

因为吃不习惯，很多女同学还没等上晚自习就饿了，她们还曾一起偷偷跑出校门，到学校对面的小饭馆里吃馄饨。

国内外爱国专家学者纷纷来任教

一位教授告诉记者，大连医学院并入大连大学时，它的师资力量曾一度匮乏，后来国内外的不少爱国专家学者纷纷回国来到大连医学院任教，这里面多亏了沈其震院长。

“沈其震院长相当了不起，他当年是中共中央军委卫生部第一副部长，留学日本的博士。大连大学筹备期间，他正在香港执行任务，中央当时电报通知他到大连大学工作，并请他设法聘请知名学者来任教。沈其震便在香港雪厂街建立了联络站，秘密联系上了南京、上海、杭州等地一批进步学者，还通过各种关系聘请到了身在国外的一些知名爱国专家。那些身在国外的专家们来到大连也并不容易，很多人都是没有任何准备突然就上船了，到香港后，又设法分乘外国船只从朝鲜、丹东绕道才来到大连。在沈其震努力下，他还为大连医学院建立了在当时来说相当齐全的图书馆，有各种语言的教辅书籍，还有各种教学仪器，让大连医学院在当时不管是硬件设施还是师资力量都具有相当规模，大连大学正式成立后，沈其震便成为我们医学院第一任院长。”

上世纪60年代，为支援三线建设，大连医科大学在动乱中南迁至贵州遵义，改名为“遵义医学院”。直到上世纪70年代末，辽宁省革命委员会向国务院提出关于重建大连医科院的请示报告。1985年，经过数年努力，大连医学院终于圆满回迁，在1994年1月，学校正式更名为大连医科大学。目前，大连医科大学学校正在往旅顺新校址搬迁，这，将是医科大学又一个新的里程碑，又一次面临全新的开始。

大连建成国际水准大学园　落成典礼在旅顺口举行

人民网　2007.10.05

人民网大连视窗10月5日电　今天上午，大连旅顺大学园暨大连外国语学院、大连医科大学新校区落成典礼合并举行。大连市长夏德仁表示，作为大连旅顺南路软件产业带的重要组成部分，旅顺大学园的落成对大连实施科教兴市战略、建设创新型城市将产生积极而深远的影响。

位于大连旅顺口区塔河湾海滨的旅顺大学园，占地面积2.5平方公里。这里是大连半岛最漂亮的风景区之一。近年来，大连旅顺南路软件产业带发展势头迅猛，这一世界级软件产业带已经成为中国的“绿色硅谷”。4年前，大连市正式确定了旅顺大学园的规划，支持大连外国语学院、大连医科大学异地重建。大连市和旅顺口区两级政府共减免和正在返还土地出让金23亿元，在基础设施配套建设方面，两级政府共投入4亿元，搬迁当地居民1000多户、企业17户，为两所大学的建设打下坚实的基础和创造了良好的环境。经过4年多的建设，今天终于建成了现代化、国际水准的大学园。据了解，大外、大医的搬迁建设是迄今为止东北地区大学换建投资量最大、最成功的两所大学。

大连外国语学院新校区占地面积99.07万平方米，规划总建筑面积42万平方米，可容纳1.8万学生就读。整个校区分为科学教研区、文体区、学生生活区、综合服务区和外事区5个功能区，建筑的通风、采光、用材、植物遮荫、减噪等方面突出以人为本的生态型设计理念，硬件设施配备水平较高，计算机教室全部购置新设备，合班教室为多媒体教室，应用现代教育技术授课，网络速度是万兆可扩展为十万兆，这在全国尚属首家；大连医科大学新校区规划面积1.5平方公里，一期占地面积114万平方米，建筑面积38万平方米，共有45个单体建筑，分为教学区、生活附属设施区和体育运动设施区，可容纳学生1.6万名。新校区建设遵循节能型、环保型、生态化与人文化相结合的理念，将大海、波浪、灯塔和卵等设计元素融合于整体规划之中，规划方案荣获了2005年全国人居经典规划设计方案竞赛综合大奖，展现给人们的是一座国际化、数字化、花园式、开放式的现代高等学府。

大连市长夏德仁在致辞时表示，目前，大连正在加快推进城市的转型，开发人力资源、提升城市的综合竞争力和创新水平将成为今后的重点工作。大连市政府将继续支持所有在大连大学的发展，给予更多的关心、支持和帮助。他希望大外和大医两所大学，充分利用新校园建成的历史契机，加快教育改革步伐，根据市场的需要，调整专业和学科结构，促进产学研的合作，不断提高教学科研水平，为社会提供更多更好的优秀人才和科技成果，为辽宁省老工业基地的振兴、沿海经济带的对外开放，为大连东北亚国际城市的建设作出更大更多的贡献。

辽宁省委常委、大连市委书记张成寅，辽宁省副省长鲁昕，大连市领导夏德仁、李永金、林庆民、怀忠民、里景瑞、魏小鹏、肖盛峰、姚家凯、鞠文华、贺旻、宋增彬，辽宁省、大连市和旅顺口区有关负责人出席了今天的落成庆典。（王金海、张世安）

大连旅顺大学园落成

光明日报　2007. 10. 06

（特约记者：吴琳）

本报大连 10 月 5 日电　今天上午，历经四年的建设，东北地区大学换建投资量最大的大连旅顺大学园暨大连外国语学院、大连医科大学新校区落成典礼在大连旅顺举行。

位于大连旅顺口区塔河湾海滨的旅顺大学园，占地面积 2. 5 平方公里。这里是大连半岛最漂亮的风景区之一。4 年前，大连市正式确定了旅顺大学园的规划，支持大连外国语学院、大连医科大学异地重建。大连市和旅顺口区两级政府共减免和正在返还土地出让金 23 亿元，在基础设施配套建设方面，两级政府共投入 4 亿元。

据了解，大外、大医的搬迁建设是迄今为止东北地区大学换建投资量最大的两所大学。大连外国语学院新校区占地面积 99. 07 万平方米，规划总建筑面积 42 万平方米，可容纳 1. 8 万学生就读。整个校区分为科学教研区、文体区、学生生活区、综合服务区和外事区 5 个功能区，建筑的通风、采光、用材、植物遮荫、减噪等方面突出以人为本的生态型设计理念，硬件设施配备水平较高，计算机教室全部购置新设备，合班教室为多媒体教室，网络速度是万兆可扩展为十万兆，这在全国尚属首家；大连医科大学新校区规划面积 1. 5 平方公里，一期占地面积 114 万平方米，建筑面积 38 万平方米，共有 45 个单体建筑，分为教学区、生活附属设施区和体育运动设施区，可容纳学生 1. 6 万名。新校区建设遵循节能型、环保型、生态化与人文化相结合的理念，规划方案荣获了 2005 年全国人居经典规划设计方案竞赛综合大奖，展现给人们的是一座国际化、数字化、花园式、开放式的现代高等学府。

大连医科大学喜庆60华诞

辽宁日报　2007.10.06

(记者：杨丽娟)

10月5日，位于旅顺大学园的大连医科大学新校园内一派喜庆，3000余名大医师生、校友代表和各界来宾欢聚一堂，共同庆祝大连医科大学建校60周年。全国人大常委会副委员长韩启德题词、全国政协副主席张榕明发来贺信祝贺，省委常委、大连市委书记张成寅，副省长鲁昕出席庆典并讲话。

大连医科大学创建于1947年，前身为关东医学院，1949年关东医学院并入新成立的“大连大学”，改称“大连大学医学院”。1978年，国务院同意在大连原校址复建大连医学院。1994年1月，学校更名为大连医科大学。经过60年的发展，大连医科大学现有31个专业及专业方向、1.5万余名在校生，成为一所以医学为主，文学、理学、管理学、法学等多学科发展的医科大学。

大连医科大学喜迎60周年华诞

人民网　2007.10.06

人民网大连视窗10月5日电　王金海、张世安报道：大连医科大学今天举行60周年校庆庆典活动，辽宁省及大连市领导张成寅、鲁昕、夏德仁、李永金、林庆民、怀忠民、里景瑞、魏小鹏、肖盛峰、姚家凯、鞠文华、贺旻、宋增彬，大连理工大学校长欧进萍，大连大学党委书记赵亚平等出席了庆典仪式。庆典仪式由大连医科大学党委书记宫黎明主持。

在庆典仪式上，大连医科大学党委书记宫黎明宣读了全国人大常委会副委员长韩启德的题词和全国政协副主席张榕明发来的贺信。大连医科大学的校友代表、兄弟院校代表及国际友好学校代表都在庆典仪式上致辞，表达对大医60周年生日的祝贺。

大连医科大学创建于1947年，前身为关东医学院，是中国共产党在解放区创办的第一所正规医科高校。1949年，关东医学院并入新成立的“大连大学”，改称“大连大学医学院”。1950年大连大学建制撤销，大连医学院进入了独立发展的新阶段。1969年，大连医学院为支援“三线建设”整体搬迁到贵州遵义，创建遵义医学院。1978年，在大连原校址复建大连医学院。1994年1月，学校更名为大连医科大学，走入全面发展的新里程。

2005年11月8日，大医新校园正式破土动工。今年8月，大医师生陆续搬入新校园。10月10日，大医2007级新生将开学报到。大医现在已由建校时的1个专业、150名学生，发展到31个专业及专业方向、15000余名在校生。学校下设14个二级学院、8个教育部（系）、1所附属卫生学校、2所直属附属医院，8所非直属附属医院，132个临床教学基地。如今已成为以医科为主，文学、理学、管理学、法学等多学科发展的医科大学。

大连市委书记张成寅代表市委、市政府向全校师生和海内外校友表示热烈祝贺和诚挚问候。他说，大医是一所具有光荣革命传统和独特办学精神的医学高等学府，是高级医学人才摇篮和高水平医科教研、高质量医疗服务基地，为促进大连市医疗卫生事业发展和构建和谐大连发挥了重要作用。高等院校是城市文明和城市综合实力的重要体现，与所在城市的发展互动共荣，相得益彰。优秀的城市需要优秀大学。他希望大医以建校60周年为新起点，加强学科和师资建设，提升办学水平和综合实力，培育更多医学领军人才和中坚力量，为大连率先全面振兴和构建和谐大连提供人才支撑和智力支持。

辽宁省副省长鲁昕希望大医站在新起点，孕育新成果，以教学为中心、育人为根本，更加注重内涵发展，积极发展研究生和留学生教育，形成专业品牌和办学特色，努力建成培养高素质医学人才、创造高水平科研成果、提供高质量医疗服务的医科教研基地。

大连学生首次自发组织大规模献血活动

半岛晨报 2007.10.28

昨日，大连市大学生首次自发组织了大规模的献血活动。为了方便学生献血，大连市红十字血液中心街头采血车也开进了校园，并带回近4万毫升的献血。

昨日，大连市红十字血液中心街头采血车第一次开进大连医科大学中山学院。早晨8时多，采血车就开到学院教学楼前，在接下来的一段时间，工作人员一次次地被前来无偿献血的学生的朴实话语所感动。

07级修复专业19岁的学生隋雅雯说："来到新校园，开始了新的学习生活，献一次血作为纪念，感觉很有意义。"车下一位学生正和工作人员说情，"就让我献了吧，我12月份就过18岁生日了。"原来，她叫王一竹，是07级新生，正在为不满18周岁被拒绝献血而难过呢。

据统计，到下午3时，第一次被学生"邀请"进校园的采血车在这里接待无偿献血者199人次，其中多数是该校学生，辅导员包蕾也被学生的爱心感动，加入到献血队伍。临校的港务学院学生王峰等也在采血车上光荣地献了血。据这次活动的主要发起人——05级针推专业班长李广平介绍，活动得到了同学们的积极响应，前天报名有100多人，昨天就发展到200多。大家都是学医的，对献血有一定的认识，在举手之间就能挽救他人的生命，对社会作一份贡献，同学们都愿意这样做，同时纪念喜迁新校舍。据了解，李广平已经无偿献血1800毫升。

据介绍，这也是大连市第一次由学生自发组织的大规模献血活动，今后只要有这样的活动，大连市红十字血液中心的采血车就会提供周到的服务。

吴汝舟：半世“骨”缘

大连日报　2007.11.16

（文/本报记者：姜云飞　图/赵志红）

他在大连骨外科界被奉为泰斗，他在我国骨科医学领域也是凤毛麟角的人物，他悬壶半世，耄耋之年仍然活跃在手术台上……现年82岁、从医58年的吴汝舟教授在大连骨外科界被奉为泰斗，在我国骨科医学领域也是凤毛麟角的人物：悬壶半世，耄耋之年仍然活跃在手术台上，一站就是几个小时甚至十几个小时，眼不花、耳不背、手不抖、腿不颤；数万患者，手术失败率几乎为零；桃李天下，仍然“恨不得把所有知道的东西都吐出来”；著作等身，荣誉无数，最高兴的还是“看到患者康复起来”……这就是吴汝舟，大连市第二人民医院、大连市骨科医院“教授”——他当过主任、院长，但大家还是都愿意尊称他教授：出于一种发自内心的尊重和对他师表行为的认可。

两年前，吴汝舟80岁的生日是在手术室里度过的——以八十高龄完成骨科精细的手术，在国内已属罕见。两年后的今天，吴教授的同事和晚辈告诉记者，今年要让教授轻轻松松地过生日——在吴汝舟的指导下，一批批年轻有为的骨科医生正在不断涌现。他们继承了吴汝舟的医术，更继承了老教授悬壶济世的半世医风。与两年前相比，吴汝舟有了更多的欣慰，永远不老的心里也升起更多的壮志："如果说我还有什么未了的心愿，那就是我想看到更多的好医生涌现，想在有生之年，看到大连骨科医院和骨科医学跻身中国一流。"

半世骨科名医：手术台上的"神话"

1949年从医至今，吴汝舟的名字在大连骨科界已幻化为手术台上的"神话"。那是用几万例手术"零"失败，堆积起来的声誉和信誉。

1949年吴汝舟毕业于中正医学院，先后担任大连医科大学助教、讲师、副教授、教授，硕士研究生导师，附属第一医院主任医师、骨科主任。1991年被授予国家级有突出贡献专家称号，享受国家特殊津贴。1999年被聘任为大连市第二人民医院骨科主任、教授。长期进行骨折愈合、脊髓损伤、关节外科、脊柱外科等的基础理论和临床研究工作。著作及科研成果多次获部、省、市奖励，他的"三期复合手术治疗僵硬性特发性脊柱侧弯"技术复杂、疗效突出，荣获省科技进步奖一等奖。

58年来，吴汝舟已经记不清他到底为多少患者解除了病痛。即便是在82岁的年龄上——对于骨外科医生而言，这个年龄早已过了退休的年纪——吴汝舟的专家诊仍然会排起长龙。这些患者大多是走了很多医院之后，慕名或者被推荐来找吴教授的。

"都是很复杂、危险的病例，可我是不能再推掉的。"吴汝舟说，"他们来我这之前，已经受了多次打击，我要是再不接，他们就没有一点希望了。"从医半个多世纪，吴汝舟已把"荣辱"两字看得很淡，即便是医疗环境紧张的时候，他依旧我行我素，"没风险才做手术，医生安全了，病人吃亏"。这样的事，他决不肯为，也决不愿为。

记者采访的这一天，吴教授正在给一名肾癌骨转移的患者会诊。患者大约50岁的年龄，病得很重，7处癌细胞转移，脊柱两处地方受压迫，痛苦异常。全市各医院都跑遍了，得到的答复"等吧"、"保守治疗"、"想吃点什么就吃点吧"……"患者来了，已知无望，只求少遭罪。作为医生，我是看不得患者痛苦的。”尽管知道，任何治疗都很棘手，吴汝舟还是在和患者及家属充分沟通的基础上，决定给患者实施手术，先解决颈椎、胸椎的压迫，再控制病灶。“能不能完全治好我没有把握，但至少可以让他活得舒坦一些。”

对患者，吴汝舟从来都是尽量让他们舒坦。当年为了救一名骶骨肿瘤拖到盆腔的女患者，55岁的吴汝舟20个小时没吃没喝，患者输了7000cc的血，肿瘤完全被切除干净。3年后，女患者带着刚满月的孩子来门诊看吴汝舟，跪地谢救命之恩。上个世纪50年代末，一位18岁的女患者脊椎侧弯154度，用老百姓的话讲“比大虾还弯”。经过吴汝舟手术，女患者脊椎恢复到60度。40多年后，当年的少女已是白发老妪，从大西北千里赶来就是为了再见恩人，抱着吴汝舟放声大哭。曾经有位患者来复诊，两个月前吴汝舟给她做过手术。因为怕股骨头坏死，患者一直不敢活动。吴汝舟对患者说：“现在一定要活动，用1/10的劲走路。”“啥是1/10的劲?”患者问。吴汝舟蹲下身子，把手掌摊开在地上说：“来，往我手上踩。”患者犹豫不敢。“没关系，踩上来。”吴汝舟催促、鼓励着。患者小心翼翼地踏上去。“用力，用力……”“再踩您该疼了！”“没事的，你就使劲好了……对，就这样，这就是1/10的劲！”吴汝舟就这样趴在地上，让患者一步步在他的手掌上踩过，体验、牢记1/10的劲。当满头大汗的吴汝舟起身的时候，患者已泪流满面……

见证骨科发展：“我们要学习的还有很多”

吴汝舟几乎见证了新中国成立后，大连骨科医学发展的全部历史，或者说，他就是大连骨科史的“活化石”。在漫长的岁月里，骨科医学的每一点进步都激励着教授那颗永远不愿停歇的心，去追求医术上更精湛的境界。“骨科医学的发展进步与骨科治疗设备的发展密切相关，目前世界上最好的骨科治疗设备仍然控制在外国人手中。所以，我们要学习的还有很多。我们没有理由骄傲自满。”半个多世纪以来，吴汝舟形容自己的从医生涯始终是：兢兢战战，如履薄冰。“面对患者因为疾病而痛苦的身影，我们没有理由、没有权利休息。”其实吴汝舟非常清楚，医生不是万能的，但医生如果没有对患者这份深深的责任感，“是万万不能的”。

正是这份强烈的责任感，使吴汝舟在骨科医学的道路上不断求索，即便耄耋之年，依旧跟踪着前沿科技、前沿技术。“他会上网，检索全世界骨科医学的最新进展；他把这些资料还编成小册子发给年轻医生；他会使用幻灯片制作讲义和教案……教授从来不拘泥于传统的经验，只要对患者有好处，他会应用最好的技术，尝试最新的方法。他从来不以权威压人，反倒特别愿意听取年轻人的意见，喜欢大家讨论。他的学生很多都已是权威专家、主任院长，可他自己却一直愿意留在临床，愿意带刚毕业的学生，像扶植小树苗一样，让他们在踏上医学道路的最初阶段就走得直、行得正。”教授的弟子们说。

吴汝舟创造了很多大连骨科医学之最，但他从来不把这些作为自己夸耀的资本。“58 年来，骨科技术飞速发展，当年那些所谓的大手术、高难手术，迅速地被新的探索取代。所以，我们必须学习，我也必须学习。”上世纪 50 ~ 70 年代，吴汝舟完成的腰间盘突出术和脊柱结合术已属业内高难之作；改革开放后，国外先进医疗器械的涌入，给了骨科医生前所未有的技术飞跃。吴汝舟如饥似渴地学习、掌握这些技术，“过去颈椎等不少地方是绝对不敢碰的禁区；现在没有一块骨头不能动、不敢动。”但吴汝舟始终有一个原则，就是手术必须对患者有利。“我绝不会拿患者的生命和健康做赌注。”追名、逐利在吴汝舟看来，都不可能成就一名有良知的医生。

8 年前，在吴汝舟的力主下，大连市骨科医院在市第二人民医院挂牌，成为我市骨科专科医院。8 年来，这里已经培养了两名博士、14 名硕士，形成数十人的老中青结合的医疗队伍，病床数也大幅增加。在东北地区专科医院中已跻身中上游水平——当然，这里多少包含了吴汝舟的自谦，因为对于骨科医院的发展他还有很多很多心愿。他想培养更多的骨科医疗后辈人才；他想建立骨关节库；他还有许多科研课题想要找出答案；他盼望着能用上更多的中国创造的世界一流的骨科医疗器械……老骥伏枥，志在千里，这是他给自己定下的要求。所以他一次次“金盆洗手”告吹，所以每当有人惊讶于他的“年轻”时，他都格外高兴。

旅顺口区人民医院成为大医二院合作医院

大连日报　2007. 11. 17

本报讯　昨日上午，旅顺口区人民医院与大连医科大学附属第二医院举行合作医院签字暨揭牌仪式。本着“真诚合作、共同发展”的原则，旅顺口区人民医院正式成为大连医科大学附属第二医院合作医院。

根据合作协议，两家医院将在技术支持、人才培养和管理培训等方面进行深入探讨和交流，大医二院将会以会诊、查房、讲课、手术、接收进修学习以及管理知识培训等形式，与旅顺口区人民医院紧密合作，使合作医院在医教研各方面都得到尽快的提升和拓展。（王亚明）

大医迎来马尔代夫客人

新商报　2007. 11. 20

（记者：黄华）

新商报讯　今年是中国与马尔代夫共和国建交35周年，今年8月，马尔代夫在北京建立了驻华使馆。11月18日，马尔代夫驻华使馆馆长、马尔代夫医院院长等一行6人来到大连医科大学，看望了马尔代夫留学生，并与大医师生进行了交流。据悉，大连医科大学于2006年开始招收马尔代夫留学生，目前已有49名马尔代夫留学生在大医进行临床医学学位课程的学习。昨日，代表团参观了大连医科大学附属一院和二院。

十七大精神宣讲小组专题报告受到大学生欢迎

大连日报 2007.11.23

(胡莉莉 记者：丁雷)

近日，由大连医科大学党委宣传部、团委、社会科学与管理科学学院共同组织了十七大精神宣讲小组，宣讲小组在充分学习、研讨、集体备课和组织试讲的基础上，形成了“中国卫生改革与发展”、“党的十七大报告的法制精神”、“解读高等教育的科学发展”、“弘扬中华文化构建和谐社会”四个专题报告。连日来，四场专题报告会场场爆满，在大学生中引起了强烈的反响。

为切实抓好十七大精神进教材、进课堂、进学生头脑的工作，大连医科大学党委分层次组织全校师生认真学习领会十七大精神，对教师提出了党的十七大精神及时进课堂的要求，以讲义的形式将十七大精神补充进学生教材。同时由党委宣传部、团委、社会科学与管理科学学院组织部分教师进行深入学习研讨，使教师做到多学、早学、学深、学透，并将党的十七大精神与高校思想政治课的学科内容有机地结合起来，并且引导教师加强调研。

据介绍，宣讲小组的专题报告紧扣十七大主题，坚持理论与实际结合、历史与现实结合。宣讲小组还将吸纳学生加入，以学生的思想实际来谈体会，以引起大学生的思想共鸣。

“宽恕花籽”种出“和平之花”

一名日本战犯与中国管教的动人故事

参考消息　2007. 12. 06

（本报大连特派记者：徐扬）

一个中国管教的嘱咐，一个日本战犯的遗愿……

时隔50多年，一捧牵牛花籽让一段动人的故事口口相传。

“花籽负载着一名老人的遗愿。”就读于大连医科大学的黑龙江姑娘孙颖，三个月前远渡日本时意外地听说了日本战犯副岛进的故事。副岛进是一名曾经在抚顺战犯管理所接受改造的日本战犯。1956年释放归国前，中国管教人员吴浩然送给了他一把牵牛花籽，嘱咐他“希望你再来中国时捧着鲜花，不要再拿着武器了。回到日本后，种些好看的花，建一个幸福的家吧”。

50多年来，副岛进一直牢记嘱托，他回日本后在院子里种下了这捧牵牛花籽，随后还将繁育出来的新花籽分给了左邻右舍。每到花开时节，院内花枝烂漫。

今年7月，年逾90岁的副岛进去世，但牵牛花籽的故事却没有结束。

“请把花籽带回抚顺”

“听到牵牛花籽的故事，我感到十分意外。”现年25岁的孙颖说。今年8月，为了顺利完成学业，她需要做一本画册，最终她选择去日本拍摄一组主题为《战争与人》的照片。

在日中友好协会的帮助下，她联系到了“抚顺奇迹继承会”。孙颖说，是继承会九州支部的工作人员横山向她讲述了副岛进的故事。

被这个故事深深感动的孙颖决定改变行程，前去拜访副岛进家人。很快，横山和孙颖约好时间共同前往位于佐贺县庄町农村的副岛家。孙颖说：“那是一个草木葱茏的院子，牵牛花十分茂盛。”

“托中国人的福，副岛进能够活着回来。”这是副岛进夫人见到中国客人说的第一句话。这个慈祥的老太太见到横山带着一个中国姑娘来访，显得十分高兴，一下子就打开了话匣子，向客人详细地讲述了副岛进的经历。

在副岛进家中，摆放了一些日本战犯回忆抚顺战犯管理所的书籍，还有一盘新近采摘的牵牛花籽。据副岛夫人讲述，1937 年 2 月，当时只有 21 岁的副岛进被派到中国参加侵略战争。曾任关东军宪兵队司令部宪兵曹长，1945 年 9 月被俘，1950 年 6 月起在抚顺战犯管理所接受改造，1956 年被释放回国。返回日本后，副岛进重新当起了农民，直至去世再未回到中国。

临别时，副岛进夫人用纸包了一小把牵牛花籽给孙颖，并在上面写上了日期。老人对孙颖说："如果你要去抚顺，请把花籽带过去吧。"

故地重植"宽恕之花"

牵牛花籽的故事发生在辽宁抚顺战犯管理所。"但我们作为晚辈也是第一次听到。"抚顺战犯管理所陈列馆馆长侯桂花告诉记者。从 1950 年到 1964 年间，包括副岛进在内共有 982 名日本战犯在这里接受改造，最终被全部释放。经过长时间的改造教育，这些昔日的杀人魔鬼人性得以回归，并最终和中国的管教人员结下了深厚的感情。侯桂花说："当时这里是一所特殊的监狱，日本战犯们将管理所称为'学校'，将管教员称为'老师'，除此之外，世界上还有哪一所监狱是这样呢?"

时隔半个多世纪，中日双方当事人都已经过世，故事的细节已经无从考证，但副岛进生前曾经与"抚顺奇迹继承会"九州支部合作出版了一本名为《宽恕之花》的画册，可以为找寻副岛进从"鬼"变成人的轨迹，以及牵牛花籽的故事提供注解。

以一幅牵牛花在绿叶中盛开的精美图画为封面的画册这样介绍："我是 1937 年参军的，那时日本军队在中国东北炮制了'满洲国'；他们侵略并夺取的，不仅仅是许多中国人的生命，还有大片的土地和大量的煤炭。"

副岛进在画册里没有对侵略行为进行丝毫的隐瞒。日军将中国俘虏作为练习刺杀的活靶子、日军在抚顺平顶山村制造的屠杀惨案，都在作者的画笔下呈现给读者。

令副岛进最难忘的是在战犯管理所接受改造的日子。画册中这样写道："在那里，战犯们受到了良好的待遇。过去拿着刀枪的双手，现在拿起了乐器，握起了画笔。管理所的老师和职员们从没有大声训斥过我们，也从没有轻视过我们。曾经是士兵的我们，现在要用良心发现问题，他们一直在耐心地等待，直到我们认识到自己所犯下的罪行……有一天，终于有人把自己的罪行一点不漏地说出来了，从那时开始，坦白持续不断。就这样，我们被宽恕了。我们回日本的时候，管理所的老师这样说：不要再拿着武器来中国了。回到日本后，种些好看的花，建一个幸福的家吧。”

书中最后写道：“已经过去50年……那时，带回的牵牛花籽，我们夫妇至今还精心培育着。愿‘宽恕之花’成为‘不战之花’。”

“我们查找了很多历史资料，发现吴浩然送给副岛进的花籽就是战犯管理所种植牵牛花所结出的。”侯桂花说，“直到今天，我才明白为什么一些日本战犯重返故地时，总是会问‘牵牛花怎么不见了’。”

抚顺战犯管理所将孙颖从福岛进家带回来的牵牛花籽种在了当年战犯劳动过的花房里，期待着这些从日本归来的种子来年生根发芽。

“希望故事代代相传”

作为这个故事的一名发现者，孙颖想把原来的摄影画册《战争与人》改名为《两端》。“一端是中国人的博大胸襟、以德报怨，一端是日本战犯的改过自新。”孙颖说，“听完副岛进的故事，我看到了人性的另一面。”

在日本短短的20多天时间里，孙颖对历史和战争有了更多的思考。促使她思考的，除了副岛进的故事，还有中归联和“抚顺奇迹继承会”。中归联是曾在抚顺战犯管理所改造过的日本老兵回国后成立的组织，几十年来不间断地在全国各地奔走揭露侵略罪行，讲述中国人的博大胸襟，为促进日中友好而努力着。

2002年，由于该组织成员年岁已高，很难继续开展活动，一批日本青年自发成立了“抚顺奇迹继承会”，誓言将中归联未竟的事业继续下去。

孙颖说，帮助她寻访的“抚顺奇迹继承会”，也改变了她以往对日本青年的看法。“‘抚顺奇迹继承会’九州支部很多成员都是老师。他们告诉我，越来越多的日本‘80后’一代开始成为父母，他们希望通过《宽恕之花》这样的画册来影响这些年轻的父母，从而让下一代了解历史真相。”

牢记历史不意味着延续仇恨。在孙颖看来，此次去日本所见所闻有些不可思议。她将把自己的经历讲给家人和朋友，让他们也都更加冷静客观地认识历史与现在。

采访即将结束时，她说：“我认为中日需要更多的交流，特别是像我们这样‘80后’出生的年轻人，将老一代‘和平花籽’的故事一代一代传下去。”

大学生义工“送医”到乡间

大连晚报　2007.12.17

（本报记者：冯雪冰）

本报讯　12月15日下午，市慈善总会义工分会下属大连医科大学义工站的大学生义工和基础医学院2005级的同学们一同前往旅顺口区龙王塘镇盐场新村，为村民开展义务诊病治病活动。一下午时间，大学生共诊治病人近两百人次，发放200余份健康知识手册。

据介绍，市慈善总会义工分会下属的医科大学义工站除开展医疗服务以外，还先后组织开展了关爱留守儿童、做三无老人好儿女、义务辅导功课、医疗卫生知识宣传等多项服务活动，志愿服务在大连医科大学已经蔚然成风。

无偿献血志愿者服务队　滨城“红马甲”上岗

大连日报　2007.12.24

昨日上午，大连市第一批无偿献血志愿者服务队“红马甲”正式上岗——300多名来自大连医科大学中山学院的学生成为刚刚成立的大连市无偿献血志愿者服务队大学生分队的首批成员。他们中的百余人，昨日穿着“红马甲”专程来到青泥洼桥大商步行街参加无偿献血。

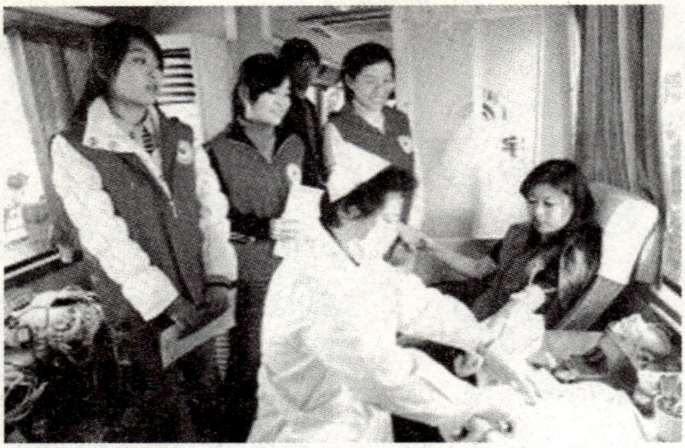

大连市无偿献血志愿者服务队是在我市无偿献血者俱乐部的基础上成立的志愿者服务组织。据统计，《献血法》颁布 9 年来，我市共有 50 多万人次无偿献血，其中有 8 万高校学生参加献血。我市已形成 5000 多人规模的固定献血队伍和 200 多人的稀有血型献血队伍。这些献血者的奉献，保证了我市临床用血的安全和需求。无偿献血志愿者服务队的成立，将为广大献血者搭建一个相互关爱、奉献社会的平台。仅在刚刚过去的这个双休日，我市城乡就有千余人无偿献血。

王立明　慈悲心肠似菩萨　医术高超比扁鹊

香港文汇报　2007. 12. 28

（本报驻辽宁记者：齐晓玫）

《列子》记载，公元前 300 年，扁鹊为两人互换内脏以治病，是史上最早有关器官移植的记载。文章大意是，扁鹊大夫见公扈、齐婴两人有疾，就给他们喝下药酒使之昏迷三天，然后施行剖胸互换心脏的手术，结果两人都痊愈了。大连医科大学附属二院普通外科暨器官移植中心主任王立明就是这样一位被称为现代扁鹊的医生。

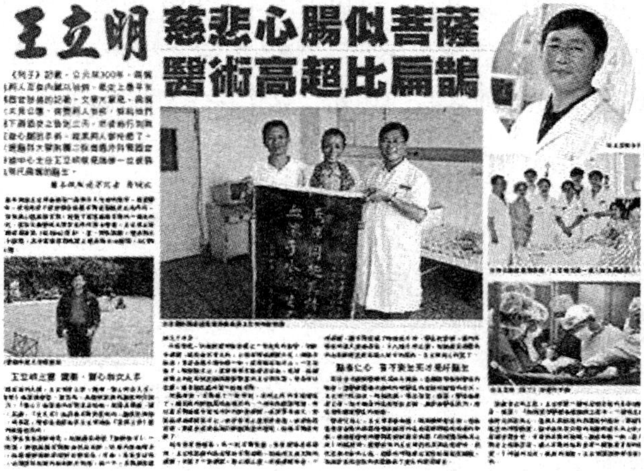
王立明 慈悲心腸似菩薩 醫術高超比扁鵲

最早关注王立明是因为一连串令人咋舌的数字，他从医20年，成功完成了胰肾联合移植手术并协助成立新外科，成功完成心脏移植手术，开创了器官移植手术的一个新的时代。作为大连医科大学首批外科博士生导师，王立明主持参与多项国家（包括863项目）、省、市级课题，发表论文四十余篇，其中在国际性杂志上发表论文10余篇，SCI论文4篇。

王立明三宝：鹰眼、狮心和女人手

熟悉他的人称，王立明有三宝：鹰眼、狮心和女人手，“鹰眼”是说他睿智、悟性高，具备对疾病的观察和分辨能力。“狮心”是说他的手术意志坚强，象征着勇敢、机敏、果断。“女人手”是赞他手术操作轻巧，观察疾病细致。同事说，很多生命就是靠王立明用这“吉祥三宝”从鬼门关抢回来的。

大学生亮亮患肝硬化，母亲赵安清欲“割肝救子”。一般来说，肝脏移植手术都是切左半肝，切除的量是很少的，这样做对供肝者相对比较安全，可是，亮亮身材高大，必须得切母亲的右半肝才够用，这一下，手术风险就加大了不少。

不仅如此，切右肝还可能会碰上一些危险的血管。切肝中静脉，风险是非常大的，上面有很多静脉小孔，稍微不注意，甚至是用小细针刮一针，就可能出血不止，一旦出血了，缝也缝不上，就眼睁睁可能看着出血，死掉。这种技术上的危险对于临床经验丰富的王立明来说，完全可以克服，他自信沉稳的接下这个手术。

可谁想到，手术做了一段时间，意料之外的事情发生了，赵安清的肝脏居然是畸形的。一根本来应该很细、可以在手术过程中忽略不计的肝后静脉，长得异常粗大。如果这根粗静脉接不上，或者接完之后形成扭曲，或者血栓形成，那就会造成这部分肝脏术后的坏死，这个手术就失败了。

开弓没有回头箭，另一间手术室里，亮亮还等着移植呢。王立明果断的决定增加手术环节，把这根又粗又短的静脉，再接了一段静脉，搭上桥之后，再做静脉吻合。一根静脉，让手术多做了两个多小时。医生们紧张，在门外等候的家人更是着急。十八个小时之后，母亲赵安清体内的右半肝终于成功植入儿子的体内。王立明开心地笑了。

医者仁心　看不淡生死才是好医生

在社会不断对医疗行业加大关注，当媒体增强对医生的监督，当医疗体制不断的拷问医生的良知和道德的今天，王立明一席白衣，两袖清风，慈悲为怀。他说，医生是患者上帝，为不健全的生命皈依正道。患者是医生裁判，用生命来衡量医生的价值。

医者父母心，王立明苦修本领，与病魔争夺生命，但是当没有合适的供体而导致鲜活的生命在眼前黯然消逝的时候，他国际领先的医术在面对没有供体“巧妇难为无米之炊”的尴尬时，从医多年的王立明仍然未将生死看淡、仍然控制不住的心痛。积极的呼吁成立器官移植协作组织，为患者寻找合适的供体提供了更大的选择机会。

谈起自己的工作，王立明被一种淡定而自信的光芒围绕着。他说：“无论从学医还是在临床工作中，一种满足感始终充斥在内心。当病人将鲜活的肉体托付给你，那种被信任的神圣感觉，似乎是只有分娩的母亲和造人的上帝才有机会体会吧。千百例手术的锻炼，经多年磨一剑，在手术台上指挥若定，进入手术的境界会有一种游走自如的感觉。”神韵的功夫，豪放的情怀，王立明说话时眼睛亮亮的。

第二篇 02

| 2008 |

媒体眼中的大连医科大学

王靖宇：中国导盲犬之父

华人时刊 2008.01.01

【他是一位海归博士，却喜爱上了导盲犬，并自费建基地进行培训，填补了国内的一项空白，也为2008年北京残奥会作出了贡献。】

他叫王靖宇，是大连医科大学实验动物中心主任，海归博士。近些年来，他因自费为2008年残奥会培训导盲犬并进而推动与导盲犬相关法律的诞生而成为新闻人物，被媒体誉为“中国导盲犬之父”。

中国也应该有自己的导盲犬

1964年，王靖宇出生在吉林省九台市，父母都是教师。1982年，18岁的王靖宇高中毕业后考入吉林省延边大学农学院畜牧专业，1986年大学毕业后，王靖宇回到家乡九台市畜牧局工作，1992年年初，国家农业部在在职人员中选派留学生到日本留学，业务精湛、工作刻苦的王靖宇被选中，当年被派往日本群马县学习农业、农机和畜牧。一年后，当其他留学生结束留学生活回国时，酷爱学习的王靖宇却考上了广岛大学的研究生，留在了日本，主攻动物行为学，2001年，王靖宇获得了生物学博士学位。王靖宇获得博士学位后马上就被日本和加拿大等国的科研机构盯上了，但是，王靖宇还是放弃了国外优厚的待遇，毅然回国。2001年11月12日，王靖宇来到了大连医科大学，任实验动物中心主任，开始筹建SPF（标准化）项目。当时，中国许多医学专家的科研论文水平很高，但就是因为做实验用的白鼠不是符合国际标准的SPF鼠，所以国外学术界不承认这些医学专家的实验结果，这使中国人错失了许多机会。王靖宇筹建SPF项目的首要任务就是为中国医学专家培育SPF鼠。经过一年多的努力，王靖宇终于培育出了SPF“长爪沙鼠”和“615小鼠”，填补了国内空白，为祖国医学做出了巨大贡献。SPF白鼠培育成功后不仅解决了国内医学专家实验用标准化动物问题，也为中国有效控制流行性出血热、狂犬病等人畜共患病的暴发流行提供了保证。目前，王靖宇培育出的SPF白鼠不仅满足了本校教学、实验用鼠，而且每年都可向外供应15000只SPF小鼠和

4000只SPF大鼠。2004年9月，王靖宇在看雅典残奥会直播时，一个现象刺痛了他的心，在电视屏幕上，他看到许多外国盲人运动员进场时都牵着导盲犬，而中国盲人运动员却没有。作为主攻动物行为学的生物学博士，王靖宇对这种被外国人称为“上帝的礼物”的导盲犬非常喜爱，早在日本留学时，他就对导盲犬的由来、习性以及培训方法有所了解。全球第一只导盲犬诞生在1819年的维也纳，当时一个神父把一条绳子拴在狗的脖子上，训练这条狗给人带路。后来，到了1916年，德国创建了导盲犬训练学校；1926年，全球有了导盲犬协会。1938年，日本人首次接触导盲犬；1957年，日本有了属于自己国家的导盲犬。而中国，到2004年时还没有一只导盲犬。导盲犬对于盲人来说作用非常大，它可以引导盲人走路，也可以料理盲人的生活，第一次世界大战时，许多外国军人因受毒气熏染而造成失明，正是靠着导盲犬的辅助才得以重返社会。美国遭受“9·11”袭击时，一个盲人正在世贸大楼内办公，他的导盲犬听见巨大的爆炸声响后出去看了一下，然后回来引领主人在世贸大楼倒塌前安全地走出了世贸大厦。这一事件令世界震惊。导盲犬非常通人性，和人的感情非常深厚，日本电影《导盲犬小Q》赚下了一亿亚洲人的眼泪就是证明。在雅典残奥会上，外国盲人运动员有导盲犬，而中国盲人运动员没有，难道到了2008年，残奥会在中国北京举办时，中国的盲人运动员还没有导盲犬吗？想到这些，一种强烈的责任感使王靖宇决定站出来培训中国人自己的导盲犬。王靖宇的主业是培育实验用动物，导盲犬不属于实验用动物，不能占用培育实验用动物的经费，因此王靖宇决定自己出资购买、培训导盲犬。主意拿定后，王靖宇开始寻找培训用的幼犬了。从2004年10月起，每个周末，王靖宇都去沈阳、鞍山、大连等地的宠物市场寻找，终于陆续找来了3条幼犬，他给这3条幼犬分别取名为石头、毛毛和露露。为买这3条幼犬，王靖宇花了近2万元钱。

首批导盲犬走进盲人生活

在庞大的犬家族中，国际上公认最适合做导盲犬的犬种是英格兰的金毛猎犬和加拿大的拉布拉多犬，这两种犬成年后身高60厘米左右，体重30～40公斤，而且步伐和人一致。但这两种犬之所以最适合做导盲犬还在于它们性格温顺，生来就与人亲近，从不咬人，而且有足够的聪明可以学会人类教给它的一切，并忠诚地、心无旁骛地用所学来的一切为人类服务。虽然金毛猎犬和拉布拉多犬最适合做导盲犬，但只有那种聪明、稳重，有判断力的犬才能够用来做导盲犬。挑选导盲犬幼犬时，在一群幼犬中，挑选者伸出手，马上跑过来，跑过来就舔人手的犬会被淘汰掉，只有那种停顿一下，思考一下再跑过来，跑过来后闻一闻人的手再舔的幼犬才能被选中。王靖宇买回来的3条幼犬都是经过这样多项严格挑选才选出来的。这些犬都刚出生一个月左右。培训导盲犬的第一步是将幼犬放在家庭中寄养，这个寄养家庭最好无6周岁以下的儿童，让幼犬和人建立起相依相恋的情感，让人类教会幼犬文明的生活规律。因为是培训首批导盲犬，因此，王靖宇将这3条幼犬带回自己家中，亲自调养。王靖宇家住越层楼房，为了让幼犬住得舒适，王靖宇将一楼的客厅做了幼犬的居室，给每条幼犬都做了舒适的小布床垫。幼犬毛病很多，大小便无规律，爱撒娇，咬电话线、叼鞋、上沙发、挠沙发、吼叫等等，在一日又一日逝去的日子里，王靖宇像对待孩子一样耐心地改正幼犬这些毛病，使它们渐渐地养成了文明的生活规律。犬的智力发育很快，近1岁的犬智力水平相当于6岁儿童，成年犬被培训成导盲犬后智力水平相当于8岁儿童。犬的主人意识、领地意识很强，很会看人的眼色，并根据人的眼色来判断自己在这个家庭中的位置，如果这个家庭极其宠爱这条犬，那么这条犬就会无法无天，以家里老大自居，不服人管。第一条幼犬石头寄养在王靖宇家中时，因为怕犬自己在家里呆着寂寞，因此，每次全家出动时王靖宇都将石头抱上车，石头知道自己的位置，每次都是乖乖的和王靖宇的妻子坐后排，可是，当坐在副驾驶位置的王靖宇的儿子下车时，石头就会爬过来坐在副驾驶的位置上，这时如果有陌生人要坐副驾驶位置，石头就会用身子去挤那个人。当王靖宇一家人去商场购物将石头自己放在车上时，石头就会坐在正驾驶位置上，将两只前爪搭在方向盘上，假装开车。如果给石头买了皮球、狗咬胶等玩具，只要它认定了是它的，玩过了，它会把这些玩具归拢到自己的领地里，不准别人动。后来陆续在王靖宇家寄养的毛毛和露露也几乎和石头一样，都知道自己在家中的位置，都具有领地意识。当这3条幼犬长到1岁大时，王靖宇将它们放到实验动物中心进行培训，犬和主人分离很痛苦，为了让犬和驯犬员早日建立起新的主人关系，王靖宇虽然非常想念3条离开他的犬，但他还是忍着，不去看犬。首批3条犬进入培训后，王靖宇又陆续买来了QQ、阿罗、奔奔、拉拉等数十条犬，长沙的一个宠物爱好者还捐赠了一条金毛猎犬沙沙。2006年5月，王靖宇在他的实验动物中心建起了全国首个导盲犬培训基地。为了扩大犬的数量，王靖宇忍痛让最具替质的阿罗做了妈妈，在2005年内，阿罗和一条纯种金毛猎犬雄犬交配，一年内，阿罗产了两窝，共生下20条小金毛猎犬。王靖宇广泛搜罗、繁育导盲犬，最多时他拥有120多条储备犬。这些储备幼犬绝大多数都放在志愿者家庭寄养，养到1岁大时再拿回基地筛选、培训。筛选淘汰犬的过程非常残酷，没有几条犬能够顺利通过。当犬进入培训基地时，驯犬员首先给犬喂食，驯犬员在犬吃食物时不停地用手在食物里来回划动，如果哪条犬发出护食的声音，则立刻被淘汰。淘汰犬有几个一票否决：冲人吼叫、曾祖代、祖代、父母代有咬人的记录、见到动物追、特别活泼或特别胆小（比如放鞭炮时犬哆嗦、撒尿、呕吐等）、没有判断力、近视、流口水特多等，这些项里，只要有一项就会被淘汰。阿罗生的20条幼犬经过这样的淘汰最终只有4条合格，进入培训过程。被选中做了导盲犬的犬会被剥夺生育权，无论雌雄，一律会被去势，这无形中给导盲犬赋予了一种悲剧色彩。王靖宇所做的这一切都是公益性质的，幼犬和狗粮都是他自己出钱来买。为他的精神所感动，在培训基地做驯犬员的也都是志愿者，这些人有的是他的学生，也有许多外省市的志愿者。这些人没有工资，但都默默的、勤恳地工作着；因为他们知道他们是在为中国的盲人无偿的培训导盲犬，是在做着一项中国从来没有过的工作，是在和王靖宇博士一起完成一个了不起的心愿。最早在培训基地做驯犬员的是王曦和宋雅楠，王曦培训的是石头，宋雅楠培训的是毛毛。本来当时露露也非常有潜质做导盲犬，可是，由于驯犬员疏忽，露露偷情，怀孕了，只好被淘汰。

驯犬工作很辛苦，首先要教会犬听口令，这些口令采用国际惯例，用英语发出，然后再教犬走盲路，走直线，教犬遇到墙角提示主人转弯，上下台阶时停下来用身体挡一下主人的身体。犬永远走在人的左前方，超出人半个体位。还要教犬学会抵制诱惑，不为路边的动物、事物所动，不吃主人以外的人给的食物，拒绝主人以外的人牵引等等。刚开始培训犬时，由于犬的精力不集中，驯犬员又没有经验，因此，一个口令、一个动作要教无数遍，可就是这样，有时犬明明学会了一个动作，但转过天再训时又忘了，这让驯犬员有时感到很绝望，以为自己不是驯犬的料，或是犬压根就不会训好，情急之中，有的驯犬员还对犬进行过惩罚。但训犬员们感受到最多的还是和犬在一起时的快乐，当犬学会了一项指令时，驯犬员们会给犬香肠吃，以奖励它们的聪明能干。导盲犬培训基地坐落在美丽的星海公园海滨，每天傍晚，当结束了一天的训练时，驯犬员们都会把犬带到海边，和犬一起下海冲浪，在沙滩上和犬一起嬉戏，玩小皮球、飞碟、狗咬胶。在王靖宇和驯犬员们的共同努力下，从2005年10月起到2006年11月，大连导盲犬培训基地仅用一年多时间就成功地培训出3条导盲犬，而日本当年从开始着手培训自己的导盲犬到培训出第一条导盲犬整整用了19年。培训成功的导盲犬具备以下特点：通人性，能听从主人的口令并感知主人的心情，在家庭中帮主人料理简单的生活起居，能引导主人到达想去的地点，能带领主人过马路，转弯、保护主人上下台阶，不吃主人以外的人给的食物，拒绝主人以外的人牵引等等。一条培训成功的导盲犬可在盲人家里服务6~8年。2006年11月中旬，在大连市残联的推荐下，大连市内的8个盲人来到了导盲犬基地与导盲犬磨合，经过认真筛选，最终由亮、王晓军、张德宏3人于12月26日获得了免费使用导盲犬的资格。那是一个激动人心的时刻，手牵导盲犬的盲人脸上满是发自内心的灿烂的笑容，有哪一个盲人不希望自己能拥有一双眼睛呢？而导盲犬就是上帝送给盲人的眼睛啊！看着手牵导盲犬的盲人幸福的样子，站在一旁的王靖宇流泪了，中国的盲人终于也有自己的导盲犬了，他终于为中国的盲人做出一份贡献，终于为推动中国的文明进步出了一份力。由亮是一名盲人歌手，小时候得了糖尿病，26岁时双目失明，有了导盲犬石头后，她再去残疾人艺术团练歌时就不用家人领着了，石头会带着她过马路，上台阶，将她领到艺术团。张德宏是中国按摩协会副会长、大连市金州区盲人协会主席，有了导盲犬奔奔后，他去离家不远的公园晒太阳时再也不用妻子领着了，他只要想出去，叫一声奔奔，奔奔就会带着他去公园。王晓君社会活动较多，她常常带着毛毛在市内奔走，毛毛给她带来了许多方便，堪称她的眼睛。可是，由于人们对导盲犬是工作犬还不理解，因此，她牵着导盲犬想乘公交车，打出租车时，人们不让导盲犬上车，这给她带来不少麻烦，一段时间后，她放弃了使用导盲犬。她使用的毛毛转给了家住旅顺口区双岛街道的张素俊夫妇。张素俊夫妇都是盲人，有了导盲犬后，夫妇二人去市场买菜，去商场等再也不用邻居领着了，而且毛毛还能帮张素俊夫妇找鞋、找衣物等。

导盲犬将走进2008年残奥会并助推相关法律诞生

从2004年10月开始到现在，为培训导盲犬，王靖宇共花费各种费用近50万元。虽然为了导盲犬几乎花光了他在日本积攒下的全部积蓄，但他一点儿也不后悔，因为他的导盲犬事业已经渐渐壮大起来了。现在，王靖宇的导盲犬基地已经有3条导盲犬交付盲人使用，16条正在培训中，其中有6条基本培训成功，46条储备犬在志愿者家庭寄养。王靖宇的导盲犬基地已有驯犬员16名，这些人大多是志愿者，平均年龄28岁。王靖宇自费为盲人培训导盲犬一事在国内外引起强烈反响，国际导盲犬联盟对中国有了导盲犬非常关注。联盟的秘书长多次来大连考察指导培训工作，美国、加拿大、澳大利亚、日本、韩国等国家的同行也纷纷前来交流经验，共同探讨导盲犬及盲人事业。中央电视台《实话实说》、《新闻会客厅》、《走近科学》，凤凰卫视《鲁豫有约》等栏目及国内外众多媒体都对王靖宇和他培训的导盲犬进行了报道。国内外各界对导盲犬的关注让王靖宇和他的驯犬员们非常欣慰。2007年5月，中国第7届残疾人运动会在昆明召开，王靖宇决定抓住这次机会让他的导盲犬在残运会上亮相。王靖宇这样做是想让更多的人知道导盲犬及导盲犬事业，也是想让导盲犬感受一下赛事，包括经受焰火、音响等方方面面的考验，为导盲犬参加2008年残奥会练兵。还有更重要的一点，王靖宇是想通过参加这次赛事引起相关部门对导盲犬的关注，进而促进允许导盲犬作为工作犬进入公共场所的法律的诞生。2007年5月10日，经过多方面协商，王靖宇和大连市残联有关领导以及驯犬员带着导盲犬沙沙和虎虎乘坐南航飞机飞往昆明，实现了中国犬和人同舱乘机零突破。在此之前，犬坐飞机只能乘货舱，乘坐之前需要打氧气。导盲犬在中国是新生事物，大众对导盲犬是工作犬这个概念还没有较深的认识，因此就出现了盲人王晓军使用导盲犬却无法乘车的现象。目前，中国有1233万盲人，才仅有几只导盲犬，而且导盲犬进入商场、饭店，进入车站码头和主人一起乘车等等还非常困难。有关导盲犬的一切还远没有普及，还没有一部相关法律规定允许导盲犬作为工作犬和盲人一起进入社会公共生活。王靖宇本人也非常深刻地感受到了这一点。2007年5月10日，他带着导盲犬乘南航飞机去昆明参加第7届残奥会，在飞机上他经历了让他哭笑不得的事，有几位乘客对他带着犬乘飞机非常不满，对他说："有钱怎么了？有钱也不能带狗坐飞机呀！"这更让他感到了普及导盲犬知识及为导盲犬立法的重要性。让王靖宇高兴和欣慰的是，导盲犬在残奥会上一亮相，不但引起了盲人运动员的强烈关注，也引起了参加残奥会的国务院副总理回良玉，中残联主席邓朴方的关注。5月14日，回良玉和邓朴方亲切接见了王靖宇，对他培训导盲犬，为2008年残奥会，为全体盲人做出的贡献表示感谢，给王靖宇以很大的鼓励，并表示要在法律上支持导盲犬。2007年5月20日，是世界助残日，为让更多的人知道导盲犬，王靖宇和他的驯犬员们带着导盲犬在北京地坛公园和大连的胜利广场进行了表演。5月22日，王靖宇又和大连市残联的领导及有关人员专程去北京中残联2008年残奥会组委会，和中残联理事长、2008年残奥会组委会常务副主任汤小泉等领导人就2008年导盲犬进入赛场的司法问题进行了会谈。也就是在这次会谈中，王靖宇明确知道了2008年残奥会期间导盲犬可以进入会场。2007年12月，中残联在准备提交给全国人大的《残疾人保障法》中将写进有关允许导盲犬进入社会公共生活的内容，如果全国人大不能通过这些内容，2008 年残奥会奥组委临时立法委员会将临时立法允许导盲犬进入奥运会场。现在，中残联已经在王靖宇的导盲犬基地设立了中国导盲犬大连培训基地，到 2008 年残奥会时，王靖宇将拿出 5 ~6 条导盲犬奖给在残奥会上获得奖牌的盲人运动员。王靖宇拿到残奥会会场的导盲犬有：沙沙、虎虎、小可、斯塌、威尼和贝贝。王靖宇希望届时能有国内外有爱心的企业能为这些导盲犬冠名，以募集资金为中国的盲人培训出更多的导盲犬。中国培训一条导盲犬需要 5 ~10 万元人民币，在国外培训导盲犬的资金主要来自于政府扶持、企业赞助和社会民众捐助，而王靖宇的导盲犬基地培训所需资金主要靠王靖宇自己出资。目前，王靖宇几乎用光了他在日本时积蓄下的所有的钱，但他仍然一如既往地以极大的热情投身于导盲犬事业。他生活俭朴，衣着简单，使用一部老旧的、时常因信号不好而听不见对方声音的手机。但他无怨无悔，因为他知道，当中国的许许多多的盲人牵着导盲犬走在街上，上下公交车，进出商场、饭店成为一道风景时，中国的社会文明将大大的前进一步，他期待着。

《华人时刊》2008 年第 1 期
《瞭望中国》2007 年第 11 期

唐建武委员谈女大学生就业难　建立补偿机制很关键

人民网；新华网　2008. 03. 03

（记者：贺霞）

唐建武委员，全国政协委员，大连医科大学校长。

针对目前女大学生就业难问题，全国政协委员唐建武寄语女大学生：实现就业是一个系统工程，但每个系统工程都要一步一步地走，让我们找到女大学生就业问题的症结，迈出第一步！

近几年，女大学生就业难成为全会广泛关注的“老大难”问题，今年两会，大连医科大学校长唐建武委员带来了他的相关关提案。他认为，解决女大学生就业难的关键在于建立健全相关法律和建立相应补偿机制。

唐建武委员认为，主要是以下几个原因造成了当前女大学生的就业难：一是社会本身对性别的不公平，而这种不公平又是长期形成的；二是现在男、女生上大学的机会已经实现了平等，女大学生比例增长很快，但社会却没能相应增加岗位供给；三是由于女性具有在家庭和社会中角色的双重性，使用人单位对录用女生存在某种潜在的抵抗心理；四是相关法律、政策不健全，目前还没有保护女大学生就业的细责和相应违规责罚；五是女大学生在心理上自强自立的奋斗精神还有待进一步加强；六是当前就业岗位紧缺、就业难已成为一个普遍性的社会问题。

唐建武委员在他的提案中提出的解决建议是：一是要努力在全社会形成一种性别公平、男女平等的氛围；二是要使相关法律法规跟得上；三是要让国家、社会、单位和个人共同负担起性别差异给各方面造成的损失，即要有一种合理的补偿办法；四是要有专门的机构来促进大学生（包括女大学生）就业，要在就业指导中纳入性别等方面的分类指导；同时，还要加强对女生择业的心理、技能等方面的指导，并应把就业指导提前至高中阶段，使女大学生能更早地开始自己的就业设计。

大医附属二院设立癫痫治疗中心

大连晚报　2008.03.12

（首席记者：陆彤）

本报讯　昨天，大连医科大学附属二院中美合作癫痫治疗中心正式揭牌设立。此中心是东北三省首个癫痫病单病种治疗中心。

据了解，该治疗中心是在该院经过与美国西雅图友好医院——Swedish Medical Center 癫痫中心两年的全面临床技术合作基础上建立的。据悉，SMC在全美享有盛名，两年来，为大医附属二院专业培训了从事癫痫外科的资深神经外科专科医生，同时将美方全套的癫痫中心的管理模式、组织框架、运行经验带到大连。

大医中山学院团队训练培养学生意志品质

大连晚报　2008.03.24

（本报记者：子慧）

本报讯　一个同学站在台上，十名同学手拉手站在台下。台上的同学问："大家准备好了吗?""准备好了。"随即，台上的同学背朝台下往后倒，台下的同学用手接着。昨日，记者在大连医科大学中山学院的操场上，看到了这样一堂非常别致的训练课。该校心理健康教育中心的赵亮老师告诉记者，他们进行的是一个班级的团体训练，"背摔"是其中的一个训练项目，这种集体的训练就是想培养学生间的团队合作精神，增加彼此之间的信任度，在培养学生意志品质的同时，增强学生的抗挫折能力。

“军歌嘹亮”唱进高校

大连日报　2008. 03. 31

（记者：李天然　冯越摄）

本报讯　3月29日下午3时，大连医科大学的学生活动中心里响起了特别嘹亮的军歌，用34首经典歌曲旋律组合而成的大合唱，一下子吸引了同学们的注意力。这是大连菲斯克八一艺术团今年的首场演出，艺术团近百名演员将高雅艺术带进了校园。

该团的前身是大连八一合唱艺术团，主要由部队文艺团体转业回乡的歌舞演员、退役军人和预备役军人中的优秀文艺表演人才组成。别看演员们的年龄都在四五十岁以上，但在舞台上的表演却依然充满活力。包括《浏阳河》、《忆秦娥·娄山关》、《相聚在一起》等不同风格的大合唱，让同学们感受到和声的美丽；而混声组合演唱的《天路》和《万水千山总是情》则为大家展现出，原来用人声做音乐伴奏也是别有一番滋味。唱歌是该团的强项，不过舞蹈也不示弱，《洗衣歌》、《当兵光荣》等舞蹈都充分展现了演员们的舞蹈功底和过硬的军人风范。还有宋丹丹的模仿秀、手风琴独奏、相声等表演形式，多姿多彩的节目赢得了同学们阵阵热烈的掌声。

据了解，艺术团还将陆续走进大窑湾、外企等地，让更多的人有机会接触高雅艺术。

踏着南丁格尔的足迹

——记全国五一劳动奖章获得者丁淑贞

大连日报 2008.05.02

(本报记者：聂乔)

编者按：近年来，我市各行各业不断涌现出一大批先进模范人物，他们以实际行动铸就了爱岗敬业、争创一流、艰苦奋斗、勇于创新、淡泊名利、甘于奉献的伟大劳模精神。劳模精神是引领新时代劳动者的光辉旗帜，激励并鼓舞着我们为建设家乡为实现经济社会发展的新跨越建功立业，辛勤劳动。在“五一”国际劳动节到来之际，本报开设“振兴先锋”专栏，报道我市部分劳模的先进事迹，让劳模的名字更加光荣、闪亮，让劳模精神不断发扬光大。

丁淑贞今年56岁，是我国著名的护理专家，主任护师。现任大连市护理学会理事长，大连医科大学护理教研室主任，医院护理部主任。她从事临床护理工作35年来，先后担任过普外科、烧伤科、神经内科等病房的护士长。虽然身患癌症，仍然矢志不渝地在护理第一线上忘我工作，为医院和患者作出了突出的贡献。

“当护士就意味着奉献”

1968年，17岁的丁淑贞插队来到辽宁省偏远山区新金县星台公社接受再教育。近4年艰苦的农村生活中，她目睹了农村缺医少药看病难的窘境。就在那时，她知道了南丁格尔，这个名字成了她心中的一座丰碑。回城后，她毅然选择了护士学校，从此开始了她一生的拼搏、求索和奉献。

35年护士工作的征途上，无论是患者的病床前，科研、教学、管理的第一线，还是在自然灾害、突发事件面前，都闪现着她奔波跋涉的身影。1976年，唐山发生大地震，丁淑贞踊跃报名参加大连市抗震救灾医疗队。唐山地震传染病的预防成为抗震救灾的重要工作之一，她想到了中医记载的一种野菜“马齿苋”可以防治肠道传染病，于是就用午休时间到处采集，烧制成汤药送到灾民帐篷里，喝了她的药，被抢救的灾民没有一个人患上肠道传染病。

2003年，非典在我国首次爆发，大连医科大学附属第一医院承担着抗击非典的主要任务。丁淑贞周密筹划，及时组建起发热门诊和发热病房，不顾个人安危，日夜奋战在发热病房的第一线。一天夜里，她在从单位回家的路上不慎摔倒，造成腕部骨折。她没有因为骨折休息一天，直至抗击非典战役的最后胜利。

在新的时期，丁淑贞用自己对事业的忠诚延续着南丁格尔的精神。1990年，她被查出了因巨大子宫肌瘤导致重度贫血。术后不到一周，她带着导管又出现在工作岗位上。

"当名好护士必须要有真本事"

丁淑贞常说，当一名称职的好护士，必须要有真本事，时代发展日新月异，新形势下，做好护理工作必须开拓创新。

面对新变化，丁淑贞大胆提出护理工作从"责任制护理"向"整理护理"模式的转变。几年来，在体现护理工作人文关怀中，她创新制定的护理规范和服务流程多达32项。

她大胆制定建立了护理组长负责制和病房护士长多科系管理的组织模式，有效地调动了各级护理人员的积极性，充分挖掘了人力资源。在引进ISO9000质量管理体系过程中，她不失时机地撰写了医院第一部《护理管理大全》一书，成为很多医院护理人员的工具书。

多年来，丁淑贞利用业余时间刻苦钻研业务，先后在国家级杂志上发表第一作者论文23篇，主编著书9部，主持完成"空气消毒法的观察研究"获省级科技进步三等奖。她带领的全院千余名护理人员，连续十余年获得省、市"护理先进集体"、"优秀护理部"、"护理标兵集体"等荣誉称号。

2007年7月17日，是丁淑贞一生最难忘的一天。在人民大会堂举行的第41届南丁格尔奖章颁奖大会上，她作为我市第一位、辽宁省第二位优秀护理者获得这一国际护理界最高殊荣。当胡锦涛总书记握着她的手，满怀真情地向她说道："你们辛苦了，代我向第一线的护士们问好！"那一刻，丁淑贞的泪水夺眶而出。

大连首支医疗救助队驰援灾区

昨日11时，大医附属一院22名医护人员与省医疗队会合赴川，
我市还有5支医疗队和一支卫生防疫队伍待命。

大连晚报　2008. 05. 15

（文/首席记者：陆彤　图/本报记者：王中鲜）

本报讯　昨日11时，由22名医护人员组成的大医附属一院赴四川医疗队从后盐高速公路路口出发，与省医疗队会合赴四川灾区执行医疗救助任务。这是我市首支赴灾区医疗救助队。

5月12日晚，大医附属一院、二院的总值班同时接到辽宁省卫生厅电话，要求立即组织救灾医疗队，于当晚电传人员名单和相关信息，并要求立即进入待命出发状态。接到医院的通知后，在没有事先沟通的情况下，所有医疗队队员没有一个人提出困难，表示随时接受命令进入灾区。5月13日一上班，两家医院立即组织相关科室人员，调配器械、药品、后勤物资。

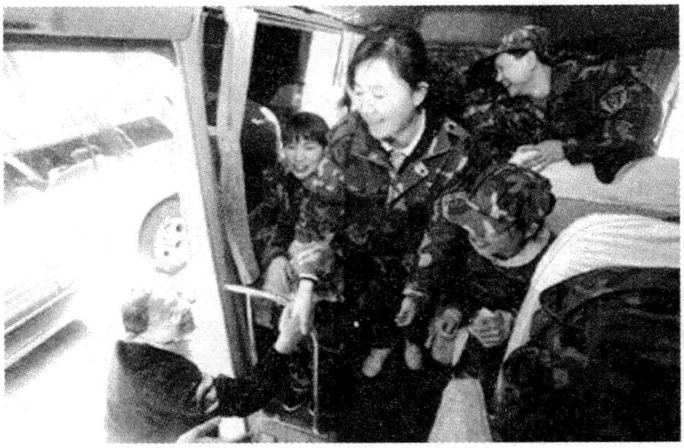

快开车了，有抢救经验的老医生抓紧时间为年轻的医护人员送上祝福，并再三嘱咐要点。

大医附属二院姜长斌院长在动员会上说，这场灾难也是对我们医务人员的一场考验。他希望大家在全力救治伤员的同时，也要注意自己的身体，保持良

好的状态，为灾区人民服务。下午2时，大医附属二院所有带到灾区的物资、器械和药品准备就绪。成为大医附属一院以后的又一支赴川医疗队。其间，有很多医护人员主动报名要求参加医疗队。许多临时接到通知的医疗队员连家也来不及回，只能匆匆打个电话跟家人告别。

据悉，我市卫生部门组成了由大连医科大学附属一院、附属二院、市中心医院、市友谊医院、大连大学附属中山医院医疗专家及后勤人员共44人的两支医疗队，共携带各大医疗机构捐赠的药品及医疗器械价值20余万元。

目前，我市另组建了5支医疗队和一支卫生防疫队伍随时待命。

护士日记（节选）

半岛晨报　2008.05.18

（记者：王琳根据录音整理）

赵静晗：大连医科大学附属一院护士

5月15日23时　绵阳

今天早上被分到了绵阳市中医院，离我们驻地大约5分钟的路程。一踏入医院，映入眼帘的就是一排排标有抗震救灾的一顶顶帐篷，这里也是临时病房，承担急诊工作。一楼、二楼、三楼、走廊，全都被患者占满。这里大部分患者都是来自北川县的。

患者都是一些骨折和复合性外伤，脑外、骨外……患者不停地被送来，我们不停地冲向急诊帐篷。身上沾满患者的呕吐物、鲜血、毛发。但来不及擦也来不及想，急救车刺耳的笛声现在就像兴奋剂一样，甚至让我们上瘾，因为它化身为生命呼唤的声音，竟是如此的悦耳！

5月17日凌晨1时　绵阳

面包，一小块巴掌大的面包我要分11口才能咽下去，因为实在太累了，神经一直兴奋着。

那对儿从北川来的第一位患者（陈女士），今天我给她换药，头皮下面被纱布填充的空隙已经满是脓液了。但说实在的，感染非常严重，明天她就要手术了，我在心里为你们祈祷，加油，你们的爱情会感动命运！

王楠：大连医科大学附属一院护士

5月16日23时　绵阳

又一天过去了，每次病房里有人喊妈妈的时候我都回头去看，有一些孩子的眼睛受伤了，意识也不是很清醒，当急救病人没来时，我会走上前去摸摸他们的手，像是他们的妈妈。可我自己还没做妈妈呀，但那一刻，我就像个母亲一样，我能感觉到母爱的分量。

这样大的地震摧残的不只是他们的身体，还有他们的心理。一个商人的8口之家已只剩他一个，他开始出现幻觉，感觉自己飘起来，四肢不存在。运用学过的心理护理，我们轮流找他谈话，让他接受现实，已经有些效果了。但是，这样的人已经越来越多了……

他们救死扶伤的同时，每天还要从大楼里冲出来几次

来自赈灾一线的大连医护工作者的自白

（王亚名　记者：李佳鹤）

天健网消息　回忆起12日14时那一刻，对于每一位经历过汶川大地震的人来说都是刻骨铭心的。地震发生时，大连医科大学药剂科药师范广俊正在成都军区总医院进修。进修还没结束，范广俊就加入到成都医疗救护队伍中，走进了比进修更严峻的现实课堂。

“2008年5月我来到了成都军区总医院，参加卫生部临床药师培训班。地处四川盆地的成都，天空中永远挂满了云彩，没有一丝的微风。”范广俊书。

5月12日下午2点25分，范广俊和往常从进修生公寓出来，走在上班的路上。“总医院的大院里非常平静，周围也没有任何的异常。正当我走到综合楼下的时候，突然一声，整栋楼的玻璃呼呼作响。好像被大风吹一样，几秒钟过后，整个大地都在震动。这时候的我已经无法站稳，随着大地的震动左右摇摆。‘地震了’一个强烈的信号在我心中响起。”范广俊回忆。

据介绍，随后的几分钟里，惊慌的人们冲出大楼，聚集在马路中央。医护

人员也在紧张的运出病人。总医院采取紧急措施，就地搭建赈灾帐篷，顷刻间院子里布满了绿色军用帐篷。病人被优先的安置下了，而医务人员马不停蹄地搬运病人及医疗设备。此时此刻，身为进修药师的范广俊也参加到抢救病人的队伍当中。

在地震发生的几个小时里，通信是中断的，人们眼神里流露出的是惊慌和无奈，各个大楼均有不同程度的损坏。比较严重的综合楼，每层的墙体都有裂缝，天花板掉落很多，楼梯上的瓷砖也成片的散落。总医院的院子里变成了一片绿色，医务人员按部就班的医治病人。急救车频繁地出入，送来了大量的灾民，同时也派出了一批批的救护队。

“当天夜晚，我们进修班的10个人全部搬到了室外的马路上，吃在马路上，睡在马路上。第二天继续上班，范广俊作为进修班的班长，在组织学员安排好日常起居的同时，组织大家搬运伤员，抢救伤病，与时间赛跑。接下来的几天里是大大小小的余震不断，经常能感觉到桌子在摇晃，屋子里挂的钟表左右摇摆。人们处在高度恐慌之中，每天都要从大楼里冲出来几次。”范广俊说。

“但这些丝毫没有动摇医务工作者的意志。忙碌的医务人员，每天都承担着超负荷的工作。很多医务人员的家就处在灾区，而他们全然没有回家的意识。每个人都是自觉地坚守在各自的岗位上。在这个危难的时刻真的感受到我们白衣天使的伟大，从非典、禽流感、到这次汶川地震，5年来我们医务工作者经受住了严峻的考验。我觉得我们中国医务人员是非常优秀的，是名副其实的白衣天使，我为我是一名医务工作者而骄傲！”范广俊说。

“站着都想睡觉”

大连日报　2008. 05. 22

（王亚明　本报记者：苏桂秋）

昨天记者连线前方时，明显感觉我市派出的医疗队员们说话时有气无力，刘霞说：“这几天大家都非常辛苦、疲惫，我们已经在超负荷工作了，最缺的就是睡眠，现在，我们站着都想睡觉。”

5月20日，大连医科大学附属第二医院医疗队员受命护送320名伤员到重庆后，又马不停蹄返回绵阳市中心医院待命。简单吃口饭后，已是21日凌晨1时30分了。由于预报将有大级别余震，十分疲惫的医疗队员就把行李搬到外面，钻进帐篷里睡了。

可是，越是缺觉，老天越捣乱。没睡一会儿，外面突然下起倾盆大雨，雨水直灌而下，大家被褥都浸满了水，比平时重了几倍，没法铺盖了。于是大家又冒着余震的危险，收拾行李装搬到室内休息。经过一番折腾，谁也睡不着觉了，不少人开始打起喷嚏。

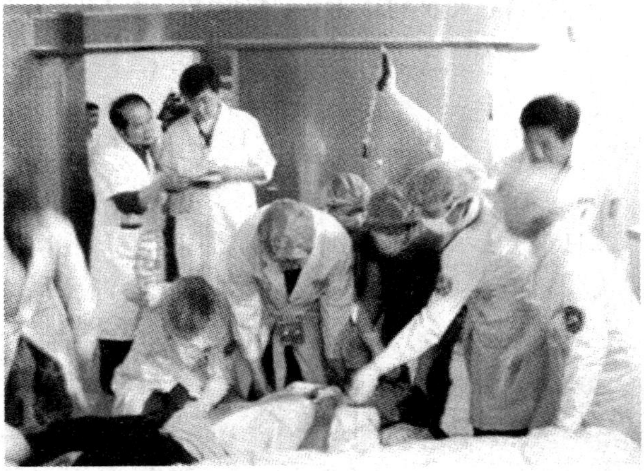

在绵阳市中医院的医大附一医疗队护士告诉记者，晚上8时多，我们接到消息会有五六十名患者从北川转来，大家立即整装直奔医院，很多刚下班的同志甚至来不及吃一口饭。回到驻地夜已经深了，睡下时已经凌晨1时多了。由于连夜大雨，大家行李都湿透了，根本无法入睡。大家只好起身，将行李晾在楼道中。

临时的急救也让医护人员睡不上囫囵觉。医大附一医疗队队长赵作伟告诉记者，凌晨4时，脑外科医生位振清、张波、董斌睡梦中接到紧急会诊电话，说有个叫杨继贵的伤者，在废墟中被掩埋4天后获救，已经昏迷了一天，诊断为硬膜外血肿、脑疝。位振清等一路奔跑到病房。此时，患者已经深度昏迷，意识丧失，呼吸微弱，双侧瞳孔均已散大，当地医生认为抢救价值不大。

关键时刻，位振清、张波、董斌坚持认为，这位特殊患者能在特殊环境下生存，就是一个奇迹，他们想要为他再创造一个奇迹，于是大家决定做开颅手术。40分钟后，护士宫颖和王楠惊讶地看到，患者生命体征已平稳，意识恢复。当地的手术室护士说："我们从未见过在短短40分钟内，做这么精彩的手术。"

患者年近70岁的老母亲热泪盈眶地说："医生，太谢谢你们了，把我儿子从死神手中抢了回来。看你们衣服都湿透了，我这儿只有一瓶矿泉水，你们就一起解解渴吧！”

尽管缺少睡眠，身体疲惫，但我市派出的第一批两支医疗队和第二批一支医疗队全体医护人员，依然坚守在绵阳市中心医院和中医院，随时等待指挥部调动。

马尔代夫外长访问大连医科大学

新商报　2008. 05. 25

（记者：黄华）

新商报讯　昨日下午，马尔代夫外长沙希德阁下一行6人在外交部亚洲司赵立坚副处长等人的陪同下，专程来到大连医科大学访问，校长唐建武代表学校接待了来宾。

据悉，马尔代夫外长沙希德一行此次访问主要是参观学校并看望马尔代夫学生。校长唐建武简要介绍了学校情况和马尔代夫学生在学校学习的情况，并对马尔代夫学生为四川地震灾区捐款和登记献血表示由衷的感谢。沙希德阁下是第一次到中国访问，他说，大连医科大学是中国马尔代夫人最多的地方。马尔代夫国家虽小，但是对中国人民有着深情厚爱，能看到留学生们为四川灾区尽献微薄之力他感到十分欣慰，因为这场灾难是全世界的灾难。他希望能有更多的马尔代夫学生到大连医科大学读书，并坚信通过与学校之间的联系会进一步加深两国人民的友谊。

代表团与留学生进行了座谈，了解他们的学习和生活情况。随后，来宾参观了图书馆、校史馆和马尔代夫学生宿舍，并在校史馆留言簿上题字留念。

灾区医生送给大连医疗队的礼物：

一个重新粘好的花瓶

新商报　2008.05.27

（记者：杨旭）

新商报讯　医疗救援队回来后，大医一院的医疗支援队队长赵作伟带回一件灾区人民送给大连人的礼物。

记者看见，赵作伟轻轻地拿下包住礼物的小毯子，里面是一个青瓷大花瓶。尽管花瓶上明显能看到深深的裂痕，但沉静的美丽却丝毫没有受到影响。

赵作伟告诉记者，这个大花瓶本来是绵阳市中医院一名医生家里的摆件。但是，在这次地震中，花瓶摔碎了。这位医生的家人将这个大花瓶的120余块碎片收集起来，又花了一天的时间把这些碎片重新粘合起来。在大连医疗队即将回来的时候，那名医生将自己这件破碎的瓷花瓶送给大连医疗队，医生告诉大家，这个花瓶虽然在地震中破损了，但只要有信心和耐心也会重新修复。

白衣天使，你们是大连的骄傲

大连日报 2008.05.27

（本报记者：苏桂秋）

我市赴四川绵阳市地震灾区的两批、3 支医疗救援队共 49 名医护人员，分别经过 12 天和一周的连续工作，昨日全部平安返回大连。这些来自大连医科大学附属第一医院、附属第二医院、中心医院、友谊医院和大连大学附属中山医院的医护人员，用他们的爱心和精湛的医术赢得了灾区伤员和同行的好评，他们还没到家，绵阳市中医院等就发来感谢信，感谢大连医疗救援队对灾区救援工作的大力支持和敬业奉献精神……

全身被蚊虫叮咬了数十个包仍不忘灾区伤员

昨天上午 9 时 30 分，大连大学附属中山医院脑外科医生丛建军乘车率先抵达高速公路后盐出口。下车同记者交谈时，他说：“我怎么感觉这脚底下还是在颤动。”尽管他感慨“回家的感觉真好！”但实际上他还没有从灾区的余震困扰中走出来。他说：“现在最渴望的是回到家里，安安稳稳地睡上几天几夜。”这也是几乎所有医疗救援人员的心声。

记者发现，丛建军露出的胳膊上密密麻麻排列了数不清的红包和结痂，一问才知道，是因为十几天睡在帐篷里被蚊虫叮咬的。“胳膊、腿、腰上，到处都是，那边的蚊子很小，但很厉害，防不胜防。”丛建军说，前些日子感染了，大腿淋巴结都肿起来了。但一到病房为那些伤员换药治疗，忙起来什么蚊子、余震就全忘了。

大医附二的护士杨艳两只胳膊肿得像小棒槌，一串串肿起来的红包痒得她不停地挠。她告诉记者，有个 4 岁的小女孩叫黄馨琪，地震时伤到了头部和脸部，小小的头部缝合了十多厘米的大口子，眼角挫裂伤造成眼睑闭合不全，面部伤痕累累。更加令人心痛的是，本来天真活泼的娃娃眼里却充满了恐惧，医护人员想通过跟她一起玩、做游戏逗她说话，但小女孩却始终不开口，也从来不跟爸爸提起要妈妈。地震时，跟她在一起的妈妈和奶奶都遇难了。小女孩目睹了那一切，幼小的心灵遭受了重创。杨艳说，刚才跟小女孩爸爸通电话了，她已经被转到重庆治疗，还要做一次手术。

一辈子都难以忘记的经历

那个把自己的午饭留给北川中学受伤女孩儿冯君的护士由相玲坐在靠车窗边的座位上，当记者向她了解冯君的情况时，她告诉记者，冯君现在在武汉治疗，已经找到了父亲。她一遍遍不停地念叨：“那个女孩太惨了，太坚强了。我一定要帮助她，我一定要帮助她！”由相玲激动地自语：“这12天是我一生中最有意义的一段经历，我这辈子都不会忘。”

在回医院的车上，记者同几位医疗队员聊了起来。护士刘霞说，这简直像做了一场大梦，在灾区的十多天就像过了十年一样。难忘的一幕幕令她挥之不去，每天看到的净是惨不忍睹的伤员和死难者，随处可见废墟、瓦砾、帐篷、灾民，每时每刻都被救护车刺耳的尖叫声揪着心……她告诉记者：“昨天，绵阳市中心医院已经全部腾空了，我去帮助清扫，一个伤员也没有了，整栋大楼空荡荡的，我们心里也一下子空荡荡的！”刘霞含着眼泪说。

此次赴川救灾让大连市中心医院ICU中心主任李元忠感到最宽慰的是：在短短5天的救助中，他率领的ICU小组成功地挽救了5名因患挤压综合征而出现严重缺血、肢体肿胀、脏器衰竭症状的重症伤员的生命，为4位高中生保全了肢体……李元忠说，此次赴川，有两件事情最让他心痛：第一，大地震夺去了数万同胞的生命，还有上千名伤员被救出却死在医院里；第二，那么多孩子肢体残缺了，今后他们该怎么生活？同时，他心里也一直有一个最大的遗憾，那就是没能早点到地震灾区。他说：“我觉得自己去得晚了一些，回来得又太早了。”自19日到达灾区，李元忠就带领他的小组马不停蹄地为重症伤员会诊、治疗，他说，灾区缺医生，当地医生实在太累了，伤员多得忙不过来。早去就能多救治一些伤员，多保住一些伤员的肢体。

5月24日临行前，李元忠早6时多就来到绵阳市三院ICU病房查房。该院ICU病房的医生在李元忠面前哭了。李元忠表示，虽然自己走了，如果患者出现情况，可以随时给他打电话。他让这名医生每天给他来两遍电话，不管白天晚上，他都会及时答复。

孙旭医生和麻醉医生周峰说，每天做三四十台手术，大部分是截肢。麻醉医生少，工作量很大，像在流水线上作业一样。有的来不及全麻就实行局部麻醉，许多孩子坚强地一声不吭，不喊疼。这些孩子太让人心疼和感动了。孙旭说，开始一些伤员亲眼见自己的亲人没了，家也没了，都说不想活了。但看到我们拼命为他们治疗，他们说，还得活下去，还得好好活。不是为自己，而是为了能对得起救他们的解放军战士，对得起给他们医治伤病的医生护士。

队员们说，在灾区每时每刻都要面对生死，有压力，更有坚强动力。

面对欢迎的人群，在地震灾区异常坚强的医疗队员们流下了幸福的泪花。

在大连医科大学附属第一医院，归来的抗震救灾勇士们与同事和好友重逢。

一只破碎重粘的花瓶，两地心连心的见证

昨天，在高速公路后盐出口，大医附一医疗救援队队长赵作伟的怀中始终小心地抱着一只淡绿色花瓶。

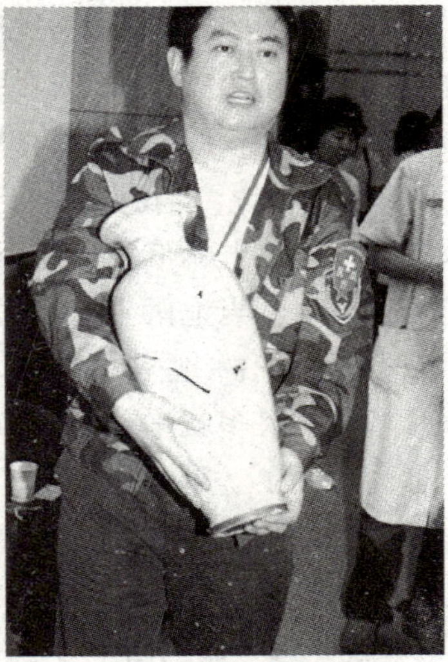

这个花瓶是绵阳市中医院一个工作人员送给我市救灾医疗队的纪念品。

原来这只花瓶是绵阳市中医院一位医生最心爱的宝贝。地震时，这只花瓶摔碎了。但这位医生却心疼地拾起碎片保存起来。大连医疗救援队的到来让这里的医生护士得到了支持和帮助，短短十几天，灾难使两地的医护人员结下了深厚的友谊。前天，当这位医生听说大连医疗队奉命回连的消息时，连夜把这只破碎的花瓶精心地粘合了起来，送给大连医疗救援队作礼物。他说，送这只花瓶有两层寓意：一是感谢大连医疗救援队队员给灾区人民的无私援助，帮助灾区人“缝合”因地震而残破的肢体和心灵；二是象征四川灾区有能力在党中央和全国人民的支援下，重建家园，重兴四川！

“这不是一只普通破碎的花瓶，是大连人民与四川人民心连心的见证。所以我们一路精心呵护，把它平安地带回大连。”赵作伟感慨地说。（本报记者：阎承骏摄）

“来到大连我们觉得好温暖”

大连日报　2008. 05. 29

编者按：“灾区伤员就是我们的亲人，给他们最好的治疗，给他们最好的安置，给他们最可口的饭菜……”这就是我市 8 家接诊四川灾区伤员医院的共同心愿。从一顿可口的川味饭菜，到夜半巡查为伤员接尿、翻身、掖被……每一件平常小事，都温暖着身临大灾、九死一生的灾区兄弟姐妹。大连日报从即日起开辟专栏，为你讲述“连心病房里的故事”。

大连的“川菜”真好吃

“阿姨，大连的饭可真好吃，我好久都没吃到这么好吃的饭了。”27 日晚，一顿普通的晚餐让 10 岁的董雯雯感到了满足和快慰。

27 日 23 时许，记者来到大连医科大学附属二院探视下午入院的四川伤员，记者蹑手蹑脚地走进大连医科大学附属二院的“连心病房”，没想到一些年龄较大的伤员已经睡了一觉，起床悄然看起了电视。左脚踝受伤的 66 岁老汉肖泽明告诉记者：“大连的‘川菜’很合我们的口味，大连人真好，给我们考虑得太周到了，来到大连我们觉得好温暖。”

陪护他的老伴告诉记者，旁边病房的那个叫董雯雯女娃开始还认生，不跟医生说话，可是吃饭的时候高兴地直喊“好吃”，吃了好多。

大连医科大学附属二院营养配餐主任周芸告诉记者，他们从接到伤员来连救治的通知开始，就根据四川人的饮食特点精心为他们制订营养配餐。第一批伤员的头一顿晚餐的配餐食谱是：主食米饭、馒头，配菜干煸芸豆、辣炒大头菜、干烧鲅鱼。午夜，还准备了热腾腾的馄饨当夜宵。

又“捡”了两个伤患

大连医科大学附属二院本来收治了19名伤员。可记者探访时，却发现治疗登记册上有21个名字。

“连心病房”的李靖年主任告诉记者，另两个病人是医生问诊过程中发现的。原来，一位34岁的女士是家属，陪同70多岁的母亲到我市治疗。昨日下午，医生在问诊时，让她协助为其母翻身检查，细心的医生发现这位女士右手不敢持重，拿东西只用左手。于是，医生也给她作了检查，查出她右侧锁骨骨折。她妈妈心疼地说，为了照顾我，孩子没有觉察自己的伤痛。

还有个6岁的小女孩邓薛桦，是跟妈妈一起来照顾外婆的。来连途中，小薛桦着了凉，到医院后就发烧了。医护人员立即为她输液治疗。“这里的叔叔阿姨真好，过几天，我要和他们去看大海。”不到半天时间，她和医护人员已经产生了较深的感情，还跟隔壁骨折的小哥哥成了好朋友。（张觅诗　苏桂秋）

大医赴地震灾区医疗队员受表彰

大连日报　2008.06.15

（记者：丁雷）

本报讯　昨天，在大连医科大学附属第一医院举行的抗震救灾事迹报告会暨第五届文化节开幕式上，该院赴灾区救援归来的医疗队员代表用质朴的话语描述了在前线抗灾的日日夜夜。他们用爱心挽救生命的经历感动了在场所有人。

在汶川大地震发生后，大医附一院通过组织选派和个人申请，迅速成立了第一批抗震救灾医疗队，5月14日即赶赴绵阳紧急支援。这支医疗队由22人组成，赵作伟任队长。他们奋战了12天，成功救治了近3000多名伤员，实施手术近50例，无一例死亡。他们的出色表现，赢得了灾区人民和伤员的广泛赞誉，绵阳中医院也千里迢迢为他们送来了锦旗和感谢信。

大医一院召开抗震救灾事迹报告会

东北新闻网　2008.06.16

东北新闻网讯　6月14日上午9时，大连医科大学附属第一医院在大连市青少年宫隆重举办了抗震救灾事迹报告会暨第五届文化节开幕式。22名抗震救灾医疗队员及全院职工代表700余人参会。大会还邀请了医疗队员家属、四川伤员家属及新闻记者参加。省卫生厅姜潮厅长出席了开幕式。

与往届文化节开幕式不同的是本届文化节以“抗震救灾，大医有爱”为主题，将医院抗震救灾工作与文化节紧密结合起来，内容更加感人，气氛更加激昂，充分体现了大医医院职工团结向上、顽强拼搏的精神风貌。

在开幕式上，吕德成院长致开幕词，孙克信副院长宣读了《关于向抗震救灾医疗队员学习的通知》，徐英辉副院长宣读了《关于表彰我院赴四川抗震救灾医疗队员的通知》，与会领导上台为医疗队员们颁奖，表彰他们的出色表现。省卫生厅厅长姜潮、大连医科大学党委书记宫黎明在开幕式上分别作了重要讲话，对医疗队员们在灾区的医疗工作给予了充分的肯定，对他们挺身而出、顽强不屈的英雄气概和恪尽职守、救死扶伤、心系灾区、忘我工作的奉献精神给予了高度的评价。

医疗队员赵作伟、李杰、张轶姝、爱心病房护士长张春、四川伤员家属蒋琳先后作报告发言，激起台下一阵阵热烈的掌声，吕德成院长接受了四川伤员及家属代表赠送的锦旗。

最后，抗震救灾事迹报告会暨第五届文化节开幕式在凝重、热烈、感人的文艺演出中结束。

大医举办毕业生摄影展

大连晚报　2008. 06. 18

昨日上午，大连医科大学影像艺术学院在校图书馆举办了毕业生作品展览。一幅幅视角独特、充满创意的摄影作品吸引了每一个参观者的眼球。

“珍爱生命每一天”医大二院举行抗震救灾报告会

天健网　2008. 06. 18

（记者：李佳鹤）

天健网消息　“珍爱生命中的每一天，珍惜生命中的每一个人，认真做好每件事。”大的医二院赴川医疗队员王广亮在该院抗举行的抗震救灾事迹报告会上说出的真实感受。今日下午13:00，大连医科大学附属第二医院举行了抗震救灾事迹报告会暨表彰大会。

会议由王长智副院长举行，大连医科大学党委书记宫黎明等学校领导参加了此次大会。会上，医疗队员娄大元代表医疗队全体队员，向全院职工作了事迹报告。他将自己在灾区的所见、所闻、所感、所想用质朴的话语，感人的情怀向大家介绍，他们在灾区13天的真实经历。那种生死相依，不离不弃，救治病患高于一切的精神感染了在场的每一个人。

随后，姜长斌院长宣布鉴于这18名赴川医疗队员在抗震救灾中的突出表现，特授予他们抗震救灾优秀医疗队员的光荣称号。高晓枫书记代表医院党委发出号召，呼吁全院职工向队员们学习。

两支医疗队12天抢救3000人

大连日报　2008. 06. 21

（何奇）

本报讯　在抗震救灾的最前线，大连医科大学派出了两支共40名医护人员组成的医疗队，分别在绵阳中医院和绵阳中心医院展开医疗救治。12天，大医“白衣战士”共救治伤员3000余人，开展手术70余台，其中抢救掩埋

72小时以上伤员10余人，掩埋时间最长的是140小时的伤员唐雄。昨日下午，大连医科大学“抗震救灾”事迹报告会暨表彰大会在该校体育馆举行，大会表彰了大连医科大学附属一院、附属二院从灾区归来的两支医疗队，并号召全校师生及附属医院医护人员向40名白衣战士学习。

报告会上，大连医科大学附属一院医疗队队长赵作伟、附属二院医疗队员娄大元分别代表两支医疗队作了事迹报告。赵作伟在报告中激动地说：“12天，我们拥有了彼此可以同生共死的兄弟姐妹；12天，我们拥有一支坚不可摧、团结无比、能战斗的队伍。12天，我们收集了一生的感动与震撼，经历是一种财富，会珍藏一生。地崩天不塌，人间有大爱。虽然，我们已经离开四川，但我们的心仍朝向四川，在那里驻扎、守护……我们生死不离！”

在现场，报告会不时地被师生的热烈掌声打断。报告会后，大连医科大学专门举行了庆祝“七一”新党员宣誓仪式，此次赴灾区的15名同志光荣加入了中国共产党。

党旗飘扬在抗震救灾的红十字战场

——大连医科大学附属第一医院党委抗震救灾纪实

大连日报　2008.06.29

（本报记者：袁轩　姜云飞）

有人说，在抗震救灾的现场有4种颜色最醒目：军人的绿色、救援队的橙色、医疗队的白色和党旗的红色。它们都是生命的颜色，都是希望的颜色。在我市抗震救灾的洪流中，一支红白相映的队伍总是冲锋在前，用他们高超的技术和无私的爱，为灾区人民疗伤止痛，为大连这座充满爱心的城市再续新篇章。他们就是大连医科大学附属第一医院党委。正是这个党组织及其广大党员，危难时刻发挥战斗堡垒和先锋模范作用，在我市抗震救灾的医疗工作中树起了一面高高飘扬的党旗。

2008年5月12日，汶川8.0级强烈地震令举国震惊。“灾情就是命令”，尽管还没有得到上级指示，凭借强烈的责任感和使命感，医院党委立即行动起来，迅速成立抗震救灾领导小组，召开全院抗震救灾誓师动员大会，号召全体党员投身抗震救灾工作。“疾风知劲草，患难见英雄”，面对突发灾难，全院党员纷纷向组织递交请战书、决心书。仅仅不到48个小时，一支由22名多专业、高资历医护人员组成的抗震救灾医疗队就组建完成并开赴四川绵阳。在这支队伍中，受院党委指派，8名党员成立了临时党支部。“哪里最危险哪里就有我们的存在，哪里最需要哪里就有党旗飘扬！”8名党员留下铮铮誓言。

在绵阳中医院，医疗队接管的是伤员最多、任务最重的急诊外科以及新成立的综合外科病房。那是无法让人忘怀的12个日日夜夜。医疗队员们忘不了，在最艰苦的岗位上，党员总是身先士卒；在最危急的考验前，党员总是一马当先。在党组织的感召和党员们的激励下，医疗队中12名非党队员先后向临时党支部递交了火线入党申请书，极大地增强了医疗队的凝聚力和战斗力。在抗震救灾没有硝烟的战场上，他们接受并通过了党的考验——从灾区归来，这些同志光荣地加入了中国共产党。

灾区的人民更忘不了那些与大连来的“白衣天使”在一起的日子。医疗队以精湛的医疗技术和过硬的医疗服务，成功救治了近3000名伤员，实施手术近50例，无一例死亡。9名被掩埋72小时以上的伤员获救了，3名被掩埋100小时以上伤员获救了，1名被掩埋118小时的伤员也被成功救治了。在受灾最严重的北川县，医疗队还成功解救出被困3天3夜已奄奄一息的一对中年夫妻。在党旗的鲜红中，在红十字旗帜的纯净中，一个个生命的奇迹被创造。

抗灾一线流传着可歌可泣的故事，大后方同样以实际行动支援灾区。医院党委积极响应党中央、国务院号召，先后两次组织地震灾区捐款，第一次全院职工2800余人捐款32万余元；第二次党员“特殊党费”，全体党员重温了入党誓词，累计近900名党员自愿交纳特殊党费32万余元。

除了捐款，院党委还通过“让一线医疗队没有后顾之忧”的实际行动支援抗震救灾工作。在医疗队进入灾区期间，院党委时刻关注医疗队员的工作进展和生活状况，时常利用通讯工具与医疗队进行沟通，对他们的医疗救治工作给予及时指导，党委成员及基层党组织始终心系灾区、情牵医疗队员，纷纷给他们发送手机信息，从精神上鼓励他们，进一步坚定了队员们战胜灾情的信念。院党委还组织机关干部分多个走访小组，由院领导带队到医疗队员的家中探望，替医疗队员表达一份深情，更替医院全体职工表达一份敬意！党委组织宣传部门还连夜编发灾区医疗队发回的信息、图片，在媒体、网站、板报上广泛宣传，激励全院职工做好本职工作，立足岗位支援灾区。

按照省卫生厅、市卫生局的要求，5 月 27 日 103 名四川伤员来连治疗。大连医科大学附属第一医院是主要接收医院。“让灾区伤员像回家一样！”院党委专门成立接收工作领导小组，确保接治工作顺利进行。医院还专门设置四川伤员爱心病房，腾出最好的房间和病床，抽调技术服务精湛的医护人员负责接治任务。

让四川伤员感受温暖，医院领导为每位伤员在第一时间送去 1000 元慰问金，并对伤员的伙食也进行了细致地安排，根据四川人的口味作出不同的食谱，让他们有回到家的感觉，帮助他们早日恢复健康。目前，已有 14 名伤员及其家属治愈康复顺利返乡。

“救命道”4 个月“抢”回 26 条生命

大连晚报　2008. 07. 07

（本报记者：王树霖　通讯员：付明军）

本报讯　交通事故发生后，受重伤者能否得到快速抢救至关重要，有部分伤者之所以死亡，抢救不及时是重要原因之一。今年 3 月 5 日，在开发区管委会、驻地医院的支持下，开发区公安分局联合驻地开发区医院、大连医科大学附属第一医院三部启动开发区交通事故伤员救助绿色通道。开发区交通事故伤员救助绿色通道启动 4 个月来，共实施救助 132 次，抢救伤员 145 名，其中挽回有生命危险的伤员 26 人，当地群众称为“救命道”。

开发区公安分局指挥中心、交警大队、开发区医院、大连医科大学附属第一医院三部 4 家单位签署了联动服务公约，共同承诺交通事故后简化一切手续，在第一时间内抢救伤者。开发区公安分局党组特意从交警大队选出一名优秀交警作为专干，24 小时处于“战备”状态，职责是第一时间内与医院共同启动绿色通道，跟踪伤员救治情况，并协调相关单位和人员解决医疗费用问题。

3 月 26 日 9 时许，横过马路的行人宋某被车撞出十几米，当场昏迷。开发区公安分局指挥中心接到报警后，在联系“120”救护车、事故勘察员的同时，立即通知交通事故伤员救助绿色通道专干姜长伟，姜长伟根据宋某伤情请医院启动伤员抢救预案。

宋某被“120”救护车拉到大连医科大学附属第一医院三部时，手术室的医务人员已经准备完毕。现场医生针对宋某颅骨骨折、颅内出血、深度昏迷、随时有生命危险的状况立即进行手术。由于抢救及时，宋某昏迷三天后苏醒。期间姜长伟一直对该病人的情况进行跟踪回访，协调相关单位、人员落实医疗费用。5 月 21 日，宋某的哥哥将一面绣着“绿色通道、救死扶伤”的锦旗送到交警大队以感谢救命之恩。

丁淑贞：将真情传递下去

大连晚报　2008. 07. 08

（本报记者：代炜）

丁淑贞是大连医科大学附属一院护理部主任，是我省著名的护理专家，“南丁格尔奖”获得者。

丁淑贞 1972 年参加工作，4 年之后，唐山地震，丁淑贞作为大连市抗震救灾医疗队队长赴唐山救灾。为了给病人弄到洁净的水，她深夜下到井底一蹲几个小时，将渗出的水一点点用碗装到桶里；为了预防传染病，她每天都要爬山采药，再熬成药汤给灾民喝，一直到抗灾结束。在抗击非典的一天夜里，由于工作劳累，她在回家的路上摔折了手腕，可第二天，她用白大褂遮住石膏继续工作，并在第一时间制定出了“消毒隔离技术操作规范”，为我市抗击非典做出了重要贡献。为了护理病人，她大部分时间都是在医院度过的，她丈夫说：“我最大的愿望不是吃上她做的饭菜，而是盼望她能早点回来和家里人吃上一顿正常的晚饭。”

丁淑贞觉得，护理工作就是要把真情传递给病人，让病人得到最悉心、最专业的护理，帮助病人早日康复，这也是她在 2007 年获得国际红十字会“南丁格尔奖”的原因。

“能传递奥运火炬，是我一生中最幸运的事，”丁淑贞说，“我不仅要把奥运精神传递下去，更要把人间的真情传递下去，希望所有需要帮助的人，都能得到悉心的呵护。”

巴基斯坦小伙不敢相信能传圣火

半岛晨报　2008.07.20

8时20分左右，第14棒火炬手——大连医科大学留学生会主席、来自巴基斯坦的留学生雷斯手中的火炬被点燃，雷斯仰望着手中的奥运圣火，深情地凝视了几秒，随后，雷斯便开始高举火炬、缓缓地跑向前方。

雷斯接受记者采访时说，“我看到许多人的脸上贴着中国国旗、演奏着乐器，还有欢乐的笑容。我分享了奥运火炬，更看到了那么多快乐的人们，这让我很兴奋。”

雷斯是大连医科大学大四学生，为学校第一届留学生会主席。雷斯是一个非常热爱运动的年轻人，喜欢打网球。当老师问雷斯“想不想当火炬手”时，雷斯立刻答应了，甚至有些不敢相信。

大医二院从细节入手改善医患关系，自去年10月以来在门诊药房推行“标签系统”——

一张小标签　贴近医患心

大连日报　2008.08.19

（实习生：邹婷　记者：姜云飞）

在大连医科大学附属第二医院门诊药房取药，你会发现，药盒的后面多了一张名片大小的标签。标签上有药物的用法和注意事项，几乎是一个精缩的、通俗版的药品说明书。自去年10月，医院开始实行这项“标签系统”以来，小小标签，贴近了医院和患者的心。

“饭前温开水冲服，忌食萝卜”——这是关于肾炎舒颗粒的提醒。“饭前”究竟是吃饭前多久，小标签上也有说明：“饭前30～60分钟”。为了让患者能随时咨询，合理用药，医院还把电话号码印在了标签上。除了这些，标签上还有患者的姓名、就医序号、取药日期、药品名称以及药品的数量、用法与用量、主要的副作用、注意事项等。

“别看标签小，效果却挺好。”医院药剂科主任范青告诉记者，“标签服务”刚试行的时候，患者感到奇怪——“为什么要多个标签”；现在，患者尝到了甜头，“有些常用药，我们就不加标签了，可患者会问：我的标签呢?”

小小标签，把方便送给了患者，也像一张张小小宣传单，传播安全、合理用药知识。患者满意了，医患关系自然和谐。“药房是患者就医流程中的最后一站，让患者高高兴兴满意而归，有许多细节我们可以做得更好，‘标签服务’只是其中一项。”药剂师王颖说。这位从业13年具备副高级职称的药剂师，每天的工作就是在门诊药房发药。但她并不觉得这是一项简单的工作。“过去的要求是拿对药、划对价，现在更多的是服务：告诉患者该怎么吃药、怎么保管药、服药时注意哪些问题。”王颖说。在大医二院有2000多种药品，王颖可以准确地讲出它们中70%的用法。而她的同事，最“厉害”的能做到90%的药品用法张口就来。

小标签是大医二院药学服务的延伸。为了更好地服务患者，从2004年开始，医院就在门诊药房实行“双复核式”服务：过去一个窗口一个药剂师，现在台前、台后两个药剂师。一个专司审核处方、调配药品，一个负责发药、讲解。从打开窗口与患者面对面服务，到药剂师从单纯的“药品传送带”变身为患者的“药品管家和用药导师”，再到口头服务辅以标签提示，医院的出发点始终是如何更好地服务患者、方便患者。

做好细节，以心换心。药学服务实行以来，医院接到的关于药剂科的投诉已连续三年为零。“尽管医患关系的改善需要更多的改革，但这并不意味着我们基层医疗机构就无所作为。我们相信，细节服务同样能够得到患者的尊重和理解，让医患关系走向和谐。”范青说。

十分钟从妈妈腹中抢出窘迫胎

大医附属二院医护人员创造了少见的对脐带脱垂患者抢救成功的病例

大连晚报　2008.08.29

（首席记者：陆彤）

本报讯　一个月前曾和腹中胎儿命悬一线的郑女士近日抱着大胖小子出院了。临行前，她和家人再次向救命的医护人员深深鞠躬。

7月12日，河南来连打工的孕妇郑某腹部剧痛。家人准备在家自行为其接生。可5个小时过去了，孕妇还不见生产迹象。这时，孕妇已经疼痛难忍，大汗淋漓，出现休克状态。

这时，家人才将孕妇送到大医附属二院急诊。经值班医生妇产科副主任赵琳博士诊断，郑某怀孕已41周，为晚期妊娠、临产、脐带脱垂、胎儿宫内窘迫，必须马上手术才能挽救胎儿生命。

医生发现，胎儿脐带已经脱出孕妇宫颈，随时有生命危险。助产士李飞立即手入孕妇体内，上推胎头，缓解胎儿脐带受压，并紧急将孕妇送往手术室。产妇接受了剖宫产手术，仅仅10分钟，产妇娩出一个男婴。

男婴虽然娩出，但并不代表万事大吉。一分钟后，医生为新生儿做评分诊断。代表孩子出生后身体状况的阿氏评分仅为2分，而正常新生儿为10分。

医护人员立即对男婴进行呼吸道清理等对症处理。5分钟后，孩子的阿氏评分上升为8分，医护人员立即将孩子在氧气袋吸氧状态下转入新生儿病房治疗。

虽然从患者入院到新生儿娩出不足10分钟，但是正是这宝贵的10分钟，急诊室、妇产科、儿科、手术室的医护人员共同用精湛的技术和快速反应挽救了鲜活的生命。

医生介绍，这个病例中的脐带脱垂是产科急症之一，易导致严重的胎儿窘迫，7～8分钟内，孕妇如不娩出胎儿，胎儿会立即死亡，临床中对脐带脱垂患者抢救成功的病例还很少见。

“中国导盲犬之父”王靖宇

人民网《环球人物》　2008.09

王靖宇不喜欢说话，甚至有时终日不发一言。和狗待在一起，他不需要开口，这让他觉得轻松自在。他认为导盲犬可以带给盲人的，不仅是温暖，还有走出家门自立于社会的尊严。

王靖宇强调了两遍：“我的专业不是养导盲犬，是研究动物行为。”也就是说，他工作时间在实验室养小老鼠，业余时间在导盲犬训练基地驯犬。这个业余“爱好”，使这位44岁的大连医科大学教授，获得了“中国导盲犬之父”的名头，而且，这个名头因为残奥会变得愈发响亮。

一切从零开始

9月6日晚，北京2008年残奥会开幕式现场，在中国代表团队伍中有个特殊的队员——一只身穿红色背心的导盲犬，它叫Star。尽管现场数万名观众的呐喊声响彻云霄，但这只训练有素的导盲犬并没有因此乱了阵脚，始终忠实地履行着自己的职责。看着Star从容走过，看台上的王靖宇眼睛有些湿，他的心血没有白费。

王靖宇是吉林人。1992年初，他被国家选送到日本留学，一年后，考上了广岛大学的研究生，主攻动物行为学。2001年，王靖宇获得了生物学博士学位，并被大连医科大学聘为实验动物中心主任。

2004年9月，王靖宇在看雅典残奥会直播时发现，许多外国盲人运动员进场时都牵着导盲犬，而中国盲人运动员却没有。导盲犬对于盲人来说作用非常大，它可以引导盲人走路，也可以料理盲人的生活。1819年世界第一只导盲犬诞生在维也纳，1916年德国创建了导盲犬训练学校，1926年有了全球范围内的导盲犬协会，而我国到2004年时还没有一只导盲犬。难道到了2008年，残奥会在北京举办时，我国盲人运动员还没有导盲犬吗？王靖宇决定填补这个空白。

2004年10月，王靖宇得到了辽宁省科技厅10万元经费的资助，他按照国际导盲犬联合会的标准，开始谨慎地选择最适宜做导盲犬的拉布拉多犬和金毛犬来训练。

“训练导盲犬最困难的不是教动作，而是培养导盲犬的判断能力”，王靖宇说。盲人行走在路上会遇到各种障碍，人、大坑、栏杆，狗可以过去，但作为导盲犬就必须判断人能否过去，并且，为使盲人免遭意外，导盲犬需距障碍6米前就开始绕行，而不是到了障碍物跟前再转弯，这些都要一点一点教出来。

训练难度非常大，即使拉布拉多犬和金毛犬这两种犬型的淘汰率也达到60%，挑选过程中被淘汰的就更多了。任何一点点瑕疵都必须淘汰。体型不合格，太静或者太动，哪怕只是爱叫，只是贪吃，甚至不喜欢电视，如果不能在训练中改正，统统要淘汰掉。这些狗，王靖宇看着他们出生，手把手地训练了一年甚至两年，都必须放弃，无论他多么舍不得。

2006年由王靖宇牵头的中国首个导盲犬训练基地在大连正式挂牌成立。如今，基地已经有26只导盲犬在训，5只训练成熟的已免费交付给视障人士使用。

给盲人“第二双眼”

基地交付给盲人使用的第一批导盲犬之一奔奔是盲人火炬手张德宏的导盲犬。王靖宇告诉记者，张德宏在大连金州区的一条步行街上开了一家按摩医院，奔奔每天都要把张德宏从医院带到100米外的街边花园去活动活动。路不长，但不好走，它要带着张德宏避开障碍物，绕过汽车和行人。现在，奔奔成了张德宏的“第二双眼睛”。

张德宏喜欢游泳，可奔奔不喜欢，以前在基地的时候，王靖宇带它去海边训练，别的狗都撒欢着跳进海里玩，奔奔死活不下水。现在张德宏游泳时，奔奔也只是在池边看。一次，张德宏换了个仰泳的姿势，奔奔突然噌地站了起来，它辨识不出主人在干什么，不顾一切地跳进池中拼命游到张德宏身边，直到确认张德宏不是溺水后，奔奔才转身又游回岸上。张德宏开始没明白奔奔是怎么了，等他明白过来时，眼泪便再也忍不住了。见到王靖宇时，他抹着泪，讲了这件事。王靖宇一直坚信，人和动物之间的感情是相互的。

温暖是可以传递的

王靖宇告诉记者，日本培训第一条导盲犬用了整整19年时间，而他们只用了不到3年。但这个过程，也是困难重重。王靖宇培训导盲犬的钱主要是个人投资。初期省科技厅的项目结束后，导盲犬培训基地几乎全靠王靖宇个人投资在维持，如今基地已经花去了50多万元，耗尽了他早年在日本的全部积蓄。

比经费更难解决的是导盲犬的身份认同问题。

去年12月3日，世界残疾人日，王靖宇代表基地把导盲犬Lucky赠送给中国首位残奥会冠军平亚丽。每次进超市，无论平亚丽怎么解释说Lucky是导盲犬，受过严格训练，不叫也不会咬人，但Lucky还是被挡在门外。

王靖宇认为温暖是可以传递的，而一条导盲犬可以带给盲人的，不仅是温暖，还有走出家门，自立于社会的尊严。所以他会一直坚持下去。（路琰）

摘自《环球人物》2008年9月

我和我的导盲犬朋友奔奔

辽宁日报　2008.09.10

（本报记者：王荣琦　文/摄）

9月6日晚，北京残奥会开幕式在全世界人民的关注下精彩开幕。在开幕式现场，有3条来自大连的导盲犬：为我国第一个残奥冠军、火炬手平亚丽导盲的LUCKY，引领盲人跳远冠军李端入场的STAR，还有陪着主人——中国残疾人艺术团表演艺术家王滨来看演出的妞妞。在备受瞩目的火炬传递环节，LUCKY陪着残奥冠军平亚丽，顺从地听着口令，沿着场内的白线笔直地前行。在有台阶的地方，LUCKY特意地停顿一下以提示主人，圆满完成了任务。

为导盲犬事业奔波的人

谈起导盲犬，就要先说说王靖宇这个人。王靖宇今年44岁，从小喜欢动物，从延边大学畜牧专业毕业后，1992年赴日留学，用9年时间研究动物行为学，至今他和动物打交道已经26年。2001年，王靖宇作为引进人才被招聘到大连医科大学，担任实验动物中心主任。

王靖宇说，自己接触到一些盲人朋友，感觉他们太需要导盲犬了。2004

年10月，在辽宁省科技厅10万元的经费支持下，王靖宇在国内买了一批幼犬，按国际导盲犬联合会的标准尝试训练。王靖宇又请来美国、加拿大、澳大利亚等地的专家进行现场指导。2006年5月，全国首个导盲犬培训基地在王靖宇的努力下落成，6个月后，3条导盲犬培训成功，并为3名盲人提供导盲服务。现在，中国残疾人联合会已经在王靖宇的导盲犬基地设立了中国导盲犬大连培训基地。

盲人张德宏的体验

家住大连市金州区的64岁的盲人张德宏是王靖宇的第一批受益者之一。今年9月3日，张德宏在导盲犬“奔奔”的帮助下，传递残奥会圣火，成为国内第一名由导盲犬协助完成火炬传递任务的火炬手。白色的导盲犬穿着一件漂亮的小马甲，上面写着：爱心、责任、光明。有导盲犬带路，张德宏的步伐显得很从容，只是导盲犬一直不肯抬头。临近终点时，导盲犬才高高昂起了头。

“现在，吃饭时，我老伴不招呼儿子，先喊‘奔奔’。”张德宏笑着说。从2006年导盲犬“奔奔”被认养起，它已经成为这个家庭中最重要的成员。

记者走进张德宏的办公室时，“奔奔”正安静地趴在他的脚下。看见主人起身迎接记者，“奔奔”也马上起身。张德宏告诉记者，有一回他和朋友去游泳，到了海边“奔奔”怎么也不敢下水。“听训导员说，‘奔奔’从没下过水。我在海面上漂着，‘奔奔’以为我出事了，拼命冲到海里，用爪子往外拖我，我和朋友们都被感动了。”“奔奔”的训导员高丽波告诉记者，“奔奔”责任心很强，只要一戴上鞍子，马上就进入工作状态。记者看到，训练中的张德宏边下指令，边晃动鞍子，“奔奔”开始领着张德宏小步奔跑起来。“‘奔奔’见过大场面，不怕人多，不怕音乐。”

挑选导盲犬的标准

与“奔奔”同时上岗的还有“毛毛”，主人是家住大连市旅顺口区的女盲人张肃俊。比它们都更早上岗的“石头”则是中国第一只投入使用的导盲犬。去年6月，训练人员回访时突然发现“石头”容易因为紧张而出现一些攻击性行为，这是导盲犬绝对不能允许出现的。于是“石头”不得不离开它服务了不到3个月的主人，被送给一户寄养家庭做宠物犬。

挑选导盲犬的标准主要是性格，其次是健康，漂亮并不重要。“一点攻击性都不能有，特别好动，特别静的都不行。最适合做导盲犬的拉布拉多和金毛猎犬两个品种本身都是运动型的，但一进入工作状态，亲近其他人、嗅东西、追小动物和同类的习惯都不能有，害怕汽车，甚至不喜欢电视，都不行。”王靖宇说。

“不乱叫”更是导盲犬最直观也最基本的条件之一。在训练基地的狗舍里，这一点是区别受训程度的明显标志。一只刚从寄养家庭接回来的犬独自狂吠不止，资深“学员”大多不为所动。当然也有例外，训练员孙显龙解释说：“关键是它叫的时候你要及时制止。”

导盲犬能辨别10个左右英语指令，“实际上并不是它听懂了英语还是汉语，你的很多细节都能体现出当时的意图和情绪，哪个动作会让主人满意，它已经形成了模式。”训练员刘爱坤说。导盲犬的训练没有强制和惩罚，训练员都用“No”表达责备，最大的动作就是一抖脖套，都是为了把主人的不满意传导到犬的心理上。“导盲犬的合格标准一共有70条，难度最大的还是分析判断能力。犬是天生的红绿色盲，需要靠车流判断过街时机，当然盲人也要听。对障碍物一般我们要求在距离6米左右避开，斜线绕行，没有井盖的下水道它也应该知道。虽然要求导盲犬能记忆最常走的7条路线，但盲人脑子里要有个大概的地图，或者说有定向行走能力，具体走的时候才由犬判断。时间长了，生活特别有规律的盲人一出门要穿什么鞋，犬都能找出来。它是通过一套行为综合判断你要去哪里。”王靖宇介绍说。

同事、学生们入场 82岁老教授欣慰

——大医附属一院一场普通的职工运动会开幕式侧记

大连晚报 2008.09.14

本报讯（文/图 首席记者：张晓帆）昨日上午，大连医科大学附属第一医院在大连市人民体育场召开2008年田径运动会暨第五届文化节闭幕式，当大医附属一院心内科方队走入体育场时，看台上，82岁的柯若仪老教授高兴地挥起手臂，跟她的同事、学生们打着招呼。这场普通的单位职工运动大会，因为这位82岁老人的出现，而充满了人情味。

烈日下，柯老始终兴致勃勃。她告诉记者，除了耳朵有些背，需要戴助听器以外，她身体状态很好。从1954年来到大连，这位名医始终坚持在大连医科大学及其附属一院教书、出诊、科研岗位上，到如今已经有54年了。柯老说，最初来大连时，医院只有3层楼，现在拥有3000余名专家医生及护士，年门诊量150余万人次，手术病例4万次，被誉为中国“长江以北最好的医院之一”。言谈间，柯老流露出骄傲与自豪。

老人一生行医，医好了无数人，也取得诸多科研成果。特别是在防治急性心肌梗塞方面，有很深的造诣，曾给邓小平、邓颖超等中央领导来连时做保健医生。离休后，老人家接受医院特聘，继续留在岗位上。每天早晨，82 岁的柯老都像往常一样，7 点半准时上班，坐诊、查房，给大医的大学生、研究生上课，一刻也不闲着。

正像大连市委常委、市总工会主席汪集刚在昨日的大医附属一院运动会上的讲话中指出的那样，大医附属一院 78 年的发展历史中，对大连的医疗科研、市民身体健康、经济发展等做出了杰出贡献。所有的大连人，几乎都有在大医附属一院求医的经历。昨日，市人大常委会副主任王承敏、副市长朱程清等市领导出席运动会，正说明了一所医院之于一座城市的重要性。

大医附属一院相关人士介绍，“服务、创意、做什么都要好”是医院的文化理念，也是全体大医附属一院人的共同守则。

大医附属一院与区域医院牵手共建辽南公益性医疗网

患者看病可少跑冤枉路

大连晚报　2008. 10. 18

（首席记者：陆彤）

本报讯　昨日，大连医科大学附属第一医院与金州区第一人民医院等 6 家县级医院签订了技术协作医院协议书，旨在与周边基层医院携手，达到资源共享，互利互惠，以解决百姓就医茫然、到大医院看病难问题。

大医附属一院院长吕德成说，医药卫生体制改革《征求意见稿》明确了公立医院公益性和社会性的原则，这对百姓就医是个好事。可现在，大医院不是缺乏患者，而是人满为患，医生每天从早忙到晚超负荷工作，仍然不能充分满足患者就医需求。其实，像感冒发烧等常见病、多发病治疗和一些普通手术，在基层医院治疗完全可以解决。

据了解，大医附属一院与周边 6 所医院自愿结成的协作组织，就是要利用大连医科大学附属第一医院的人才优势、技术优势、管理优势，通过技术指导，人才培训的方式带动协作医院医疗技术水平和管理水平的提高。同时，通过双向转诊医疗、分级医疗的方式充分发挥各级医院的优势，提高大连及周边地区医疗救治水平，方便百姓就医治病。

医大一院主动与区域医院牵手共建辽南公益性医疗网的举动，受到了金州区第一人民医院、普兰店市中心医院、瓦房店市中心医院、庄河市中心医院、大连大学医学院老年病医院和营口市开发区医院的欢迎和响应。金州区第一人民医院院长李铁男的话道出了6位基层医院院长的心声：“这种协作是我们期待已久的，不仅对协作方是个共赢的好事，更主要的是为患者带来方便实惠，让患者就医时能少跑冤枉路，少花冤枉钱。”

一样的舞台　一样的精彩（节录）

大连日报　2008.11.15

（本报记者：陈桂娟）

改革开放30年，在大连这座城市变得越来越美丽的同时，生活在这座城市的女性也变得越来越精彩。她们勤于学习、爱岗敬业、积极进取，勇挑重担，在参与经济社会发展这个广阔舞台上，用无愧于时代的骄人业绩，装点着城市，奉献着大连，感动着时代，涌现出一大批先进妇女典型，她们站在改革开放的潮头，用女性特有的细腻和韧性诠释着“巾帼不让须眉”的美丽。

郎志谨：病变逃不过她的“神眼”

在大连，有一位全国影像医学界里知名的CT和磁共振专家，她就是大连医科大学教授郎志谨。有人说，在每一张黑白病理底版上，任何一个病变都逃不过郎教授的一双神眼。

多年前的一天，正在家里生病休息的郎志谨却要赶到手术室为手术台上的脑肿瘤患者现场找出突然“消失”的脑肿瘤。“那时候用的脑血管造像技术并不是十分精确，主刀医生在打开病人脑颅后，没有发现在造像上显示的肿瘤，当时就急了，让我去救急。”郎志谨仔细观察了病人脑部和原先的造影像，然后用手一指，说“再向后切开一点”，主刀医生照着做了，果然发现了那个肿瘤，在场的人都说：“郎教授，神眼!”

郎志谨从医五十多年，看过的病历片子不下十几万张，及时发现病症，挽救病人数以万计，当许多病人拿着CT或是磁共振片子远赴北京、上海等知名大医院就诊时，诊断教授一听是大连来的，就会说："其实你不用来，片子让郎教授看就行了。"

……

30年留下的记忆，厚重而丰富，各行各业的妇女典型，层出不穷。希望透过这些只能称其为瞬间和片断的记忆，让大家看到大连女性在和男人一样的天空下，演绎着一样的精彩。

织一片温暖：大医一院送来爱心衣 里面藏着小纸条

半岛晨报 2008.11.20

（记者：马巍）

大连医科大学附属第一医院的医务工作者捐出爱心衣。（摄影记者：马万冬）

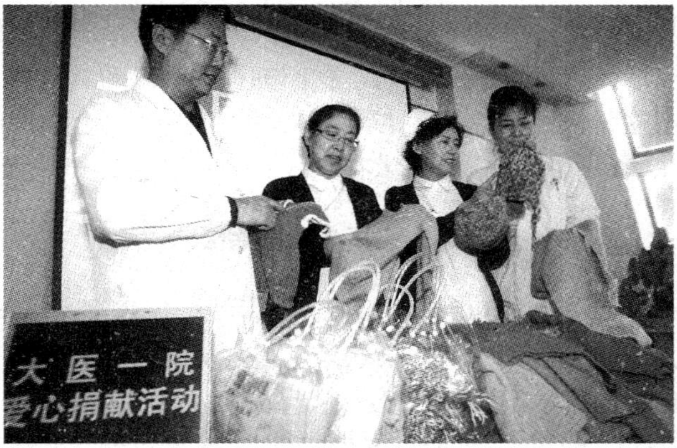

"你好，小伙子！希望你能喜欢这条围脖。有事可以给我打电话……"

——不留姓名的一位阿姨

"希望你的每一天都是喷香喷香的。"

——在爱心衣上喷香水的编织者

"你一定要长成漂亮丫头哈。"

——在毛衣上系蝴蝶结的柏女士

11月3日，由大连市妇联和半岛晨报联合主办的“织一片温暖穿在孩子身上”特别策划强力推出，活动号召大连的爱心市民拿起织针，亲手为四川灾区的孩子们织一件御寒的毛衣。据大连市妇联统计，截至目前，此次活动累计接收毛衣2000多件、捐款3万余元，参与人数近万人次。前一批衣物于11月13日已送抵安县，第二批物资的统计和整理工作也接近尾声。

医务工作者捐衣又捐钱

据不完全统计，大连医科大学附属第一医院的近千名医务工作者共编织毛衣590件，捐衣1000余件，捐款35920元。一位医生告诉记者，这次活动受到了医院领导的高度重视。工会副主席王丽丽介绍，医生们参与的积极性很高，连男医生也让爱人参与编织，还有一些不会织毛衣的人，干脆自己买毛线，找编织加工点给织出来。当初亲自赶赴灾区的一位医疗队长一人捐了10人的编织费用，许多离退休的大医员工闻讯也纷纷赶来献爱心。

退休员工金银云近日查出了肺癌，在治疗期间得知同事们捐毛衣的事，她赶紧将两件孙辈的新毛衣拿了出来。“请捎话给那个孩子，别怕，什么困难都能战胜。”金银云接受记者电话采访时，不住地咳嗽。

南丁格尔奖获得者丁淑贞告诉记者，地震过后该院有20个人第一时间赶赴灾区，直到现在他们还会讲起在灾区发生的故事。“我们对灾区的关注是不仅仅局限于专业的，这满足不了我们，我们的社会属性也同样是父母儿女，需要一个出口，把这份情和火热的关心献出去。”丁淑贞织了一件橙色的带“麻花”的毛衣，寓意一种团结，让人人拾起关爱，不让灾区儿童孤单。

有人为灾区母亲捐新衣

“祝你健康成长，能和这棵大树一样坚强。”一位署名为“刘阿姨”的女士在一件织有大树的毛衣内留话。妇联的工作人员告诉记者，像这样类似的纸条有很多，大连橡胶塑料机械厂的几十件毛衣中，每件都别有卡片，卡片上是一些卡通图案。本报曾评选出的“杰出母亲”王美杰织了两套稍大的衣裳，上面留言，希望把衣裳送给在地震中失去母亲的女孩毛绥燕。

“孩子可怜，当妈的也可怜。”53岁的李奎荣在胜利购物广场经营一间四五平方米的小店，昨日她打包39件女士毛衣和16件保暖内衣送到妇联，“最近生意不太好，捐的不多。”面对镜头，她一再躲闪。李奎荣是朝阳人，来连已有10年，她说，她和残疾弟弟一直关注灾区的事，这一次，姐俩一拍即合，捐出这些衣物，一点都没心疼。

大连市妇联主席杨金旭告诉记者，活动开展到现在，有许多居民在送来毛衣的同时，还送来了崭新的棉衣、内衣、羽绒服。

“这份爱将延续下去，安县、彭州，那里的孤残贫困母亲和儿童让我们时时牵挂，我们的奔走不会止步，我们爱的行动会从这些夹裹着深情的柔软毛衣开始，继续下去。”大连市妇联主席杨金旭说。

杨晓光“我的肩膀借你用”

上海《东方早报》 2008.11.21

在这个表面的风光盖过一切的时代，他始终躲在大幕的背后，握着闪光灯的开关，告诉面前的人怎样调节唇边的那点角度才能让笑容看起来柔和些，手要怎样摆才能更靠近表现的人物，幕前的人都灿烂起来，他却遁身于黑暗中。

大连医科大学影像艺术学院院长、教授杨晓光在尼泊尔做影像研究项目时遭遇突如其来的车祸，去世已经一个多月，纪念他的活动与文章却并未被时光冲淡，12 月 12 日，一些赶不及参加杨晓光追悼会的海外摄影圈知名人士将自发在大连组织一个追思会。以杨晓光的名字命名的摄影奖也正在酝酿中，奖项

将鼓励资助更多的年轻摄影师进行题材和艺术方面的探索。杨晓光，作为一位摄影教育理论家的心愿将在其身后得到更多方面的满足。

十多年，他把大连医科大学影像艺术学院从一个摄影系扩展成学院，现在，大连医科大学已经成为全国一流的摄影教育学校。十多年，杨晓光老师的桃李遍天下，新闻、商业、艺术摄影圈都活跃着杨老师的学生，成为推动摄影实践发展的新生力量。1998 年，摄影界最早的关于纪实摄影大讨论，都是杨晓光组织，并以大连医科大学为基地。

朋友黄文回忆道：“杨晓光是那种永远面带微笑的人。宁静平和、慷慨周到、低调乐观。亦因此，你会觉得他极易相处。这使他跟许多人能成为朋友。但他做事的决心和效率却一直很强。凭借对国内外摄影状况和教育环境的熟悉以及个人良好的教育背景与业界人脉，加上他的自我奉献，他努力促成了一些在外人看来非国内名牌大学相关专业莫属的重要教学和国际项目，在大连医科大学妥善安家。”

早年留学美国哥伦比亚博斯菲克大学视觉艺术专业让杨晓光的美式英语成为中西摄影界交流的重要桥梁。他翻译了大量的摄影理论书籍，很多人，从看他的书开始了解摄影，知道了杨晓光的名字。为了使英国波顿大学的 PhotoMA 研究生班在中国落脚，他跑完学校跑外事办，跑完外事办又跑教育部，这样一个世界级的摄影研究生班能在中国举办，需要协调很多国内部门，这些完全是他和院方承担了大量的责任和压力扛出来的。

杨晓光说过，“成功在于最后一点点坚持。”他在美国学的是纪录片，近些年，随着互联网技术的发展，人们渐渐养成从网上阅读新闻的习惯，为了适应互联网时代的传播，国外新闻摄影人开始创新使用多媒体技术来挑战单一的照片传播形式。这种新的形式被统称为流媒体（MultiMedia）。流媒体的兴起，正是他可以将新闻摄影和纪录片两者结合起来的契机。而这一切，忽然在人世间中断。

杨晓光的爱人在整理遗物的时候，发现了大量发票，那是他自己掏钱给学生们去平遥看展垫出的路费。杨晓光的学生和朋友常河说，和杨晓光一起拍摄一个“给美国人普及中国知识”的纪录片，十五六天里从上海到重庆一路跑了九个城市，杨晓光骗他说费用有赞助方，直到杨晓光去世发现了成堆的发票，才知道那些费用都是杨老师自己承担的。常河眼里的老杨极热爱生活，不论在哪个城市，不论多忙，总是要抽出点时间去做运动，甚至在非洲采访时跳进有鳄鱼的水里游过泳，“我们一起在武汉的轮船来往的汉江、重庆奥体中心、北京八一游泳馆、青岛潜艇学院跳水馆畅游过。每次游泳他都游在我们后面，帮我们纠正泳姿，他一步一步地分析动作，非常准确地讲述动作要领，得益于他的耐心指导，我在大连学会了游泳。”

平遥“世界摄影节高峰论坛”上，杨晓光和崔波一起细说平遥摄影节的亮点，在背后采访的摄影记者想找个支撑点，他笑着拍着自己的肩膀说：“这里可以用。”

大连：我国首批8只导盲犬“学成毕业”

www. cctv. com　2008. 11. 26

央视网消息（第一时间）近日，来自中国导盲犬大连培训基地的8只导盲犬经过三年培训，正式毕业了。它们是我国首批正式毕业的导盲犬。在大连医科大学学生活动中心，人们为这些可爱的导盲犬举行了毕业典礼。

毕业典礼上，8只导盲犬小心翼翼的引领着它们的主人，走到台上。上千名医科大学的学生以及志愿者，现场见证了这场特殊的毕业典礼。

导盲犬培训基地训导师宋雅楠：“向它们表示祝贺，也是给它们一个鼓励，希望它们以后能够更好地发挥它们的作用。”

和发达国家相比，我国导盲犬培训事业起步较晚，在资金、训练员人才方面都比较短缺。据了解，大连导盲犬基地目前有在驯犬30只，寄养犬17只。它们中还将陆续培养出合格的导盲犬，交给有出行意愿的盲人家庭领养。这些盲人要具备定向行走能力，并负担导盲犬每月将近2百元的生活费。

大医精诚

——大医附属一院改革开放30年发展纪实

大连日报　2008.12.03

30年——大医一院人奋斗不息；

30年——大医一院人春华秋实；

回眸——大医一院人已拥有了太多的骄傲；展望——大医一院人将瞄准目标再展宏图。

抓机遇——大医一院人不懈努力带来巨变

没有观念上的转变就没有改革，没有改革就谈不上什么发展，而大连医科大学附属第一医院全体员工在院班子的正确领导下，顺应历史潮流，紧紧抓住改革开放这一机遇，团结拼搏，励精图治，经过全院干部职工的不懈努力，30年后，辽南大地镶嵌了一颗医疗战线上的明珠。

在国家卫生改革政策指引下，30年来，该院以科学发展为主题，以改革创新为动力，以为病人提供优质、价廉、便捷、安全的医疗服务为宗旨，坚持“服务、创意、做什么都要好”的理念，抓科技促发展，抓质量上水平，抓管理增效益，各项事业发生了巨大的变化，医院整体规模和综合实力实现了跨越式发展。

截至2007年底，该院实际开放床位2000余张；年门急诊量150万余人次，年住院病人近5万人次，年手术量近4万例，床位利用率98%。医院承担8个层次、18个专业的临床教学任务。职工总数2785人，正高职480余人。医生中有博士学位的占24.5%，有硕士以上学历的占74.96%。博士生导师17人，硕士生导师117人。享受政府特殊津贴38人，其中享受国务院特殊津贴21人。

该院占地面积由1986年的1.37万平方米增至2007年的5.71万平方米，增加了317%。建筑面积由2.04万平方米增至18.38万平方米，增加了801%。医疗设备原值由769万元增至4.19亿元，增加了53.5倍。现有医疗设备 5666 台，其中核磁共振（MRI）两台、多层螺旋 CT6 台、血管造影机（DSA）4 台，还拥有数字化胃肠机、同位素 ECT、直线加速器、西门子 PETCT 等。大型医疗设备达到国内先进水平。固定资产总值由 1365 万元增至 11.18 亿元，增加了 81 倍。

该院现有中西医结合一级学科博士点 1 个，为国家级重点学科。内科学、外科学二级学科博士点两个。临床医学一级硕士点 1 个。医院共有 31 个临床科室、8 个医技科室、28 个行管部门、24 个教研室、6 个研究所、4 个中心、1 个省级重点实验室、1 个中心实验室、5 个临床教学实验室。

“十五”至今该院共承担国家“973”、“863”、国家“十五”、“十一五”攻关，国家自然科学基金等各级各类科研课题 340 项；获得国家和省部级等各级科研成果奖 65 项。

讲实效——大医一院人真抓实干带来巨大成就

变就要变得果断，干就要干得实在。30 年前，医院全体员工在坚强团结的院班子领导下真抓实干，一步一个脚印。30 年后，医院发展规模及各项医疗指标均处于辽南地区的前沿。

学科建设历史突破。1996 年 9 月，国务院学位委员会批准中西医结合博士学位授权二级学科，实现了医院临床博士点零的突破。2005 年 10 月，中西医结合一级学科、临床医学内科学和外科学二级学科全部通过了国务院学位委员会专家终审。2007 年末，中西医结合临床被授予国家级重点学科。博士点建设取得历史性突破，不仅填补了大连地区临床医学博士点的历史空白，而且为大连乃至全国培养高层次医学人才提供了平台。

科研工作成绩斐然。30 年来，特别是“十五”期间，医院以人才为依托，以科技为牵引，坚持“科技兴院”战略，促进了科技快速发展。

1998～2007 年，科研立项 589 项，其中国家级 53 项，省部级 315 项，市级 111 项，其他 31 项。

1986～2007 年，获各级科技奖励 183 项，其中国家级科技进步二等奖 1 项，省部级科技进步奖 132 项，市政府科技进步 47 项，其他奖 6 项。出版专著 95 部，发表论文 5740 篇，获发明专利 7 项。

据不完全统计，1986～2007 年，该院有 8 人担任国际性学科学会委员和理事以上职务，3 人为国务院学位委员会学科评议组成员，89 人次担任全国性学术团体委员、理事以上职务，107 人次担任省级学术团体常务委员、常务理事以上职务，179 人次担任全国性学术杂志编委以上职务。

医疗技术突飞猛进。改革开放以来，特别是“十五”期间，该院创新和发展了一大批先进技术，新的诊疗手段逐渐代替了传统的方法，尤其是介入技术、微创外科技术不断成熟和普及，使临床诊疗方法发生了根本性变化。

目前，该院多层螺旋 CT 冠状动脉成像技术达到国际领先水平；房颤的导管射频消融治疗技术、肺栓塞诊断治疗技术、中西医结合治疗急腹症达到国内领先水平；冠心病的介入治疗、钬激光和关节镜技术、微创外科手术、小肝癌小肺癌的早期诊断、肺栓塞的介入治疗、颅内动脉瘤手术、异基因造血干细胞移植术、膀胱癌的综合治疗、波前相差引导下准分子激光个体化角膜切削术等技术达到国内先进水平。

1997～2007 年，大连市卫生局批准该院新技术立项 480 项，获新技术应用奖 280 项，其中一等奖 48 项、二等奖 106 项、三等奖 126 项。有 1 项技术达到国际领先水平，6 项技术达到国内领先水平，多项技术达到国内先进水平，两项技术进入辽宁省医学创新工程项目，这是该院历史上医疗技术发展最快、最好的时期。

目前，该院已有 20 余个医疗科室得到快速发展，专科实力不断增强。拥有 1 个国家级重点学科、4 个省级重点学科，14 个市级重点专科。心内科为中华医学会心血管介入治疗培训基地，骨科为全国内镜诊疗技术培训基地、介入科为中华医学会介入治疗推广培训基地，眼科为全国准分子激光手术培训基地和省防盲治盲培训基地，血液科为省造血干细胞移植医院，耳鼻喉科为大连市听力障碍诊治中心，口腔科为先天性唇腭裂治疗中心，是“国际微笑列车”在中国的定点医院。医院为卫生部专科医师培训首批试点基地和国家药物临床试验机构等一批国家级培训基地或机构。

学术交流锦上添花。随着该院学术地位的不断提高，每年均多次主办和承办国际性、全国性学术会议，并与美国、日本、瑞典、荷兰、德国、英国等十几个国家和地区的大学与医院建立了友好合作关系。

1986～2007 年，该院进行国内外学术交流 637 次，其中国际学术交流 97 次、国内学术交流 540 次。这些高层次的学术交流，不仅提高了医院的医疗技术水平和加大了浓厚的学术氛围，同时也提高了医院在国内甚至国际上的影响力。

医院改革向纵深发展。2000 年以来，医院先后进行了护理管理体制改革、护理内部分配制度改革和试行合同制护士用人新机制等护理改革试点。经过几年实践和完善，建立了与医疗队伍相对独立的护理部—科护士长—护士长垂直管理体系。2005 年 8 月，在由该院承办的全国护理工作会议上作了经验介绍。

2001 年开始，该院进行了机构精简、干部竞聘上岗，首次打破了干部终身制。机关后勤科室由 34 个缩减至 20 个，行管干部由 36 人减至 27 人，平均年龄由 45. 3 岁降为 41. 8 岁。科主任平均年龄由 45. 4 岁降至 41. 5 岁。护理管理干部平均年龄由 42. 9 岁降至 38. 56 岁。

2002 年，医院出台了新的分配体制改革试点方案，打破了传统的“铁饭碗、大锅饭”，极大地调动了全院职工的积极性，使有限的医疗资源得到充分利用。医院采取积极、稳妥、分步走的方式，逐步建立组织、制度和指标体系，最终形成综合绩效管理体系。

2004 年 7 月，在院党委的统一部署和组织下，该院首次采用竞聘上岗方式，产生了新一届院领导班子。

医院管理采用了现代的管理理念。1991 年 5 月，该院开始贯彻卫生部《医院分级管理办法》，开展“三甲”医院达标活动。通过活动，使医院管理实现了一次飞跃，形成了《规章制度》、《岗位职责》、《护理工作手册》三套系统文本。1992 年 4 月，以 968. 5 分全省第一的好成绩被批准为省内首批三级甲等医院。2008 年 2 月，通过省部三级甲等医院验收。

1994 年开始，医院开始实施计算机网络化管理，从门诊、中西药局、收款微机联网，门诊财务管理、检验信息管理系统（LIS）、医疗保险计算机系统，到 1999 年医院管理信息系统基本形成。门诊、病房、后勤、机关全部进入网络，医嘱、处方、药局和检验信息实现共享。2002 年开始，医院有计划地对计算机系统进行升级改造。2003 年，医院计算机管理信息系统全面铺开。2006 年 3 月，医院影像存储传输系统（PSCS）、电子叫号系统正式投入运行。

1997 年，该院以创全国百佳医院为契机，开展全员性转变服务观念、落实服务承诺活动。在国内率先提出“把时间还给护士，把护士还给病人”的口号，改善病人就诊环境，优化病人就诊流程。在此期间，卫生部领导三次到医院视察并推荐国内 21 个省市的 473 所医院管理者参观学习。1999 年 9 月，获卫生部等颁发的“全国百佳医院”荣誉称号。

2001 年 12 月，该院引进和推行 ISO90012000 质量管理标准工作正式启动，次年 12 月，获认证证书。此后，按照“持续改进”原则，以“医院管理年”和三甲复核标准为参照，完善医院质量管理千分制绩效考核标准和方法，定期进行质量管理内部审核，不断整改存在的问题。2006 年 2 月，卫生部专家进行“医院管理年”工作督查和“三甲”复核，对该院的管理工作给予了较高的评价。

2001年5月开始，该院参加了由中国医院协会举办的创建“百姓放心医院”活动。按照创建活动的整体要求，认真制定和落实具体实施方案，自觉接受社会各界的监督，不断整改存在的问题，连续三年获得了不同主题的“百姓放心医院”荣誉称号。2007年，获得全国首批《2004~2006年度百姓放心示范医院合格证书》，成为国内社会认可、百姓放心、名副其实、享有盛誉的品牌医院。

重改革——大医一院发展前景无限

干就要干得明白，干更要干得聪明，大医一院人深深地悟出了这个道理。对此，院长吕德成说：

因为，不改革创新就不会有医院的今天，所以，进行一系列的改革、改建和改制，必将促进医院向着又好又快的方向发展；

因为，一个好班长必将带活一个坚强团结的班子，所以，坚强团结的班子也必将带领全院干部职工励精图治、求实创新谋发展；

因为，一支由学科带头人、学术带头人和学术骨干构成的学科队伍，所以，一批以博士、硕士为主力的人才梯队必将在医疗、教学、科研各项工作中取得辉煌成就；

因为，医院已经拥有了高素质的党的组织系统和优秀的共产党员，所以，必将在医院的干部队伍和技术队伍中、在重大科研项目的组织中、在稳定局势的维护中，直至在抗击“非典”和抗震救灾的战斗中起到战斗堡垒和无往而不胜的先锋模范作用。

因为……所以……

这，就是大医一院人30年已走过的路！

这，就是大医一院人30年的大医精诚！

（刘者明）

大医一院一、二、三部大楼外景

医院获全国百姓放心示范医院

心房颤动的基础与临床研究获国家科技进步二等奖

申报博士点获成功

大连医科大学检验医学院在青岛举办血液检验专业教学工作会议

青岛新闻网 2008.12.05

日前，大连医科大学检验学院在青岛举办了大连医科大学检验医学院血液检验专业教学工作会，来自青岛市中心血站、深圳市血液中心、大连市红十字血液中心、吉林省血液中心、唐山市中心血站、鞍山市中心血站等6个教学基地分管教学工作的站长、主管教学工作部门主任及一线教师20多人参加了本次教学会。青岛市中心血站站长赵林女士致欢迎词，大连医科大学检验学院刘

辉院长作临床血液检验专业实习工作总结。与会各代表从培养目标完成情况、实习中发现的问题及相关措施、毕业论文的质量控制、发表等方面介绍了各基地的先进经验，对现行教材、实习大纲、教学基地的考评等方面展开了积极的讨论，并对输血专业的教学及毕业设计等工作提出了积极的设想和建议。本次大会对进一步提高各基地的教学工作水平有着积极的推动作用。

辽宁省高校廉洁文化现场会在连召开

大连日报 2008.12.17

12月16日，全省高校廉洁文化建设现场经验交流会在大连理工大学召开。省纪委副书记刘大民到会并讲话，大连理工大学党委书记张德祥致欢迎辞，省委高校工委纪检组长肖羽洁主持会议，省纪委常委韩玉起，市委常委、市纪委书记刘爱军出席会议。省属近80所高校的党委副书记、纪委书记等参加会议。

近年来，我市各高校始终把廉洁文化建设作为廉政文化建设和廉洁文化进校园工作的重点，紧密结合自身实际，创造性地开展廉洁文化建设工作，特别是在今年“廉政文化建设推进年”中，各高校把廉洁文化建设作为重中之重，列入学校建设总体布局，作为思想道德建设、反腐倡廉建设、校园文化建设的重要内容，统一规划部署，列入重要议程，呈现出各具特色、协调共进、蓬勃发展的良好态势，取得了较好成效。

会上，大连市纪委、大连市委高校工委以及大连理工大学、大连医科大学、沈阳建筑大学三所大学分别做了经验介绍。与会代表还参观了大连理工大学、大连医科大学近年来的廉洁文化建设成果。

明星三姐妹回归平淡做“天使”

半岛晨报 2008.12.24

说起大连的三胞胎，你会想起陈家三姐妹吗？老大陈嘉瑜、老二陈嘉莹、老三陈嘉瑶，她们上过电视，拍过广告，曾是家喻户晓的“小明星”。如今，21岁的她们已经是大连医科大学附属第一医院的护士，“白衣天使”的工作虽然忙碌紧张，但却让她们充实而满足。

同一爱好：心有灵犀

1987 年 4 月 14 日，三姐妹出生了。“妈妈刚开始检查的时候查出是双胞胎，临产前最后一次检查才知道是三胞胎，当时的三胞胎特别少，妈妈自然也是很兴奋的。”老大陈嘉瑜告诉记者，姐妹三人的性格很像，“很多情况下都会发生我们不约而同说出同一句话的事情，周围的人都会吓一跳，说我们是不是商量好的，我们自己也觉得挺奇妙的。而且我们喜欢的东西也非常像，一起逛街的时候，我们会同时选中同一件衣服，因为现在我们都刻意不穿同样的衣服，所以我们就买一件，三个人都可以穿。”

同一舞台：“非常 6 +1”

2004 年 4 月，三姐妹通过层层选拔参加了央视“非常 6 + 1”节目的录制。在剧组里，她们度过了 17 岁生日，这是她们最难忘的。那天上午，她们第一次见到了“中国踢踏舞之王”帕尔哈提。晚上，舞蹈老师顾磊照旧带着她们排练，“练完一遍他让我们留下来单独练，我们当时挺郁闷的。一会儿，顾老师回来，看我们练完说挺好的。我们还奇怪呢，怎么这么一会儿就练好了？”只听顾磊说了句“Music（音乐）”，其他队员们推来了生日蛋糕，“太意外了，没想到大家会给我们过生日，那是我们第一次在外面过生日。”

同一工作：“白衣天使”

2007 年，姐妹三人从大连医科大学附属卫校毕业了，同时进入大连医科大学附属第一医院成为了“白衣天使”。

进入医院之后，三姐妹对于工作不敢有丝毫懈怠。“护士的工作，说不累是骗人的，每天都有很多急症病人需要处理，一个人值夜班的时候，30 多个病人全都是一个人照料，哪些病人刚入院，哪些病人要手术，哪些病人有急症，心里都要有数。”三姐妹说：“一个人值夜班的时候觉得更紧张，最担心出什么差错，怕影响了患者的治疗。虽然辛苦，但是当我们看到带着病痛而来的病人们，一个个健康地走出医院，那一刻的成就感就会油然而生，真正体会到人们说的‘白衣天使’的含义。”

第三篇 03

| 2009 |

媒体眼中的大连医科大学

大医二院成功切除罕见巨大胸腔肿瘤

大连日报 2009.01.12

（王亚明 记者：苏畅）

本报讯 “这是我从医几十年以来遇见的最大肿瘤。”日前，大连医科大学附属二院胸外科成功切除一例罕见巨大胸腔肿瘤，担任这项手术的医大二院胸外科主任岳世昌教授告诉记者，肿瘤足足有5.5公斤重，大小为35cm×25cm×15cm。

来自瓦房店的44岁的于全（化名）是一个铸造工，工作强度很大，两年前感觉胸闷气短，随着时间的推移，病情越来越重，晚上只能采取左卧或平躺才能睡着，严重时呼吸困难。由于家庭经济困难，他没有当回事，还一直进行强体力劳动。一个偶然的机会，他在体检时发现了胸腔这个巨大肿物。经过仔细检查，医生发现他的左侧胸腔已经被肿物占满了。而且肿物已经把心脏挤压到右侧，肺也被压得扁扁的。由于肿物压迫已经导致大血管扭曲，静脉回流受阻，肝脏淤血，颈静脉扩张，肺功能很差，血气分析显示严重缺氧。岳教授说，一般像他这样的病人，走路都应该很困难了，可是想不到这么长时间受肿物压迫，于全竟然逐渐适应了。

初步诊断于全胸腔内的巨大肿瘤是良性的孤立性纤维瘤，按照肿瘤的生长速度，岳教授分析该患者至少有十余年的病史。为防止患者术中心脏骤停，采取了左侧45度半卧位，在左胸进行U形开口，沿肿物和胸壁间隙内逐渐分离肿瘤。然而，打开胸腔后，医生却意外发现肿瘤血运非常丰富，为了防止大出血，医生以最快的速度成功取出巨肿瘤后，马上阻断来自膈肌的主要血管供应，保证了手术成功。目前，患者已经脱离危险。

医大附一附二获抗震救灾奖

半岛晨报　2009. 02. 20

（记者：李社生）

晨报讯　大连医科大学附属一院、大连医科大学附属二院分别获得由中华全国总工会授予的抗震救灾重建家园工人先锋号称号。受到国务院各部委表彰的单位还有：市中心医院、大连大学附属中山医院、市疾病预防控制中心和大连市卫生监督所等。

海迪大姐来了！赞大连残疾人事业及导盲犬基地

大连天健网　2009. 02. 21

（记者：韩晓菲）

天健网消息　张海迪，一个响当当的名字，她“是颗流星，就要把光留给人间”的精神影响了整整一代人的成长。作为刚刚当选的中残联主席，海迪大姐来了，这是她第三次来到大连，她说每次来到大连都会被感动，这一次感动她的是大连扎实惠众的残疾人工作和中国第一个导盲犬培训基地的创新建设。

2 月 20 日，雪后的大连春寒料峭。刚刚结束在哈尔滨考察工作的海迪大姐一行，风尘仆仆地乘机飞抵大连。这是海迪主席上任后继四川灾区、哈尔滨之后，实地调研考察残疾人工作的第三站。

20 日下午，海迪主席一行首先来到了位于旅顺大学城的中国导盲犬大连培训基地，在听取了大连医科大学校长、市政协副主席唐建武的介绍后，她对大连开中国导盲犬培训之先河、对大医及导盲犬基地负责人王靖宇教授的辛勤工作给予了高度评价。

身为一名副部级领导，海迪大姐的发言却丝毫没有官腔套话，有的还是她身为作家散文般优美的语言。谈话中，她首先谈到了对医科大学、医院、医生的敬重，正是长期与病魔的搏斗经历，造就了她坚韧不拔、自强不息的品质。

会后，海迪主席还专程来到了导盲犬基地的犬舍，亲自看看这些正在接待培训的“狗狗”们。在犬舍里，她俯下身躯，亲切地抚摸每一只狗，会心的微笑始终挂在她的脸上。

目前，大连导盲犬基地有种犬 8 只，繁育幼犬 73 只，30 只正在接受专业培训，8 只已经培训合格并免费交付视障人士使用，在北京残奥会上，基地培训的导盲犬的精彩亮相，使得大连导盲犬基地名噪一时。

当晚，海迪大姐不顾舟车劳顿，欣然接受了大连媒体的集体采访。不谈个人的事情，是海迪大姐给记者们立下的采访纪律。她表示自己近期来向媒体封闭了一段时间，肩负着中国 8200 万残疾人的期望，这个担子让她诚惶诚恐。

我的事迹为太多的人知晓，这固然令人欣慰，但作为中残联主席，中国残疾人的“领头雁”，需要思考、需要研究、需要工作的事情实在是太多了。她恳请媒体的弟弟妹妹们体谅她、理解她。

对于创作，她鼓励记者们要像作家写小说一样，不拘一格，各抒己见，从不同的角度、不同的层面还原事实的本质，对同一事件要有不同的侧重和不同的表述，切忌千篇一律、索然无味。

对于生活，海迪主席回忆起来和中残联吕世明副主席（大连籍）、大连市残联理事长李扬近 30 年的交往历程，她回忆起 30 年前，吕世明主席、李扬理事长到北京请她担任大连残疾青年联合会名誉主席时的情景，求知、坚韧、追求理想是她送给每一位记者的箴言。

对于担任中残联主席的感受，海迪大姐不讳言自己的压力和责任。广大残疾人朋友对自己的信任和鞭策，是促使她勇敢担负起此任的动力源泉。而任内为更多的残疾人谋福祉是她给自己定下的目标。

21 日，海迪主席一行还来到了市残疾人职业技能培训中心视察，与残疾人代表进行了座谈，倾听了他们的心声，并听取了市残联的工作汇报。她对大连的残疾人工作给予了高度肯定，对大连成为东北地区唯一一个申报全国残疾人工作示范城的举动表示认可。

20 日中午，市长夏德仁、常务副市长肖盛峰在棒棰岛宾馆亲切会见了张海迪主席一行，市委常委王萍、辽宁省残联张翠玉理事长等全程陪同了张海迪主席在连期间的活动。

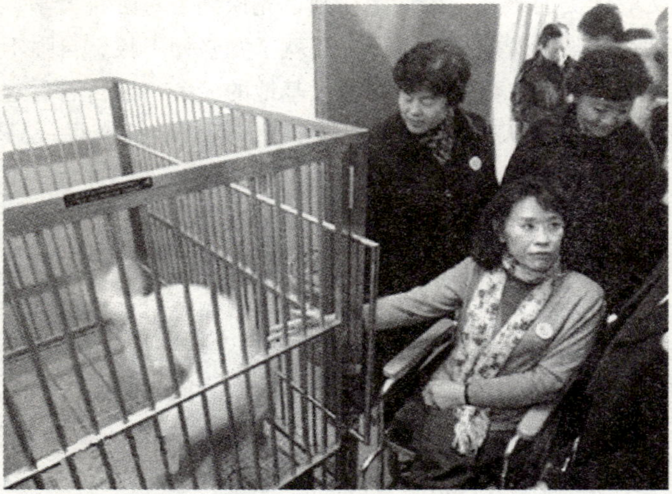

张海迪主席来到大连医科大学参观

海迪主席深入导盲犬犬舍询问日常培训情况

海迪主席接受大连媒体的集体采访

张海迪："大连小Q"让我感动

半岛晨报　2009.02.21

（记者：王琳）

晨报讯　昨日下午，中国残联主席张海迪、副主席吕世明，在辽宁省残联理事长张翠玉，市委常委王萍，市政协副主席、大连医科大学校长唐建武等有关领导的陪同下，来到位于旅顺的中国导盲犬大连培训基地检查指导工作。

在大连医科大学，张海迪一行受到了校领导和师生们的热烈欢迎，张海迪一行观看了基地的宣传片、导盲犬训练，部分导盲犬使用者还进行了现场演示。张海迪代表中国残联向大连医科大学赠送了答谢匾。

张海迪说，她早年在德国学习和生活时，曾经多次见到盲人使用导盲犬。见到那些温顺和忠诚的狗狗，她发自内心的希望有一天中国的盲人朋友也可以拥有自己的导盲犬。她还写过一篇文章叫《德国的导盲犬小Q》。

张海迪说，2008年北京残奥会上，来自大连的导盲犬在全世界人面前亮相，“那一刻我特别激动，是大连小Q让我感动！”张海迪在了解到一只导盲犬需要训练很长时间，费用将近三四十万后，她由衷的感叹，导盲犬的培训工作太辛苦了。她对大连市残联和大连导盲犬基地团队的工作给予了高度的赞扬，称赞他们是“中国导盲犬事业的开拓者”。同时，她提出了建立“中国导盲犬基金会”的想法，呼吁有更多的社会力量投入到这项造福于盲人朋友的事业中来。

新闻链接

据了解，目前，大连导盲犬基地已成功培训8只合格的导盲犬免费交付视障人士使用；拥有种犬8只；共繁育幼犬73只；30只正在接受专业培训；17只正寄养在爱心志愿者家庭；3只即将交付使用。在2008年北京残奥会，基地培训的导盲犬成功亮相，在国内外受到广泛关注。

张海迪对大连导盲犬基地团队的工作给予高度赞扬。（摄影记者：杜日海）

大医附属一院成立控烟门诊

新商报　2009.03.09

（记者：张琳）

新商报讯　近日，我市首家高血压及相关疾病门诊在大连医科大学附属一院挂牌成立，医院心内科还同时成立了控烟门诊，帮助心血管疾病患者戒烟，以降低吸烟相关疾病的发生。

心血管内科副主任医师路岩博士介绍，我国高血压患者已达2亿之多，而控制率很低，引发很多心、脑、肾等并发症的产生。大连是高血压病高发区，高血压发病率在成人中占25%左右。高血压及相关疾病门诊的成立旨在加强对高血压患者规范化、系统化的治疗。

而对于吸烟的危害，很多人只知道可引发肺癌等肿瘤，其实，吸烟与心脑血管疾病也密切相关。因为吸烟可导致动脉粥样硬化，大大增加了高血压、冠心病、脑血栓等疾病的发生机会。而在冠心病患者中推行戒烟，可减少36%的死亡率。与降压和调脂药物相比，戒烟是降低整个心血管风险最简单经济的方式。

路岩博士说，多数吸烟者很难戒烟是由于他们对烟草中的尼古丁成瘾，戒烟后出现焦虑等戒断现象，世界卫生组织已把烟草依赖定义为一种慢性疾病，并指出70%的戒烟成功者是在医生帮助下实现的。控烟门诊成立后，专家通过尼古丁依赖评估，判断患者对烟草的依赖程度，采用健康教育、药物治疗等不同措施来为患者提供专业的指导。

3000名乡医背起书包上学堂

辽宁日报　2009. 03. 17

王宝春是铁岭县新台子镇一名普通的乡医生。3月14日上午，他与82名乡医生在铁岭县疾病预防控制中心听了大连医科大学老师的授课后耳目一新："乡镇卫生院医生水平不高是通病，现在国家实行免费政策，提高我们的水平，没有理由不学好啊！"时下，全省有3000名像王宝春一样的乡镇卫生院医生走进了大学课堂，接受高等医学学历教育。乡镇卫生院成人高等学历教育项目是我省农村人才培养的重点项目。2006年，省卫生厅对全省农村卫生人员的状况进行了调研。结果显示，全省农村卫生技术人员的总量不少，但素质不高，学历偏低，以中专学历为主，乡镇卫生院发展后劲严重不足，缺少技术骨干，尤其是缺少检验、影像专业的卫生技术人员。

在此基础上，省卫生厅与省教育厅、省财政厅制定了《关于加强农村卫生人才培养和队伍建设的意见》，提出了“十一五”期间农村卫生人员的培养目标：全省乡镇卫生院临床医生全部取得执业助理医师以上资格，其他卫生技术人员具备初级以上专业技术资格，大多数乡村医生取得执业助理医师资格；乡镇卫生院临床医生大专及以上学历达到60%以上，有计划地培养部分乡医生达到大专学历。为此，省财政投入4500万元，学员的学费、书费全由政府负担。教育部门采取单独划线录取的招生政策，保证了项目顺利实施；中国医科大学、大连医科大学、辽宁医学院承担教学任务，保证了教学质量。

截至2008年末，我省乡镇卫生院临床医生在职成人医学专科学历教育招收学员3000人，农村乡镇卫生院医生进修学习1884人，乡镇卫生院医生在职培训3000人，护士在职培训3000人，乡村医生培训6100人，传染、急诊急救专业培训1928人，培训检验、B超、放射线及心电图专业技术人员3724人，农村适宜卫生技术推广两项，培训1928人，为全省乡镇卫生院配置电视机、DVD机等培训设备964套。为了解决好农村卫生人员工作和学习的矛盾，我省还建立远程医学教育培训网，通过卫星和互联网对基层卫生人员进行培训，建立两个卫星交互站、203个卫星接收站，每个乡镇卫生院配置一台学习机，卫星网络基本覆盖了全省农村。培训使全省每个乡镇卫生院至少有一人掌握或初步掌握了检验、B超、放射线及心电图等技术。学员们普遍反映：“现在面对患者，心里有底了。”

大医为啥设了摄影系？

新商报　2009.03.23

（记者：徐弘）

“大医摄影，是不是拍X光的？”很多大连医科大学的摄影专业毕业生，都遭遇过这样的尴尬。其实，很多人不知道，在中国、乃至世界摄影圈，“大医摄影人”都是颇受关注和尊重的群体。

“医科大学的摄影专业，是教学生拍X光片的，还是拍医学标本的？能给人治病吗？”在不少知名媒体，都有大连医科大学影像艺术学院毕业生做摄影、摄像记者。但，每逢有人问起，母校为何是一所医科大学时，他们自己也都百思不得其解。真正的答案是，有心人的坚守让一次意外和偶然演变成顺理成章的“墙内开花墙外香”。事实上，各医科大学都有自己的医学摄影专业，那才是教拍 X 光的，这跟专业摄影毫无关系。

“一次，我们的学生坐火车，列车员查票时看他拿着大医学生证，回头，车上有人突发急病，列车员找来了，让他帮忙看病。学生不得不解释：‘对不起，我是医科大学的，但我学的是摄影，一点医学知识也不懂。’”大连医科大学影像艺术学院副院长李毅讲起这个在业内流传甚广的笑话，“一转眼，大医摄影人 16 岁了。”1993 年，日本日中永和协会建议在大连成立一家摄影教研室，省教育厅同意后，顺其自然将教研室落户在已跟日方有了合作基础的大医。辽宁省历史上第一个与国外联合的办学项目“意外”诞生。

十几年来，“大医摄影人”正要逐渐发展壮大。大医影像艺术学院已桃李满天下，学生摄影作品多次在平遥国际摄影展参展，在各种国际级别的摄影大赛中也都屡屡获奖，毕业生遍布全国。渐渐地，中国摄影界乃至世界摄影界，人们开始记住“大医摄影人”这个听起来有点儿特殊的群体。

大医培训 1300 余名乡镇医师

辽宁日报　2009. 03. 25

承担我省 7 个市乡镇卫生院临床医师成人专科学历教育教学工作的大连医科大学，两年来主动适应社会需求，积极培训乡镇卫生院在职医护人员 1385 名，为提高乡镇卫生院水平作出贡献。

大连医科大学以“省基层卫生人员培训中心”为依托，组织指导全省 14 个市的基层卫生人员的岗位培训工作，2007 年至现在，完成上级单位确定的 1163. 14 万元资金额度的培训任务；作为“辽宁省乡镇卫生院临床医师成人专科学历教育项目”的牵头实施单位，该校提出了完整的规划和方案，实施定向培养，单独划线录取。校领导班子根据基层医疗的实际情况，结合成人教育特点，制定了一整套适合乡镇卫生院学员的教育教学模式。同时，加强各市卫生局和教学点的沟通联系，实行教学点教学主管、教学助理、班主任三级管理制度。

校企联建药学人才培养、就业“绿色通道”

大连日报 2009.03.28

本报讯 昨天上午，大连医科大学与大连泰华药业有限公司合作成立教学基地，这是我市第一家致力于药学人才培养的教学基地。该基地的成立，也为药学专业大学毕业生的顺利就业打开了“绿色通道”。

大连医科大学作为辽宁省重点建设的高校，科研实力雄厚，特别是医学与药学专业在全国高校中富有知名度与影响力。大连泰华药业有限公司成立于2003年2月，经过几年的发展建设已形成年产大容量注射剂1亿瓶/袋的生产能力，年销售额2.5亿元，已成为辽宁省最大的塑瓶及软袋大输液生产基地。

校企业合作教学基地的建立，标志着双方合作进入了一个新的发展阶段。泰华药业将借助大连医科大学的人才、科研优势储备人才资源，推动企业迅速发展。据介绍，泰华药业将配备优秀的师资力量、先进的教学实习设备为大连医科大学学员提供高质量、高效率的服务，同时为学员毕业后的就业提供良好的平台，让学员未毕业即可就业，从而缓解大学毕业生的就业压力。（云晓）

大连医科大学大学生思想政治教育模式独树一帜 医科学子清明节追思“无语体师”

大连日报 2009.04.03

（胡莉莉 本报记者：丁雷）

蓝天之下，碧海之旁。一群身着白衣手拿黄菊的医科学子，个个神色肃穆，郑重地将手中的黄菊献给心中的“无语体师”——他们用沙石堆成的“心”来替代；再将亲手叠成的纸鹤写上自己的名字，一一在海边“放飞”，表达了对无偿捐献遗体逝者的祭奠与感恩。昨天，大连医科大学将思想政治理论课开设到海边，举行“感谢您——‘无语体师’系列活动之清明追思”，让医学生们通过祭奠遗体捐献者，将其当做“无声的老师”来培养他们从事医学事业的崇高情操。

淡淡黄菊诉衷肠，只只纸鹤寄哀思。基础医学院学生赵昊爽在默哀30秒钟后，将一株黄菊郑重地献给了“无语体师”。她感慨地说：“遗体捐献者是我们‘无声的老师’，他们将遗体毫无保留地捐献给医学事业，供我们解剖使用，虽然无声却有情，我们不应该忘记他们。”在现场，不少医科学子还留下了热泪，他们纷纷说，“‘无语体师’在无声中教会我们很多做人的道理，我们要用精湛的医术报答他们。”

田舸女士是“无语体师”的亲属，去年她按母亲周崇民的遗愿，把母亲的遗体捐献给了医科大学。昨天在清明追思活动上，田舸非常激动地说：“我母亲把宝贵的遗体献给医学事业，现在这么多医科学子在清明来追思她，我想这样做已经足以告慰她了。”医科大学解剖教研室主任隋鸿锦说，遗体是医学生学解剖课的必备“教具”，每年我市医学生需要遗体100余具，而现在每年实际遗体捐献量仅10余具。

大连：大医院给小医院“打点滴”

免费为县区级医院培训业务骨干、规范医院管理、
定期派专家深入地方义诊……

半岛晨报　2009.04.13

（记者：王琳）

本月11日，大连医科大学附属一院与庄河市中心医院正式签署了“技术协作医院”协议，这是该院与大连市周边6家县级医院开展“技术协作医院”服务模式的开始。辽宁省卫生厅厅长姜潮表示，这是辽宁省医疗卫生事业改革迈出的重要一步。

培养基层医疗的信任感

在11日的签字仪式上，大连医科大学附属一院吕德成院长在发言中表示，随着医改的逐步推进，公立大医院改革试点也在逐步展开。“我们认为，目前看病难、贵的问题主要症结在于县区级医院，尤其是中心城市县区级医院作用没得到充分发挥。”吕德成说，“科学的医疗服务体系应该是金字塔形，基层服务体系实力应雄厚，许多常见病、多发病的初期诊断和治疗可以在基层有效解决，而大医院的服务应主要针对疑难疾病和危重病例。”

记者在会上了解到，2008年下半年，大医附属一院就与大连市周边6家县级医院达成了“技术协作医院”的合作意向。这个新模式所提出的免费为县级医院培训学科带头人、规范医院管理和定期派专家义诊，目的就是使大医院的技术真正覆盖到基层卫生服务机构，方便周边地区居民就医。同时也扭转常见病扎堆中心城市大医院的现状，培养人们对基层医疗服务的信任感，使县区级医院真正起到承上启下的作用。

受省委省政府高度重视

在当天的仪式上，辽宁省卫生厅厅长和副厅长都赶到了现场。厅长姜潮在讲话中表露出喜悦：“该模式的推行表明辽宁省卫生事业改革迈出了重要的一

步。”姜潮说，在医改中老百姓最关心的一个是钱，另一个就是服务。对公立大医院的高度信任感其实是一种本能。“对于医疗服务来说，人们无论贫富都是要追求最优化的。”但最优秀的资源毕竟是有限的，那么如何合理地分配和整合资源是一个根本问题。姜潮说，“该模式不仅得到省卫生厅的重视，也得到了省委省政府的高度重视。”“可以说，辽宁省落实医疗改革的突破口就是纵向的医疗整合。”姜潮说，“所谓纵向就是公立大医院到县区级医院以及更基层的医疗机构这个纵向的医疗服务体系。”

姜潮表示，该模式将带来民众与医院多方面的分享。首先是分享了大医院优良的人才资源，不仅常见病会得到特派专家的义诊，重症患者也将享受绿色通道送往大医院，“这将是从病人找医生到医院帮病人找医生的一个转变。”同时，设备资源和管理理念及技术交流的分享也将大大提高基层医疗机构的水平。姜潮在讲话中特意提到了品牌的分享，他说，通过技术协作医院的协议，可以让老百姓直观地感受到公立大医院的品牌影响力，使他们切实感受到基层医院医疗服务的可信度。

大医本科教学评估获优秀

大连日报　2009. 04. 13

（杨晓云　胡莉莉　记者：丁雷）

本报讯　昨日记者从教育部官方网站获悉，2008年教育部组织专家组对包括大连医科大学在内的87所普通高等学校本科教学工作水平进行的综合评估结果揭晓，71所高校本科教学工作的评估结论为优秀；16所高校本科教学工作的评估结论为良好。大连医科大学在本次教育部本科教学工作评估中的结论为优秀。

据了解，教育部本科教学评估是国家对普通高等学校本科教学水平的全面考核，是目前国内对高等教育本科教学工作综合水平的最高评估。自2004年1月以来，大连医科大学认真贯彻“以评促建、以评促改、以评促管、评建结合、重在建设”的评估方针，不断巩固和发展本科教学工作成果，以建设国内先进医科大学为工作目标，进一步加强教学基本建设，深化教学改革、不断提高教学质量，努力培养高素质、创新型人才。

大连成立技术协作医院　为百姓带实惠

中国广播网　2009. 04. 13

（记者：贾铁生）

中广网大连4月13日消息　大连市第一家技术协作医院日前在庄河市中心医院挂牌成立。大连医科大学附属第一医院与庄河市中心医院的技术协作给农村群众带来了就医实惠。

技术协作医院的成立，使小城镇的医疗、管理骨干人员得到上级技术协作医院的免费培训，镇级医院的技术和管理水平能够在大医院的帮助带动下得到提高。在真正意义上解决老百姓“看病难、看病贵”问题。技术协作医院的成立是医改中实现纵向医疗资源整合的有效方式。

“带薪”实习三年　每月补贴千元

大连日报　2009. 04. 17

（记者：丁雷）

本报讯　大连医科大学临床医学专业2009届毕业生王艳春，至今还没找到满意的工作，焦急的她现在可以到该校附属医院“带薪”实习了，这家医院昨天正式成为学校就业实训基地。在实习期间，王艳春每月可以领取1200元的生活补贴，而且可以一直实习三年。昨日记者从大连医科大学召开的就业工作大会上获悉，该校每年投入上百万元提供约100个培训岗位，为未就业的医学毕业生建立就业实训基地，毕业生可以“带薪”实习三年。此举在全国高校鲜见。

目前，各大医院对应聘的医学毕业生往往要求有三年以上的工作经验，有执业医生证，而应届毕业生都缺少这些条件。就业实训基地是大连医科大学为促进大学毕业生就业而推出的新举措。实训基地分为“专科医师规范化培训”和“全科医师规范化培训”两种方向。专科医师培训是以临床的二级学科基础培训为主，通过培训学生能够系统地掌握理论知识，具有较高的临床技能；全科医师培训是为面向基层就业的学生提供的培训，学生能够全面掌握内、外、妇、儿的基本理论和临床操作技能，培训结束后可以胜任城市社区医疗服务中心和农村乡镇卫生院的医疗卫生服务工作。在培训的三年期间，学校给予学生每月1200元、取得执业医师资格证后每月1400元的生活补贴。

大连医科大学党委副书记靳媛说，该校建立就业实训基地，目的是把医疗卫生人才的培养与高校毕业生的就业结合在一起，一方面为国家培养了医学人才、尤其是基层医疗人才，另一方面要极大地促进高校医学毕业生的就业工作。目前该校就业实训基地只设在该校的两所附属医院，今后将逐渐扩大基地建设的范围。

年投百万积累实战经验

辽宁日报　2009.04.20

（辽宁日报记者：杨丽娟）

大学生就业难，缺少工作经验是重要原因。大连医科大学在其附属的两所医院设立“就业实训基地”，每年提供大约100个培训岗位，对尚未就业的毕业生开展培训，学校为此每年投入上百万元，给参加培训的毕业生提供生活补贴。

“就业实训基地”分为“专科医师规范化培训”和“全科医师规范化培训”两种方向，两项培训时间均为三年，培训期间学校给予学生每月1200元补贴，取得执业医师资格证后每月补贴1400元。

大连医科大学建立就业实训基地

光明网　2009. 04. 21

（通讯员：胡莉莉）

光明网大连4月21日电　大连医科大学临床医学04级学生王艳春今年毕业，她没有考上研究生，找工作时又遇到医院都招具有执业医师资格证和临床经验的医生的难题，所以也没联系到满意的工作单位。本打算毕业后回老家辽宁阜新找工作或明年再考研。可是最近却改变了想法，她打算到学校刚刚建立的“就业实训基地”去参加全科医师规范化培训。这样，不仅每月可以领取1200元的生活补贴，还可以在大连医科大学附属医院接受免费的执业医师考前培训，明年更容易考取执业医师资格证。而且更重要的是，在“就业实训基地”培训三年后，既可以直接回到学校读研，圆自己的考研梦，还可以到社区或镇卫生院找到合适的工作。

“就业实训基地”是大连医科大学刚刚推出的促进大学生就业的新举措。实训基地分为“专科医师规范化培训”和“全科医师规范化培训”两种方向。专科医师培训是以临床的二级学科基础培训为主，通过培训学生能够系统地掌握理论知识，具有较高的临床技能。全科医师培训是面向基层就业的学生提供的培训，学生能够全面掌握内、外、妇、儿的基本理论和临床操作技能，可以胜任城市社区医疗服务中心和农村乡镇卫生院的医疗卫生服务工作。两项培训时间均为三年，培训期间学校给予学生每月1200元，取得执业医师资格证后每月1400元的生活补贴。

大连医科大学“就业实训基地”目前只设在该校两所附属医院，每年提供大约一百个培训岗位，学校每年为此投入上百万元。今后学校计划逐渐扩大基地建设的范围，争取让学生到基层服务所在地的综合性医院进行培训。

目前，基层医疗人才的缺口很大，在大连的北三市和长海县68所乡镇卫生院1406名卫生专业技术人员中没有一名全日制医学类本科生。但医学生基层就业难度很大，学生即使“下得去”，也“干不好”，更不用提“留得住”了，越是基层单位对医生的要求就越高，没有更先进的医学设备，要求医生必须具有更加丰富的临床经验和全科技能，而目前的现状是学生毕业后若直接到基层工作，没有综合性医院的工作经历，行医比较困难。大连医科大学的“就业实训基地”就给医学生提供了很好的培训机会。而且根据新医改方案，三年内中央将重点支持2000所左右县级医院建设，三年内新建、改造3700所城市社区卫生服务中心和1.1万个社区卫生服务站，这给医学生在基层就业提供了广阔的空间。

大连医科大学党委副书记靳媛介绍，大医建立的毕业生就业实训基地，把医疗卫生人才的培养与高校毕业生的就业结合在一起，一方面为国家培养了医学人才，尤其是基层医疗人才，另一方面，极大地促进了高校毕业生的就业，达到了双赢。

大连医大自选动作求特色

辽宁日报　2009.04.23

在学习实践科学发展观活动中，大连医科大学“规定动作不走样，自选动作有特色”，有力地推动了实践活动的深入开展。

学校建立了学校领导干部学习实践活动联系点制度，专门成立了征求意见组，为分析调研和整改落实做好充分准备。学校启动“党员干部帮扶贫困大学生和困难职工”实践活动，参加对象涵盖所有党员，努力做到党员人人送温暖，人人受教育。

在推进“规定动作”的同时，学校的“自选动作”也有声有色。学校发挥附属医院在医疗技术、人才方面的优势，开展“6+1医疗技术帮扶”活动，与金州、瓦房店、普兰店、庄河等6所地方医院建立医疗技术协作关系，提高地方医院的医疗水平，保证偏远地区疑难重症患者得到及时救治。社会科学与管理科学学院围绕学校主题实践活动，自主设计了“坚持科学发展，弘扬人文精神，构建和谐大医”的实践活动。

全国高校医学图书馆会议在大连医科大学召开

大连晚报 2009.05.11

（通讯员：胡莉莉）

第三届全国高校医学图书馆会议日前在大连医科大学图书馆召开，全国70多所医学院校的110余名图书馆馆长和数据库商参加了会议。

与会者参观了大连医科大学新校园和2007年启用的大医新图书馆。大医新图书馆建筑面积2万余平方米，设计超前、实用，充分体现了现代图书馆的特点。图书馆实行全面开放的管理模式，通过校园一卡通对读者进行管理，实现藏、借、阅、咨询及检索五大功能合一。

目前，大医新图书馆除提供常规的书刊借阅服务外，还可提供馆藏书目信息查询、网络数据库检索、文献传递服务、学科专题信息导航等形式多样的电子信息服务，以及代查代检、定题服务等深层次信息服务。

投身高尚的职业 成就精彩的人生

大连日报 2009.05.12

（讲述：张艳 整理：本报记者：姜云飞 2009-05-12 来源：大连日报）

人物介绍：张艳，大连医科大学附属第一医院护士。地震发生后，她参加了赴绵阳抗震救灾医疗救援队。在绵阳中医院的12个日日夜夜，这支医疗救援队为数千人提供了紧急医疗服务。在这个过程中，37岁的张艳感到自己的人生经历了一次洗礼。

我们到绵阳中医院的时候，这里的急救系统已经瘫痪了。我们在医院外面的空地上搭起了4个帐篷做急诊室。而我们睡觉的地方，离医院不到3分钟的路程。说真的，长这么大，我还没睡过地，可在绵阳，一睡就是12天。说是睡觉，还不如说是闭会儿眼睛——急救车声就是我们上班的钟声，一宿醒醒睡睡好几茬，一顿饭能吃十几次。

那会儿，绵阳余震不断。据说，后来统计，我们在的12天一共发生了7000多次大小余震。有时候正在处理伤口时，余震就来了，窗户上的灰土被震得扑拉拉地掉下来。我们也害怕。但害怕也要坚守岗位，还有病人在啊。

从灾区回来，我整个人都变了许多。真的，过去从来没有这么真切地意识到生命的可贵、亲人的可贵，也从来没有感到过自己的职业是如此高尚。我们对那些从废墟中救回来的人是如此的重要，看到我们，他们就看到了活下去的希望……真的，我现在觉得只有投身高尚的职业，才能成就精彩的人生。

老实说，经历了这次的事，我永远也不希望再有下一次——一旦再用我们千里驰援，一定是又发生了重大的灾难……但，如果祖国和人民真的需要我们，我们仍然会义无反顾。

辽宁省属高校："立体式"帮扶让爱充满校园

中央电视台新闻台　2009.06.15

央视网消息（新闻联播6月15日播出）：

辽宁39所省属高校在学习实践活动中，坚持以人为本，解决具体困难。各高校走进特困学生、困难教职工和困难离退休人员家庭，通过生活上帮助为主，辅以励志教育和心理疏导的"立体式"帮扶方式，让爱充满校园。

5·12汶川地震过后，沈阳音乐学院招收了100名来自四川地震灾区的学生。学校在学习实践活动中组织"牵手"活动，不仅奔赴四川灾区走访困难学生家庭，还选择条件适合的教师为灾区学生组建了温馨的"模拟家庭"。

在学习实践活动的整改落实阶段，辽宁省属各高校让决策到位，把工作做实。大连医科大学100多名党员干部利用休息时间定期走访帮扶对象；辽宁信息职业技术学院186名党员干部与187名大学生结成帮扶对子。学习实践活动开展以来，辽宁省属高校与帮扶对象"一对一"对接共计13000多人，党员干部仅捐资现金就达到694万元。

辽宁省首届英文授课临床医学专业留学生毕业

大连日报　2009. 07. 08

（胡莉莉　本报记者：丁雷）

昨日，记者从大连医科大学获悉，该校74名来自美国、日本、印度、巴基斯坦、尼泊尔等六个国家的留学生经过五年临床医学专业课的学习，日前顺利毕业，成为辽宁省首届英文授课临床医学专业的留学生毕业生。他们毕业后大部分将回到自己的祖国从事医疗工作，还有一部分将留在大医继续深造。

据悉，大连医科大学2007年被教育部列为全国首批具备招收英文授课医学本科教育来华留学生资格的30所院校之一。目前，该校拥有在校长期学历学位留学生900余名，居东北三省高校首位。

“记者，你一定要宣传这个好医生”

大连晚报　2009. 07. 13

（首席记者：陆彤）

“记者，这个医生水平高、人品好、责任心重、敬业心强，患者们最需要的就是这样的医生。新闻媒体应该好好宣传这样的好医生！”7月10日，大连市中美协会70岁的葛先生一口气用了好几个断句来归纳一个医生的“好”，并将一个大红包硬要塞给记者，让记者去采访这个好医生。红包自然不能收，但葛先生所说的这位好医生倒是引起记者的兴趣，究竟是怎样一名医生令患者如此感动。

手术“成功”几秒后又失败

葛先生告诉记者，他是一名糖尿病患者。2003 年，他的左眼因糖尿病并发症导致眼底出血，失明了。他在我市一家医院做了手术。术前，医生告诉他，糖尿病视网膜脱落的手术难度很大，成功率不能保证。为了能让眼睛复明，葛先生执意要求手术。手术大约两个小时后，他听到主刀医生说了声“成功了”，葛先生听了心头一喜。可几秒钟之后，葛先生的眼底血管芽又发生破裂。医生沮丧地宣告手术失败，葛先生的左眼连一丝光感也没有了。

葛先生在“模模糊糊”中度过 6 个年头。今年 3 月，葛先生的左眼彻底看不见了。他又找到原来做手术的医生，住了一个月的院，医生仍没有给他手术的意向。经大连市医学会介绍，葛先生找到大连医科大学附属第一医院眼科主任、留美博士后马翔教授。

检查后马主任说：准备手术

为葛先生做过检查后，马翔十分肯定地说：“马上住院，准备手术。”葛先生别提多高兴了，他如约住院。住院期间，他发现马翔每天早上 6 点多就到病房查房，9 点上手术台，直到傍晚才再回到病房。有时晚上 10 点多还能见到他在病房忙乎。经马翔手术后的同病房患者恢复得都很好。葛先生心里更有底了。

手术中，葛先生能感觉到马主任在显微镜下为自己精细地做着手术，并时不时地指挥其他医护人员：“角膜冲水、激光”等等。当手术中为葛先生用激光时，葛先生的左眼居然能感觉到一闪一闪的，这是他久违了的光亮。2 个多小时的手术后，葛先生用右眼清晰地看到，马翔额头上渗着汗珠，整个人靠着墙席地而坐，等待下一台手术。当时葛先生有些不解，马主任为何不坐凳子非要坐在地上。后经向护士了解才得知，原来，眼科手术中医生处于高度紧张状态，几个小时下来，整个身体都僵硬了，就想找个地方靠一靠。马主任手术后还要接着做手术，不能出手术室，所以只能席地而坐，依墙小憩。

纱布掀开一刹那有些不适

手术后一周，葛先生终于可以拆线了，当最后一层纱布被掀开的一刹那，葛先生感觉被光刺了一下，有些不太适应。他挡住右眼，用左眼居然看到马翔笑呵呵地看着他。马翔告诉葛先生，“你的眼底还有些血，这些血就像渗在墙里，我不能把墙拆除，过一段时间我再给你做特殊的激光治疗，眼睛的视力还会有所恢复。”

7月10日，当记者冒昧去采访马翔时，由于事先没打招呼，马翔正在办公室打吊瓶。护士姜莉告诉记者，马主任当天早上出专家诊，12点半才回到病房，午饭还没来得及吃，就又去做手术了。马主任有慢性阑尾炎，他没有时间去做阑尾手术。下午做手术时，马主任的阑尾炎又犯了，他忍痛给患者做完手术，回来就躺下了。护士姜莉用“干活不要命”来形容自己的主任。她说，有时医生护士们都求马主任：“主任，你歇歇吧，你歇歇，我们也能轻快些！”

记者十分抱歉来得不是时候，当记者说明来意，马翔主任十分谦逊。他说，医生这个活就是这样，是再正常不过的事了，许多医生都和我一样，自己没有什么好报道的。接下来，他就给记者上了一堂眼睛疾病的科普课，专业性过强的术语听得记者云山雾罩的。

采访结束时，记者在医院的专家简介上看到：马翔，北京大学眼科学博士、美国博士后，师从国际著名眼底病专家黎晓新教授，擅长视网膜、玻璃体切割手术，糖尿病视网膜病变，眼底和玻璃体出血，黄斑变性，脉络膜新生血管膜（CNV）等手术联合PDT激光治疗，等等。

这些简介也够专业的，难怪记者听不懂。虽然采访这样的医生有些难度，但医学的东西还真需要这些专业性强，社会气少的医生来研究探讨，才更有发展的空间。

大连援外医生也门处处受礼遇

新商报　2009.07.20

2009年6月15日，大连医科大学附属二院泌尿外科的杨玻医生，作为中国赴也门医疗队的一员，离开大连，远赴也门共和国执行援外任务。杨玻医生将这段难忘的经历以日志的形式记录下来，他的个人博客“翡冷翠——萨那的日志”人气不断攀升，国内的患者、同事和陌生网友们纷纷留言，还有人建议他回国后出书。在艰苦的医疗和生活条件下，杨玻医生用一个个医疗故事和一张张写实照片，为网友描绘出一位大连医生眼中的也门生活。也门与中国有5个小时时差，近日，记者通过QQ和邮件，与杨玻医生建立了联系，完成了这次跨国度的采访。

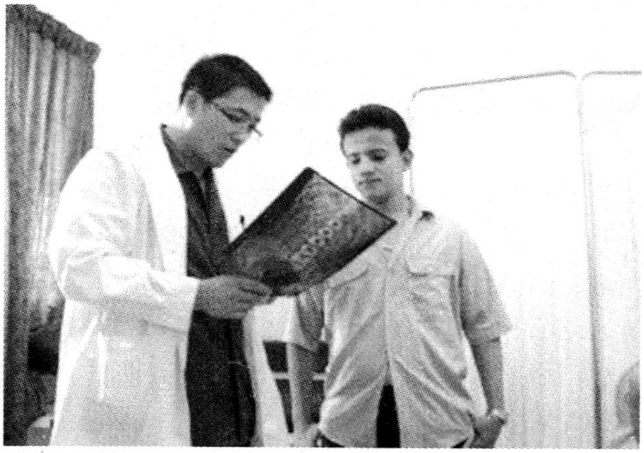

2008年12月份，接到参加援外医疗队的通知后，大医附属二院泌尿外科的杨玻医生接受了医疗、外语、外事等多项培训。2009年6月15日，他告别了不舍的家人，踏上了奔赴异国他乡的漫漫旅程。

前日，北京时间18时，QQ那端，刚下班的杨玻医生和记者聊了起来，“辽宁负责承担也门北方的援助任务，现在在编共80多人，分别在萨那、塔兹、依普、荷台达和马哈维特五个城市的也门公立医院协助工作。我们属于第21队75期。”

杨玻被分配到荷台达，这是一个港口城市，与大连相似，但更加炎热干旱。那里有三所大型的公立医院，他所在的荷台达革命医院有大概300张床位，也门当地医生30多人，大多数是全科医生。医院的医疗环境和技术水平还不及国内的县市级医院。杨玻每天上午出诊，下午休息，晚上急诊随叫随到。空闲时间，除了看专业书以外，他会认真地记录下一天的见闻，分析对比国内的生活。由于前任泌尿科医生大半年前回国，此后门诊一直没有泌尿科大夫，这次他的到来，很受欢迎。7月16日，也门荷台达省省长还来到杨玻所在的医院视察，对中国医生赞不绝口。

“也门人随时随地地表达着他们对中国人的友善之情。走在街头，无论是碰到平民还是军警，只要看到‘随你’（中国人一词的发音）都会露出善意的微笑。在商铺逛街，店主远远地召唤‘随你’；买东西时，手里拿着其他物件，店员会主动递给你塑料袋，让你腾出手来；讨价还价后不买，没有任何抱怨纠缠；就连过关卡，见是‘随你’，都会从容放行。‘随你’是我们听到的最多的声音，这是数十年中也友谊的积淀。”

杨玻的博客里，提到最多的就是尿石症患者，小孩尤其高发。“赤道两侧地区，泌尿系统结石病高发，这与高温和当地欠佳的水质有关，也门也不例外，这里干旱缺水，我们的饮用水都是外购或者是矿泉水，生活用水是雨水或海水淡化处理的。”而尿石症的高发，也与也门经济落后、营养不良有关。痛苦的泌尿系统疾病困扰着也门人，同样的病，在国内不算严重，但在也门，因为缺乏医疗知识和医疗条件，患者又没钱，延误诊治，小病也致命。

杨玻来也门做的第一台手术，就是为患者取输尿管结石。这是一个上段输尿管结石的患者，结石大概 1.2cm 长，病程两年，因为没有腔镜设备，只能手术取石。但在也门做手术只有器械护士配合，没有助手，也没有可以商量的人，他就是唯一的专家，必须“挑大梁”。

由于在大连已经有了丰富的手术经验，杨玻成功地完成了自己在也门的第一台手术。术后，他记录下当时的心情：“拿起刀的瞬间，心情不自觉地恢复平静，好像唤醒了自己手术的直觉，顺理成章地操作起来。十几分钟，手术结束，自己倒有种如梦初醒的感觉，再次核对了一番，确定没有失误。期间，也门的大夫、护士先后过来张望，他们也好奇我这个中国医生的水平，看他们的表情，应该没有让他们失望。”

今年 36 岁的杨玻医生是辽宁医疗队里最年轻的，但由于他来自大连的教学医院，而且是博士学历，与院方沟通不错，遂被任命担任分队的医疗点长，因此他有更多机会观察到当地医院与大连医院各方面的异同。

杨玻医生告诉记者，在也门医院工作，有两点与国内有明显对比，一是医患关系相对良好，二是医疗操作十分不规范。“也门的医疗环境和医疗条件十分落后，但患者都对医生表现出充分的信任和尊敬，对我们这些中国人更是友好。开诊后，有患者挂了号，他们都安静地在诊室外边等候，毫无怨言。患者不计较是哪个大夫最先接诊，不管是也门人还是中国人，只要是大夫，他们都能接受。出门诊时，我经常去手术室或病房转转，回来时，做完检查的病人已经等在门口，只是默默地把结果交给我，等候我的回答。”和也门相比，国内的医患间虽然不存在任何语言上的沟通障碍，却常有矛盾发生，关系稍显紧张。

“大医”学生到铁岭县开展“暑期三下乡”活动

铁岭日报　2009.08.11

（驻铁岭县记者：王维）

近日，由11名大连医科大学检验学院的大学生组成的“暑期三下乡”社会实践服务队来到铁岭县李千户乡，免费为当地的数十名机关干部和康庄村的近百名农民进行了义诊，并为当地百姓发放了百余份药品和宣传单。同时，大学生们还结合社会主义新农村建设课题进行了问卷调查，并与康庄村班子成员进行了座谈，了解当地草坪发展致富情况，感受新农村建设给山区人民生活带来的翻天覆地的变化。

女大学生捐干细胞救白血病男孩

我市已有15例造血干细胞捐献者

大连日报　2009.09.19

（刘燕　记者：苏桂秋）

本报讯　昨日，大连医科大学临床专业05级学生李平，成功捐献了106毫升造血干细胞，成为我市第15例造血干细胞捐献者。

目前在大连市中心医院实习的李平，2006年12月成为造血干细胞捐献志愿者，今年6月与一名患者HLA初次配型成功，7月与患者高分辨检测合格，8月在红十字会指定医院体检合格。李平于9月13日入院注射动员剂，她所捐献的这106毫升造血干细胞于昨日下午由大连市红十字会工作人员乘机送往南京军区总医院，接受者是一名年仅9岁、患急性淋巴细胞白血病的顾姓男孩。

昨天上午，大连市红十字会秘书长杨杰来到正在采集造血干细胞的李平身边，把“中华骨髓库”颁发的捐献造血干细胞荣誉证书和大连市红十字荣誉奖章颁发给李平，表彰她的爱心捐献行为。

颂歌献给新中国六十华诞

大连日报　2009. 09. 24

（记者：苏桂秋）

本报讯　昨晚，由西岗区委、区政府、大连医科大学附属第一医院主办的“欢庆祖国60华诞红歌汇”在奥林匹克广场热烈上演，市领导汪集刚、孙世超、朱程清、唐建武、王艺波，市政协秘书长王有台观看了演出。

昨晚的“欢庆祖国60华诞红歌汇”由一曲《我和我的祖国》拉开序幕，以世纪赞歌、时代凯歌、和谐颂歌三个篇章，组成了一幕讴歌祖国发展历程的千余人参加的大合唱竞演，演出在演员和观众合唱的《歌唱祖国》中圆满结束。

她本是一名受资助学子，去开发区看望恩人路上

全车人慌神时女大学生站了出来

新商报　2009. 09. 28

（记者：李晓东）

新商报讯　昨天上午10时许，当开往金石滩的轻轨行驶到泉水站附近时，一位年过七旬的老人突然发病，意识模糊，出现昏厥现象。陪伴老人的是一名年轻女子，当时就手足无措，被吓傻了似的。就在全车人都束手无策时，一名20岁出头的在校大学生冷静处置，施以急救，使老人转危为安。

这名在校大学生叫王微，是大连医科大学的学生，记者辗转联系到了她。她说："当时，全车的人都手忙脚乱，却不知道如何是好。可能大家都是第一次遇到这样的突发事件，没有处置的经验。"因为王微是医科大学的学生，看到当时情形，有了自己的判断，"老人的症状是突发心梗，出现心痛并发射到了肩部。我了解到，老人有高血压和心脏病，马上问同车的人谁有心脏病方面的药物，并在找到药后给其喂下，又让人打120到站点接人，还让其他乘客同轻轨司机说明了情况。"

王微说，当时，车里的人都很慌乱，"不过，经过这些急救处置之后，老人不应该出现大问题，但如果不及时处理的话，后果不堪设想。"她说，"现在不少老人有高血压、心脏病等，出门在外时，一定要带药物，以防万一。"

记者在采访时了解到，当时，王微是到开发区探望资助她上大学的好心人。"我是贫困学生，家里很困难，开发区义工队的好心人听说之后，都资助我，每年资助我7600元的学费，还资助我的衣食住行。本想赶在节日前去当面感谢，没想到遇到这样的事情。"王微说，现在她也是一名义工，"能帮别人是我对这个社会最好的报答。"

新中国60年大连英模谱　著名药理学家张毅

大连晚报　2009. 10. 08

在新中国成立之时，祖籍湖南的药理学家和医学教育家张毅来到大连，参与创建了大连医学院，为大连培养了众多优秀医学人才。在新中国诞生60周年之际，我们不能忘记这位毕生致力于医学教育和科学研究的爱国义士。

爱国义士　学成之后毅然归国

1902年，张毅出生于湖南省宁乡县一个中医家庭。上小学时，他接受了革命前辈何叔衡、谢觉哉等人的爱国主义教育和进步思想熏陶。1921年，张毅进入湖南湘雅医学院学习。在校期间，他加入了共产党。由于在学校积极参与反军阀统治、反对列强侵略的学生运动，张毅被认为是过激分子，被开除了学籍。但他仍积极参加当时的革命活动，参加了叶挺将军率领的部队，在北伐军中担任上尉军医。后随叶挺部队到了南昌，参加了举世闻名的南昌起义。旋即南下，转战会昌、瑞金、长沙、上杭、潮州、潮阳等地。在海陆丰一战，部队被打散，他藏身禾田，躲过了敌人的搜捕，后被一位农民发现并给以帮助，逃出虎口，辗转回到宁乡教书。

1929年初，张毅进入上海中央大学医学院（现上海医科大学前身）继续学习。1932年，张毅被留校任药理科助教、讲师。1935年，张毅考取了庚子赔款留学英国，先后在伦敦大学生理系和爱丁堡大学药理系攻读研究生。他十分珍惜学习的机会，如饥似渴地汲取知识，取得了一些在当时极具开拓性的研究成果。学成之后，尽管导师一再挽留他在英国搞科学研究，但张毅认为应该把力量献给祖国，毅然回到了烽火连天、灾难深重的中国。

1938年7月，张毅回到了母校上海医学院，先后任药理科讲师、副教授、教授兼药科主任和上海天丰药厂厂长。除教学外，他克服了当时实验条件差的困难，因陋就简地继续从事有关心肌代谢的实验研究，并对局部麻醉药的药理作用进行了探讨。

1949年2月，张毅在地下党的安排下，冒着生命危险，秘密地离开上海，绕道香港，来到大连，迎接中华人民共和国的诞生。

学术泰斗　发扬祖国医药遗产

来到大连后，张毅积极参加了大连医学院的创建工作，先后任药理组主任、教务长、副院长、院学术委员会主任。他在国内率先引进当时苏联先进的教学方法，使得大连医学院的教学质量和水平位于全国医学院校先进行列，培养出了众多高水平医学人才。1958年起，张毅任旅大市副市长，1969年随大连医学院南迁贵州省遵义市。

张毅教授是新中国药理学科建设和发展的奠基人之一。他热爱祖国的医药事业，认为走中西医结合道路是我国在医药事业上能赶超世界水平的捷径。他以身作则致力于中草药研究，坚持用现代科学方法研究整理中草药。在他的指导下，他的助手们根据中医传统理论，系统地研究整理了具有利尿、降压、抗癌、降血糖及止咳、平喘等类别中草药百余种，并对有效单体的药效学与药代动力学进行了深入研究，发表论文30余篇。这些研究成果不仅为临床用药提供科学论据，整理并发扬了祖国医药遗产，而且在中药药理研究方面起到了推动作用。

新中国成立之初，全国没有通用的《药理学》教材，张毅受命担任《药理学》主编。他编写的教材，文字简练、重点突出、深入浅出、启发性强，很受学生的欢迎。他主编、编写和审阅全国高等医药院校药理学教材及主要参考书10余部，与张昌绍共同主编的《药理学总论》等书颇享盛誉，也在全国药理学界留下了“南张（张昌绍）北张（张毅）”的美誉。

教育专家　知识渊博作风严谨

从事医学教育近50年，张毅凭借渊博的知识、严谨的治学态度、正直无私的高尚人格言传身教，给学生们树立了一面旗帜。曾任大连医科大学教务长的李淑媛教授是国家恢复研究生招生后，张毅教授带的首批研究生。作为陪伴在张毅教授身边七年的“关门弟子”，年过六旬的李淑媛对恩师仍充满了感激。她说：“能从师于德高望重的张毅教授，是我一生最大的幸福!”

在李淑媛眼里，张教授的学习态度堪称楷模，他对科学技术的追求可谓如醉如痴。每天，几乎除睡觉时间外，从来手不离卷，连走路都在看书、看报。虽然时处文革时期、地处遥远，但他总能把最新的科学进展掌握到手，并以学术讲座的形式传授给年轻人，使他们能以最快的速度了解科学进展的前沿。读研究生之前，李淑媛就曾和张教授一起作过中草药平喘动物实验。无论多忙，张教授都要亲自观察，做记录，有时过了吃饭时间也不间断。

在李淑媛看来，张毅的很多观点和做法都具有前瞻性。“文革”结束后，张毅带领学生们恢复了学术活动和每周半天的外语学习，采用世界范围内最权威的《GOODMAN and GILMANs》药理学教材。这本外文教材让学生们学起来十分吃力，而张毅教授让大家轮流读课文、回答问题。“没过多久，学生们就尝到了甜头，英语水平快速提高。”李淑媛说。

提携后辈　言传身教一丝不苟

恩师的一言一行，一直影响着李淑媛。“他一直告诉我们，不是‘名师出高徒’，是‘严师出高徒’，无论做什么事都要认真，搞科学研究必须要实事求是，阴性结果也是结果。”李淑媛说，有些人对阴性结果没有正确认识，认为阴性结果就是失败，但张毅教授告诫他们，只要操作正确，得出什么结果就是什么结果，有多少事实说多少话，不可随意夸大，这不仅是科学作风问题，也是一个人做人的原则。

张毅教授始终把年轻教师的培养作为头等大事来抓，他为每个年轻教师配备一名老教师，上讲台之前，要由老教师反复修改、审阅备课稿；全体教师要反复听其试讲，对其课堂内容与方法的组织、利用乃至板书都要提出建设性意见。正式讲课时，他一定到教室听课并反馈学生意见。他还强调，年轻教师既要会讲课，还要培养科学的思维方法和动手能力，熟练掌握实验技巧。此外，他还经常以最快的速度将最新的知识写成学术报告讲稿，派人送到附属医院的相关科室征求意见后，让年轻教师去讲授。这不仅极大地锻炼、培养和提高了年轻教师，而且受到临床医生们的热烈欢迎。

1980年，张毅教授已经卧床不起，还对家人说："我还有5名研究生未毕业，还想编几本书，如果再给我一年时间，我就满意了。"在弥留之际，他要求组织上在他死后解剖遗体，将肿瘤做成标本献给学院作教学、医疗和科学研究之用。他把他的一切献给了医学教育事业，献给了党和人民。（黄华）

大连医科大学中山学院发展历程及成就

——热烈祝贺大连医科大学中山学院建院10周年

光明日报　2009.10.14

浪漫之都大连，有这样一所国内知名的独立学院——大连医科大学中山学院。

大连医科大学中山学院始建于1999年7月，经辽宁省计划委员会、辽宁省教育委员会批准，成立了大连医科大学分校（星海分校），成为辽宁省（全国试点）首批9所国有民营分院之一。2001年5月，大连医科大学党委决定与大连铁路卫生学校联合办学，成立大连医科大学中山分校。2002年7月，中山分校更名为中山学院，星海分校更名为星海学院。2004年3月，经教育部确认为新机制新模式的独立学院，学院下设中山和星海两个校区。2007年1月，中山学院由大连医科大学与大连金真源企业集团公司合作举办，同年7月两个校区合二为一，迁入新校址。

今天的大连医科大学中山学院，地处滨城大连高新园区爱贤街28号，依山傍海，环境宜人。学院占地面积442.55亩，教学行政用房面积7.5万平方米，教学仪器设备值1725.57万元，图书17.8万册，教职工495人，在校生已达4017人。

学院教学场所完备，配套设施先进，拥有图书馆、教学综合实验中心、计算机教学中心、大学生心理健康教育中心、多功能活动中心、体育馆、标准体育场等现代化教学和服务设施。其中大学生心理健康教育中心多次承接大连市各级各类心理培训，已成为学院各项工作的一个亮点。

学院立足社会需求，放眼未来发展，充分发挥大连医科大学的综合办学实力和社会竞争力，开设了临床医学、临床医学（妇产科学方向、肿瘤学方向、运动医学方向、全科医学方向、医学心理方向、美容医学学方向）、口腔医学、口腔修复工艺学、护理学、公共事业管理（医药贸易方向）、医学影像学、医学影像学（影像技术与设备工程）、针灸推拿学，针灸推拿学（康复医学方向）、艺术设计（视觉传达设计方向）、计算机科学与技术（医药卫生应用方向）共17个本科专业及方向。学院依托大连医科大学雄厚的师资队伍和丰富的教育资源，采用新机制组建了强有力的专兼职教师队伍。在396人的专任教师中，教授、主任医师等副高级职称以上的教师达234人。学院开掘国际教育资源，与英国朗赛学院、乌克兰第聂伯国立医科大学、菲律宾法蒂玛大学等国外院校建立了交流合作关系，已有51名各专业学生在国外继续学习。学院面向辽宁、河北、吉林、浙江、山东、河南、广东、江苏、福建、安徽、黑龙江、山西、内蒙古等全国13个省、自治区招生。

在长期的教学实践中，学院形成了独到的教育教学特色：构建“主干+双翼”的教学理念，培养学生专业能力、英语应用能力、计算机操作能力；构建系统、科学、合理的实践教学体系，强化实践性教学；构建“多元式，分散式，全程式，复合式”考试管理模式；构建“医（护）+x”型的人才培养模式，体现个性化培养；构建综合素质教育体系，强化培养学生综合素质和创新能力；构建“三期四控”的质量监控体系，保证教学质量。学院学生管理工作坚持“一线三点”的工作思路。一线为思想政治工作贯穿始终，三点为坚持学风建设、素质教育和心理健康教育。辅导员工作实行“三进四跟”，即进公寓、进课堂、进网络，跟学生早操、跟学生晚自习、跟学生活动、跟学生思想动态。已有超过70%的学生经常性地通过网络与老师交流。学院还进一步建立健全了就业工作组织机构，形成“以就业指导和服务为基础，就业市场建设为核心，全员参与”的就业工作体系，建立了准就业（实习）阶段、就业阶段和继续就业阶段（培训中心）三段式的就业指导项目。近三年毕业生就业率分别为92.7%、93.38%、94.4%，成绩斐然。

学院十年来始终秉承“团结、严谨、求实、创新”的光荣传统，大胆推进体制创新，充分发挥机制优势，坚持“以教学为中心，以学生为主体”的办学理念，遵循“创国内一流独立学院，培养高素质应用型人才”的办学目标，在大学的指导和协助下，“一手抓内涵发展，一手抓新校园建设”，在实践中不断提高教育教学水平，培养了一大批品学兼优、基础扎实、动手能力强、综合素质高的优秀人才，受到社会各界的高度评价和用人单位的广泛认可。在多次教学评估和专项检查中，学院教育教学成绩喜人，受到专家组一致好评，被誉为“基础设施完备，教学质量高，办学信誉好的一流独立学院”。大连医科大学中山学院将一如既往，努力开拓，不断向着更高的目标奋进！

他们为中国学子打开“世界眼光”（节录）

大连日报　2009. 10. 15

（胡莉莉　本报记者：丁雷）

编者按：改革开放以来，一大批青年以学子的身份走向世界各地，以上下求索的精神，在留学深造的道路上不断汲取着海外先进的教学科研成果；学业有成后，他们又拒绝国外高薪聘请和优越的工作环境，怀着报效祖国之情、教书育人之志、学贯中西之能，以师长的身份陆续登上祖国的大学讲堂，倾尽所学，用责任与爱为一个又一个中国学子打开了“世界眼光”。

这些大学讲堂上的留学归国人员，在我国高等教育领域扮演着不可或缺的角色，为培养适应国际竞争要求的当代高素质本土人才作出了突出贡献，更让中国高等教育在融入国际化潮流中独领风骚。

给四类学生讲三门课的“多才老师”

在大连医科大学，有这样一位老师：她的课堂总是座无虚席，甚至常常有学生“加座”听课，不少高年级的学生还常特意来“补课”。学生们都说：“我们特别喜欢听这位老师的课，因为在她的每节课上都让人收获很大。”她，就是大连医科大学留学归国人员、生物化学教研室的博士生导师马郁芳教授。

大连医科大学生物化学教研室马郁芳

马郁芳的课堂不仅受学生们“追捧”，她本人还被学生们誉为“多才老师”，因为她一直坚守在教书育人的第一线，承担着学校不同层次的教学工作：本科生、七年制连读生、硕士生、博士研究生四类学生，而且还要讲三门课程：生物化学、分子生物学、生物信息学。

马郁芳1962年出生于河南开封，1987年硕士毕业于北京师范大学生物系细胞遗传学专业。1989年赴美国留学，1994年在美国北达科他州立大学获分子生物学硕士学位，之后在美国科罗拉多州立大学微生物系任副研究员。1996年，她告别国外优厚的条件毅然回国，来到大连医科大学生化与分子生物学教研室工作。

马郁芳有个教学原则：“要给学生一杯水，自己至少要有一缸水。”寒来暑往，她办公室里的灯光在最后一位学生离去后还依然亮着；给学生回复的邮件，发信时间经常是在星星眨眼的凌晨；她案头厚厚的外文原版书籍，每一页都写满了脚注……在三尺讲台，她努力将专业理论知识、实验技术、科研思路以及前沿信息整合在一起，化繁为简、化难为易地传授给学生。而且她坚持不间断地充电，与国际上本专业的研究保持同步，1997～2001年期间她又赴美国科罗拉多州立大学完成博士学位论文课题及博士后研究；现在她也经常出国同自己的“导师”一起开展科研项目。

马郁芳特别重视因材施教，对不同层次的学生采用不同的授课方法。对本科生和七年制学生，她注重介绍学科的前沿性知识以调动和激发学生的学习兴趣。对博硕士研究生，她吸收国外先进的教学方法，将理论知识和实验技术、科学研究思路和方法以及信息资源同时传授给研究生，为研究生完成学位论文提供了极大帮助。

身教胜于言传。马郁芳用她朴素的言行去影响和教育学生，把教书与育人时刻结合在一起。她带的第一个博士生董旭在学校组织的师德演讲比赛中这样描绘自己的导师：“忘不了，在国外实验室里，她手把手地教我各项实验技术，让我在最短的时间里抛掉生涩，信心百倍；忘不了，我第一次在国外作学术报告，掌声里，我看到的是她不眠的眼睛；忘不了，我半夜从实验室回来，餐桌上热气腾腾的饭菜；忘不了，文章发表时，她鼓励与欣慰的笑容……”

归国十余年来，马郁芳主持和参与了8项国家自然科学基金、“973计划”及美国国家卫生研究院课题的研究项目，获两项省级科技进步奖，发表了多篇学术论文被SCI收录。2004年她荣获辽宁省优秀教师称号，2009年荣获“辽宁省归侨侨眷先进个人”称号。

大连医科大学中山学院举行十周年庆典

光明网　2009.10.25

（通讯员：胡莉莉）

光明网大连10月25日电　日前，大连医科大学中山学院建院10周年庆典大会在该校举行。辽宁省卫生厅厅长姜潮、省教育厅副厅长周浩波等领导出席了会议并致辞。

“十年的风雨兼程，十年的孜孜追求，十年的求实创新，铸就了大连医科大学中山学院今日的辉煌，社会声誉不断提高，为辽宁省的教育事业做出了重要贡献。”这是辽宁省教育厅副厅长周浩波在致辞中对这所年轻的独立学院的高度赞扬。

大医中山学院是1999年经辽宁省计划委员会、辽宁省教育委员会批准成立的省首批9所国有民营分院之一，在国家教育体制改革中，大医中山学院于2007年与大连金真源企业集团公司开始合作办学。10年间，大医中山学院已发展成一所拥有17个本科专业及专业方向，具有“医学学科特色鲜明，多学科协调发展”的实力雄厚的独立学院。

医科大学学生成大连第16例造血干细胞捐献者

天健网 2009. 10. 28

（记者：李佳鹤）

天健网消息 今天上午10点，大连医科大学附属一院住院部九楼血液科的一个房间里，大连医科大学临床医学7年制学生张新生平静地躺在床上，他身边的造血干细胞采集仪正在安静的运转着。从小张体内采集的造血干细胞，将在几个小时后，输入一位正在天津接受治疗的年仅7岁的白血病小患者体内。他也将成为大连市第16位造血干细胞捐献者。

据介绍，张新生同学今年24岁，来自河北秦皇岛市卢龙县，是一个充满爱心的80后“新生代”。他2007年5月在学校加入中华骨髓库，成为一名造血干细胞捐献志愿者，他目前也是大连医科大学第4例造血干细胞捐献者。而截止到10月底，大连在2009年一年中就有6位志愿者成功捐献造血干细胞。

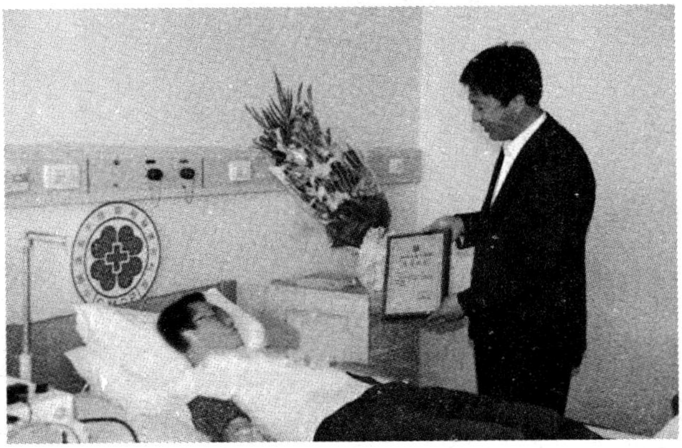

大连市红十字会秘书长杨杰为捐献者张新生颁发荣誉证书

目前，中华骨髓库拥有造血干细胞捐献志愿者已突破100万人，全省6.5万多人，大连1.4万多人。全国已捐献造血干细胞人数为1300多人，大连捐献造血干细胞例数多年来一直位居全省首位，志愿者人数位居全国计划单列城市前茅。

“白衣天使”丁淑贞

大连日报　2009. 11. 06

2009年10月1日。北京天安门广场上盛大国庆阅兵典礼上。在金水桥东临时观礼台1台6排054号坐着一位年近花甲的女护士，她就是大连医科大学附属第一医院护理部主任丁淑贞。作为全国南丁格尔奖章获得者的13位代表之一，受邀赴京观礼，她感到特别的骄傲和幸福：“当看到医疗卫生方阵经过时，我控制不住激动的心情，一次次高呼‘祖国万岁，祖国万岁’。作为一名医务工作者，更增添了职业自豪感。”

“白衣天使”丁淑贞

丁淑贞是中国著名的护理专家，主任护师。从事临床护理工作35年来，她先后担任过普外科、烧伤科、神经内科等病房的护士长。她每天早来晚走，舍小家顾大家，哪里有困难，她就会出现在哪里。她是做过两次大手术身患癌症的病人，却以常人难以想象的毅力，忍受着化疗后的高热、贫血、尿路感染等病痛，顽强地坚持工作。曾荣获全国五一劳动奖章、全国十大医德楷模、全国卫生系统护理专业“巾帼建功”标兵等荣誉。

2007年，丁淑贞获第41届南丁格尔奖章，胡锦涛总书记亲切接见并为她颁奖，是大连市第一位南丁格尔奖章获得者。

灾难面前守望生命

“给我一支蜡烛，那是青春跳动的火焰；给我一顶燕帽，那是守护生命的灿烂……”这段乐曲是大连医科大学附属第一医院医护人员耳熟能详的旋律，而创作这首《天使之爱》的就是丁淑贞。她说：“为守护生命而努力，为挽救生命而奉献。无论条件多么艰苦、环境多么险恶，这是护士的使命。”在条件艰苦的抢救一线，总能看到她忙碌的身影。

1976年唐山地震发生后，丁淑贞任大连市抗震救灾医疗队队长。救灾中，时时冲在前面。在完成紧张的救护工作的同时，为了能给同志们弄点洗脸水，她不顾危险，深夜下到井底一蹲好几个小时，将渗出来的水一点一点用碗装到桶里。传染病的预防是抗震救灾的重要工作之一，丁淑贞想到中医记载有一种野菜“马齿苋”可以防治肠道传染病，就忍着嘴唇干裂渗血、口部肿胀的痛楚，每天利用午休时间顶着烈日爬山采集，熬成汤后给队友们喝，并送到灾民帐篷里，直到救灾结束，医疗队没有一人患上肠道传染病，没有一人意外受伤。

2003年，医院承担着大连市抗击非典的重要任务，丁淑贞时刻战斗在抗非典第一线。由于过度疲劳，一天夜里，她在回家的路上摔倒致腕部骨折，第二天上班怕同事们发现，她用白大衣遮住石膏固定的部位继续工作。她十分重视总结经验，发现规律，在第一时间制定出了“消毒隔离技术操作规范”9项、相关规章制度13项、各级护理人员职责、日程、周程等10余项，就连纸张、处方的消毒操作，都做了详细规定。

“铁护士”也是老病号

从事临床护理工作30余年里，丁淑贞在平凡的岗位上注入了自己对护理工作的热爱：病人呕吐了，她不等卫生员来，就把地面拖擦干净；没有儿女的老人住院，她常常帮助老人换洗内衣……然而，谁也没想到这位像钢铁一样坚强的护士长竟是癌症患者。

丁淑贞患膀胱癌血尿已有5年，起初，她以为无大碍，总是吃点消炎药就扛过去了，没向任何人提起。直到尿流血块不止，一熬夜就呕吐时，才去看病，检查确诊为膀胱癌。因癌症复发，她曾做过3次手术，至今仍在化疗。

生病后的丁淑贞没有倒下，没有退却，反而更加坚强。她一面积极乐观地和疾病作斗争，一面热心依旧地坚持在工作岗位上，不愿回家休养。对于病痛，她很豁达也很实在："一旦闲下来，就会成天想着我的病怎样了，而处于忙碌的工作状态中，就不会胡思乱想了。"成为病人后，丁淑贞更理解患者。丁淑贞说："我不喜欢苍白无力的说教，只有分享自己的患病经历、换位思考，才会明白病人需要什么，我们能为病人做什么。"

丁淑贞时时想着工作，处处为了别人，但在她的内心深处，却留有永远无法抹去的遗憾。1985 年她去日本研修，母亲突然辞世。为了不影响她的学业，父亲没有告诉她这一噩耗，一年后回国她才知道；父亲病重住院期间，正好赶上医院作为护理改革工作试点，众多的工作压得她喘不过气来，在父亲临终的那个晚上，改革已进入到攻坚阶段，当下半夜她处理完手头上的工作赶到父亲床前时，父亲已永远地离开了人世……

构建和谐护患关系

紧张的工作没有让丁淑贞忘记业务创新。作为大连市护理学会理事长，大连医科大学护理教研室主任和医院护理部主任，丁淑贞在工作中总是善于理论的研究和规律的探索。

为了有效地减少间接护理时间，她对传统的各种护理记录进行了改革：创造设计出医嘱备忘录，取代了以往的医嘱本，这既节省了护士抄写医嘱的时间，又杜绝了一个信息多个环节传递可能造成的失误；大胆地对以往的护理管理模式进行改革，取消了专科门诊设护士长的组织管理方式，制定建立了护理组长负责制和病房护士长多科系管理的组织模式，从而有效地调动了各级护理人员的积极性，充分挖掘了人力资源；在引进 ISO9000 质量管理体系过程中，她撰写了医院第一部《护理管理大全》书，将制度、职责、规范、标准融为一体，现已成为全院护理人员的工具书……几年来，在体现护理工作人文关怀中，她创新制定了护理规范和服务流程等 32 项，成为构建和谐护患关系的有效措施，得到卫生部等各级领导和护理专家的一致好评，其护理管理模式正在全国部分医院积极推广。

然而，她并没有在成绩和荣誉面前止步。丁淑贞利用业余时间刻苦钻研业务，先后在国家级杂志上发表第一作者论文 23 篇，先后完成专著或其他著作 9 部；主持完成的"空气消毒法的观察研究"获省级科技进步三等奖；带领全院千余名护理人员团队，连续十余年获得省、市护理先进集体、优秀护理部、护理标兵集体等荣誉称号。她本人也多次获得院、市先进工作者、科技标兵、优秀管理者、省抗击非典先进个人、健康卫士等荣誉称号。

有一首《白衣天使之歌》这样唱道："你是春天的使者，带来崭新的生命。你是燃烧的蜡烛，照亮人类的心灵。你用啄木鸟的耐心，清除着病人的痛苦。你以救死扶伤精神，履行着神圣使命……"

丁淑贞，就是这样一位"白衣天使"。(插图　阎峰樵)

大医附一将试点"标准化治疗"

半岛晨报　2009. 12. 10

■ 新闻背景

卫生部日前相继公布《临床路径管理指导原则（试行)》（以下简称"指导原则"）、《临床路径管理试点工作方案》（以下简称"方案"），分布在北京、辽宁等12个省（市）的50家试点医院，将在22个专业、112个病种开展临床试点。

明年1月到2011年10月，各试点省级卫生行政部门和试点医院将正式进入试点的实施阶段。

大连医科大学附属一院等至少4家辽宁省医院，将实施部分专业临床路径试点。

临床路径是指，针对某一疾病建立一套标准化治疗模式与治疗程序，比如一例阑尾炎手术，临床路径就会规定，要求医院详细列出计划提供的治疗项目、相应的治疗结果以及完成这些工作的进度表。

临床路径并非新鲜事物，早在两个文件公布前，卫生部就已经不定期地在网站上发布结节性甲状腺肿、乳腺癌等学科的临床路径通知，指导原则规定，常见病、多发病；治疗方案相对明确，技术相对成熟，诊疗费用相对稳定，疾病诊疗过程中变异相对较少等病种，医疗机构可以结合医疗机构实际，优先考虑卫生行政部门已经制定临床路径推荐的病种。

以手术患者的临床路径实施效果评价为例，应当包括以下内容：预防性抗菌药物应用的类型、预防性抗菌药物应用的天数、非计划重返手术室次数、手术后并发症、住院天数、手术前住院天数、住院费用、药品费用、医疗耗材费用、健康教育知晓情况、患者满意度等。

根据卫生部各省（市）临床路径管理试点医院名额分配，我省至少4家医院成为临床路径试点，其中包括三级专科医院（肿瘤医院）1家、三级综合医院2家。大连医科大学附属一院成为卫生部指定的三级综合医院。

■ 分析

临床试点三大好处

实施临床试点对普通患者意味着什么？最直接的好处就是合理化治疗，不花冤枉钱。

好处①　缩短治疗时间

实施前：现行医疗模式中，医生诊疗，作检查、开药，基本靠习惯和经验。

实施后：实施每一个病种的临床路径，则是对诊疗模式作出详细规定，入院、接受检查、手术、治疗等医疗服务都将执行规定的临床路径。

结果：患者可以直接缩短治疗时间，降低医疗费用。

好处②　防止医生“大处方”

实施前：究竟是做B超就行，还是非得磁共振，可能就在于医生的“一支笔”。

实施后：临床路径实施后，医生按路径诊疗，减少了患者的不必要检查及治疗，防止医生开“大处方”。

结果：临床路径将有效规范诊疗行为，提高医疗质量。

好处③　患者不花冤枉钱

实施后：实施临床路径，每个病种都有一整套的检查、诊断、治疗、护理等诊疗计划，哪些项目必须查，哪些项目可选择查，都作了明确规定。

结果：使患者的消费趋于合理，不花冤枉钱。（《华商晨报》供稿）

第四篇 04

| 2010 |

媒体眼中的大连医科大学

我市已有17人捐献造血干细胞

大医学子昨日再献爱心

大连日报　2010.01.15

（刘燕　记者：苏桂秋）

本报讯　新年伊始，我市又有一位造血干细胞捐献志愿者与外地白血病患者配型成功，实现捐献，成为我市第17例造血干细胞捐献者，也是我市2010年第1例捐献者。

这位富有爱心的捐献者叫朱文亮，今年23岁，是一位沈阳小伙子，目前在大连医科大学读书。他于2006年报名成为造血干细胞捐献志愿者，去年11月与一位患有骨髓异常增生综合征的血液病患者配型成功。经过昨日和今天两次采集，朱文亮捐献的造血干细胞将在今日下午送往北京空军总院，为患者植入。

朱文亮的成功捐献是大连医科大学第5例捐献者，大连医科大学也是我市各大高校中造血干细胞捐献者最多的学校。

大连市红十字会从2003年启动造血干细胞志愿捐献活动以来，已有1.4万多名志愿者。但很多志愿者的个人信息由于工作、求学等原因发生了变化，因没有及时告知信息变动，致使很多患者虽然在“中华骨髓库”检索到了相同配型，却无法与志愿者取得联系，而丧失了移植机会。市红十字会希望已经登记报名的志愿者在个人信息发生变动时及时告知，以实现志愿者救人愿望。

大学毕业生当上乡村医

鞍山日报 2010.02.10

（记者：李亮摄影报道）

9日，千山区千山镇七岭子医院新来的两名女大学生正和其他医生交流诊治方案。据了解，林茜（中）和王凤春分别毕业于大连医科大学和山东万杰医学院，去年10月，经市卫生局和人事局统一考试，被聘用到七岭子医院当医生。两人来到医院后，很快进入角色，对一些比较疑难的病症提出了很好的治疗方案。她们还常把一些新的医学理念引入医院，如今，当地村民已乐于找她们看病了。

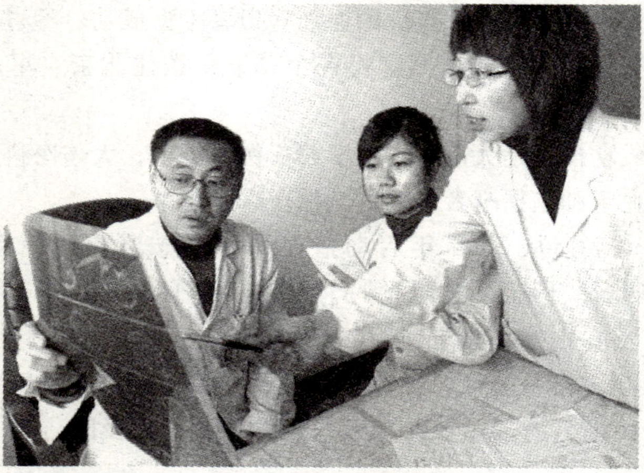

近年来，我市先后两批为全市乡镇卫生院、村级卫生室输送医疗专业大学毕业生，促进了农村卫生事业的健康发展。同时，乡镇医院为大学生提供了一个展示才华的平台，也缓解了大学生就业难问题。

5个“洋医生”来给咱量血压

半岛晨报 2010.03.10

（记者：曲珺 文/图）

采自春柳街道新型社区

身穿白大褂、脖挂听诊器、稚气未脱的脸庞、棱角分明的五官……5日下午，来自大连医科大学国际学院五年级的五位外国友人走进新型社区，免费为社区居民测血压，这让到现场参加活动的居民们大呼新鲜。“血压还有些偏高，你要按时吃药，还要注意饮食。”来自巴基斯坦的阿德男（音译）帮林女士量完血压后，细心叮嘱注意事项。“他的汉语讲得真棒。”林女士一脸震惊。面对洋医生，居民们纷纷表示新鲜，“没想过能这么近距离与外国人沟通。”初女士笑着说。

阿德男凭着一口流利的汉语轻松应对居民，而来自斯里兰卡的四位留学生则略显紧张，跟居民对话时，连比带划也说不清，急得不是扯阿德男的袖子，就是招呼辅导员李景山帮忙翻译。

据李景山介绍，这5名留学生都在医科大学附属医院实习，这是他们第一次进社区参加活动。“社区真大。”结束义诊，阿德男笑着说，“我觉得社区就像一个大家庭，兄弟姐妹团结而友善。”

全国政协委员唐建武提出尽快建立中国式高等教育国际输出格局

大连晚报　2010.03.13

（本报特派记者：马野新　陈迪）

本报北京专电　随着中国经济的快速发展、整体实力不断提高和对外影响的持续扩大，我国近年来已进入国际留学生主要目的国的行列。全国政协委员、大连医科大学校长唐建武表示，目前我国对外留学生教育工作仍然存在不少突出问题和亟待解决的困难，并就此提出建议。

唐建武表示，我国高等教育的国际输出功能主要有两种表现形式，一是国外设校办学，二是接受来自各国的海外留学生。据统计，2008年来我国学习的各级各类外国留学生达到23万人，成为当年全球第六大国际留学生目的国。但是我们也应清醒地看到，无论在留学生数量规模上，还是在专业层次分布上，或者在生源国别上，中国与美国等发达国家相比都存在有较大差距。唐建武建议必须抓紧建立起适合我国国情和全球国际化发展趋势的中国式高等教育国际输出格局，促进从世界范围内留学生的“美国制造”为主逐渐向“中国制造”为主转变。

根据国外发达国家大学国际留学生数量占在校学生比例通常要接近或达到10%的标准计算，我国各高等学校国际留学生的数量多数低于1%，差距十分明显。唐建武建议要像普通全日制教育那样，每年在高等教育输出的数量、规模等方面提出具体指标意见，并制定相应的年度招生计划，争取2015年全国来华学历学位留学生能达到20万人。

唐建武还提出中国高等教育国际输出的政策法规要与时俱进；中国高等教育国际输出的品牌要大力宣传等。

大连医科大学附属第二医院开展自体骨髓干细胞移植技术治疗晚期肝硬化

自体骨髓干细胞移植：肝硬化治疗的一种新方法

大连晚报 2010.03.22

什么是自体干细胞移植技术

大连医科大学附属第二医院消化科主任姜春萌介绍，干细胞移植治疗肝硬化是当今世界上前沿、热门的医疗新技术之一。

自2004年开始，日本及欧洲的一些国家先后报道应用自体骨髓干细胞移植治疗肝硬化方面获得满意效果，引起了世界范围的关注。目前治疗肝硬化主要有3类细胞移植方法：肝细胞移植、肝干细胞移植和骨髓干细胞移植。前两种方法因为存在来源缺乏、移植细胞体内存活和增殖困难等问题，没有被临床广泛应用。而骨髓干细胞移植则因其来源方便，不受供体缺乏的限制，还可免除免疫排斥反应的发生。

国内外研究及临床应用均表明，自体骨髓干细胞移植治疗肝硬化腹水等肝病效果肯定，具有以下优点：

1. 干细胞移植治疗肝硬化效果明显：2～4周，食欲不振、乏力、腹水等症状显著减轻甚至消失；8～12周，各项关键性生化指标如白蛋白、凝血酶原时间及胆红素等指标可望明显改善；随着新的肝细胞不断增加，受损肝组织得到修复，肝功能逐渐恢复，患者临床症状可获全面改善。

2. 干细胞移植治疗肝硬化技术安全、副作用少。手术本身过程并不复杂，加上采用的是介入微创手段，而且移植对象来自于患者本人，所以不会产生异体移植那样的排异反应。身体条件好些的，做完后观察数日即可出院。

自体干细胞移植技术能治疗哪些肝病

大连医科大学附属第二医院消化科主任姜春萌教授介绍，肝硬化合并腹水是一种慢性疾病，是各种慢性肝病的晚期阶段，难治性的腹水属中医“臌胀”

范畴，在古代属风、痨、臌、膈四大顽症之一。肝硬化、肝腹水方面的治疗，截至目前国内外尚无很好的方法，多采用利尿剂、输白蛋白、腹水超滤浓缩回输法、保肝药物等措施，虽能暂时解除患者痛苦，但疗效维持时间有限。

干细胞移植可以治疗肝炎后肝硬化、自身免疫性肝病、酒精性肝硬化、血吸虫性肝硬化、重症肝病等。像酒精性肝硬化在进行干细胞移植后，可彻底逆转；而慢性病毒性肝炎等，由于病毒可以破坏新的干细胞，因此可能需要进行多次移植。

自体干细胞移植技术的原理是什么

大连医科大学附属第二医院消化科主任姜春萌教授介绍，大量国内外的研究证明，骨髓干细胞具有分化成多种组织细胞的能力，骨髓干细胞有着很强的“因地分化”特性，就是在什么样的环境条件导引下可以分化为什么样的细胞，将干细胞经肝动脉或门静脉输入到病肝内，让这些干细胞在肝内“安家”，就像种入肝脏的“种子”，在肝脏微环境调节下“入乡随俗”地分化为肝细胞，在肝损伤后的修复过程中，参与补充因损伤而减少的肝细胞数量，参与修复因损伤破坏的肝组织结构，从而明显地改善了患者的肝功能。

骨髓干细胞可以自体采集，避免采用他人骨髓移植可能出现的排斥反应。因此，自体骨髓干细胞移植技术的临床应用，为重症肝病患者提供了一种新的治疗手段。

专家介绍

[姜春萌]

大连医科大学附属二院消化内科主任，内科教研室副主任，医学博士、教授、研究生导师。学术研究方向为胃肠病学、肝脏病学和消化内窥镜学。对食管、胃、肠道疾病；肝脏疾病以及胆道胰腺疾病的内科诊断和治疗具丰富和独到经验。两项科研课题获省卫生厅重点学科项目和科技厅自然科学基金项目。

出诊时间：周三上午

新闻链接

44岁的李先生是个肝硬化患者，食欲不好、腹胀、消化不良，逐渐消瘦、身体无力，还出现黄疸，给他的生活带来了很大痛苦。两年前，由于腹水、门脉高压，做了脾脏切除手术。近日，李先生忽然出现神志不清、躁动不安的症状，来到大连医科大学附属第二医院消化科检查，发现他的白蛋白为26.9，明显降低，肝功能严重损伤，腹水，被诊断为肝硬化失代偿期、肝病脑病。

为了解除患者的病痛，在征得患者及家属同意后，大连医科大学附属第二医院消化科主任姜春萌决定为李先生实施自体干细胞移植治疗。经过一段时间的对症治疗，李先生的症状有所缓解，神志也恢复了正常。经过前期各项准备之后，3 月 15 日上午，李先生接受了干细胞移植治疗。首先进行骨髓采集。随后，进行干细胞分离纯化，取得足量干细胞后，患者被送到介入中心，在介入科杨笑宏主任的配合下，为李先生实施了自体干细胞经血管介入途径注入肝固有动脉，移植入肝脏。整个过程共用了 4 个多小时，李先生的干细胞成功“落户”到他的肝内。

大连医科大学附属第二医院干细胞采集分离实验室经辽宁省食品药品检验所检验，综合指标符合国家 GMP 标准，是专门为干细胞分离建设的规范实验室。

大学生搞环保

大连晚报　2010. 03. 26

（本报记者：王中鲜摄影报道）

昨日大连市医科大学中山学院医贸系 09 级的大学生们在辅导老师白雯冰、李克辉的带领下，来到了 22 路公交车所属的客运站，义务为 22 路公交车叠吐痰袋。不到两个小时，学生们就做了将近 500 个吐痰袋，白雯冰老师表示，同学们会再来叠吐痰袋，将环保行动坚持下来。

《焦点访谈》：社会实践大课堂

中央电视台　2010.04.01

CCTV.com 消息（焦点访谈）：五一假期，大连医科大学的一组同学在老师的带领下来到了学校设在庄河市的实践基地。这一次，同学们不仅给这里的老百姓带来了宣传防治禽流感和“非典”的一些资料，还为身体状况不太好的老人检查了身体，受到了当地群众的欢迎。

据介绍，大连医科大学组织的送医疗下乡活动，不但同学们积极参与，也得到了庄河市的支持。说起大学生的社会实践，庄河市副市长何明洲感慨颇多。至今，何明洲还保存着当年沈阳化工学院的学生参加社会实践活动的一些照片和当时媒体的文字报道，这次活动吸引了很多同学参与，得到了大学生们的认可和欢迎。沈阳化工学院等院校的做法引起了共青团中央的高度关注。1984 年，团中央在沈阳召开的一次会议上，正式提出了“受教育、长才干、做贡献”的口号，这个原则被确立为大学生社会实践活动的指导方针。如今，社会实践已经成为大学生成长成才的重要课堂。2002 年，沈阳建筑工程学院学生王冰，在扎龙湿地进行了 15 天调查，和同学们合作写出了一份长达 15000 字的调查报告，找到了扎龙湿地缺水的原因。

二十年来，全国各地高校不断适应形势需要，创造了多种内容丰富、行之有效的社会实践活动形式，这些活动不仅使学生们了解了国情，认识了社会，同时也促使学生们发现自身不足，努力学习。

[详细内容]

我们一起来关注今天的焦点。一个在校的大学生在参加了暑期社会实践活动之后写下这样一段话，他说，“短短几天的社会实践，我们似乎做了很多，却又很少，因为我们学到的东西要远比付出的多得多，我们得到了有益于未来一生的东西”。20 年来，社会实践活动吸引了千千万万的学子们投身其中。在实践的过程中受教育、长才干、作贡献。那么究竟是怎样的一种力量，让这项活动有着如此旺盛的生命力呢？

解说：“五一”一放假，大连医科大学的一组同学就在老师的带领下，来到了学校设在庄河市的社会实践基地。

大连医科大学学生：主要是说不与一些活禽接触，应该说如果把鸡肉煮得非常熟，不吃半生不熟的鸡肉，就不会得禽流感。

解说：这次同学们不仅给这里的林场工人和附近的农民带来了宣传防治禽流感和“非典”的一些资料，还为身体状况不太好的老人检查了身体。

学生：我们帮您量一下血压。

村民：看病多少钱？

学生：不用钱，我们是学生。90毫米汞柱至130毫米汞柱，挺好的。

解说：大连医科大学的这个社会实践基地设置有两年多了，一批批大学生来到这里，为这儿的林场工人和家属讲解疾病常识，义务检查身体，受到了他们的欢迎。

庄河市仙人居镇林场工人：因为一些职工住的离县城的医院都很远，看病也不方便，因为大学生及时到我们单位去看病，一个是给我们省了时间，另一个我们的病也看了，也能够为我们职工解决实际问题。

大连医科大学教师丁颢：他们能通过这个实践活动能够增强社会的责任感，他们能够了解到社会上他们无法看到的一些方面，再有一个，他们能够检验一下自己学到的东西。

解说：丁老师介绍，大连医科大学组织的送医疗下乡活动，不但同学们积极参与，也得到了庄河市的支持。

丁颢：何市长非常支持我们的这次活动，然后给我们联系了现在这个地方。

解说：丁老师提到的何市长是庄河市的副市长何明洲。说起大学生的社会实践，他感慨颇多。

庄河市副市长何明洲：之所以让同学们上这儿来，就因为仙人洞镇是我们北部山区经济条件、生活条件比较艰苦的镇。大学生有一些这方面的特长，我们农村又有这个需求，正好利用我们这个桥梁把它搭起来。

（略）

中国遗体捐献渐成风气

新华网　2010.04.01

（记者：闫平）

新华网大连4月1日电　“你们的爱心善举，为他人幸福增添了色彩；你们的志愿精神，是社会文明的突出体现；你们的生命火焰将永远在此传承延续……”

4月1日，在中国东北海滨城市大连蔚蓝色的大海边，大连医科大学学生朗诵起《生命的火焰》。伴着音乐，200多名学生代表在海边用沙石筑起的“心”形丰碑前，敬上一枝菊花，鞠躬表达对遗体捐献者的无限哀思和感激。

“我志愿在逝世之后，将遗体无偿捐赠给医学教育和科研事业，以血肉之躯回报社会和人民。”几十年中为社会捐款10万多元人民币的91岁的大连老人张贞慧，将自己对社会的慷慨捐赠延伸到了死后。

当天，大连市160多名遗体捐献者家属和50多位报名捐献遗体的志愿者，参加了由大连市红十字会、大连医科大学举行的“奉献爱心，生命永恒”清明鲜花纪念遗体捐献者追思会，祭奠逝后将自己奉献给医学事业的遗体捐献者。

临近追思亲人的中国传统节日清明节，中国多地先后举行了类似的追思活动，感谢那些为他人、为社会做出无私奉献的人。

前来参加追思会的大连市民刘女士说：“虽然只是一支白菊，一个鞠躬，但我们由衷地尊重那些为社会做出无私奉献的人。社会应崇尚遗体捐献的行为，激励和教育后人。”

中国传统观念认为“身体发肤，受之父母”，“全尸出殡，入土为安”，因此，无偿捐献遗体用于教学、医学科研、临床解剖在中国面临重重阻力。

大连医科大学副校长黄敏说：“众多遗体捐献者敢于摈弃陈规旧俗与偏见，志愿将自己百年后的遗体捐献给国家的医学教育事业。他们的高尚之举对医学生的技能和临床诊断治疗水平的培养和提高做出了巨大的贡献。”

据介绍，大连遗体捐献始于1996年，近几年来遗体捐献者明显增多。目前全市有656位市民办理了志愿捐献遗体手续，有86位捐献者实现了捐献的夙愿。捐献者中既有教授、军人、干部，也有普通的工人、市民；年龄最小的是2个月的婴儿，最大的是95岁的老将军，还有5对老夫妻双双捐献了遗体。

近年来，遗体捐献在中国许多城市渐成风气。上海市是中国最早开展遗体捐献工作的城市之一，1982年至今，已有遗体捐献志愿者逾2.8万名，截至2009年底，实现遗体捐献5200多例。

天津于上世纪八十年代开展遗体捐献工作，目前天津民众已签署遗体捐献公证书近4000份，实现遗体捐献约400例。

北京的志愿捐献遗体登记接收站始于1999年，至今已接受1万余人报名，完成遗体捐献超过900例。

目前，中国接收遗体捐献的还有重庆、广州、深圳、武汉、太原、苏州等城市，其中一些城市还专门设立了遗体捐献纪念日。

大连市红十字会常务副会长乔善春说，遗体捐献者这种利国利民的义举以及无私无畏、可敬可佩、正确对待生死的态度，彰显了社会文明进步的高尚行为，已经被越来越多的中国人所认同和接受，并引起社会的广泛关注。

现在，北京、上海、南京、青岛、深圳等十多个城市都出台了遗体捐献管理办法或条例，通过法律规范引导人们移风易俗，形成鼓励、提倡捐献遗体和尊重、关心遗体捐献人的社会风气。不少城市还建立了纪念园、纪念碑或纪念林，在纪念碑上镌刻遗体捐献者的名字，作为悼念捐献遗体者的固定场所，以弘扬志愿者的奉献精神。

大连红十字会、大连医科大学共同举行清明纪念遗体捐献者追思会

将真挚的哀思送给“无语体师”

大连日报 2010.04.02

（胡莉莉 记者：丁雷）

本报讯 “你们的爱心善举，为他人幸福增添了色彩；你们的志愿精神，是社会文明的突出体现……”诗朗诵《生命的火焰》感人肺腑，伴着音乐，300余名大医学生在海边用沙石筑起的“心”型丰碑前，为遗体捐献者敬上一枝菊花，鞠躬表达无限的哀思和感激。

昨日，大连红十字会、大连医科大学在大医校内海边举行了“奉献爱心，生命永恒”清明纪念遗体捐献者追思会，祭奠逝后将自己奉献给医学事业的遗体捐献者。我市160多名遗体捐献者家属、50位报名捐献遗体的志愿者参加了追思会。市政协、市十字会、市文明办和大连医科大学的领导怀着崇敬的心情，向遗体捐献者献了花篮。

捐献者家属吕先生的父母去年先后去世，按照老人的生前遗嘱，吕先生将父母的遗体捐献给医学教育事业。捐献者家属吴先生一家已经有3位捐献了遗体。前来参加追思会的市民刘女士道出了人们的心声：“虽然只是一支菊花，一个鞠躬，但我们由衷地尊重那些为社会作出无私奉献的人。社会应崇尚遗体捐献的行为，让捐献者有个‘家’，让家属有个文明祭奠的地方，以此激励和教育后人。”

大连医科大学遗体和器官捐献中心成立于2001年3月，迄今为止已有86人向该中心捐献了遗体或器官，并有671人填写了遗体或器官捐赠志愿书。在捐献者中年龄最小的是2个月的婴儿，最大的是95岁的老将军。

据大连医科大学副校长、遗体和器官捐赠中心主任黄敏介绍，为了提高医学生的人文素质，大医从2006级新生开始，全面开展“无语体师”感恩系列活动。所谓“无语体师”就是学生对解剖教学用尸体的一种尊称，通过“无语体师”的启用仪式、告别仪式到清明祭奠追思活动等一系列活动的开展，不仅使学生学会了感恩，更增加了医学生对生命的尊重和患者的关爱。同时，大医还将通过建立“无语体师”数据库、联系捐献家属参加感恩活动、组织

学生拜访遗体捐赠者家属等活动，加强对学生的思想政治教育。据悉，大医“‘无语体师’唤起‘爱与善’的生命循环实践教学活动”曾获教育部高校校园文化建设优秀成果三等奖。

大连遗体捐献工作已经走在全国同类城市前列，每年的4月1日定为全市遗体捐献纪念日。大连红十字会常务副会长乔善春说，遗体捐献为社会各界所关注，而在实际工作中仍有不少阻力和困难。由于我市没有相关的法律法规出台，即使想捐献遗体，也不是一件容易的事。我市遗体捐献目前还只凭一纸“协议”，接受部门接收也顾虑重重。如果政府能立法，在法律保障下进行协议签署，不仅可以实现捐献者意愿，同时还可以确保捐献的遗体能真正用于医学教学和科研。

好医生刘日辉

辽宁日报　2010.04.27

（记者：严佩鑫）

她先后主持参与开展了两项国家级科研项目，在国家级医学杂志上发表具有学术价值的论文十余篇；从医22年来，她始终坚持“精于医术、诚于患者”的信念，赢得了同行的推崇和患者的信赖：她就是辽阳市中心医院大内科主任、循环内三科主任刘日辉。

今年46岁的刘日辉1988年毕业于大连医科大学，从走出校门开始她就一直奋战在临床一线。作为学科带头人，她十分重视全员素质的提高，主动为医生、护士营建浓厚的学习、科研氛围。2003年，她组织开展了心血管介入诊断与治疗技术，现已成功开展心血管介入诊疗千余例。

在工作中，刘日辉常常“换位思考”，以对待亲人之心对待前来就诊的患者，哪怕只有1%的希望她都会做到100%的努力。不久前的一天中午，一位急性下壁心梗患者急诊入院，正要吃午饭的刘日辉立即组织抢救。经过1个多小时的努力，她成功地为患者实施了冠脉内支架植入术。

类似这样的抢救场面几乎天天上演。无论白天还是黑夜，刘日辉总是随叫随到，创造了无数急危重症抢救的奇迹。不仅如此，她还经常抽时间到社区为居民做健康知识讲座，把健康送给更多的人。

国家级干细胞科技合作基地在大连成立

中国广播网　2010.04.28

（记者：贾铁生　大连台博海）

中广网大连4月28日消息　由国家科技部国际合作司主办的大连国家级干细胞移植与再生医学国际科技合作基地揭牌仪式，昨天在大连医科大学附属第一医院正式成立，它将为疾病临床治疗提供新的手段，实现用干细胞移植手术治疗神经、肝脏疾病、皮肤损伤以及骨与骨关节等多种疑难和重大疾病，提高全民健康水平。

大连医科大学附属第一医院中英再生医学应用研究中心是中国与英国牛津大学间第一个再生医学合作项目，今年4月获批为科技部“国家级干细胞移植与再生医学国际合作基地”。科技部国际合作司司长靳晓明介绍说“干细胞与再生医学技术是世界生物科技领域的前沿，如果能成功把握机遇，大力开展干细胞治疗，必将有利于解决我国人民乃至全人类的重大健康与医疗问题，大连国家级干细胞移植与再生医学治疗基地的建设，对推动我国医疗高科技水平，增强医疗国际竞争力，尤其是在临床干细胞治疗方面，必将取得突破成果。希望大连医科大学附属第一医院充分利用自身优势，借鉴国外著名大学先进技术，开展国际科技合作。”

大连市副市长曲晓飞说，大连医科大学附属第一医院获批成为辽宁省首家国家级国际科技合作基地医院，有助于优化辽宁省、大连市的医疗资源，提升医疗技术含量，有利于积极开展多渠道、多层次、全方位的国际科技合作与交流。

大连国家级干细胞移植与再生医学合作基地揭牌

辽宁日报 2010.04.28

（记者：杨丽娟）

4月27日，大连国家级干细胞移植与再生医学国际科技合作基地在大连医科大学附属第一医院揭牌。

大连医科大学附属第一医院中英再生医学应用研究中心是我国与英国牛津大学建立的第一个再生医学合作项目，始建于2008年10月。干细胞与组织工程研究是近年来迅速发展的新兴学科，它的发展将为疾病临床治疗提供新的手段，实现通过干细胞移植技术治疗神经系统疾病、肝脏疾病等多种疑难病症。

大连再生医学国际合作基地揭牌

健康报 2010.05.05

（记者：阎红）

本报讯　大连国家级干细胞移植与再生医学国际科技合作基地揭牌仪式，近日在大连医科大学附属一院举行。据介绍，大连医科大学附属一院中英再生医学应用研究中心始建于2008年10月，是中国与英国牛津大学间第一个再生医学合作项目。该中心2010年2月获批为辽宁省干细胞临床应用研究中心，4月获批为科技部国家级干细胞移植与再生医学国际合作基地。目前已有造血干细胞移植等5个研究方向，获国家省市各级项目8项，并与牛津大学成功合作申请英国EPSRC项目1项，获资助金额总数超过300万元。

科药物控制—人工肝支持—自体干细胞移植改善—肝脏移植解决

医大二院实现终末期肝病一体化治疗

大连日报 2010.05.19

我国是乙肝大国，其中20%~30%的患者将发展为终末期肝病。肝脏移植是目前治疗终末期肝病的唯一有效手段，但由于供体的匮乏，每年约有30%~40%的患者在等待肝脏移植过程中由于肝功能恶化而死亡。内科治疗、人工肝和自体干细胞移植等多种手段应用，为各种重型肝病早期的救治、肝衰病人晚期适当延长生命、争取时间进行肝移植手术治疗开拓出重要的道路。大连医科大学附属二院消化内科、器官移植中心强强联手，构建终末期肝病一体化的医疗体系，为肝病患者提供便捷、满意和高水平的医疗服务。

终末期肝病恶似肿瘤　综合治疗降低死亡率

据大连医科大学附属二院消化内科主任姜春萌介绍，终末期肝病最常见的病因为慢性乙型肝炎，但近年来慢性丙型肝炎、酒精性肝病、原发性胆汁性肝硬化、自身免疫性肝炎以及肝豆状核变性等过去认为少见的疾病也不断增加，终末期肝病可累及消化系统、脑、肾、肺等多个器官和系统，造成机体内广泛病理生理紊乱，所以说它不是肿瘤却恶似肿瘤。

由于终末期肝病病情发展快、并发症多、死亡率高，对于这类患者必须制定个体化、综合性的治疗方案。我们倡导内科—人工肝—干细胞移—肝脏移植综合治疗模式，以降低终末期肝病的死亡率。综合治疗模式的治疗原则和治疗思路是：早期强调及时诊断和早期治疗，积极治疗原发病，保护肝功能；中期强调并发症防治，促进肝功能恢复；晚期则应治疗并发症，如条件允许，应及时接受肝脏移植治疗。

内外科会诊综合评估　支持治疗加强肝功能

多学科协作攻克医学疑难杂症是目前医学发展的趋势，针对终末期肝病发展快、并发症多等特点，对于肝病患者，医院采取内外科综合评估的办法，针对患者的病情，制定个性化和阶段性的治疗方案。

姜春萌主任说，内科药物治疗主要是补充血浆、白蛋白、保肝、利尿等，这些方法能暂时改善临床症状，但它不能逆转肝细胞数量日益减少导致的肝功能减退，病情容易反复，一次比一次严重。针对这种状况，自2000年开始，我们开展了人工肝支持治疗，也就是通过“血液净化”方法来治病。人工肝又称肝脏的“透析治疗”，是指借助体外物理性装置，清除肝功能衰竭时无法清除的毒性产物并补充正常物质，从而改善患者的临床症状。另外，人工肝通过血浆置换还可以补充患者所缺乏的多种物质，并有补充抗体和免疫调节作用，可以改善和恢复患者的部分体液免疫功能来达到抑制疾病发展的作用。

干细胞移植7例患者效果明显　终末期肝病治疗开辟出新途径

人工肝只能部分地改善患者严重黄疸等临床表现，对肝脏功能特别是合成功能的改善并不明显。姜春萌主任告诉记者，自体干细胞移植是目前治疗重症、终末期肝病的新方法。当骨髓干细胞被移植到患者肝脏组织后，就像种入肝脏的“种子”，在肝脏微环境调节下“入乡随俗”地分化为肝细胞，补充替代不足的肝细胞功能，明显地改善患者的低蛋白血症、腹水、凝血功能障碍等肝功能不足，从而改善患者生存质量，延长生存期，也是等待肝移植供体期间维持肝功能的很好治疗方式。

自今年3月15日至今，大连医科大学附属二院消化内科已经为9位肝硬化患者实施了自体干细胞移植，除了两例由于自身身体素质较差，年龄较大，白蛋白升高不理想外，其余7例白蛋白明显升高，腹水减轻，恢复体力，有两例白蛋白在两周内上升4克，疗效明显。姜春萌主任说，65岁以下，肝炎后肝硬化、自身免疫性肝病、酒精性肝硬化、血吸虫性肝硬化、重症肝炎等肝功能失代偿，出现腹水，白蛋白下降，凝血酶原时间延长的肝病患者，可以进行自体干细胞移植治疗。酒精性肝硬化在进行干细胞移植后，如果彻底戒酒，部分患者可能逆转。药物性肝病导致的肝硬化，在治疗后若停止乱服药物，也会取得持久的疗效，慢性病毒性肝炎等，由于肝炎病毒的持续存在，可以破坏新植入的干细胞，因此可能需要进行多次移植，并配合抗病毒治疗。

成功完成百余例肝移植手术　专业团队是手术坚强的后盾

大连医科大学附属二院普外科王立明主任说：肝移植手术体现了一个医院的整体实力，手术的成功与否是由很多因素决定的，包括：供体的选择，手术时机的选择，医生对手术的掌握程度，手术麻醉监护，医院的检查、手术设备、重症监护室的先进程度，术后排斥反应和各器官感染等并发症的处理，护理人员的业务水平，出院后的随访工作等。大连医科大学器官移植中心自成立以来，依靠综合医院的整体实力，汇聚了相关科室的专家，配备了专门的人才队伍，形成了一个由普外科、麻醉科、手术室、ICU、消化内科、呼吸科、心内科、超声科、检验科、放射科、药剂科等专家组成的专业团队。

大连医科大学附属二院器官移植中心目前是通过国家卫生部二次审核的、东北地区为数不多的有资格做肝脏移植的中心之一。自 2001 年至今，医院已为百余名患者成功实施了肝移植手术，包括活体肝移植、二次肝移植等等，其中年龄最大的 70 岁。手术的成功率达到 95% 以上。目前患者的 1 年存活率在 90%，3 年存活率在 80% 以上，5 年存活率则达到 73%。

大医附属一院再生医学研究成为“国家队”

大连晚报　2010. 05. 27

（文/首席记者：张晓帆）

1930 年，当时的斯大林广场附近，日本东京十字社和日本外务省创办了一家医院，初名大连赤十字诊疗所。这就是眼下大连人“最认的”大连医科大学附属第一医院的雏形。1946 年，该院被大连市卫生局接收并入，成立了大连市立医院；1949 年，医院划归大连大学管理，成为其附属医院；1950 年，医院再次更名，大连医学院附属关东医院诞生；1994 年 3 月，因大连医学院更名为大连医科大学，同年 5 月医院更名为大连医科大学附属第一医院。迄今为止，这所医院已经走过整整 80 年的历程，发展成为一所集医疗、教学、科研于一体的综合性现代化三级甲等医院。

80 周年庆将举行系列活动

26 日，大连医科大学附属第一医院院长吕德成教授介绍说，医院现拥有编制床位 2200 张，年门诊量 162 万人次，平均每天都有超过 4400 名病人前来求医；医院年收治住院病人 6. 25 万人次，手术量 4. 5 万例，床位利用率达到了99.93%。为庆祝建院80周年，从5月28～6月5日将举办系列活动，包括中英再生医学高峰论坛、中日消化病外科学术研讨会、百名教授迎院庆80周年义诊活动、名家讲坛、护理改革与发展高峰论坛、建院80周年庆典大会、PET-CT开机仪式等。

大医附属一院中英再生医学应用研究中心主任刘晶介绍说，大连国家级干细胞移植与再生医学国际科技合作基地揭牌仪式是今年4月27日在大医附属一院举行的，该合作基地由国家科技部国际合作司主办，大连市科技局、大连医科大学承办。

大连市副市长曲晓飞出席并讲话，科技部国际合作司司长靳晓明及有关部门领导出席。此应用研究中心是中国与英国牛津大学间第一个再生医学合作项目，始建于2008年10月。今年2月，该中心获批“辽宁省干细胞临床应用研究中心”，4月获批为科技部“国家级干细胞移植与再生医学国际合作基地”。基地的成立，有助于优化辽宁省、大连市的医疗资源，提升医疗技术含量，对提高全民健康水平具有重要意义。

两所名校参与承办高峰论坛

作为80周年庆典的首个活动，由大医附属一院与英国牛津大学组织工程与生物加工中心联手举办的“中英再生医学高峰论坛（中国·大连）”，将于5月28日上午8时30分在大连富丽华大酒店举行。来自牛津大学组织工程与生物加工中心的崔占峰主任，英国研究理事会中国代表处Director Chirs Godwin，英国癌症基因研究中心主任、临床药学系主任Prof. Len Seymour，英国剑桥大学神经科学系Prof. Ole Paulsen，骨科研究中心Prof. Jim Triffit等教授，中科院院士、生物学家、南开大学校长饶子和教授，北京大学干细胞研究中心主任李凌松教授等国际知名学者将会齐聚一堂，进行高峰论坛。

据悉，此次论坛是牛津、剑桥两所国际著名大学首次同时在中国参与承办再生医学领域的高峰论坛，对提升我国干细胞科研技术水平，进一步加强我国与国际先进医学界学术交流等方面将产生积极而深远的影响。

该盛会将会进一步促进大连中英干细胞技术平台的建设，为大连市提供高起点、高水准的生物技术源头创新平台及生物技术产业化转化平台，实现大连市在干细胞再生医学领域的跨越式发展，提高大连的科技创新能力和城市综合竞争力。论坛的召开，将有助于我国应用国际一流干细胞技术，促进脊髓损伤、肝功能衰竭、皮肤慢性溃疡等疑难病症干细胞疗法的开展，为解决移植器官的供应短缺与免疫排斥等问题开辟新的思路和途径，满足广大患者对医疗技术的迫切需求。

中英再生医学论坛在连举行

陈超英出席开幕式

大连日报　2010.05.29

（记者：苏桂秋）

本报讯　昨日上午，由大连医科大学附属第一医院主办，英国牛津大学组织工程与生物加工中心协办的中英再生医学高峰论坛在大连举行。本次论坛为牛津、剑桥两所国际著名大学首次同时在中国参与承办再生医学领域的高峰论坛。牛津历史上首位华人教授崔占峰等多名国际顶尖专家参加，副省长陈超英、省卫生厅长姜潮出席开幕式。

近年来，以干细胞技术为核心的再生医学已成为治疗多种疑难疾病最有前景的医疗手段，干细胞对坏死组织和器官的修复和再生，体现出巨大的技术优势和应用价值。目前，干细胞移植已经在大连用于脑血栓、老年痴呆、肝硬化、糖尿病足等病的治疗。在这一领域，中国与发达国家水平较接近，正值创新与应用的突破阶段，也是我国进行干细胞再生医学行业启动和产业布局的最佳时机。

在论坛开幕式上，陈超英对辽宁干细胞科研“高地”寄予厚望。他说，辽宁有87所高校，是当之无愧的国内教育大省，但却不是教育强省，这次高峰论坛的成功举办，对提升辽宁的科研教学水平是一次很好的机会。随着干细胞研究走上正轨、临床药物有所突破，这种高水平国际学术交流合作，将把我省的干细胞移植和再生医学研究的科研水平带到新高度。

五位南丁格尔奖获得者大连传经

大连日报 2010. 06. 05

（记者：苏桂秋 本报记者：王华摄）

本报讯 昨日，2010护理管理高峰论坛在大连医科大学附属一院国际会议厅举行，本次高峰论坛特别邀请了数十位国内资深护理管理者、护理专家和5位南丁格尔奖获得者，同聚大连传授护理经验。论坛上，第41届南丁格尔奖获得者、大连医科大学附属第一医院护理部主任丁淑贞等分别作了报告和发言。

据介绍，医大附属一院1997年在全国首次提出“把时间还给护士，把护士还给病人”的服务理念，合理配备人力资源，始终坚持以人为本，为病人提供全身心整体护理，病人对护理服务的信任度和满意度不断提高。2000年，作为省护理改革试点单位，医院又率先进行了护理工作垂直管理改革，形成一套科学、公平、透明度高、操作性强的“护理绩效工资分配方案”及“护理质量与绩效工资管理”规范。医院护理工作得到全国护理界好评。

本次论坛旨在通过交流探讨进一步提高医院护理队伍的整体护理水平，深化护理管理改革，促进护理模式向专科化发展，将我国的护理管理和护理改革发展推向一个新的高潮。

五位南丁格尔奖获得者齐聚大连。

四位南丁格尔奖获得者来连

大连晚报 2010. 06. 05

（首席记者：陆彤 通讯员：吕慧彦）

本报讯 正值大连医科大学附属一院喜迎建院80周年之际，6月4日，由护理部精心筹备的2010护理管理高峰论坛在大医举行。本次高峰论坛特别邀请了数十位国内资深护理管理者和护理专家。第38届南丁格尔奖获得者、南丁格尔志愿护理服务总队的王雅屏副理事长，三位第41届南丁格尔奖获得者：澳门镜湖医院护理部罗少霞主任、新疆医科大学附属第一医院护理部专家督导聂淑娟主任、青海省同仁慢性病防治医院泽仁娜姆护士长以及大连市护理同仁也应邀参会。大医护理部丁淑贞主任（第41届南丁格尔奖获得者）作《垂直管理促进护理团队文化建设》的报告。

2010护理管理高峰论坛在我市举行

医科大附属一院举行建院80周年庆典

陈政高发来贺信　马晓伟　夏德仁　曹荣桂出席并讲话

大连日报　2010.06.06

（胡天禛　记者：苏桂秋）

本报讯　昨日上午，星海国际会展中心彩旗飘扬，鲜花吐艳，洋溢着喜庆热烈的气氛，大连医科大学附属第一医院建院80周年庆典在这里隆重举行。省委副书记、省长陈政高发来贺信；卫生部副部长马晓伟，省委常委、市委书记夏德仁，中国医院协会会长曹荣桂分别发表了热情洋溢的讲话。他们对 80 年来大连医科大学附属第一医院所取得的成就表示热烈祝贺，并对新时期医院的发展提出了新的更高的要求。

出席庆典的有关方面领导还有卫生部医政司司长王羽，省政协副主席贺旻，省卫生厅厅长姜潮，市领导怀忠民、刘俊文、林庆民、里景瑞、汪集刚、孙世超、姚家凯、田树军、朱程清、董长海、张荣杰、唐建武，市法院院长李威，市检察院检察长赵建伟等。中国大连高级经理学院院长林安西，解放军总医院中将军医陈香美院士，大连医科大学党委书记周万春，大连海关关长张志南等嘉宾也出席了庆典活动，庆典由大连医科大学附属第一医院党委书记胡广荣主持。

陈政高在贺信中说："欣闻贵院迎来建院八十周年华诞，我谨代表辽宁省人民政府并以我个人名义表示热烈祝贺！向贵院全体干部职工致以亲切的问候！"贺信高度评价了大连医科大学附属第一医院 80 年的发展成就："建院以来特别是新中国成立以后，贵院广大医务人员敬业守职，救死扶伤，大行德广，大爱无疆，形成了优良的医风医德，发展成为一所在辽宁乃至全国都具有重要影响力的综合性三级甲等医院，在医疗、教学、科研和人才培养等各方面都取得了显著成绩，为人民群众的健康事业作出了突出贡献。"贺信中，陈政高还对大连医科大学附属第一医院今后的发展提出更高希望："八十载栉风沐雨，八十年传承跨越。希望贵院以建院八十周年为新的起点，坚持以人为本，深入贯彻落实科学发展观，继续保持和发扬优良传统，以高尚的医风医德和更加高超的医疗技术，为不断提高人民群众健康水平和辽宁全面振兴作出新的更大的贡献！"

夏德仁在讲话中，对大连医科大学附属第一医院为提高人民群众健康水平、推进医疗卫生事业发展所作出的突出贡献表示衷心的感谢。他说，科学发展观的核心是以人为本，而人以健康为本。实现"病有所医"不仅是重要的民生工程，也是大连振兴发展的重要保障。在加快发展方式转变，加快"三个中心、一个产业聚集区"建设，加快推进全域城市化进程，努力实现科学发展新跨越的伟大实践中，我们将更加注重做好改善民生的各项工作，尤其要大力发展医疗卫生事业，确保人民群众病有所医，不断提高广大市民群众的健康水平。夏德仁希望大连医科大学附属第一医院积极践行科学发展观，继续解放思想、开拓创新，大力发扬优良传统和作风，坚持公立医院公益性质，不断提高科研水平和医疗服务水平，努力建设省内一流、国内知名的现代化大型综合性医院，更好地服务社会、服务人民，为构建和谐大连作出新的更大贡献。并祝愿大连医科大学附属第一医院前程似锦，再创辉煌。

马晓伟在讲话中说，大连医科大学附属第一医院是一所具有革命传统的医院，历经了解放战争、抗美援朝战争考验。特别是从遵义迁回恢复发展建设的二十年，在非常困难的情况下，白手起家，重建家园，经过几代人的艰苦创业、顽强拼搏，医院目前环境优美、设备先进、管理有序、医学力量雄厚，是辽宁地区医学教育水平、医学科研建设的一支重要力量，为辽南地区卫生事业发展作出了重要的贡献，也为全国作出了重要的贡献。回顾大连医科大学附属第一医院的发展历程，有三点重要经验：一是大连医科大学党委、学校领导高度重视附属一院发展建设，把附属一院发展建设作为学校建设的重要组成部分。二是附属一院几代领导班子为建设附属一院有共同目标，有正确的方向，医院的发展建设表现出了连续性、持续性，不歧途、不转折。三是附属一院的管理求真务实，学术风气优良，有利于医院的学科建设和人才培养。

曹荣桂在讲话中希望大连医科大学附属第一医院以 80 周年庆典为契机，继续发扬医院特有的优良传统和作风，立足公益，紧紧围绕国家医药卫生体制改革的目标，更好地实现医、教、研紧密结合，不断完善医院管理制度，狠抓医疗质量和患者安全目标，积极探索公立医院发展的新模式好办法，推进医院更好更快发展。

庆典活动中，与会嘉宾与全场观众共同观看了大连医科大学附属第一医院发展历程纪录片《精诚笃行八十载》。大连医科大学附属第一医院院长吕德成致欢迎词，北京大学第三医院院长陈仲强、解放军总医院中将军医陈香美院士、大连医科大学党委书记周万春分别致词。庆典在一位位伴随和见证大连医科大学附属第一医院 80 年发展历程的老领导、老教授走上主席台，接受鲜花致敬中达到高潮。当这些为医院发展历程作出了突出贡献的老教授鹤发素面地从晚辈手中接过致敬致谢的鲜花时，台上台下爆发出一阵阵热烈掌声，人们用发自内心的真诚向这些为医院发展、为大连医疗事业发展付出毕生努力的老前辈们致以崇高的敬意。

文登市口腔医院成为大连医科大学口腔学院教学医院

文登网 2010. 06. 15

（记者：王晓飞）

文登网讯 6月12日上午，大连医科大学口腔学院教学医院揭牌仪式在市口腔医院举行。

大连医科大学副校长黄敏，文登市委常委、副市长杨建波出席仪式并揭牌。

多年来，文登市口腔医院按照专科医院的标准培养专业人才，设置专业科室，配备专业设施，实现专科管理，专业技术水平达到省内先进水平，逐步形成了医、教、研为一体的办院模式。为促进临床教学水平与医疗技术水平的同步提高，市口腔医院与大连医科大学进行合作，成为大连医科大学口腔学院的教学医院。口腔医院将引入大连医科大学先进的办学理念、规范的管理模式、新兴的医疗技术和成熟的科研成果，加强临床教学工作管理，加大临床教学实验室建设力度，以临床教学规范医院管理，促进临床医疗水平不断提高。

《欢乐中国行》走进旅顺

人民网 2010. 06. 20

（记者：王金海）

人民网大连6月20日电 昨晚7时30分，中央电视台金牌综艺节目《欢乐中国行·魅力旅顺》在大连医科大学体育场内拉开帷幕。刘若英、羽泉、孙楠、郑伊健等众多明星为三万名现场观众奉献了一场美轮美奂的视听盛宴。

《欢乐中国行·魅力旅顺》是旅顺口区人民政府、中视传媒联合主办，大连德享房地产开发有限公司、旅顺口区水师营街道以及大连医科大学共同承办。演出活动主题为“开放的旅顺拥抱世界”，主题曲为旅顺本土音乐家原创作品《开放的旅顺欢迎您》，活动会标为K做主标志的钥匙，表示开放之意，亦表示打开全面开放的大门之意，活动吉祥物确定为卡通海鸥，喻旅顺振翅高飞，融入蔚蓝色海洋之意。

旅顺口区区长惠凯介绍，旅顺全面对外开放已经得到了国家有关部门的批准，旅顺绿色经济区作为战略龙头与核心的大连市的主城区，全域纳入辽宁沿海经济带重点发展区域，其战略地位进一步凸显，为享受国家更多产业政策搭建了平台，这为旅顺的发展提供了前所未有的历史契机。为了纪念和庆祝这一重大历史事件，向国内外展示旅顺的全新形象，扩大对外的影响力和吸引力，激发全区人民抢抓全域纳入辽宁沿海经济带重点发展区域战略机遇建设新旅顺的热情，推动经济社会平稳快速发展，旅顺口区委、区政府决定开展系列宣传庆祝活动，邀请央视大型综艺节目《欢乐中国行》走进旅顺就是其中一个重要内容。

舞台和观众挥舞的荧光棒交相辉映

军港之夜

羽泉舞蛇

潘玮柏现场制作旅顺海胆

凤凰传奇献唱

小朋友放“海灯”

教育部领导视察大连医科大学中山学院提出期望

大连日报 2010.07.05

近日，教育部副部长鲁昕一行来到大连医科大学中山学院视察，对学院先进的教学设备、良好的校企合作、立体化的人才培养模式给予了充分肯定和高度评价，希望学院能够办成国内非营利性独立学院的典范。教育部发展规划司副司长宋德民、辽宁省政府副秘书长何庆良、辽宁省教育厅厅长魏小鹏等陪同视察。教育部领导一行主要是调研我省独立学院发展情况。

据了解，大连医科大学中山学院始建于1999年，是辽宁省首批9所试点国有民营分院之一，2004年经教育部确认为新机制新模式的独立学院。目前有在校学生4017人，教职工495名。该校坐落于高新园区内，成立11年来，积极创新教育理念，为社会培养了众多高素质应用型人才。

在大连医科大学中山学院，鲁昕听取了学院院长董福秋对学院办学情况的介绍，了解了学院在发展过程中遇到的困难，并视察了学院教学区、实验中心、计算机网络中心、心理中心等场馆。鲁昕详细询问了学校的办学条件和办学环境，对学科建设十分关心，对独立学院大学生就业问题高度重视。在与学院投资方刘长虎的交谈中，鲁昕对投资方发展公益事业、繁荣一方文化的办学思想表示赞同和钦佩。

我市迎来首批2010级大一新生

新商报　2010.08.28

（记者：黄华）

新商报讯　昨日，大连医科大学迎来了千余名报到的2010级新生，这也是我市今年迎来的首批大一新生。

值得一提的是，为了避免像往年一样出现报到处、财务交款处拥挤的状况，今年大医改进了报到方式，简化了报到手续。所有新生的录取通知单上都印有条形码，学生报到时，只需扫描一下条形码，学生的自然信息、学费上交情况、所在院系班级、公寓号，甚至连床位号都一目了然。学生凭借打印出来的新生报到单，到宿舍去登记、领取钥匙即可。

昨日上午9时，记者在报到现场看到，6个新生报到的窗口前井然有序，没有出现往年熙熙攘攘的情景。来自校方的统计显示，此时完成报到的新生有691人，占本、专科生的1/3左右。大医招生与就业处处长时建伟介绍说，往年新生报到时，整个过程排下来一般都要两小时左右，而今年由于改进了报到方式，效率明显提高。

扫描条形码学生信息一目了然

刷码入学，700 新生一小时报完到

半岛晨报　2010. 08. 28

打算排长队报到的新生没有遇到预想的局面，以往需要一上午时间的报名工作，一个小时就结束了。昨天，大连医科大学新生开始报到，作为大连市开学最早的高校，他们在简化报到手续方面先行一步。

今年大医共招收博硕士研究生 1066 人，本专科生 1924 人，卫校生 160 人。今年大医增加了应用心理学和法学（医事法律）两个本科专业，口腔医学专业也调整到一批本科 B 段录取，使得大医在全国一批本科招生计划数增加到 757 人，占本科总计划数的 49. 1%。

昨天，打算排长队报到的新生并没有遇到预想的局面：所有新生的录取通知单上都有条形码，来校后，在条形码扫描机上一扫描，就可显示出学生的自然信息、学费上交情况、所在院系、公寓号，甚至床号都可以显示出来，学生就可以直接凭借打印出来的新生报到单到自己的宿舍去报到。

昨天早上 7 点 30 分到 8 点 30 分，近 700 人报到完毕，以往需要一上午的时间。

大连医科大学学生处的有关负责人介绍说，专门为贫困学生设立了“绿色通道”，有需要的学生可以随时办理申请，并免费提供一定的生活和学习用品。另外，包括国家助学贷款、特困学生伙食补助、勤工助学、国家励志奖学金、国家助学金等一系列措施均面向贫困学生。

大连医科大学今年是新生报到最早的高校。随后，一些高校的新生也陆续开始报到。届时，“绿色通道”也将最大程度发挥作用。

严防冒名顶替

为了防止出现冒名顶替上大学现象，学校对每位新生在报到当天进行信息和身份核对，入学后，再进行一次严格的入学资格复查。另外，学校还将对每一名新生进行心理测试，做好心理辅导。（辛敏娟）

大学城区域打造旅顺东部商圈

新商报 2010.09.01

（记者：张凌云）

市政协委员李秀华及13位附议人指出

随着大医、大外两所学校的入住，旅顺大学城对提升旅顺口区的城市地位起到了积极的推动作用。但由于配套功能的不完善，商业、金融、教育、公共服务等设施的缺失，大医、大外近3万名师生，加之盐场地区居民的生活还存在一定的困难，他们逛街购物，办理银行业务，邮递业务等还必须乘车到旅顺城区或大连市内解决，建议市政府制定统一规划，合理布局商业网点，完善大学城周边的配套设施。

市服务业委答复

目前旅顺大学城，大医、大外已入住的教职员工和学生近4万人，为了给师生提供良好的生活环境，旅顺区委区政府积极规划建设相关配套服务设施。在购物方面，由旅顺供销大厦有限公司投资3000万元，规划占地面积1600平方米，建筑面积2400平方米的好益家购物中心前期手续已办理完毕，计划明年5月前开业。休闲娱乐方面，由大连海昌集团承建的总投资30亿元人民币，规划占地80万平方米的渔夫码头项目已落户盐场新村，属地公司已注册，外资已进入，正在办理征地征海手续，该项目的主要业态是购物中心、餐饮住宿、商业步行街、海鲜特色一条街、海上娱乐等现代服务业。

此外，旅顺口区是我省第一个实现全区城乡公交化的地区，由大学城至新玛特世达店乘市内公交只需10分钟，202有轨电车延长线在大医东门设“学苑站”站点，至水师营站点只需15分钟左右，在水师营站点附近明年将有4万平方米的大型商场对外营业。近几年内大学城区域将形成旅顺东部商圈。在就医方面，目前旅顺口区人民医院正在与大连医科大学磋商联合办医。大医门诊部将对外开放就诊，方便大学城周边居民、师生。

大连医科大学评选出首届十佳“良师益友”

老师好不好　海选来评定

大连日报　2010.09.10

（记者：丁雷）

本报讯　在9月8日大连医科大学举行的2010年庆祝教师节暨表彰大会上，首次以海选形式评选出的十佳“良师益友”受到学校隆重表彰，而“老师好不好、海选来评定”这一优秀教师评定形式更是引起了校内外的强烈反响。获评十佳“良师益友”之一的大医附属二院朱宁老师，因其人格魅力而被许多留学生都称为“妈妈老师”，此次获奖她看得很重：“患者和学生喜欢，是我最大的成就！这次由大学生海选评出的荣誉，让我更加珍惜。”

教育大计，教师为本。而教师的教育效果如何，很大程度体现在学生是否认可。大连医科大学党委宣传统战部部长杨晓云说，为了进一步加强师德师风建设，树立教书育人的典范，有效促进师生间的沟通与交流、增进师生感情，学校首次通过海选的形式评选出了十佳“良师益友”，评选活动历时两个月时间。

打破传统的优秀教师评选模式，大连医科大学海选“良师益友”的活动一经推出，便引起了校内外的强烈反响。在大学生首先推荐30名候选人的基础上，该校将候选人的事迹“挂”在了互联网上。在网上投票环节，10443人参加投票评选，校内70%师生都参与了投票，而大学生是投票的绝对“主力军”。其中校内参加投票6308人，校外4135人。根据投票结果，最终评选出朱宁、徐飞、刘绍壮、戚立等十位“良师益友”。

据悉，大连医科大学还将陆续举行首届十佳“良师益友”个人事迹宣讲活动，进一步扩大“良师益友”的引领、示范、带动作用，在全校教师中进一步形成立德树人的良好氛围，激发现代教师在新时期的职业荣誉感和责任感。

大医师生网上海选心中“好老师”

大连晚报 2010.09.10

（文/本报记者：孙卉 图/通讯员：吴枭龙）

本报讯“老师，祝贺你。这是我送您的贺卡……”8日，一个皮肤黝黑、眼窝深陷的大男孩，用生硬的汉语，向大连医科大学附属二院的朱宁老师表达着自己的祝贺。这个大男孩叫阿迪，是来自巴基斯坦的学生。他已经在大医读完了本科，现在正在攻读研究生。来中国这么多年，他最喜欢的就是朱宁老师，他亲切地称她为“妈妈老师”。当他得知朱宁老师获得了大连医科大学首届十佳“良师益友”称号时，第一时间赶到会场向老师表达祝贺。

大连医科大学附属二院心内科的朱宁教授，不仅承担着救死扶伤的神圣职责，同时又在三尺讲台上辛勤耕耘着。阿迪就是朱老师所教的学生之一，因为是留学生，身处异国他乡，来自朱老师那份母亲般的关爱，让他不知道该如何用语言来表达。在他心目中，朱老师就是他在中国的“主心骨”。说起朱老师的好，大医的在校生更是赞不绝口，连跟朱老师实习过的学生，都被朱老师的敬业精神所感动。

阿迪向朱宁老师表示祝贺

在9月8日，大连医科大学举办的首届十佳“良师益友”评选颁奖活动中，还有许多和朱宁老师一样，得到学生、老师认可的老师。大连医科大学宣传部杨晓云部长告诉记者，本次评选活动完全没有官方色彩，都是学校的老师、学生通过校园网海选出来的。活动从6月开始，全校先后有1万余名师生参与了投票。在前期投票中，出现了30名候选人。学生们又对候选人进行了再次投票，因为师生凭身份证投票，每人只有一次机会，因此投票的结果是学生们对于好老师的真实反映。

中医养生正面临新的发展机遇

辽宁日报　2010.09.18

（记者：逄红）

本报讯　“中医养生有自己独特的优势，目前面临着新的发展机遇”、“应该让养生回归科学，中西医结合的养生是个良好的途径……”

在以西医教育为主的大连医科大学，众多学子对中医抱有相当浓厚的兴趣，对社会公众生活中不时爆发的各种以中医养生面目出现的事件保持关注，并特别支持《辽宁日报》推出的大型系列报道《号脉中医》在传播科学知识、弘扬中医文化方面所作努力。他们认为，主流媒体在传播科学知识、倡导健康生活方式方面有着无法替代的作用。

9月15日，大连医科大学15000多名在校学生，结合自己的兴趣和特长参加了学校与本报联合举办的“弘扬传统文化，关注国粹中医”——中西医结合养生主题系列活动。

本科生硕士生博士生研讨会上畅谈中医养生

在中西药结合与科学养生研讨会上，本科生、硕士生、博士生济济一堂，有的谈见闻，有的讲专业知识，有的谈自己的看法，研讨会气氛热烈。

中西医结合临床内科博士生施翔说，中医在当代的社会中地位明显弱于西医。这种现象很值得大家思考。而且，一些打着中医养生旗号的江湖骗子也败坏了中医的名声。现在重要的是应该让公众对中医有更多的了解，还中医以本来面目。比如，在中医看来，从没有过一种药能包治百病。如果知道这一点，绿豆、茄子包治百病的说法就不可能“疯”行一时。

黄一卓是中医临床内科的硕士生，他告诉同学们，正规系统的中医学习生活中，老师在课堂上讲，中医是经验科学，中医文化渗透在社会生活的各个方面。中医没有所谓的“秘方”，只有你不知道的药方，或者别人不想告诉你的药方。食疗药膳只是中医养生的一部分，对现代都市人来说，更需重视的养生方式是适当运动。

药学专业的本科生漆鑫来自南方，她从自己的生活经验出发，说南方的中医诊所比北方多，自己小时候得了腮腺炎，在西医那里打针吃药都没见效，在中医诊所吃了几服药就好了。另外，为了调理，去看中医的人更多一些。中医在养生方面有自己突出的优势，面临着新的发展机遇。她的话引起了更加强烈的反响。

老师告诉学子们应用科学态度看待中医

在素质拓展教室里，刁云鹏老师生动风趣、深入浅出的讲话深深吸引了同学们。条幅写的“塑养生之道，享受和谐人生”概括了讲座的主题。

刁云鹏的看法是，养生学经历了以下几个发展阶段：养生学顾名思义为“保养生命”，古代泛指中医学，现代泛指消除疾病的学问，发展到现在已经成为中西医结合医学。食疗、药膳只是养生当中的一部分，虽然它很有价值，但并非是最重要的部分。中医自明朝以后就开始吸收西医的部分内容，“比如，砒霜用作药物就是从西医而来”。

刁云鹏是中医学院科班出身，讲起课来旁征博引，同学们听得聚精会神。讲座结束，有同学意犹未尽，到讲台边继续向刁云鹏老师请教。临床药学专业的本科生白艳萍是该校中医药协会的负责人，她说在加入协会的几年中，感到同学们对中医的兴趣都十分浓厚。无论是作为一个医学生还是作为个人，对于养生方面的知识总是有很多期望。

最后终于结束讲座的刁云鹏老师告诉记者，他每年都会给学生搞几次有关中医养生或中西医结合方面的讲座。学校也有各种层次的中医知识讲座、选修课，都很受同学们的欢迎。中医养生被人利用出了一些事，医疗界对中医的看法也有不同，但他认为更重要的是培养学生用科学的态度对待中医，并期望能运用真正的中医造福公众。

现场调查问卷显示93.33%的同学相信中医

在大连医科大学四七广场，当天还举行了一场“相信科学，破除迷信，中西结合健康养生”主题签名活动。时值中午，在宿舍区、教学区来往的同学，不时在大红的签名条幅前驻足。

同时在校园各处，中医问卷调查正在进行中。每一份问卷被不止一个同学所关注。你相信中医吗？当你生病时会首选中医吗？你看过中医吗？看过几次？你认为中医是否有发展前景？你认为哪种模式适合培养中医？这些问题的设计直指中医在公众心中的地位。

9月16日，调查问卷的结果显示：被调查的人中有93.33%的同学选A即相信中医，1.11%的同学选B即不相信中医，5.56%的同学选C即对中医持试一试的态度。

在中西医结合的观点上，50%的同学认为它是一种大胆的尝试，28.89%的同学认为它是中医发展的必经之路，16.67%的同学认为是将中医发展下去的一种方法，剩下的4.44%的同学认为应该先发扬中医再发展西医等观点，没有同学认为中医是一种伪学术。

大连医科大学骨科医院昨挂牌成立

大连日报　2010.09.18

（记者：苏桂秋）

本报讯　昨日下午，大连医科大学骨科医院正式挂牌成立，该院是在原大连医科大学附属第一医院骨外科基础上组建而成的院中院，是辽宁省第一家集医疗、教学、科研为一体的大型专业骨科医院。同时，“辽宁省骨关节疾病诊疗中心”在大连医科大学附属第一医院、大连医科大学骨科医院成立。

据介绍，大连医科大学骨科医院是辽宁省重点学科，拥有卫生部关节内镜技术培训基地、辽宁省骨关节疾病诊疗中心。作为全省最大的骨科专科中心，下设专科门诊及骨折治疗室、五个病区，以及大连医科大学骨科研究所、激光治疗中心、中美人工关节置换中心等机构。医院技术力量雄厚、医疗设备先进齐全，拥有医护人员100余名，医师37人，其中教授16人，副教授10人，国务院特殊津贴专家3人，博士、硕士生导师8人，中青年医师骨干全面实现博士化。现有床位200余张，共5个病区，分为关节、脊柱、创伤、手显微外科4个亚专科。目前能完成国内外开展的各种骨科手术，一些项目在国内、省内处于领先地位，如：僵硬型脊柱侧弯的矫治手术、颈椎管狭窄的系列基础研究及临床治疗、千余例的关节镜下大功率钬激光治疗骨关节疾病等。该院还率先在国内开展了肩、肘、腕、髋、踝关节镜技术。值得一提的是，该院创伤骨折内固定技术已与世界先进水平接轨，十指断指再植全部成活，跻身世界先进行列。

辽宁省骨关节疾病诊疗中心设有病床50余张，设备齐全，技术力量雄厚，内设中美人工关节中心、骨关节疾病研究所。拥有国务院特殊津贴专家两名，同时多位教授、副教授、博士组成了结构合理的专业队伍，设有专病门诊，月门诊量达1000人次以上。在股骨头坏死的诊断与治疗、人工髋膝关节置换术、交叉韧带重建术和关节镜微创手术等方面在东北地区、乃至国内均享有较高的知名度。同时还设有关节康复俱乐部，指导功能恢复、保健、调养等。

大商500万助学奖学基金捐赠大医（节录）

大连日报　**2010.10.11**

（记者：梅杉）

本报讯　昨日下午，当市政协副主席、大连医科大学校长唐建武从大商集团董事局主席牛钢手中接过500万元“大商助学·奖学”基金善款时，现场几千名学子对大商集团的善举报以热烈的掌声。这是大商集团回馈社会、关注教育事业发展的一项重要举措。市领导里景瑞、朱程清、王艺波等出席捐赠仪式。

大连医科大学自1947年创建之日起，就为国家和社会输送了大批的优秀医学人才和医务人员。如今已发展成为以医学为主，文学、理学、管理学、法学等多学科发展的医科大学。大医现有2万余名在校生，其中家庭经济困难学生总体比例为30%左右，约3000人；特困生比例为10%左右，约1000人。

大连医科大学多年来以国家助学贷款为主体，辅以奖学金、助学金、勤工助学和临时困难补助等多种形式，解决学生求学和生活中遇到的困难。大商集团出资500万元设立“大商助学·奖学”基金，将专门用于资助在校家庭经济困难学生，同时奖励优秀学生，从而将大商集团对教育事业的关注和人才成长的关怀投射于大医这片人才成长沃土，不但为学子们带来了学习的信心与动力，更为学子们带来了对美好未来的憧憬。

用良知抗衡技术与资本对医学的入侵

健康报　2010.11.19

编者按：在近日结束的以“全民健康：医学的良知与承诺”为主题的北京论坛医学分论坛上，大连医科大学杜治政教授从“资本、科技与人的医学”的角度全面而深刻地探讨了技术和资本进入医学后，我们该如何坚守医学阵地，维系医学中的人性力量。杜教授认为，得益于先进技术装备的现代医学加速了医学人性的消失，医疗资本化给医学带来诸多负面影响，因而必须以“超越资本的逻辑”对资本和技术进行道德约束和制度约束，确保医学能朝着科学、人性的方向发展。

先进的技术让医学变得权威，但也带来四种意想不到的后果

14、15世纪开始的科学革命，促进了一系列先进医疗技术的诞生，使先前主要依靠医生个人经验的医学获得了强有力的技术装备。医学在许多疾病面前变得有所作为，医学因先进的技术装备而获得了至高无上的权威，经验医学也因此演变为由先进技术支撑的现代医学，医生们的社会地位随之发生了巨大变化。然而，这种变化却带来了四种意想不到的后果。

一是医生逐渐离开病人的床边，他们花更多的精力与各种技术打交道。医生与病人的关系在一定程度上被医生与技术的关系所取代。技术成为主体，病人的躯体成了医生与技术交流的工具。医生看病时省略了详细询问病史、切实的床边检查等程序；病人看病变成了单纯地接受各种检查及根据检查结果取药、接受手术或其他治疗。

二是精密高效的技术给医学带来的权威性，不仅使公众对医生无比崇敬，同时也引发了医生对技术的无限追求。医生的兴奋点由病人转向对各种先进技术的探索，关心病人生命安危的理念在他们心中悄悄地淡漠。正如医史家罗伊·波特所说：“医学有时似乎是由对发展技术能力感兴趣的精英领导，而很少考虑它的目的和价值，甚至个体的痛苦。病人被看做‘问题’，医学更加倾向活体检查和实验室化。”尽管手段与目的相互关联，但仍有着根本的不同。为解除病人痛苦而寻求技术，技术只作为手段服务于治病救人这一根本目的，因而追求技术的发展不能成为医学的目的，否则可能会导致医学人性的逐渐消失。

三是对技术的崇拜引发了对人体无限制的技术干预。医学已处于人体生命有限性与技术无限性的矛盾中。人体的生态环境遭遇严重破坏。人兽混合胚胎、克隆、人造生命等医学新成就的出现，带给人们的恐惧超过希望。将人作为工具，使得医学在某些领域一时善恶难分，并无意识地将其推向由善而恶的边缘。

四是现代技术已经成为一种独立的力量，已经具备自身的逻辑和发展目标，它在一些方面不再是人类达到某种目标的手段。这种技术万能论者相信技术带来的问题，一定能够通过新技术克服。但问题越多，需要的新技术就越多，而更新技术必然引起更多的问题。在这种情况下，人越来越碎片化，离整体的人越来越远，而医学家们往往将人的碎片化视为自己最大的成就。

从攀比医疗质量到攀比收入，资本的进入让医学人性日益淡漠

医学技术进步引发的四种意想不到的后果，由于资本进入医学而变得愈发严峻。所以在一定程度上，给医学人性致命一击的是资本。20世纪70~80年代以来，医疗保健服务业及其相关医药产业，成为社会资本的重要组成和社会的重要产业之一。之所以这样说，是因为一方面，用高新技术装备的医疗机构需要资本。无论是新技术的研发，药物的开发与生产，以及建设现代化医院，没有巨额资本的支持都难以为继。另一方面，医疗保健服务的确给医药产业带来了丰厚的回报，成为当代资本的重要利润来源。医生、医院与医药产业部门形成联盟，大大加速了医学技术的发展和更新。这给罹患疑难重症的患者带来希望，但同时也成为联盟各方获取高额利润的领域。

正是这种继技术拜物教后形成的资本拜物教，给日益淡漠的人性化医学以重创。外科医生需要保镖，医院需要设置派出所，甚至聘请警察担任院领导，尽管我们可以将这一切归结于当代社会复杂的矛盾，甚至是病患中的少数“刁民”滋事，但它的确将医患间那层薄薄的温情面纱暴露无遗。

医疗保健服务业是复杂的，不能一概视为医疗资本，其中公共卫生、预防、基本医疗无疑是一种公益性事业。大多数一、二级医院只是维持简单的再生产，谈不上有什么厚利可谋，因而它们未能进入医疗资本的行列。只有绝大多数三级医院才能进入医疗资本的行列。这些医院是如何把医疗服务从简单的生产变成资本营运的过程呢？在上世纪80年代以前，公立医院依靠国家投资提供的条件，为人民提供医疗服务，按规定收取适当的费用，以维持后续的工作，这相当于简单的商品生产。卫生部门领导人将当时的医院状况概括为“医院越办越穷、越办越破”。上世纪80年代后期，医院开始引入市场机制，按企业的运作方式经营医院。一些公立医院纷纷在内部实行二级分配制度，即奖金与业务量挂钩。他们利用基层医疗薄弱、大量病人涌入大医院的机会，扩大医院规模，增加床位数，加大门诊量；同时引入大量新设备，引进高级人才，吸引更多的病人，谋求更多的收入。

上世纪七八十年代以前，医院之间相互攀比的是医疗质量，而现在攀比的则是收入的高低。医院经营的目标发生了巨大变化。通过扩大医院的规模获取利润，而后又用获取的利润扩大医院的规模，以获取更多的收益，重复着恶性循环。医院通过盖楼房、增加床位、扩大门诊部，将各类病人通通收入医院，有的还兴办宾馆和其他业务，以获取更多的收入，这不正是资本运作的路径吗？美国学者文森特·帕里罗等人曾一针见血地指出：“尽管自称有拯救生灵的崇高目的，但医疗保健服务实际上是一种追求利润的商业活动。医疗保健不仅是一个有利可图的行业，而且是一个垄断行业。”

就医疗单位的数量而言，据卫生部2008年公布的材料，我国三甲医院只有704家，加上之后两年新增加的，也可能只有1000家左右，和整个医疗机构的总数（289578家）相比，只是极小的一部分。但正是这极小的部分，吸纳了我国最优秀的医学人才，占有了绝大部分的医疗资源，凝聚了最先进的医疗技术，担负着防治病、老、死、伤的任务，因而它们代表了我国医疗服务的整体面貌，决定了医疗改革的主流走向。无论是加强基本医疗，还是降低医疗费用，尤其是推动医院公益性的回归，没有它们切实的参与，都会是一句空话。而所有这一切的关键点都在于以何种意义、何种程度、何种范围来接受医疗资本的概念，并合理使用医疗资本。

高额的医疗开销为资本入侵医学提供了广阔空间，这是以往未曾有过的

当代医疗保健和以往医疗保健一个最大的不同，是它的主要部分已经是资本了。

首先，医疗保健服务产业已经成为现代社会重要的经济载体。药物、保健食品、器械、保健服务已经成为国民经济的重要组成部分。在过去的25年，美国的医疗开销增加了26倍，从1970年的750亿美元增加到2006年的2.1万亿美元，预计到2015年，美国的医疗支出将会高达4万亿美元。中国的医疗开销也一直在增长，2006年为9843.34亿元（人民币），2008年为14535.4亿，2009年为16119亿。如此规模的经济总量为资本提供了广阔的活动空间，这是以往医学未曾有过的。

其次，在一些以市场为导向的国家，医院已经成为资本聚集的新桥头堡。以我国为例，大医院的无限扩张已经成为医疗领域一个值得关注的焦点。据卫生部医政司负责人称，目前全国有2000万平方米的医疗大楼在兴建中，一些医院的床位正向4000~5000张的规模发展。医院为何偏爱扩张？原因就在于有利可图。时下我国有1000张左右床位的大医院，净收入接近6亿元的不是少数。如此诱人的利益大大高于一般资本10%的回报率。

第三，从医生、医院与医药开发商的关系看，许多医生和医院已经成为医药开发商的推销员，医药开发商、医院、医生已经连接成为一条利益链，相互协作，相互支持。以美国为例，全美药业每年支付120~150亿美元用于营销，平均每位医生可从医药开发商处拿到8000~15000美元，最高可达8万美元。2005年，中国药品商共拿出7.72亿元支付给医生作佣金。医生接受药业贿赂的后果是：影响医生决策的客观性；直接干预治疗指南，通过治疗指南直接推销药品和器械；加重病人负担；助长医学研究造假。鉴于此种侵害健康行为的严重性，2005年，美国150所医学院校的6万名学生奔赴全国各地，向4万名医生发出呼吁，要求他们抵制医药企业的贿赂。

第四，为了适应医院市场竞争的需要，通过收购和有组织的调整，医院的兼并与重组正在一些地区出现。医院经营集团的出现从另一侧面反映了医疗资本的特征，它有利于充分利用医疗资源，发挥医疗资源的潜力，有利于在激烈的竞争中占据优势，淘汰经营落后的医院，也有利于医疗技术的进步。当然，这也充分展现了医疗作为资本的性质，促进了医疗资本的扩张，是医疗资本市场发展与完善的表现。

在资本全面入侵医学的情况下，医学在异化，医生的角色也在发生转换。医生在治疗疾病、完成医院经济指标的同时，也成了药品与器械的推销员。医学也逐渐从治疗疾病走向制造疾病，从治疗异常体征走向治疗正常体征，从满足保健需求到满足生活需求，从医疗服务走向非医疗服务。这正是当今医学所面临的背景，也是医学人文面临的背景。

资本推动医学发展，但负面医疗的登场也折射出资本对人性的吞食

强调以人为主体的医学当前面临的困境与危机，其焦点就在于医疗资本的主体化。当然，医学的资本化并非都是坏事。医学资本主体化对于医学来说存在两面性。在当今医学发展到需要庞大的人才、技术、物资与结构体系的情况下，医学无疑也需要资本。医学科学的发展需要资本的投入，医院需要雄厚的资本来装备，医学教育也需要资本的支撑。但是，资本追求利润的本性无疑会给医学带来许多消极影响，并有可能把医学引入歧途，在一定程度上背离医学的本性。

医疗资源的资本化和资本对医疗资源的垄断，必然导致医疗整体秩序的混乱，导致医疗问题的全面尖锐和突出。这正是当今医改多种问题难以走出困境的根源。在医改过程中，以往提出的医改方案，其中许多是可取的。如医药分开，营利性与非营利性医院的区分，医疗资源合理配置规划，视小区医疗为整个医疗之基础，这些都是世界各国的成功经验，为何在我国却遇到重重阻力？这与资本逻辑的影响是有关系的。再以医患关系为例，在我国，医患关系何以发展到如此紧张的地步？这难道不是我国医学资本主体化导致的后果吗？以获利为目的的医院，必然通过各种途径和方法，如乱收费、大检查、过度治疗、过度采用高新技术来谋取高额利润。当今那些前沿生命伦理难题大多也是资本逻辑的结果。为何要克隆人？为何要开展生殖性干细胞研究？这其中当然有科学家对发明的好奇与追求，但支撑这一切的深层原因，无一例外都是资本逻辑的必然。

当前五种负面医疗的登场较为集中地反映了资本对医疗保健服务的消极影响，折射出资本对医学人性的吞食。

第一是过度医疗的普遍化和常态化。早在 1994 年，美国兰德公司的一份研究报告就表明：50% 的剖宫产、27% 的子宫切除、16% 的扁桃体切除是毫无必要的。2010 年 1 月《柳叶刀》在其网站发表的一份研究报告称，中国的剖宫产率高达 46. 2% ，高于世界卫生组织推荐的上限 3 倍以上；我国冠心病 PCI

（经皮冠状动脉介入治疗）应用率达90%～95%，而一般要求控制在20%左右；CT检查的阳性率要求达到80%，而我国的CT检查阴性率常在80%，即100人中有80人经CT检查没有任何症状；至于抗生素的滥用则更为普遍和严重，一些基层医院甚至达到了72%～78%。

虽然，过度医疗并不都是资本助推的产物。病人对医学技术的迷信，以为药用得越多越好、检查越高级越好；医生们为了避免医疗责任等都是过度医疗泛滥的原因。但当今过度医疗的普遍化和常态化，无疑也是资本发力的结果。

第二是炫耀性医疗。经济学家索尔斯坦·凡勃伦1899年在其著作《有闲阶级论》一书中创造了“炫耀性消费”一词。凡勃伦指出：“人们通过炫耀性消费追求地位，这种消费的意义不在于商品的内在价值，而在于它能让人们试图区别于其他人。”如今，有的医院借助某些富人想炫耀身份的心理，开设包括治疗室、会客室、电视室、家属室在内的豪华病房，并配备专医专护，以及某些医生提倡经口腔、食道、肠管进行阑尾切除，这些都是炫耀医疗的典型表现。这种在治疗疾病时过度重视炫耀身份和炫耀技术的医疗服务虽然并不普遍，但其实是一种毫无意义的医疗消费，消耗医疗资源，危害医疗公平，理应严格禁止。

第三是开发性医疗。以开发医药器械产品为目的的医疗，其目的不是为了治病保健，而是直接谋利。由于医药产品面市和别的产品不同，它不能直接面对消费者，必须经过医院和医生才能实现，因而催生了一些医院、医生与医药开发商联合，形成了不是以治病为目的，而是以经营开发医疗产品、获取利润为最终目的的医疗。

第四是非治病性医疗。医疗是以疾病为对象的，但现在一些国家却滋生了一种人为制造疾病、将一些正常人体现象判定为疾病的非治病性医疗。德国科学家兼记者约尔格·布勒希在其所写的《疾病的发明家》一书中，列举了5种商业操纵疾病的模式：将正常生命现象包装成疾病，如掉头发；将个人或社会问题看成疾病，如情绪不稳；将可能的危险视为疾病，如胆固醇含量偏高；将偶然现象视为疾病，如丧失性趣；将轻微的小病夸大成重病，如过敏性肠炎。制造疾病的过程首先是确定生产某种药品，接着就是定义疾病症状，然后召集医生开会，通告他们最新的开发研究成果，并告诉医生药品的患者群，随后就是大力宣传药品。在学术及商业利益的驱使下，创造疾病的运动愈演愈烈，专业学会成为推动者，医生被商业利用，个别厂家成为巨额利润的享受者。

第五是欺诈性医疗日益泛滥。这是一种完全没有任何科学根据的医疗。它利用群众病急乱投医的心理，凭空捏造“最好的医院”、“最好的药物”、“水平最高的医生”，欺骗病人，达到谋利的目的。

不改变由资本领控、主导医疗保健服务的局面，医学的人文性只能是空中楼阁

面对资本对医学人性的侵袭，我们应当研究超越资本逻辑的新课题，研究应对资本侵蚀医学人性的办法。

所谓超越资本逻辑，就是在肯定资本历史作用的同时，给资本以道德约束和制度约束，控制资本逻辑的作用范围，削弱其消极影响，避免以资本作为医学和保健服务的唯一价值准则，保证医学朝着科学和人性的方向发展。

资本无道德，财富非伦理，为富可以不仁，这是国际社会普遍不认可的经济理论和商业道德。同样，我们也不能容忍医疗资本无道德。市场经济不能自发地产生人文精神。“随着市场经济的完善，人文道德精神可以自然而然地得到弘扬”，这只是一些人的主观愿望，或者是有意编造出来的谎话。当今道德沦丧的种种现象并非都是贫穷的产物。有人将当今医疗领域中发生的一些非道德行为说成是国家医疗投入不够的后果，这种分析是有失公正的，有时甚至是一些人有意为自身行为辩护的理由。

社会舆论呼吁医学回归人文。尽管政府采取措施扩大医疗保险的覆盖面，推行基本药物制度和基本医疗制度，加强初级卫生保健，呼吁公立医院回归公益，但收效甚微，其原因就在于以资本为中轴形成的医疗服务联盟在抵制、化解以人为本的医疗改革。当今，医疗资源分配的倒置、医学技术的畸形发展、医院的无序扩张、医疗服务系统的头重脚轻、过度医疗与无益医疗的泛滥、医疗范围的无限扩大、医疗消费的日益庞大，无一不是医疗资本主体化的显现。不改变由资本领控、主导医疗保健服务的局面，医学的人文性只能是空中的楼阁、水中的泡影。

技术是中性的。当医生为谋求解除病人痛苦，与病人共同求助于技术时，技术是为医学人性服务的工具。而当医生在资本的诱惑下与医药资本结成联盟共同开发、推销医药技术时，技术就成为资本的伙伴，成为吞食医学人文的帮手。当今医药资本通过与医学专家及研究机构开发医药产品、参与制定治疗指南、建立有医生参加的营销队伍、组建医院经营集团，资本事实上已经将相当一部分的医生和医院牢牢地纳入了医药资本的体系。在这种情况下，医学怎能将病人的利益置于首位？医学的人文性焉能长久？

堵住资本无序进入医学的通道，在资本与病人、医生、医院的利益间谋求合理平衡

当然，医学需要资本，医学不可能也不应当拒绝资本和市场，但医学应当节制资本，掌控市场。

比如，以医学的人性为基准，规范资本进入医疗保健服务的范围与领域，严禁公共卫生、基本医疗、初级保健、预防和重危病人急救的资本运作，为资本进入设置最基本的门槛。对见死不救、利用病危之机勒索病人者，要追究法律责任。

此外，还要规范医院、医生、医学研究机构与资本合作及接受资助的条件，实行资助金额公开制度，禁止医生、医院参与医药企业的参股与分红。管住天价的医疗，改革医疗价格制度，对种种变相涨价的行为实行严厉打击。为医院的营业额设置封顶线，超过封顶线以上的收入要收以重税。实行工作量、医疗质量、社会责任综合计分评奖的办法，改进医院的奖金分配制度，完善激励机制，在满足特需服务与平民需求之间保持平衡。医疗服务的主体应当是广大群众，医院的特需服务必须控制在一定的小范围内。控制炫耀性医疗消费，面对权贵资本的炫耀性医疗需求时要保持理性。

动员医学家研究非疾病性医疗的新课题，剖析将正常生理现象作为疾病对待的危害与后果，守住医学的疆界。切实加强医生、医院的道德和医师职业精神的建设，同时强化医药企业的社会责任。总之，要堵住资本无序进入医学的通道，在资本与病人、医生、医院的利益之间谋求合理的平衡。要想消除医学技术化和资本化的负面效应，根本之道在于实现技术与资本的道德管制和制度管制。

医学的对象是人的生命和健康。医学应当是有节制和谨慎的医学，应当是个人和国家能够承受和可持续的医学，应当是正义和公平的医学，应当是尊重人的尊严的医学。实现医学的这一光荣目标，关键在于对医疗资本的节制，在坚持以病人利益为前提的条件下，在医药资本、医生与医院之间保持适当合理的张力，使各方的利益各得其所，引导医务人员谋求问心无愧的利益。这才是医学发展的长远大计，也是维护医学人文的根本途径。

纵向整合　协作互利

——大医附属一院与辽南二甲医院建立技术协作探索医改新路

大连日报　2010. 12. 06

（本报记者：苏桂秋）

阳光照在人民广场人行道两侧黄灿灿的银杏树叶上，给寒冬带来一丝暖意。广场上的游人和行人比春夏秋三季少了很多，而在广场西南部的“长春路老二院”里，人流却依然熙攘。这座被大连人习惯称为“长春路老二院”的医院，就是大连医科大学附属第一医院，它已经为大连人甚至辽南人服务整整80年了。作为辽南地区集医疗、教学、科研为一体的大型综合性现代化公立医院，面对如何谋求救死扶伤的社会公益效益和不断完善自身发展的经济效益共存共赢的改革新课题，大医附属一院作出了怎样的抉择思考和道路选择呢？

七家医院有个共同名字：技术协作医院

长期以来积极探索建立起来的大医院与县区级医院、小区卫生服务机构技术协作的帮扶模式，让大医附属一院在掂量改革发展重心时，责无旁贷地选择了“既要体现公益性，为人民群众医治大病、重病和难病提供服务平台，又要承担支持、带动基层医疗卫生机构及其人才培养、培训、医学科研等任务”的改革必由之路。2007年，他们在辽宁省首次提出建立技术协作医院的发展思路，得到卫生部及省卫生厅的认同和支持。

经过与周边地区医院的联系和磋商，2008年下半年，他们与营口开发区中心医院、金州区第一医院、瓦房店市中心医院、庄河市中心医院、普兰店市中心医院、大连大学医学院老年病医院6家医院正式签订技术协作医院协议。2009年4月11日，我市第一家技术协作医院正式挂牌于庄河市中心医院。6月4日瓦房店市中心医院也正式挂牌。到2010年4月2日，协作医院又增加了甘井子区人民医院。至此，这个覆盖辽南地区的新医疗技术协作体的7位加盟者都挂上了一块共同的牌子：大连医科大学附属第一医院技术协作医院。

共同的谋求方向：协作互利、便民就医

“纵向整合，协作互利”，这是大医附属一院与其他七家医院共同成立技术协作医院的初衷。记者走访了瓦房店市中心医院。该院副院长孙竹波开门见山：“建立技术协作医院最显著的变化是，老百姓对我们医院的信任度提升了，就诊患者数与我们的床位数同步增加。我们的医疗技术能力得到大幅提高，老百姓小病不用出瓦房店，疑难病可以把大医附属一院的专家请来出诊，急重病可以走两家医院的绿色通道直接到大医附属一院治疗。”

孙竹波说，与大医附属一院的合作很早就有，但这一次不同于过去的松散结构，既有协作计划，又有合作制度。我们这两年采取了“走出去”和“请进来”两条腿走路的合作办法，先后派出60多名临床医疗技术人员到大医附一进修、学习，他们回来后都有很大收获。而且这60人的进修学习都是免费的，这两年医院光进修费就省了18万元。我们还经常邀请大医附一的专家来讲课、做手术等诊疗示范和技术指导，所有科室的医疗技术人员都得到了专家的传帮带，不仅学到了先进的医疗技术，还有宝贵的医疗实践经验。

孙竹波的这种感受，在协作体的其他医院都有。营口开发区中心医院介入科主任丁丽娜通过网络接受了记者的远程采访，她告诉记者：“我们一个地区二级医院能开展外周介入手术，还成立了介入治疗科，完全是在大连医科大学附属一院的帮助支持下得以实现的。”2008年大医附一院在该院召开了“辽宁省介入高峰论坛”，大医附一院的内科、外科、放射科、介入科及国内著名介入学专家全都来这里授课，到会人员均被创伤小、患者易耐受、术后恢复快的微创手术——介入治疗所吸引。在国内介入治疗方面很有名望的大医附一院的介入专家王峰也多次来这里授课、作技术指导和手术示范。如今，营口开发区医院的医生已经掌握了介入治疗技术。

大医附属一院副院长赵作伟告诉记者，除了营口开发区医院外，他们还帮助瓦房店市中心医院和庄河市中心医院成立了介入治疗科。正是由于向基层医院输出先进的医疗技术和理念，才能帮助和扶持基层医院做大做强，引导一般诊疗下沉到基层，逐步实现基层首诊、分级医疗和双向转诊。目前大医附属一院共为技术协作医院培训医师700余人次，派出会诊、义诊专家200余人次，远程会诊、疑难病例会诊100余人次，双向转诊300余人次。

孙竹波说，瓦房店市中心医院两年中住院床位增加了一倍，达到1000多张，新建立10个医疗科室，填补了地区医疗空白。医院管理水平明显得到提

升。医院医疗收入逐年上升，老百姓看病比过去更方便了。瓦房店市中心医院2008年实现医疗收入1.46亿元，2009年实现1.74亿元，今年预计超过2亿元。

开展医疗技术协作体现的利益也是相互的，大医附属一院在输出医疗技术支持的同时，也向基层医院所辐射的居民展示了技术能力和权威度，大医附一院的医疗专家通过到基层医院出诊、义诊和技术指导等途径，不仅赢得了基层医疗人员的信任尊敬，也赢得了患者和家属的信任尊重。2008年大医附一院接收瓦房店、普兰店、庄河转诊患者5252人次，2009年为5826人次，增加了10.93%。

技术协作向小区和贫困地区延伸

此外，大医附一院的医疗资源纵向整合还在"支持农村卫生工程"项目和小区卫生服务对口支持工作中得以体现。今年5月，大医附属一院2010年"万名医师支持农村卫生工程"先后派出两支医疗队奔赴朝阳县人民医院和青海省西宁市湟中县第二人民医院进行对口帮扶。派驻人员根据自己专业特长，组织指导查房、会诊、手术示范、病例讨论、专题讲座、技术培训等，帮助受援医院提高医疗服务能力和管理水平，加强人才培训，巩固和发展其二级甲等医院的综合实力，提高对常见病、多发病和疑难病症的诊治水平，使群众就近得到较高水平的医疗服务，缓解群众看病难、看病贵的问题。同时还免费接收了四名朝阳县医院的业务骨干及四名湟中县第二人民医院的业务骨干进行为期半年的业务培训。

2008年大医附一院与西岗区白山路小区卫生服务中心、白云莲花小区卫生服务中心、长春路小区卫生服务中心、石道街小区卫生服务中心、八一路小区卫生服务中心、白云民运小区卫生服务中心六家小区卫生服务机构签订了对口支持合同。定期选派专家深入协作小区免费出诊，举办专题讲座、授课，还免费为小区卫生院的医技人员提供进修机会，全力支持和帮扶协作医院壮大专科实力、提高医疗水平。

通过医疗资源纵向整合，使大医附属一院作为辽南地区医疗行业龙头单位的典范作用得以彰显，进一步扩大了医疗辐射区域，优化了辽南基层医疗资源力量。大医院与协作医院形成良性互动，充分发挥自身的品牌效应、人才和技术优势，让居民在基层卫生服务机构也能享受到大医院的医疗资源，有效提高资源利用效率，使大医院有更多的精力投入到攻克疑难重症中。群众由此产生了对协作医院的信任，基层医疗卫生服务量明显增加，医疗卫生服务费用负担减轻，“基层首诊、分级医疗和双向转诊”的医疗服务模式逐步形成，走出一条“强者更强、弱者变强”的新路，创造了更好的社会效益和经济效益。

大连医科大学谋划“十二五”规划 加快推进科学发展

中国教育网 2010. 12. 06

党的十七届五中全会提出了《关于制定国民经济和社会发展第十二个五年规划的建议》。大连医科大学党委在认真学习贯彻十七届五中全会精神，学习《国家中长期教育改革和发展规划纲要》、《国家中长期人才发展规划纲要》以及全国教育工作会议精神的基础上，深刻认识到准确把握国内外高等教育形势新变化新特点，找准与国内外一流医科大学的差距，科学制定“十二五”规划，对于大连医科大学进一步抓住和用好发展重要战略机遇期，加快推进科学发展，建设国内先进、特色鲜明、高水平的教学研究型医科大学具有十分重要的意义。11 月 24 日，大连医科大学党委举行了以“精心谋划‘十二五’规划，加快推进科学发展”为主题的处级干部学习研讨活动。大连医科大学党委书记周万春，校长唐建武，党委副书记靳媛、宫福清，副校长邹存慧、吕德成等校领导以及全体处级干部共 90 余人参加了学习研讨活动。

大连医科大学校长唐建武首先传达了全省教育工作会议精神。唐校长简要介绍了全省教育工作会议的主要内容，传达了省委领导的重要讲话精神，解读了《辽宁省中长期教育改革和发展规划纲要（2010 ~2020 年）》、《关于加快教育改革和发展的若干意见》的文件精神。唐校长要求全体处级干部认真学习国家、辽宁省有关中长期教育改革和发展规划纲要所提出的要求，吃透会议精神，制定好大连医科大学的“十二五”规划。

今年 9 月，由党委书记周万春和校长唐建武分别带队，学习考察了国内 6 所不同层次、具有鲜明特点的高等医科院校。在本次学习研讨会上，参加考察调研的七位处级干部结合考察调研情况和学校工作实际，围绕“精心谋划‘十二五’规划，加快推进科学发展”作了中心发言。为学校如何科学制定“十二五”规划，如何进一步推动学校科学发展建言献策。

大连医科大学党委书记周万春在总结讲话中指出：十七届五中全会强调“十二五”期间主线是科学发展，主题是转变发展方式。对于教育领域，特别是高等教育，如何加快科学发展，如何转变发展方式，最重要的就是认真贯彻落实全国教育工作会议精神和《国家中长期教育改革和发展规划纲要》精神，特别是学习贯彻落实好全省教育工作会议精神和《辽宁省中长期教育改革和发展规划纲要（2010～2020年）》及《关于加快教育改革和发展的若干意见》的精神。

周万春书记要求全体处级干部要学习领会全省教育工作会议精神。认真学习、领会和贯彻《辽宁省中长期教育改革和发展规划纲要（2010～2020年）》及《关于加快教育改革和发展的若干意见》的文件精神，特别要结合学校发展实际，认真的思考，进一步理清大连医科大学“十二五”规划甚至更长时期的发展目标、发展思路，制定一个高质量的、指导性强的，推动学校未来五年、十年改革、发展、建设的规划。（编辑：孟繁祝）

近300名大医学子竞相报名捐献干细胞

大连晚报　**2010.12.06**

（文/图　本报记者：孙卉　陆彤）

本报讯　昨日，是第25个国际志愿者日。在这个弘扬“奉献、友爱、互助、进步”精神的日子里，大连医科大学的近300名大学生，早早挽起了自己的袖子，排着整齐的队伍，站在造血干细胞采集点儿前，等待着奉献自己的一份爱心。在这个寒冷的冬日里，大连医科大学的校园里一直流淌着爱的暖流。

为充分普及捐献造血干细胞相关知识并切实提高捐献者的最终配型成功率，11月25日、11月30日大连医科大学邀请到了大连市红十字会郭红延老师及大连医科大学公共卫生学院孙洪亮老师分别以“捐献造血干细胞相关知识”及“医学生的责任与承诺”为题为全校1000余名志愿者进行了相关知识的普及讲座，讲座上志愿者们对捐献造血干细胞的报名相关流程、捐献须知、身体要求等方面进行了详细的了解，并充分认识到作为一名志愿者所肩负的崇高责任及光荣使命。

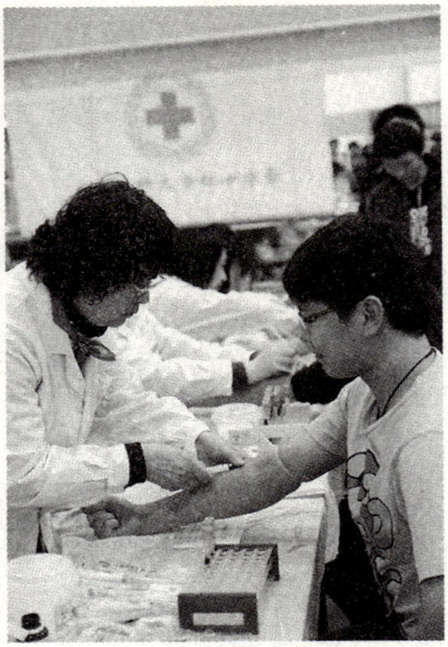

12 月 5 日下午 1 点至 3 点 30 分，大连医科大学捐献造血干细胞血样采集工作正式开始，志愿者们履行了报名时的承诺，纷纷来到位于大学生活动中心一楼的素质教育学校进行血样采集，至此捐献造血干细胞活动达到高潮。

十名“大学生就业榜样”（节录）

（根据网络投票数产生）

大连日报　2010. 12. 10

9. 韩维奇（41198 票）

2005 年毕业于大连医科大学，现任北京诺华制药有限公司大客户经理。毕业时在大连本地找到了一家医药经营的公司。当时公司只有 3 个人，工资很少，但他本着“工资可以不高，事情不能做不好”的原则，一直踏踏实实地在平凡的岗位上奋斗着。凭着这样一种精神，2007 年他辗转来到北京诺华制药公司，在仅仅 3 年多的时间里，实现了从一个医药代表到高代到专员到大客户经理的飞跃，销售业绩连年攀升，多次获得企业内部表彰和奖励。

"就业导师"栾月敏为其撰写的颁奖词是：

他像绝大多数大学毕业生一样，没有显赫的家庭背景，学得又不是热门专业。起初，他到了一家只有3名员工的"微型公司"。工作虽然普通，理想却在闪光——他对自己的未来不抛弃不放弃，凭着"工资可以不高，但事情必须做好"的朴实想法，一直踏踏实实工作，勤勤恳恳做好每一件事，在小舞台上创造了大业绩，最终吸引了众多大公司的青睐：从医药代表到高级代表，再到医药专员，最后晋升为大客户经理。韩维奇的故事，告诉我们：理想在胸中，始步于足下，只要有理想，谁都很伟大。

唐建武当选中国农工党辽宁省委主委

大连天健网　2010. 12. 17

（记者：孙雨竹）

天健网消息　中国农工党辽宁省委五届五次全体委员会议，12月17日在沈阳举行。会议对农工党辽宁省委主委职务进行届中调整。经过大会选举，大连市政协副主席、农工党大连市委主委、大连医科大学校长唐建武同志当选为新一任农工党辽宁省委主任委员。

农工党中央副主席陈述涛和中共辽宁省委副书记陈希分别代表农工党中央和中共辽宁省委在会议上做了重要讲话。

“三镜”连手上阵　三台手术并为一台

胆囊切除、胆总管切开取石、内窥镜鼻胆管引流

大连晚报　2010.12.22

（通讯员：赵红英　首席记者：陆彤）

本报讯　近日，大连医科大学附属第一医院普外三科在内窥镜室协助下，首次应用腹腔镜、胆道镜、内窥镜，三镜同时联合为一名胆总管结石的病人实施了胆囊切除、胆总管切开取石和内窥镜鼻胆管引流（ENBD）术。

据主刀医生王长淼教授介绍，患者是一名69岁的女性，因反复上腹痛，经CT检查确诊为胆囊炎、胆总管结石合并胆管扩张。手术在腹腔镜下进行，先行胆囊切除，接着行胆总管切开，胆道镜取净胆总管结石，探查乳头无狭窄后，经胆总管切口逆行置ENBD管从乳头进入十二指肠内，再用内窥镜将ENBD管经鼻孔引出体外，胆管内ENBD管置入肝内拉直，缝合胆总管，肝下置引流。术后一周内拔出ENBD管，病人顺利出院。本术式首次应用腹腔镜、胆道镜、内窥镜同时联合（三镜同时联合）实施胆囊切除、胆总管切开取石，内窥镜鼻胆管引流（ENBD），将三台手术并为一台，克服了以前手术的缺点，属于重大创新，国内外文献未见报道。

八位特聘专家喜捧突出贡献奖

大连日报　2010.12.23

（张文西　记者：云晓）

本报讯　记者从市人力资源和社会保障局获悉，我市2010年“特聘专家突出贡献奖”评选结果近日揭晓，八位特聘专家被市政府授予“特聘专家突

出贡献奖”称号。

获奖的8位专家为：大连医科大学附属第一医院双聘院士陈香美、大连理工大学双聘院士闻立时、大连大学双聘院士宋振骐、大连市第三人民医院眼科顾问董方田、大连华立金港药业有限公司总经理兼研发总监谢恬、大连光洋科技工程有限公司副总工程师夏加宽、中国第一重型机械集团大连加氢反应器制造有限公司副总裁谷文、大连捷成实业发展有限公司技术总监徐建生。

近年来，我市农业、工业、科研、教育、卫生等领域活跃着一大批外埠专家，虽然户籍和人事关系不在我市，但他们通过兼职、项目合作等方式为我市的社会经济发展作出了巨大贡献。为了表彰和鼓励这部分专家，“大连市特聘专家突出贡献奖”于2008年应运而生，并且每两年选拔一次。此项选拔工作本着“不求所有、但求所用”的原则，力求畅通我市同全国各地人才交流的管道、加大柔性引进人才的力度，同时，也成为完善我市专家奖励制度的一项创新之举。

南丁格尔奖章获得者丁淑贞为大医卫校学子做报告

大连晚报　2010. 12. 27

（本报记者：子慧）

12月23日下午，大连医科大学附属卫校邀请第41届南丁格尔奖章获得者，原大连医科大学附属第一医院护理部主任丁淑贞教授为同学们做了题为“弘扬南丁格尔精神，做新时期优秀护理工作者”的报告。

会上，丁淑贞教授结合自己30年的护理工作经历，讲述了护理工作发展历史、护理模式转变过程以及如何提高护理质量、做一名优秀的护理实习生等问题。

丁淑贞教授为400余名大医卫校师生上了一堂生动的职业道德教育课。她弘扬的“人道、博爱、奉献”的红十字精神给与会者留下深刻印象，赢得了阵阵掌声。

学生们表示，今后自己在临床工作中也要向丁主任学习，发扬“燃烧自己、照亮别人”的精神，用爱心和行动守护人民群众的健康。

大连医科大学附属第一医院　用心打造服务“先锋队”

大连日报　2010.12.27

（胡莉莉　张茹）

本报讯　大连医科大学附属第一医院紧扣“创先争优重医德，服务民生讲党性”主题，注重医德医风建设和人性化服务，号召全体党员医务工作者树立模范形象，用心打造服务“先锋队”。

在开展创先争优活动中，附属一院护理部不断创新服务载体、探索护理改革。号召护士党员“亮身份、做表率”，实行“党员配对上岗”，一名党员带领一名新护士，使新护士更快地熟悉工作流程、规范操作。护理部在国内率先提出了以“加强护理垂直管理内涵建设，提高护理优质服务质量水平”为主题的“临床护理一条线”理念，并在全院70%的病房试点推广，为广大患者提供优质、高效、满意的医疗服务，收到了良好的效果。在附属一院近期的护理问卷调查中，满意度同比增加40%，护理工作失误率同比下降2%。

附属一院护理部始终坚持“以病人为中心，以服务创先进”，将创先争优活动落实到每一个护理环节中，建立全方位整体护理体系，在治疗过程中积极开展心理疏导、健康教育、生活护理等多方面周到细致的贵宾式服务，让患者在医院感受到亲人般的关怀，享受到家一样的温暖。一院将生活护理纳入到日常护理工作中，为患者提供擦身、洗头、泡脚等服务，很多原来由家属、护工做的工作都由护士主动承担了下来，患者开玩笑说：“现在家属的角色都从‘陪护’转成了‘探视’。”

大医附属一院通过深入开展创先争优活动，通过创建护理服务“先锋队”等活动，不仅使病人得到了实惠，也给医生诊疗工作带来了方便和顺畅，建立了和谐的医疗环境，优化了医患关系。

双源CT投入使用

大连日报　2010.12.29

（记者：苏桂秋）

本报讯　昨日，大连医科大学附属二院如过节般喜庆，一台目前国内最先进的医疗检查设备CT机——德国西门子双源CT在该院投入使用。这也标志着大连医疗检查诊断技术手段又上了一个新台阶。

据介绍，这种双源CT是目前世界上筛查心血管疾病的最佳医疗设备，尤其在冠心病的无创检查和治疗上，其技术在国际上是顶尖的。大医附二心血管科主任朱宁教授告诉记者，这台CT对我们科医生和患者受益最大最多。以往的CT在对冠心病患者的早期检查上很受限制，因为，机器不敏感，要求患者做检查时的心跳控制在60次，这就使得很多房颤、早搏、心律不齐等患者的冠心病早期检查发现无法正常实现。现在这部机器无论患者心率在什么情况下都能做检查，而且效果非常好。此外，过去冠心病患者做检查要提前2～3周预约，现在门诊患者当天就可做检查，住院患者第二天就可做检查了，一次冠脉成像就可以了。给医生诊断和患者治疗都大大节省了时间，提高了效率和准确性。另外，其放射线量比以往的CT设备降低了50%，对患者身体对放射线的辐射减少，更加安全环保。

双源CT在大医附二的引进应用，也标志着我市在心脏检查、大血管造影、功能成像、能量减影方面拥有世界上较高的技术平台，许多患者可以就地解决以往无法作出明确诊断的问题。对我市医疗临床应用、教学和科研等都将带来新的发展和促进。

十载春秋　宁养院关怀三千余名癌末病人

大连天健网　2010.12.29

（张琛　记者：李佳鹤）

天健网消息　爱心是一个亘古不变的话题，慈善是一项永以为继的事业。“对于晚期癌症患者来说，最大的痛苦和折磨就是疼痛。如果能够为他们解除痛苦，使他们安宁而有尊严走完人生旅程，那就是活着的人对他们最大的回报。”基于这个理念，大连医科大学附属第一医院于2001年与李嘉诚基金会共同创办了大连地区唯一的一家宁养院，秉承“造福病人，造福社会，全人服务”的宗旨，让癌末病人在生命尽头有个宁静的港湾！

18岁的少女王丽媛，今年5月份被确诊为骨癌，这使原本不富裕的家庭又陷入了窘境。日前，王丽媛的病情发展迅速，疼痛折磨着她，整晚难以入睡。宁养团队在得知此事后，和她的家人取得了联系，并于2010年12月9日让她接受了宁养服务，及时地给予镇痛治疗和心理舒缓。

2010年12月27日早晨，天刚蒙蒙亮，宁养院的工作人员从医院出发，经过三个多小时的路途颠簸，到达病人家中。王丽媛的父母，是一对朴实厚道的乡下农民，搓着冻红的双手把医护人员迎进家门。在透着寒气的低矮破瓦房里，小丽媛蜷缩在炕头一角，脸色苍白、憔悴。在场每一个人的眼中都噙满泪水，把口袋里所有的钱捐给了她，把买来的牛奶、水果及营养品送到她手中，并把可以缓解她疼痛的镇痛药物交给她，指导她如何服用、针对药物所致的副作用如何处理，交代家属如何护理饮食、起居及大小便，病人和家属备受感动！

据介绍，宁养服务的对象是为失去治疗机会、伴有疼痛、贫困的晚期癌症病人免费提供镇痛治疗、居家探访、心理辅导、生命伦理、护理常识及其相关咨询等服务。即使早知道病人终有撒手尘宇的一天，但是宁养服务团队的工作人员还是冒着风寒日晒，不离不弃地献上慈爱悲悯的安宁照顾，将“全人服务”临终关怀的温暖送到每位病人身边。近十年来，宁养团队终日奔波在大连市内及周边地区，行程23万公里，累积服务病人3855人，不管刮风下雨，严寒酷暑，每天穿梭、行走在贫困的癌末病人的家中，为他们免费镇痛，提供适当的心理舒缓，极大地缓解了其家庭的经济压力和家属的精神压力，使他们疲惫的心情得以释放，让更多的患者及家属感受到人间的温暖和社会的关爱！

“大连医科大学口腔教学示范基地”在春天医院挂牌

深圳商报　2010.12.30

12月25日，“大连医科大学口腔教学示范基地”在深圳春天医院挂牌成立。

深圳阳光医院集团是大连医科大学附属医院和教学基地，春天医院作为深圳阳光医院集团的宝安区旗舰医院，也是宝安区最大的数码口腔中心。据了解，春天医院拥有一支国内知名的口腔专家团队，营业面积、医疗环境、设备配置均达到国内领先水平，除开设牙齿正畸、烤瓷牙、牙周病治疗外，还引进全球四大种植牙品牌独创“仿生种植牙”，为深圳市民提供了齐全、先进、专业的口腔诊疗服务，深受市民青睐。

为庆祝基地成立，春天医院邀请徐世同、张国志等国内顶级口腔专家出席授牌仪式并同期举办“中国顶级口腔专家巡诊周”活动，为重度缺牙患者提供十分难得的专家联合诊断与治疗机会。（杨烁）

第五篇 05

| 2011 |

媒体眼中的大连医科大学

大连医科大学党委在学习型党组织建设中

以学习激发思想活力　以思考凝聚创新智能

大连日报　大连党建网　2011.01.06

高校建设学习型党组织既是加强党组织自身建设的内在要求，又是建设高水平大学、实现人才培养目标的必然要求，更是高校发挥社会文化引领功能的责任。学校党委高度重视学习型党组织建设，领导干部带头学习，科学规划学习、联系实际学习、制度保障学习，激发团队思想活力，凝聚创新智慧，不断破解科学发展难题，促进学校事业又好又快发展。

一、实施“一把手”工程，领导重视、率先垂范

建设学习型党组织是党的建设的重要工程。长期以来，学校党委高度重视党员干部理论学习工作，成立了党委理论学习中心组以及处级干部（扩大）理论学习组，均由党委书记亲任组长。党委书记亲自领导拟定年度党员干部理论学习计划，做好顶层设计，把提升党员干部素质，建立团结和谐、富有战斗力的党组织作为大学党组织建设的共同愿景。党委书记担任每次学习活动的主持人，并形成了学习缺勤需向党委书记请假的惯例。在党的十七大以及科学发展观学习实践活动中，党委书记率先垂范，带头为党员干部作辅导报告。在“一把手”的带动与示范作用下，学校各位领导自觉坚持参与学习讨论，拟定调研题目，结合工作实际为党员干部作了8场专题辅导报告。党政主要领导在建设学习型党组织中成为精心的组织者、积极促进者和自觉实践者。学校形成了主要领导亲自抓，分管领导具体管，宣传、组织等部门协调配合、分工落实的工作体系。使学习型党组织建设形成了强有力的组织领导保障。

二、科学制定规划，针对实际、注重实效

高校是知识和人才的聚集地，党员干部的学历较高、业务各有所长。因此在高校建设学习型党组织过程中，注意避免了教条与刻板的“本本主义”。坚持科学规划，既考虑满足年轻党员干部全面培养的要求，又注重“缺什么补

什么”的原则，增强学习的针对性和实效性。

几年来，学校党委坚持用中国特色社会主义理论体系武装干部头脑，紧紧把握“理想信念”这一思想与行动的“总开关”。党委宣传部每年为党员干部订阅、编印理论学习资料，组织党员干部深入学习马克思列宁主义、毛泽东思想和中国特色社会主义理论体系，深入学习实践科学发展观。在党的十七大、科学发展观学习以及社会主义核心价值体系学习活动中，学校聘请省内外，社科、党建以及经济发展问题研究专家为全校党员干部作了“高举中国特色社会主义伟大旗帜”、“新形势下党的建设的行动指南——十七届四中全会精神学习”、“关于加强党员干部的修养”等辅导报告；结合经济社会发展作了“解读金融危机”、“2010年全国两会精神辅导”报告；结合全国教育工作会议和《国家中长期教育改革与发展规划纲要》的学习，作了“高等教育改革与发展”、“关于实现辽宁高等教育科学发展”报告；围绕教育战线先进典型学习，组织了“解读方永刚”、“邵春亮先进事迹”、“贾凤姿先进事迹”等多场报告。丰富的学习内容起到了优化知识结构、开阔思路，提高战略思维、创新思维和辩证思维能力的作用。

在抓好党的十七大精神“进教材、进课堂、进头脑”工作中，党委宣传部组织思政课教师，深入学习、领会精神，并结合高等教育和医疗卫生改革实践，为学生作了“中国卫生改革与发展”、“党的十七大报告的法制精神”、“解读高等教育的科学发展”、“弘扬中华文化构建和谐社会”等专题报告。

此外，学校注重教师专业领域的学习，开设了为教师、研究生开拓学术视野、提升学术水平的“名家名师”讲坛，定期聘请知名院士、学术泰斗为师生作学术报告。把其他高校与科研院所先进的经验与成果转化为学校学科、科研、教学、医疗、管理以及文化建设不断科学发展的助推力。

三、理论联系实际，学以致用、用以促学

大医党委在建设学习型党组织的行动中，不是把学习简单地定位为知识的储备与技能的提高，而是把学习成果转化为运用科学理论、科学知识分析和解决实际问题的能力。坚持学习与思考相结合，坚持学习与调查研究相结合，坚持学习与推进工作结合。注重联系工作实际，解决学校科学发展所面临的难题与困境，不断激发党员干部思想活力，凝聚创新智能。

学校每年寒暑假都组织处级干部，围绕学校改革发展的中心任务，开展封闭式集中学习研讨。2005年开展了“学科建设与本科教学评估”研讨；2006

年开展“新校园数字化与大学文化建设”研讨；2007年开展“学习十七大报告、畅谈学校改革发展”研讨；2008年开展“坚持科学发展，建设国内先进医科大学”研讨；2009年开展“解放思想、开拓创新、提升内涵、加快发展”研讨；2010年开展“中国教育改革发展与学校‘十二五’规划研讨。”这些专题学习研讨活动的开展，无疑是一次次的头脑风暴，有效改善了党员干部的“心智模式”。近年来，大医的发展思路与奋斗目标无不出自这样的团队学习。每一次假期中心组集中学习，也都成为大医发展的风向标，同时成为解放思想、统一认识、凝聚力量的重要途径。

在学习活动中积极探索富有时代特点的新方式。个人自学与集中学习相结合；开展团队研讨学习；走出校门开放式学习；利用校园网进行交互式学习等。通过互动交流、案例教学、现场观摩、拓展体验等现代培训教育方式，促进学习活动的积极开展。

四、建立健全制度，坚持常态、持之以恒

随着世界格局的深刻变化以及中国社会的飞速发展，知识经济蓬勃兴起、信息化浪潮此起彼伏，终身学习成为时代对每个社会成员特别是高校师生的必然要求。要使学习任务落到实处，须建立一套完善的学习制度，使学习规范化、制度化，并且形成有效的保障机制。

长期以来，学校建立并严格执行了《大连医科大学两级中心组学习制度》、《党员干部理论学习制度》等。坚持学习考勤签到制度，党员干部学习情况的考核与干部评优和使用结合起来；坚持学习记录制度，干部个人有专用学习笔记，党委中心组学习秘书备有专项记录本，对干部参加学习情况和学习内容进行记录，每季度上报学习简报；坚持学习情况汇报制度，要求处级干部撰写调研报告、学习心得，利用校报、校园网开设专栏，进行学习交流；坚持学习检查制度，党委组织部门对各基层党组织理论学习情况进行量化考核，并与学校“两先两优”评选、民主评议干部、综合考评党员干部结合起来；坚持领导班子学习联系点制度，班子成员对口检查督导或参加联系点单位和部门的学习活动，并有的放矢地加以指导。以上学习制度的坚持，有效保证了党员干部学习活动的扎实开展。

此外学校还形成运用重大节庆日、纪念日开展集中主题教育的良性方式。利用新中国成立六十周年、改革开放三十周年、大医建校六十周年等，组织开展爱国主义、集体主义、社会主义教育。学校建立了党员活动基地，加大经费

投入，使学习活动有了坚实的条件保证。

党委宣传部门搭建学习平台，丰富学习资源。积极运用信息网络技术手段，加强党员干部学习教育的网络建设。注重宣传引导、总结成功经验、推广先进典型，努力在校园内形成重视学习、鼓励学习、推动学习的舆论导向，营造党员干部人人学习、发奋学习、持续学习的良好氛围。

以学习激发思想活力，以思考凝聚创新智能，大连医科大学以建设学习型党组织为不竭动力，向着国内先进、特色鲜明、高水平教学研究型大学的目标迈进。

医科大学　让学习激发思想活力

大连电视台　2011.01.06

《大连新闻》2011年1月6日播出：

大连医科大学在学习型党组织建设中，通过领导带头学习、科学规划学习、联系实际学习、制度保障学习等措施，凝聚创新智慧，使学习成为解放思想、推进发展的不竭动力。请看报导。

正在召开的是大连医科大学党委每月定期组织的扩大中心组学习会议，今天，学校处级以上干部正围绕学校“十二五”的发展规划建言献策。

大连医科大学基础医学院院长张嘉宁：“学校关于改革关键问题的重大决策都是源于中心组学习的深入思考，它集中了全校党员干部的智慧。”

在学习型党组织建设中，大连医科大学建立了各项学习制度，定期组织教师、党员干部、学术骨干开展专题讨论、理论讲座和报告会等。学习内容除理论研究外，还以学校发展问题和师生员工的切身利益问题为切入点，使学习成果转化为学校事业改革发展的助推力。

大连医科大学党委书记周万春：“以问题为中心的学习模式，以引导学习不断深入、不断具体化，始终把学习作为建设高水平大学、实现学校人才培养目标的强大推动力。”

辽宁省首家心身病房落户医大一院

大连天健网 2011.02.19

（记者：李佳鹤）

天健网消息　俗话说，三分身病，七分心病。很多疾病的发生、发展都与人的心理社会因素关系密切。2月18日，辽宁省首家心神病房在大连医科大学附属第一医院神经内科落户，该病房将专门针对这种心身疾病开展治疗。

据介绍，心身疾病（psychosomatic diseases）又称心理生理疾病，是指心理社会因素在疾病的发生、发展过程中起重要作用的躯体器质性疾病和躯体功能性障碍。在综合医院就诊的患者群体中，约有三分之一的躯体疾病属于心身疾病。但是临床医生往往缺乏诊治心身疾病的正规训练，容易漏诊与误诊，既增加了患者的痛苦，又浪费了大量的医疗资源。

大一附属一院神经内科许晶主任介绍，心身病房的建立，将有利于完善会诊联络服务体系，为临床各科室服务，提高心身疾病的识别率，减少医疗资源的浪费，为患者节省医疗费用。该病房主要收治发病与心理社会因素有着明确关系的躯体疾病及心理疾病患者，包括：轻中度抑郁症、各种神经症性障碍、继发性抑郁剂焦虑（产后抑郁、卒中后抑郁、帕金森非运动症状等）、分离性障碍、脑器质性精神障碍、睡眠障碍、进食障碍、更年期综合症、适应障碍、急、慢性应激障碍、原发性头痛、各种内科疾病（如高血压、糖尿病、代谢综合症、胃溃疡）等的综合治疗。

据许主任介绍，该心身病房主张从传统的“生物医学模式”向“生物—心理—社会医学模式”的转变，强调在综合医院实行系统化的治疗理念，坚持药物治疗、物理治疗及心理治疗相结合的综合治疗模式。开设了有别于普通病房的心理测查室、心理治疗室、面接咨询室、生物回馈治疗室、磁刺激治疗室等，将陆续开展符合国人特点的道家认知心理治疗、团体心理治疗、森田治疗、沙盘游戏治疗、音乐放松、催眠治疗等多种治疗项目，力争在生物—心理—社会医学模式的指导下，形成系统的治疗体系，努力做到心身兼治，追求心理与身体的双重健康。

中国忠旺控股有限公司在大连医科大学设立“忠旺助学基金”

中国高校之窗　2011.03.11

近年来，学校党委高度重视大连医科大学家庭经济困难学生的资助工作，积极寻求社会各界的支持与资助。

在学校的积极努力下，中国忠旺控股有限公司与大连医科大学协商，决定捐资100万元，在大连医科大学设立“忠旺助学基金”，用于资助大连医科大学在校家庭经济困难学生，帮助他们顺利完成学业。

日前，“忠旺助学基金”100万元已经划入大连医科大学银行账户，学校将对此项基金进行专人管理，专款专用，全部用于资助大连医科大学家庭经济困难的学生。

中国忠旺控股有限公司成立于1993年，公司致力于交通运输、机械设备及电力工程等领域的轻量化发展，经过十八年的专注与努力，公司已拥有73条全球领先的生产线，是目前全球第三大、亚洲及中国最大的工业铝型材产品制造商。中国忠旺控股有限公司在企业不断发展壮大的同时，情系教育，捐资助学，体现了优秀企业回报社会的高度责任感。“忠旺助学基金”的设立必将激励大连医科大学家庭经济困难学生更加不畏贫困、好学上进、自强不息。

王靖宇：15条导盲犬今年毕业

大连日报　2011.03.17

（本报记者：许晓楠）

培训第一条导盲犬日本用了19年，他用了不到3年；从2006年至今，他训练的导盲犬先后走进残奥委会、世博会、亚残会；现在，他正在为更多的盲人带来希望。本报记者专访“中国导盲犬之父”——王靖宇。

“今年将有15条导盲犬毕业交付盲人使用，现在还有50多条导盲犬正在训练，估计明年有望交付20条。”“中国导盲犬之父”王靖宇说。王靖宇是大连医科大学教授、动物实验中心主任。中国导盲犬大连培训基地负责人是他的“副业”，但这个副业却让他蜚声海内外。昨日，在位于大连医科大学旅顺新校区的中国导盲犬大连培训基地，王靖宇接受了本报记者的专访。

大连导盲犬：进奥运、进世博

日本培训第一条导盲犬用了整整19年时间，而王靖宇只用了不到3年；从2006年中国导盲犬大连培训基地成立至今，这里已经成功毕业了17条导盲犬，分别在大连、北京、山西、内蒙古等省市为盲人引路。不仅如此，北京残奥委会、上海世博会、广州亚残会都留下了大连导盲犬的身影。

在北京残奥委会开幕式现场，中国导盲犬初次登场，它们都来自大连。尽管残奥委会开幕式现场人声鼎沸，喧闹程度远远超出平时训练的模拟环境，但三条导盲犬都出色完成了任务。它们的出现被看做是中国跟世界的另一种对接——在对伤残人士的关怀进程中迈出了不小的一步。

自掏腰包创办中国导盲犬培训基地

2001年，王靖宇在日本广岛大学取得动物行为学博士学位后，回国在大连医科大学任教。2004年雅典残奥委会时，他在电视中看到不少运动员都带着导盲犬，萌发了尝试培训导盲犬的想法。他从宠物市场精选回一条拉布拉多幼犬，花费大量时间查阅外文数据，打电话咨询外国专家，一步步摸索培训方法……

为了培训导盲犬，王靖宇自己掏了50多万元。后来这事儿引起了社会的广泛关注，许多盲人前来登记请求免费使用导盲犬。到2006年5月，经中国残疾人联合会授权，“中国导盲犬大连培训基地”正式挂牌。这是中国大陆首个导盲犬培训基地，为我国导盲犬驯养工作迈出了重要一步。

导盲犬要送给最需要的盲人

盲人行走在路上会遇到各种障碍，大坑、栏杆。导盲犬必须判断人能否过去，并且需距障碍6米前就开始绕行。因此，导盲犬训练难度非常大，即使拉布拉多犬和金毛犬这两种犬型的淘汰率也高达60%。成功训练一条导盲犬平均花费要12万元。高昂的经费一直困扰着王靖宇和导盲犬培训基地。尽管如此，王靖宇一直坚持把导盲犬送给最有需要的盲人。他认为温暖是可以传递的，而一条导盲犬可以带给盲人的，不仅是温暖，还有走出家门、自立于社会的尊严。

中国重视对遗体捐献者追思和纪念

新华网　2011.04.02

（记者：闫平）

新华网大连4月2日电“你们用自己的行动表述着真诚的心愿，你们精神的光芒将激励我们奋发向前；4月的芬芳馥郁了你们的名字，也打湿了我们的心……”

4月1日，在中国东北海滨城市大连，当大连医科大学基础学院129名大学生吟诵着为百名遗体捐献者而作的生命礼赞《奉献者之歌》时，许多志愿者家属流下了眼泪，300多名遗体捐献者家属、志愿者和学生们将一枝枝黄、白菊花放在捐献者芳名录前。

一座主体高4.9米的纪念碑——大连遗体捐献者纪念碑1日正式奠基，纪念碑占地面积200平方米，由大连市政府投资兴建。

据大连市红十字会常务副会长乔善春介绍，整个纪念碑群由沉思广场、纪念区域和主体纪念碑3部分组成。方案设计以手、海浪、竹笋作为构思元素，彰显了遗体捐献者博爱、无私、奉献的崇高品格。纪念碑落成后，大连市遗体、角膜和器官捐献者的名字会被永久镌刻在纪念碑上，未来捐献者的名字也将于每年的清明节前夕，加刻到碑上，让每一位捐献者有一个理想的归宿。纪念碑还将成为精神文明和社会道德建设的教育基地。

临近追思亲人的传统节日清明节，中国许多地方先后举行了类似的追思活动，感谢那些为他人、为社会作出无私奉献的人。

从2009年开始，大连市将每年的4月1日定为遗体捐献纪念日。今年是大连市第三个遗体捐献纪念日，在遗体捐献者纪念碑奠基开工的同时，大连市红十字会、大连医科大学为百名遗体捐献者举办了追思会。

一位长者含泪表示："他们是博爱无私的英雄，他们在生命的尽头依然帮助了生者，他们的灵魂应该有个家。"

2日，在天津市遗体捐献者纪念园"奉献"纪念碑下，一场"奉献者生命的礼赞"主题悼念活动在这里举行，来自天津市红十字会、卫生机构、医学院校以及接受器官移植康复者的代表，现场凭吊了人体器官捐献和遗体捐献志愿者，并共同为器官捐献者奉献纪念碑揭幕。

中国传统观念认为"身体发肤，受之父母"，"全尸出殡，入土为安"，因此，无偿捐献遗体用于教学、医学科研、临床解剖在中国面临重重阻力。

记者采访得知，大连市自1996年开始遗体捐献行动以来，已有811人报名登记成为捐献遗体志愿者，有100名市民在去世后实现了遗体捐献。在百名遗体捐献者中，年龄最大的是95岁的老将军，最小的是2个月的婴儿，有5对老夫妻捐献了遗体。

据了解，这些遗体捐献者相当一部分是医务工作者。一位毕业于医疗专业的家属说，实习解剖的时候，如果没有遗体捐献者的奉献，教学很难进行；而自己的亲人正是医务人员，捐献了自己的遗体，她表示尊敬和理解。

近年来，遗体捐献在中国许多城市逐渐被接受。上海市是中国最早开展遗体捐献工作的城市之一，截止到2010年底，累计遗体（角膜）登记数为29629人次，累计实现遗体（角膜）捐献5618人次。

目前，中国接收遗体捐献的还有北京、天津、重庆、广州、深圳、武汉、太原、苏州等城市，其中一些城市还专门设立了遗体捐献纪念日。

大连市红十字会常务副会长乔善春说，遗体捐献者这种利国利民的义举以及无私无畏、可敬可佩、正确对待生死的态度，彰显了社会文明进步的高尚行为，已经被越来越多的中国人所认同和接受，并引起社会的广泛关注。

越来越多的中国城市重视对遗体捐献者的追思和纪念。不少城市建立了纪念园、纪念碑或纪念林，在纪念碑上镌刻遗体捐献者的名字，作为悼念捐献遗体者的固定场所，以弘扬志愿者的奉献精神。北京、上海、南京、青岛、深圳等10多个城市还出台了遗体捐献管理办法或条例，通过法律规范引导人们移风易俗，形成鼓励、提倡捐献遗体和尊重、关心遗体捐献人的社会风气。

从41天的婴儿到95岁的老将军

十五年 一百人把自己“捐”了（节录）

半岛晨报 2011.04.03

（记者：张洪骏 摄影记者：马万冬）

大连医科大学解剖馆一楼，告别厅，肃穆整洁。右侧的墙上，“奉献榜”三个大字下边，是5行照片。从1996年2月29日到2011年3月19日，15年的时间，100位大连遗体捐献者的遗像，在这里，接受人们的敬意。这里，有95岁的老人，有刚出生41天的婴儿。有将军、教授，也有普通的工人、农民。更让人不由自主产生敬意的是，这里有5对夫妻，还有1对母子。

清明节前夕，记者来到这里，探究这些照片背后的故事。

数据

数量 2009年22人捐献

从1996年开始，15年来，大连共有100人实现了遗体捐献。

大连第一位捐献遗体的是大连舰艇学院的一位64岁的副师级教员，他在1996年2月29日捐献了遗体。而距离我们最近的一位捐献者，他的捐献时间是今年的3月19日。

从1996年开始，大连每年都有人捐献遗体，其中捐献数量最多的是2009年，共有22人。最少的是1998年，只有1人。在1996年、1997年、2006年，都有2人捐献，1999年、2000年、2003年为3人，2001年为5人，2002年、2004年和2005年均为6人，2007年有10人捐献。

大连红十字会在2008年介入遗体捐献工作后，大连的遗体捐献数量明显增多。2008年，共有11人捐献，其中在大连红十字会填写捐献志愿书的有2人。2009年有22人捐献，其中11人在红十字会填写志愿书。2010年13人捐献，其中5人在红十字会填写志愿书。

在今年，截至3月底，共有5人捐献了遗体，其中在大连红十字会填写捐献志愿书的有2人。

年龄　七旬老人占三成

捐献遗体的人员当中，有刚刚出生的婴儿，也有年近期颐的老人。

100位捐献者中，男性占据了比较大的比例，共有66人。

捐献者中，年龄最大的是第四干休所的一位副军级干部。这位老将军出生于1913年12月，2008年3月5日捐献遗体时，已经95岁。除了这位老将军，还有其他7位老人捐献遗体时已年过九旬。

在这些捐献遗体的人当中，古稀之年的老人最多，占据了总人数的三成以上。100人当中，有33人在70到79岁之间。另外，在80到89岁之间的有15人，在60到69岁之间的有11人，在50到59岁之间的有2人，在40到49岁之间的有14人，在30到39岁之间的有8人，在20到29岁之间的有3人，在10到19岁之间的有1人，在10岁以内的有5人。

年龄最小的，是一名出生刚刚41天的男婴，他因为中毒性肠粘连，于2009年6月3日捐出遗体。

大连医科大学为遗体捐献者举行追思活动

人员　老将军带动周围人

100位遗体捐献者，包括了各行各业、各种层次的人员。

捐献遗体的不但有干部、知识分子，还有工人、农民、个体户，甚至是孤寡老人和无业人员。他们有的曾经是将军、工程师、会计师、船长、轮机长、机车乘务员、文秘人员，还有的曾经是大学的教授、研究所的科研人员、医院的医生、护士。其中，包括3位大连医科大学的工作人员、家属。

在捐献遗体的志愿者当中，有5对夫妻，其中就包括那位95岁的副军级干部。这位老将军说：“革命年代我们保家卫国，我死了之后要捐献遗体，把自己全部交给国家。”他的言行影响了一批人，包括他的妻子、儿媳的大爷，都加入到捐献者的行列。

除了他们，还有其他4对夫妻携手捐出遗体。2008年，一对同为退休工人的老夫妻，相隔不到5个月，先后捐出遗体。还有一对同是年过九旬的老夫妻，90岁的妻子在2009年3月捐献，9个月之后，92岁的丈夫也捐献了遗体。

此外，还有一对母子，84岁的母亲在2004年11月捐献遗体，5年之后，67岁的儿子在2009年12月捐出了遗体。

……

大连六高校今年新增一级学科博士点21个
同时新增一级学科硕士点71个

大连日报　2011.04.08

（记者：谢小芳）

本报讯　日前，国务院学位委员会发文下达了第二十八次学位委员会审批通过的新增博士、硕士一级学科授权点名单，此次批准的一级学科博士点共1004个，一级学科硕士点共3806个。记者从省教育厅学位办了解到，我市各高校这次共增加一级学科博士点21个、一级学科硕士点71个，主要集中在大连理工大学、辽宁师范大学、大连交通大学、大连海事大学、东北财经大学、大连医科大学六所高校。其中辽宁师范大学和大连交通大学实现了一级学科博士点零的突破。

大连理工大学新增的7个一级学科博士点，分别为哲学、马克思主义理论、电气工程、电子科学与技术、控制科学与工程、计算机科学与技术、建筑学；辽宁师范大学新增5个一级学科博士点，分别为教育学、心理学、历史学、物理学和地理学；大连海事大学新增3个一级学科博士点，分别是船舶与海洋工程、信息与通信工程、法学；大连交通大学新增2个一级学科博士点，分别是机械工程、材料科学与工程；大连医科大学新增3个一级学科博士点，分别是生物学、基础药学、临床医学；东北财经大学新增1个一级学科博士点，是公共管理。

本次学位授权审核较以往不同的是：政府主管部门仅审核一级学科的学位授予权，学位授予单位可在本单位具有博士学位授权的一级学科下，自主设置与调整授予博士学位的二级学科；在具有硕士学位授权的一级学科下，自主设置与调整授予硕士学位的二级学科。这将进一步扩大学位授予单位的办学自主权。

我要飞得更高

大连日报 2011. 05. 11

2010 年初，卫生部在全国卫生系统开展“优质护理服务示范工程”活动。作为全国 72 家重点医院之一的大连医科大学附属第一医院认识到，优质护理服务不是一场运动，不是单纯强化基础护理，而是要建立和完善整体护理责任包干的护理模式，是促进护理改革与发展的重要契机。

院长亲自挂帅，设立优质护理服务专项基金、完善后勤保障环节、提高合同护士待遇、提高夜班护士补助费、增加基础护理设施，并结合医院特色，创新提出“临床一线式”护理模式。活动中，一系列促进护患沟通的方案也随即产生：住院患者过生日时，会惊喜地收到护士们精心设计的生日贺卡；妇女节、儿童节、护士节等特殊节日，举办护患联欢会；春暖花开的季节，组织别有趣味的“与您一起游长城”活动。普外、特需等病房设计“医护患沟通交流版”，责任护士、主治医生的名字及照片一目了然，护士、患者的心声在交流园地中得以体现。消化等病房设立“需要簿”、“心愿瓶”，广泛收集患者的需求，及时提供帮助。骨外一病房实施“送温暖”系列活动，如：大年三十为住院患者包饺子，正月十五为住院患者送上汤圆等等。普外病房护士自发组织“做一天患者的家属”活动，利用个人休息时间为患者做“陪护”，真正了解患者的需求，像亲人一样给患者带来慰藉。

从被动服务到主动服务，从感动服务到亲情服务，争创“全程服务——人文病房”，护士服务理念在不断提升。在第 100 届国际护士节到来之际，大连医科大学附属第一医院护理专科成为辽宁省医疗行业护理专业首个也是唯一一个国家级重点专科。

国际造口治疗师、专业静脉注射护士、研究生护士……护理专业化模式悄然呈现

护士不再是医生身后的“天使”

大连日报 2011.05.12

（本报记者：张丽霞）

今日是第100个国际护士节，记者在采访中发现，如今的护士工作已不再是简单的“打针送药、翻身、叩背”等技能性活动，而是包括了重症监护、心理护理、健康教育在内的更为复杂的创造性劳动。“我们医院护士也有研究生毕业，医院‘临床护理’专业也成了我市唯一的‘国际级重点专科’。”大连医科大学附属一院护理部尹安春主任告诉记者，如今护士工作不是简单的服从于医生，护理与医学、护士与医生是不同学科之间平等的分工合作关系。专业、特色的护理工作，更能让患者从中受益。

医生请护士会诊　专业护士受追捧

王女士近日刚在医院做了剖宫产手术，但是由于身体肥胖，出现了伤口脂肪液化手术切口裂开的现象。“当时我吓坏了，害怕伤口长不好。后来医生请来了综合病房的于倩护士长，我在想，护士就能解决？”昨日，记者在大连医科大学附属二院妇产科见到了王女士，她说，于倩护士长会诊后，立即采取了负压、封闭等一系列她从没听说过的方法，几天后她的伤口就真长好了。“现在很多科室医生都请她会诊。”护理部关红副主任告诉记者，于倩护士长专门学习了造口、伤口的护理知识并取得了国际造口治疗师资格证，一些泌尿外科手术需要造瘘，医生们都请她去评估。另外，医院还有7个护士获得了静脉输液导管培训，专门为化疗、血液治疗等需要长期静脉输液治疗的患者进行换药护理。

男护士琢磨专业　玩转手术器材

张彦成是大连市中心医院手术室的一名男护士，除了掌握一般手术配台技术外，他还被称为“机械师”，专门装配各种骨科手术用的耗材、器械等，而且可根据患者X光片为患者量身定制所需要的关节置换材料。张彦成说，由于每个厂家的器械不同，他需要自己观看光盘学习掌握，有时候一次手术就有

200 多个零件需要拆卸、消毒并安装。“在临床护理工作中我们发现，男孩子对器械运用、设备理解学得更快。”周晓红护士长对记者说，张彦成已经成为骨科手术，尤其是关节置换手术里一个“重要的人物”。

为患者特制裤子　避免尴尬保隐私

“骨科尤其是下肢手术后每天都需要检查伤口的恢复情况，但是碰到男患者时就有些尴尬。”大连大学附属中山医院骨四科崔丽主任说，每次检查完她们都在想，有没有什么方法可以免除这些问题。此后经过多次改良，她们为髋关节手术患者设计了一款“功能简易裤”，两边系带，方便病情观察同时又保护患者隐私。崔丽主任告诉记者，像这样的小发明还有很多，如适合气管切开插管的低领患者服，可两面用的舒适枕头等。一丝丝细节的改变，让患者感受到了温暖。

护士也考研究生　提高护理水平

据了解，大连医科大学附属一院护理人员中硕士生导师 4 人，硕士研究生 2 人，在读硕士研究生 12 人，本科学历占全院护士总数的 34.4%。护理部尹安春主任对记者说，高学历的护士除了拥有扎实的理论基础外，更主要的是他们能够在临床中发现问题，从而更主动地提高护理水平。记者了解到，在读的 12 个硕士研究生，他们分别从先心病、妇产科、急诊、危重症、护理教育等多方面进行研究，并结合临床提出解决的问题。有的护士在临床中发现许多新妈妈不懂得怎样照顾新生儿，所以她们开展了“一对一”指导服务，手把手教产妇护理技巧，并得到了产妇的欢迎。

昨日下午，大连医科大学附属卫校举办了护理礼仪展示及护理技能操作大赛，引导学生将“人文护理”的整体理念融入到护理专业技能操作过程中。同一天，大连医科大学中山学院第四届护理文化节拉开序幕，213 名即将进入临床实习的护理专业学生参加了“护士帽”授帽仪式。（黄超摄）

大医附属一院“临床护理”专业获评国家级重点学科

半岛晨报　2011. 05. 13

（记者：王琳）

昨日，大连医科大学附属一院召开庆祝“5・12”护士节护理大会。

记者在会上了解到，大连医科大学附属第一医院“临床护理”专业经过5年考核，成为国家卫生部“国家级重点学科”，全国共有20家医院入选，该院是大连唯一一家，这也是大连医疗机构获评的第一个国家级重点专科。

参与评审工作的该院副院长赵作伟介绍，该院目前有员工近3500人，其中护理人员近1500人。“临床护理”专业此次获评卫生部首批国家级重点学科，意味着“大连的百姓可以享受到全国最优质的护理服务”。

大医学子获全国赛事三等奖

大连晚报　2011. 05. 17

（通讯员：胡莉莉）

本报讯　5月14日、15日，由教育部高等教育司主办的全国高等医学院校大学生临床技能竞赛总决赛在北京大学人民医院举行。在此次全国113所高等医学院校参加的比赛中，大连医科大学以东北赛区第一名的成绩参加了全国总决赛并取得三等奖。

在本次竞赛中，参赛选手以仿真人和医学仿真器具为操作对象，进行临床内科、外科、妇产科、儿科等项目比赛。

2010年中国大学生年度人物评选候选人冯婷婷事迹

人民网——教育频道 2011.05.31

冯婷婷，女，中共党员，大连医科大学七年制临床医学专业2007级本科生。

她信仰坚定，富有责任感和使命感；她热心公益活动，勤学上进，被学校广大同学赞誉为引领学生自我教育的“先锋官”。她曾荣获辽宁省“政府奖学金”1次、大连医科大学“学长奖学金”2次、“综合一等奖学金”4次、“学习优秀一等奖学金”3次、“文体活动奖学金”1次。荣获辽宁省“大学生年度人物”、“三好学生”，大连市“三好学生”，大连医科大学“大学生标兵”、“三好学生”、“优良学风先进个人”等多项荣誉称号。

严于律己 热心公益

对于公益，一番番努力拼搏过后，冯婷婷同学更增添了一份自己独到解读：现在很多大学生一直都习惯把自己保护得很好，却不知已经失去了很多，很多事情时不待我。同样如果真心专注于某件事，全世界都会帮助你，所以永远不要让自己的想法只停留在脑中。

一入大学，冯婷婷便递交了入党申请书。通过党校学习逐步认识到作为新一代的大学生特别是医学生应该把党的理论转化为坚定的信仰和做人的基本准则。在榜样激励下，她也时时刻刻心怀爱民之心、勤勤恳恳苛尽为民职责、点点滴滴力行为民之举。过去一年，更在其漫漫公益路的开篇添了浓墨重彩的一笔：在党的十七届五中全会召开之际，积极组织同学搜集会议相关知识，走进学校、小区、工厂、联合商业中心等单位进行宣传；面对国家资源匮乏的形势，积极带动广大同学争做节能模范；汶川地震时时牵动着她的心，适逢校运动会，她便组织开展“心系灾区，废品回收”活动，号召各院系回收饮料瓶集中变卖捐给灾区，得到了全校同学的热烈响应。她时刻将“明仁济世”谨记于心，并把工作向社会延伸。放假期间，多次组织同学去福利院等公益单位进行实践，为贫困家庭送温暖，同时几年如一日坚持到孤儿院及各中小学做义务支教。也在2010年，她遇到一群志同道合做公益的朋友——大连市“心阳光·大学生成长中心”的伙伴们，她对公益事业也有了彻彻底底的改观：再也不是之前的小打小闹，从此便涉及大连各大高校及企事业团体；再也不是遇事救事，从此便有了清晰明确的规划；再也不是个人孤身呐喊，从此便有了广大“心阳光”的鼎力协助与共同努力。由于大连特殊的城市背景，造成大量外来务工人员子女受教育的真空，“心阳光”敏锐地发觉到问题的普遍与迫切，几次三番到企业拉赞助搞募捐，开设春暖学堂，该项目以GSVC全球公益创业大赛东北赛区第二名的成绩赴京参与全国总决赛并获得全国优秀奖。她积极投身于公益活动，号召大学生走进小区为孩子们做心理辅导与基础知识教育，为孩子们带去希望的同时也为大学生搭建奉献爱心的平台。顺理成章，她光荣地成为年级第一批发展的党员，从此她更清楚地认识到一个人再怎么成功都是渺小的，公益道路还是要靠广大先知先觉者的共同努力。即便不在班级任职，凭借长期学校任职经验，她总是积极协助班委为班级建设出谋划策，化解同学间出现的矛盾；发起“心灵日记本”活动，记录心情、针砭时事或对班级事务提出建议；也经常与同学探讨学习方法和经验，在她无形影响和榜样示范下，班级逐渐形成良好的氛围，成绩从开始的年级倒数第二，一跃成为全年级第一，先后荣获大连医科大学“优秀班集体”、“优良学风标兵班”等荣誉称号；而2010年更是丰收的一年，荣获大连市“先进班集体”，“优秀团支部”等称号。

她就是这样，始终坚持在理论上不断升华个人的思想，在实践中不断锤炼自己的品格。

以点带面　全面开花

2008年10月，大连医科大学为进一步加强对新校园学生的教育管理，积极推进大学生思想政治教育工作，成立了“大连医科大学学生自我教育委员会（简称自教会)”。自教会以“自我教育、自我管理、服务同学、共同进步”为宗旨，面向全校学生招募，冯婷婷同学通过严格的笔试、面试，凭着过硬的自身素质，在众多人选中脱颖而出，被任命为大连医科大学首任学生自我教育委员会主席。

“什么是自我教育?”这是学生处处长经常向她提的问题。“作为学生干部首先必须严格要求自己才有资格去要求别人，在教育好自己的同时必须带动身边乃至全校的同学。”教诲经常回响在耳旁，始终鞭策她在自我教育的道路上不断前行。怎能忘记自教会组建初期，总共仅31人，却要协助各部门负责全校学生方面的教育引导工作。时间紧任务重，冯婷婷毅然决然地身兼数职，没有丝毫主席的架子，总是冲在最前线与大家同甘苦共奋斗。首次迎新时，通宵策划方案，工作讨论占用她大量休息时间。自教会人员本身不多，还要体恤在院系也承担迎新活动的同学，她又一次毫不犹豫冲到第一线，组员们在她的带动下分外努力，最终自教会在迎新工作中凭借高效优质的服务获得了校领导的肯定，而期间采取的新生指南、校车讲解团和校园导游团等形式也开创了学校学生组织迎新的先河。

为管理建设好这一校级组织，冯婷婷一面积极搞好与其他组织间的协调，一面紧密围绕“自我教育、自我管理”的核心，探索属于自己的道路。短短一年多时间，自教会已经逐步完善体制，还通过开展各种高效有益的工作，将自我教育、自我管理的理念逐步推向全校。开展关爱“实验动物，感恩生命”活动，组建行为督察小组，促进文明行为养成；开展大型问卷调查、参观食堂等活动，架起学生与学校的沟通桥梁；协助公寓部门活动的组织策划等，成为其得力助手；制定各二级学院安全预案、选拔院系安全负责人，进行全校性安全督察、知识普及和安全演练等；在各院系成立“学习顾问团”，“聘请”高年级优秀学生成为新生的“全科顾问”，组织学生参与监考，加强诚信教育的同时促进优良考风学风形成；建立贫困生档案，成立“认定小组”，开展“百对一帮一”等活动，在力保贫困生最大利益的同时发动更多同学帮助贫困生；实行“每周三自主选择体育项目”的早操改革，激发同学体育锻炼自主性；依托校心理教育中心的坚实后盾，组建“心灵天使家园”，选拔院系心灵天使，开展各种活动使同学主动关注和提升心理知识……

这些工作的开展，无不凝聚着冯婷婷同学的智慧与汗水，现如今她已被大家亲切地称为“先锋官”。

打牢基础　报效社会

自教会主席是一分崇高的责任，打好专业基础本身也是自我教育、自我管理的最好体现。她凭着坚定的信念和顽强的毅力，做到工作学习两不误。各项学习成绩排名始终名列班级第一，专业排名名列年级前十，综合评定在年级名列前茅，主干课程均为90分以上，以优异的成绩顺利通过国家英语四、六级考试。积极参加科研活动，完成的科研论文《人参皂甙的肾保护作用及其中枢和外周胆碱能机制》获得学校第四名的好成绩并由学校承担全额费用参加省级比赛。综述《下丘脑儿茶酚胺在高血压中的作用》也即将发表。多次获得省、市、校等各级奖学金。在她的带动下寝室先后两次获得校“优良学风寝室”称号。个人被评为学校“优良学风先进个人”，同时作为校学风表彰大会中唯一的学生代表发言，介绍经验。

出自书香门第的她自幼苦习书法绘画、古筝乐律，并对诗词歌赋、经史子集有自己独到的研究。校记者团任职期间征文多次获奖；艾滋病知识竞赛中一举夺冠，各种文艺、绘画大赛一展风采；注重提高身体素质，曾任大连高校运动会学生裁判员。屡获辽宁省、大连市、学校等各级荣誉称号。

在大连医科大学的校园里，这位引领同学们自我前行的“先锋官”，用自己的实际行动不断诠释着自我，小小年纪便有所担当并勇于担当，始终不忘坚持“趸行甚解敏行，心怀明仁济世”。相信在未来的道路上，医学生的神圣使命会成为她永远不竭的动力，使她坚强而勇敢地朝着自己既定的方向奋然前行。

“大连医科大学艺术学院2011届毕业生作品展”开幕式昨举行

大连日报　2011.05.31

（本报记者：钟启钢摄）

昨天上午，“大连医科大学艺术学院2011届毕业生作品展”开幕式在大连医科大学四七广场举行。来自形象设计专业的毕业生用一场美轮美奂的时装造型作品展示让校园广场变成一个巨大的时装秀场。本次主题为“绽放”的毕业生作品展由大连医科大学艺术学院、大连市美术家协会和大连市摄影家协会主办。

以科学发展为引领　促教学科研双丰收

大连日报　2011.06.03

大连医科大学党委以育人为根本、以质量为核心、以学科为引领，推动学校教学科研实现科学发展新跨越。学校学科建设取得历史性突破，科研工作快速发展，教育教学质量明显提高，呈现出风清气正干事业、齐心协力谋发展的良好局面。

学校党委始终坚持把加强班子自身建设作为加强党对学校工作的领导、推进学校科学发展的首要任务，通过加强领导班子思想政治建设，不断提高班子的领导能力和决策水平，使班子成为政治坚定、团结合作、勤奋实干、廉洁自律的坚强领导集体。学校党委牢牢把握科学发展这个主题，为师生办实事、办好事107件，党员干部帮扶资金和物资共计30余万元，走访特困学生1400余人次，解决实际问题2400多件，设立“党员干部爱心帮扶基金”，募集爱心帮扶基金22万余元，群众评议学校满意度达到100%。

学校党委以育人为根本、以质量为核心、以学科为引领，推动学校实现了科学发展新跨越。截至去年，学校的一级学科博士点由原来的1个增加到4个，二级学科博士点由原来的8个增加到39个，净增31个，位列辽宁省第一位。学校15个学科入选辽宁省“提升高等学校核心竞争力学科建设工程”立项重点学科，其中一流学科计划2个，学科提升计划2个，特色突出计划11个。近两年共申报各级各类纵向课题1300余项，申报各类成果奖44项，获省级以上科技进步奖24项；申请发明专利16项，授权发明专利2项。

学校还不断深化和创新大学生思想政治教育工作，其中深入开展了社会主义核心价值体系教育实践活动，被评为辽宁省大学生思想政治教育精品活动；“千名先进模范进校园”活动受到省委宣传部、省高校工委的好评；“大医辅导员百家行”家访活动，获得省优秀组织奖。

医大举行红色诗·歌会

大连日报　2011.06.12

6月10日下午，大连医科大学举行了“颂歌献给党”——纪念中国共产党建党90周年大型红色诗·歌会，全校3500名师生参加。这是大连医科大学纪念中国共产党建党90周年系列活动之一。近期，该校还将开展“党在我心中”党史、校史、校情知识竞赛和党史、党建成就展以及座谈会等活动。

大连医科大学附属第一医院主办全国最高规格介入治疗论坛

——千名介入治疗专家滨城切磋技艺

大连日报　2011.06.15

（本报记者：张筱松　刘肖燕）

2011CIC中国介入治疗论坛于2011年6月9日~12日在大连召开。中国介入治疗论坛是介入领域最高规格的会议，本届论坛在大连的召开，标志着大连的介入治疗在全国已处于领先地位。本次论坛由中华医学会放射学分会介入学组、大连医科大学附属第一医院、中国医科大学附属第一医院联合主办，旨在通过学术交流，增进各相关学科的团结协作，共同促进介入治疗事业的蓬勃发展。来自全国各地的千余名专家齐聚此次论坛，会议设立中外专家专题讲座、手术演示、互动讨论、大会交流等形式进行学术交流。

惊叹！大连介入治疗技术与国际同步

此次论坛以大连医科大学附属第一医院两台介入领域的疑难手术：以腹主动脉瘤腔内隔绝术、颅内动脉瘤栓塞术为开场，手术过程被直播到论坛现场。手术如行云流水般仅用半个小时便顺利完成。国内各学科千余名医学专家边观看实况，边在大会现场针对技术难点、热点和并发症预防等进行热烈讨论，并一致称赞大连医科大学附属第一医院施术专家技艺的娴熟与精湛。接着，中国工程院副院长樊代明、中华医学会副会长戴建平、中国医科大学附属第一医院院长徐克等国内知名专家分别就各自领域的新技术、新思维进行了专家讲座。在脑血管病介入治疗、肿瘤及非血管病介入治疗、血管病介入治疗、下肢动脉介入治疗等专场论坛中，与会专家在自己的专攻领域进行了深入的探讨和交流。在整个论坛中，来自各地的51台手术通过视频直播或录播的形式，从手术室传到介入论坛主会场，与会者现场对手术进行讨论研究。而其中中美网络实况对话环节的设置，更为此次论坛融入了国际元素。

微创显威力，介入治疗发展日新月异

介入治疗，是介于外科、内科治疗之间的新兴治疗方法，就是在不开刀暴露病灶的情况下，在血管、皮肤上作直径几毫米的微小通道，或经人体原有的管道，在影像设备（血管造影机、透视机、CT、MR、B超）的引导下对病灶局部进行治疗的创伤最小的治疗方法。

此次大会的执行主席，大连医科大学附属第一医院介入科主任王峰形象地对介入技术进行了通俗的描述：“大家都把介入医生称作‘人体的管道工’，堵了的地方用介入通开，破了的地方用介入补上，可谓是无孔不入。目前，介入领域生机勃勃，随着基础科研与临床水平的提高，以及医疗材料的改进与发展，介入治疗的应用越来越广，已涉及全身各部位的许多疾病，尤其在治疗肺癌、肝癌等肿瘤、大血管病变、小血管病变以及消化道出血等有显著的治疗优势。如：TIPS治疗肝硬化晚期的消化道出血，从颈动脉进入达到肝脏设支架建通道，门脉高压很快降下来，堵上出血部位，将过去束手无策的病症很简单地由介入治疗解决了。还有，过去糖尿病足一直没有很好的治疗办法，现在通过介入治疗就很容易打开闭塞的小血管，恢复其供血，手术时间短、见效快，能免除患者截肢之苦，提升生存质量。”

大连成为中国介入治疗的技术高地

大连医科大学附属第一医院院长姜长斌介绍：“大连医科大学附属一院具有80年的历史。现有编制床位2200张，年门诊量160多万人次，出院人数为6.5万人次，是辽南地区最大的一所三甲医院。医院开展介入治疗已有近三十年的历史，经过几代人的不懈努力，现今的介入治疗科已拥有34张床位，年手术量突破2000台，肺栓塞的介入治疗、梗阻性黄疸、肝癌射频的综合治疗均达国内先进水平。作为中华医学会介入治疗推广培训基地，先后举办国家级医学继续教育学习班、国内大型介入会议10余次。多年来，大连医科大学附属第一医院介入治疗科的发展日新月异，突飞猛进。随着与介入相关基础医学研究的持续深入，介入科已经逐渐发展成为医院的特色学科。此次我们主办中国介入治疗论坛，也标志着大连的介入治疗在全国已处于领先地位。”

“小白鼠”也能入行服务外包产业

新商报　2011.06.16

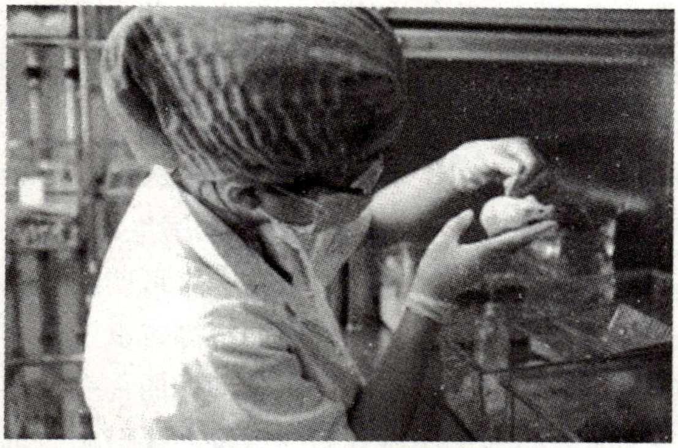

新商报讯　昨日，辽宁（大连）实验动物公共服务平台在大连医科大学

正式揭牌成立。

目前，大连医科大学实验动物中心年产SPF动物100万只，其中SPF小鼠年产15万只，是全国高校最大的实验动物供应基地，可提供教学、研发及对外服务三位一体的综合服务。实验动物中心的建筑面积达2万平方米，动物饲育及实验设施1.4万平方米。学校为实验动物中心购置了大量先进仪器设备，建设了2000平方米的多功能实验室，中心先后引进三名海外博士，为中心发展提供了人才保证。

大连医科大学实验动物中心王靖宇主任介绍，成立后的辽宁（大连）实验动物公共服务平台，将在管理、设备、信息、人员和技术等方面进行资源整合，全面提高技术服务和研究开发水平，发挥平台的示范作用。他说，平台还将积极开展实验动物和动物实验标准化、国际AAALAC认证、人类疾病动物模型研制等专项工作，逐步构建具有国际竞争力的动物实验外包服务基地，建成国际化开放性医药实验动物研发服务中心。

SPF

SPF动物是国外已经被广泛使用的实验动物，它是指无特定病原体动物。这种动物体内无特定的微生物存在，其中以实验小白鼠为主。以前，我国不少实验室都需要从国外空运实验用的SPF鼠回国做实验。2007年，辽宁省实验动物供应基地也在大连医科大学挂牌，彻底改变了“空运小白鼠回国”的状况。

实验用小白鼠不用从国外空运了

辽宁日报　2011.06.16

（记者：杨丽娟）

本报讯　报导6月15日，辽宁（大连）实验动物公共服务平台在大连医科大学正式挂牌成立。该平台将立足辽宁，逐步构建具有国际竞争力的动物实验外包服务基地，建成国际化开放性医药实验动物研发服务中心。

21世纪是生命科学的世纪，实验动物科学将对生命科学领域的发展产生重大影响。以前，因为国内实验用小白鼠不是符合国际标准的“SPF鼠（指无特定病原体动物）”，我国不少实验室从国外空运小白鼠回国做实验。2005年，我省首个SPF动物重点实验室落户大连医科大学；2007年，省实验动物供应基地也在大连医科大学挂牌，彻底改变了“空运小白鼠回国”的状况。

目前，大连医科大学实验动物中心年产SPF动物100万只，年产SPF小鼠15万只，是全国高校最大的实验动物供应基地，可提供教学、研发及对外服务三位一体的综合服务。学校为实验动物中心购置了大量先进的仪器设备，建设了2000平方米的多功能实验室，先后引进3名海外博士，为中心发展提供了人才保证。

病人从心里相信她

——记共产党员、大连医科大学教授朱宁

光明日报　2011.06.16

（特约记者：吴琳　通讯员：胡莉莉）

70岁的退休工人龙启功见到记者时，递上的是朱宁大夫1997年9月30日第一次给他看血栓病时的病历，这份病历本记录下朱宁一次次详细诊断、留给他的多个电话号码、为他降脂而讨来的中医处方……14年了，他一直珍藏着它。他说：“病人的最大福气就是遇到好大夫；我有福，遇上了朱大夫。”朱宁行医30年间，像龙启功这样有福气的患者究竟有多少，谁也说不清。

在最近大连医科大学万名师生参与的首届十佳“良师益友”评选活动中，共产党员朱宁教授光荣入选。

真正为患者着想

大连医科大学心内科教授张维疆在指导研究生时说：“同样的药，朱宁老师用药的效果就好，是因为她加入了一份爱心。”

时时刻刻为患者着想，是朱宁从医多年来的一贯准则。每逢朱宁出专家诊，患者总是早早就排起了长队。外地的患者，她总会特殊照顾。电话预约的患者，她会尽量约到上午10点之后，把早晨的时间留给远道而来的外地患者。

每次上午的专家诊都会忙到下午两点多钟才能吃饭。

一次，一位患者看她12点多还没吃上饭，外面还有很多患者，就主动说："朱教授您先吃饭吧，我们等一会儿没关系。"朱宁却说："患者排了一上午，已经等了这么长时间了，我更要认真看好每一个，不能再耽误大家了。"患者感动地悄悄到外面买了牛奶、巧克力送给朱宁，朱宁微笑着拒绝了。对于家住偏远农村的重病患者，朱宁还把自己的电话告诉他们，当患者病情加重时就打电话给她，她会指导患者调整用药，使患者免于反复多次住院。

还有一次，一位患者拿着刚划完价的处方找到了朱宁，"教授，我等了很长时间才看上您的专家诊，您给我看得也很认真，但是您怎么用这么便宜的药来应付我呢?"朱宁告诉他，短效药起效快，而且药不在便宜与否，只要对症同样能治病。这样的事情屡见不鲜，而她的患者也越来越多。病人从心里相信，朱宁是真正为患者着想的好医生。

"医生都应该做上医"

朱宁常说："下医治已病，上医治未病。医生都应该做上医。我们不仅要解除他们身体上的痛苦，还要让他们知道为什么会这样，怎么样才能避免疾病。"找朱宁看病的人经常会焦急而来，满意而归，因为他们对自己的病清楚了，知道下一步该做什么，会有怎样的结果。患者常常说，见了朱大夫就安心了。她态度和气得让你觉得在唠家常，在这过程中，她已经了解到很多对诊治有用的东西。

一位叫高倩的病人在母亲的陪伴下来看病，一进来就愁眉苦脸、唉声叹气，总怀疑自己心脏不好，非要做彩超。朱宁诚恳地告诉患者，她确实存在身体上的疾病，但是目前的症状与疾病无关，而是由焦虑状态造成的。因此，朱宁耐心地对她们进行心理疏导，并开了几种小剂量的药，只花了67元钱。高倩对记者说："朱大夫准确的诊断，帮我解除了思想的负担。"

一般内科医生出诊，带上听诊器、血压计就足够了；朱宁出诊，常常拎着满满一袋子数据。她的资料是给病人看的。一位老年病人因为血液中胆固醇含量略高，就约束自己只能吃素，朱宁就拿出资料详细讲解，劝导其不必过于紧张。

有时忙碌了一天，刚到家，病人病情突变，朱宁又赶回病房主持抢救工作。有人问她累不累，她说："身累心不累。我们的责任就是让死神离病人远一点，再远一点。"一名准备入院的病人在刚刚被送到住院部一楼时心跳骤停，在没有任何抢救器材的情况下，正巧走过的朱宁立即进行心脏胸外按压、人工呼吸。这一幕成为病人家属和过路人难忘的记忆。不久，一封表扬信送到医院。信是路过的一位患者家属写的，他说：“我只是个旁观者，但在病房通道上看到的一幕让我们所有旁观者感动。我们看到了那位女大夫佩戴的鲜红的共产党员徽章。”

人民网：转载 http：//dangjian. people. com. cn/GB/14916851. html

因为热爱所以执著

——记大连医科大学基础医学院党委书记王跃年

大连日报　2011. 06. 19

（本报记者：谢小芳）

热爱是动力的源泉。正是因为矢志不渝的热爱，让王跃年在大连医科大学党务工作岗位上奋斗了近 20 年，一直满怀激情地前行。

“前行路上，党务工作者既要低头赶路，更要抬头引领方向。”这是王跃年始终坚持的原则。他以报告会、座谈会、参观考察、知识竞赛、网络交流等多种形式推进学习型党组织建设，用科学的理论武装师生头脑，为事业的发展导航。他将工作实践不断总结，参与中组部课题 1 项，主持省级课题 2 项，撰写论文 20 余篇。他在创先争优活动中率先尝试师生党支部联建，推行党员公开承诺，举办先进典型事迹报告会，开展关爱遗体捐献者家属志愿服务，诸多举措让党员的模范形象深入人心，让鲜红的党旗在师生心中猎猎飘扬。

“党政应并肩而行。”学院里的教授评价王跃年是“最懂专业的书记”。他将师德建设制度化，连续七年举办师德演讲比赛，形成了尚德育人的良好风气。推行“青年教师导师制”，实施“135 工程”，成为推动青年教师成才的长效机制。针对学科大平台的搭建，他提出泛组织化的党建工作理念，即党支部活动以学科为团队、以项目为牵动，通过增强党员间的交流促进学科的建设和发展。他组织举办师生迎新春联谊会、我爱我家摄影展、“三八”妇女节为女教工送祝福、为离退休空巢老教师送温暖等活动，让师生们在学院和谐大家庭里工作有活力、前进有方向。

“党务工作者须躬身而行。”这是王跃年对年轻支部书记们常说的一句话。每天清晨，他总是提前一个多小时就到达办公室，敞开大门，经常有老师进来谈话。从政治进步到业务发展，从工作上的困难到生活中的烦恼，老师们的大事小情都愿意和王书记交流。王书记也把老师们的事情记在心上——顾老师的母亲病重，他深夜赶到医院探望；日本大地震发生后，他第一时间与在东京进修的付老师取得联系，安排他顺利回国；帮扶的特困学生放假，他亲自开车把学生送回家；学院200多名教师，几乎每位老师在春节和过生日时都能接到他的祝福短信。情通而理达，王跃年赢得了老师们的信任和支持，这也让他做起党务工作润物无声，举重若轻。

几年来，大连医科大学基础医学院获得省高校系统先进集体、市高校系统先进党总支、市优秀职工之家等荣誉称号，王跃年也被评为市思想政治工作先进个人、校优秀党务工作者。他说：“我所做的都是平凡小事，因为坚信党务工作的价值，所以坚持把小事做好。”这就是他，一个热爱工作、执著追求的党务工作者。

推荐词：引领，协作，服务，这是王跃年作为一名党务工作者始终坚守的职责。从大学时期学习思想政治教育专业开始，他就以对党的忠诚和对工作的热爱执著追求，精益求精。他总说自己平凡，但能够在20年里坚持把平凡的小事做好正铸就了他的不平凡。

她的处方里，有一味药叫爱心

——记大连医科大学教授朱宁

中国教育报 2011.06.23

（本报记者：刘玉　通讯员：胡莉莉）

在大连医科大学，一提起朱宁这个名字，大家都会竖起大拇指，称赞她是共产党员的“一面旗帜”。在学校刚刚结束的首届十佳“良师益友”评选活动中，万余名师生参与网上投票，朱宁毫无悬念地获此殊荣。

作为大连医科大学附属二院心内科的教授，朱宁一边承担着救死扶伤的神圣职责，一边在三尺讲台上辛勤耕耘。30年的行医从教，在患者心中，她是值得信赖的好大夫；在师生心中，她是楷模和榜样。师生们说：“同样一味药，朱宁老师用药的效果就特别好，知道是为什么吗？那是因为，她在药里加入了一份爱心！”

时时刻刻为患者着想，是朱宁从医多年来的一贯准则。每次接诊，朱宁都尽量给患者特别是农村来的患者省钱，能用便宜药就决不用贵的药。因此，每逢朱宁的专家门诊，外面就会早早地排起长队。遇到外地来的患者，朱宁总是特殊照顾他们，把早晨的时间留给他们，方便他们下午坐车回去。每到出诊日，朱宁常常到了中午还吃不上饭，有时从早上8点一直持续到下午2点。同事心疼地说，以后就少看几个吧，别太累了。但朱宁却说：“患者大老远来的，怎么能让人白跑呢？而且等这么长时间了，更要认真看好每一个患者啊！”

70岁的龙启功老人至今仍然保存着朱宁14年来给他看血栓病时的病历，这份病历记录下朱宁一次次的详细诊断，记录着朱宁留给他的多个电话号码，记录着朱宁为他降脂而讨来的中医处方……龙启功老人说：“我只是一个普通的退休工人，但我的病情朱大夫却全都记得。病人的最大福气就是遇到好大夫，我有福，遇上了朱大夫。”

其实，像龙启功老人这样有福气的患者在朱宁行医30年间难以计数。她把手机号和家里电话号都告诉给患者和自己的学生，半夜接到患者的咨询电话是常事。朱宁说：“患者给我打电话，我在电话里指导用药，他可能就会少挂一次号、少住一次院、少花一些钱。”

有时忙碌了一天，刚到家，病人病情突变，朱宁又得赶回病房主持抢救工作。有人问她累不累，她说：“身累心不累。我们的责任就是让死神离病人远一点，再远一点。”

一次，一名病人在刚刚被送到住院部一楼时心跳骤停，在没有任何抢救器材的情况下，正巧走过的朱宁立即进行心脏胸外按压、人工呼吸。这一幕成为病人家属和过路人难忘的记忆。不久，一封表扬信送到医院，信中说：“我只是个路过的患者家属，但在病房通道里看到的一幕让我们所有的旁观者感动。我们看到了那位女大夫佩戴的鲜红的共产党员徽章。”

对于将来要担任救死扶伤重任的医学生来说，遇到一个知识丰富、教学方法独到、为人师表的老师，是一生的幸运。长期以来，朱宁一直承担本科生和留学生的教学工作。为了让学生在课堂上学到精准、前沿的医学知识，朱宁每次上课前都要认真备课，吃透所讲授的全部内容，然后再深入浅出地传授给学生。因此，她连续多年被评为最受学生欢迎的教师。

除了教授医学知识、技术外，朱宁更多的是教学生如何做医生，如何做患者信任的好医生。她在讲课时常告诫学生："下医治已病，上医治未病。医生都应该做上医。我们不仅要解除患者身体上的痛苦，还要让他们知道为什么会这样，怎样才能避免疾病。只有设身处地为患者着想，才能获得患者的理解、信任与支持。"每天查房，她都用自己的言行指导学生：充满阳光和自信地面对患者，从患者的角度去思考问题，作出临床决策，为患者解除痛苦。

对于留学生教学，能说一口流利英语的朱宁，从没有半点马虎，相反她付出了更多的精力去备课。她多处搜集各种资料，使讲课内容更形象、更易理解，从而使留学生能够在课堂里学到更多的知识。来自巴基斯坦的留学生阿迪，已经在大连医科大学读完了本科，现在正在攻读研究生。来中国这么多年，他最喜欢的老师就是朱宁。作为留学生，身处异国他乡，朱宁给予了他母亲般的关爱。和阿迪一样，许多留学生都亲切地称朱宁为"妈妈老师"。

点睛

她是一名好大夫，承担着救死扶伤的神圣职责，技术精湛、品德高尚，病人从心里信任她；她是一名好老师，知识丰富、为人师表，在三尺讲台上辛勤耕耘，学生从心里爱戴她。行医从教30年来，她的处方里，总有一味叫做"爱心"的药。她，就是大连医科大学教授朱宁。

她的处方多一味药叫"爱心"

——记大医附属二院心内科教授朱宁

大连日报　2011.06.27

（通讯员　胡莉莉）

最近，大连医科大学举行了首届十佳"良师益友"评选活动，万名师生参与了网上投票，大医附属二院心内科教授朱宁获此殊荣。这位被患者亲切地称为"自家人"、被学生们称为"妈妈老师"的朱宁教授，行医三十年来怀揣一颗爱心，全心全意为患者服务，先后荣获辽宁省卫生系统优质服务先进个人、大连市卫生系统十大医德医风标兵等荣誉称号。

大医附属二院心内科教授张维疆在指导自己的研究生时曾动情地说：“同样的一味药，朱宁老师用药效果特别好，知道是为什么？那是因为她在药里加入了一份爱心。”

时时刻刻为患者着想，是朱宁从医多年来的一贯准则。朱宁的两部手机号、一部家里座机号都告诉了患者，她经常半夜十二点还在接患者的咨询电话。关心她的人说，这样多打扰你的休息呀？但朱宁却说：“患者给我打一个电话，我在电话里指导用药，他可能就会少挂一次号、少住一次院，方便了患者。”

每逢朱宁教授的专家诊，总是早早就排起了长队。每逢遇到家住外地的患者，她总是会对他们特殊照顾，把早晨的时间留给那些远道而来的外地患者，每次上午的专家诊一般朱宁都会忙到下午两点多钟才能吃上饭。一个患者曾拿着刚划完价的处方找到了朱宁：“我等了很长时间才看上您的专诊，但您怎么用这么便宜的药来应付我呢?”朱宁教授告诉他，药不在便宜与否，只要对症同样能治病。

下医治“病”上医治“病人”

朱宁常说，“我们的责任就是让死神离病人远一点，再远一点。”一名准备入院的病人在刚刚被送到住院部一楼时心脏骤停，在没有任何抢救器材的情况下，正巧路过的朱宁教授立即对患者进行心脏胸外按压、口对口人工呼吸。不久，一封表扬信送到医院，信是路过的一位患者家属写的，他说：“我只是个旁观者，但在病房通道上看到的这一幕让我们所有的旁观者感动。”

古人云：“下医治已病，上医治未病。”朱宁常告诫学生，医生都应该做上医。我们不仅要解除他们身体的痛苦，还要让他们知道为什么会这样，怎么样才能避免疾病。要牢记下医治“病”、上医治“病人”的道理，注重病人的心理感受，学会如何与患者交流，设身处地为患者着想就一定会获得患者的理解、信任与支持。

如今，在大医附属二院内外一提起朱宁教授，大家都会竖起大拇指，说她是身体力行践行共产党员全心全意为人民服务宗旨的典范，是医务工作者学习的榜样。

东北首台“宝石能谱CT”落户大连

大连日报 2011.07.20

日前，作为国际顶尖水平的CT产品，东北首台宝石能谱CT落户大连医科大学附属第一医院。

宝石能谱CT由国际知名的美国GE公司生产，是世界上最快的探测器，它是能谱成像、全身高清低剂量的硬件基础。据放射科线科主任刘爱连介绍，与普通CT相比，宝石能谱CT具有更安全、更清晰、更快速、更准确的优势。

宝石能谱CT扫描辐射剂量低，全身扫描辐射剂量仅为常规CT的50%，心脏成像比常规CT辐射剂量降低95%，大大降低对人体损伤。对于骨折术后及体内有金属植入物的患者，在行常规CT扫描时会产生很大的伪影，图像不清晰，对诊断有影响；但如果应用宝石能谱CT就可以有效抑制金属伪影，提高图像质量及诊断准确率。对于冠状动脉支架术后患者，普通CT无法清晰显示支架内结构，而宝石能谱CT能够精确观察3mm以下支架腔内结构，对支架内再狭窄的评估提供了精确的诊断。扫描速度快是宝石能谱CT的一个突出特点，过去扫描一个部位大约需要13秒钟左右，现在4秒钟就可搞定，对于运动器官病变、需要憋气的老人和胖人，方便了许多。宝石能谱CT具有能谱成像功能，能够发现常规CT不能发现的小病灶、早期病灶，提高诊断准确率。

据悉，宝石能谱CT目前已在大连医科大学附属第一医院正式投入使用。这台国际领先的CT设备将为我市临床医疗、教学、科研工作提供更加完美、全新的平台，对我市医疗服务质量的提高具有极大促进作用。

大连医科大学心血管病医院成立
登上心血管病治疗的制高点

大连晚报 2011.08.01

（宋莅）

大连医科大学心血管病医院于近日成立。在医院成立的前夕，我们采访了大连医科大学附属第一医院副院长、心血管病专家杨延宗。

大连医科大学心血管病医院的前身和发展过程

大连医科大学附属第一医院心血管学科成立于1953年。近60年来，在各级领导的大力支持下，在柯若仪教授等老一辈专家学者打下的坚实基础上，全体心血管学科人团结奋斗、拼搏进取，学科规模不断扩大、学术地位不断提升、医疗水平不断提高，已经从当初的1个病房发展为有6个心内病房、1个心外病房、1个CCU和1个ICU病房、3个心导管室和1个心血管病检查中心、床位248张的医、教、研全方位的心血管病医疗中心。此中心是大连医科大学的硕士点和博士点以及大连医科大学心脏中心。2010年经辽宁省卫生厅批准成立心血管病医院。

大连医科大学附属第一医院心血管病专科有一支高水平的国内知名医生团队，有一支技术精湛、敬业奉献的优秀护理队伍，有一批齐全和先进的大型仪器设备，更有“一家人、一条心、一股劲”的团队精神和用心、精心、尽心“治心病”的服务理念。现平均年出院患者近6000人次，年均门诊量达84000人次，年各种心脏病介入和外科诊疗近3000例。治疗成功率达94%以上，危重症的抢救成功率逐年上升，且连续十年无医疗事故发生。

大连医科大学心血管病医院亚专科建设，在开展医疗技术、提高诊治能力、建设人才梯队、扩大学科影响等方面进行了不懈努力

目前，在专科基础上，已经形成了冠心病、心律失常、心力衰竭等8个亚专科，发展势头良好。

冠心病亚专科是卫生部冠心病介入治疗培训基地，年完成冠心病介入诊疗手术 1000 余例，其中复杂冠脉介入治疗病例超过 50%，手术成功率达 98%。建立的胸痛绿色通道挽救了近千例急性冠脉综合征患者。

心律失常亚专科是卫生部心律失常介入治疗培训基地和辽宁省心律失常诊疗中心，团队实力和整体水平一直居于国内前列，先后帮助国内 50 余家大医院开展新技术。年完成各类心律失常导管射频消融 500 余例，其中房颤导管消融治疗近 200 例，心脏起搏治疗 250 余例；心律失常介入根治手术治疗例数占大连地区的 95% 以上。

心力衰竭亚专科是目前东北地区唯一的心衰专病治疗单元。学科在急危重症心力衰竭、复杂心肌和心包等疾病以及心衰的超声评价和器械治疗等方面积累了丰富的经验，年收治各种心衰及其他复杂心脏病患者 1000 余例。

高血压亚专科始终关注难治性高血压、高血压急症危症和脂代谢疾病，建立了专病预防、专病门诊、专病筛查、专病诊疗和随访体系。在各种年龄的高血压和顽固性高血压的诊断和治疗上有独特的经验。

结构性心脏病亚专科采用内外科一体的模式，共完成先心病和瓣膜病介入手术 1000 余例，手术量居于省内地方医院首位。

心血管外科是东北地区最大的心脏外科中心之一，每年完成各种心血管外科手术 300 余例，手术成功率 98% 以上。其中夹层动脉瘤外科治疗、严重瓣膜病的手术治疗、外科术中直视下房颤射频消融治疗等均达到国内先进水平。

心血管检查中心集心电图、心功能、心脏超声及心血管影像学检查为一体，配有各种先进的仪器设备。每年完成各种心脏检查近 16 万例，诊断准确率均达到 98% 以上。

影像学检查室学科水平强大，拥有目前国际最先进的第二代炫速双源心血管 CT，是亚太地区心脏 CT 临床应用培训中心。

医院心血管疾病治疗专科重视科研和人才培养，积极参加社会公益活动

医院注重人才培养和国内外学术交流，主办的“心房颤动国际论坛”等已经成为心血管领域的品牌会议。先后派出数十名医生赴国外进修学习，并聘请一批国内外知名学者作为客座教授定期来院讲学和合作手术，大大推动了医疗技术的发展和学科影响力的提升。

医院在提供一流心脏病医疗技术和服务的同时，还担负着培养医学人才、开展医学科研的重任，每年承担各个层次教学、带教任务和科研工作。仅十一五期间就承担了国家和省市级科研课题30余项，发表包括SCI论文在内的学术论文200余篇，获得国家级和省部级科技奖励10余项。主编和参编专著20余部。

医院积极承担社会责任，热心社会公益活动。在国内率先建立了心脏中心网站和房颤等专病网站。经常组织的世界心脏日的义诊和宣教、先心病儿童的普查和慈善救治、百姓医学科普大讲堂、小区医务人员的培训、基层医院的会诊和巡讲等活动，为大连心血管医学水平的提高和百姓健康观念的改变起到了重要的作用。

我们将抓住机遇，为把大连医科大学心血管病医院建设成国际一流的心血管病专科医院而努力！

大连医科大学心血管病医院专家介绍

杨延宗，博士，主任医师，教授，博士研究生导师。曾留学意大利、美国。大连医科大学附属第一医院副院长、心血管病医院院长、内科教研室主任、心血管内科主任。中华心电生理和起搏学会常委，中国心律学分会副主任委员，中华医学会心血管病分会全国委员。擅长各种复杂疑难心律失常的诊治。率先在东北三省开展快速性心律失常的导管射频消融治疗以及单、双腔心脏起搏、生理性起搏、ICD、CRT（D）等，治疗快速性心律失常5000余例，起搏器治疗2000余例。正在承担国家级课题6项、省部级课题3项、市级课题2项；获国家科技进步二等奖2项、省部级科技进步奖8项、市科技进步一等奖2项。国务院特殊津贴专家、卫生部有突出贡献的中青年专家、辽宁省优秀专家、全国卫生系统先进工作者；获中华医学会心电生理和起搏分会“心房颤动基础和临床研究杰出成就奖”、中华医学会“中国介入心脏病学杰出贡献奖”、“介入心脏病学推广普及奖”、大连市“五一劳动奖章”。

柯若仪，主任医师，教授，大连医科大学附属第一医院原内科教研室主任，心内科主要创始人之一。毕业于中国医科大学，历任大连医学院讲师、副教授、教授。曾获得辽宁省科学大会重大科研成果奖、辽宁省医药科技进步二等奖。发表论文百余篇，译文400余篇，培养的研究生多位已成为全国心血管专业领军人物。曾任多届中华医学会理事、《中华心血管病杂志》编委、大连市科协副主席，多年来担任大连市心血管病学分会主任委员。享受国务院政府特殊津贴和辽宁省劳模津贴。离休后仍在医疗教学战线勤奋工作，多次获国务院、省市先进个人称号。2009年当选中华医学会心血管学会荣誉专家会员，受聘中国老年病学会心脑血管病专业资深专家，2011年获心律学会“中国心电学杰出贡献”奖。柯若仪教授从医60余载，精通各种心血管疾病的诊治。

大学生做纸玫瑰　卖钱捐给福利院孩子

辽沈晚报　2011.08.07

（记者：李娜　实习生：郑红玉）

昨日的七夕节，在沈阳中街，15位来自大连医科大学的学生，他们亲手做了100支纸玫瑰，拿着义卖后的200多元钱为福利院的孩子们买了礼物。

算下来，这一朵玫瑰就要花费近半个小时。他们从前一天的上午，一直忙到凌晨，才终于把100支纸玫瑰做好。

昨日上午9时，他们就在中街支起了展板，并向街上的情侣卖花。“我们相信，会有很多情侣，愿意用献爱心的方式过七夕的。”“他们这样的方式义卖，挺特别的，我们也想献爱心。”一对情侣递给他们10元钱，拿走了一支纸玫瑰。5个多小时后，纸玫瑰全部卖出。

下午3时许，没有休息，他们又去商场，为福利院的孩子们挑选礼物。充气的大气球、文具盒、铅笔等，采购了一大包。“明儿一早，我们就看孩子们去”。

进步特别系列报道：大连医科大学附属第一医院

大连日报　2011.08.10

编者按：党的十七大提出了坚持以人为本的科学发展观，确定了人人享有基本医疗卫生服务的奋斗目标，指明了坚持公共医疗卫生公益性质的根本方向。2009年我市启动了深化医药卫生体制改革工作，在市委、市政府的正确领导下，医改工作紧紧围绕“保基本、强基层、建机制”的原则要求，围绕三年五项重点任务统筹推进，取得明显进展和初步成效。全市广大卫生工作者不断解放思想，开拓进取，加快卫生改革发展步伐，加强城乡基层医疗卫生服务体系建设，逐步提升公共卫生、医疗卫生综合服务能力，全市医疗卫生服务整体水平取得明显进步。

大连医科大学附属第一医院多次在卫生部的各项评比中获得殊荣。

国家级干细胞移植与再生医学国际科技合作基地落户大连医科大学附属第一医院。

大连医科大学附属第一医院为全国首批73家部级临床路径管理试点医院之一。

大连医科大学附属第一医院获得6个辽宁省医疗中心。

大连医科大学附属第一医院在卫生部开展的“优质护理服务示范工程”活动中是全国首批72家重点联系医院之一；该院护理专业是大连市第一个国家级重点专科。

整合医疗资源　提升诊疗服务

【纵向资源整合】

2007年

大连医科大学附属第一医院在辽宁省首次提出建立技术协作医院的发展思路，得到卫生部及省卫生厅的认同和支持。

2008年

下半年，大连医科大学附属第一医院与营口开发区中心医院、金州区第一医院、瓦房店市中心医院、庄河市中心医院、普兰店市中心医院、大连大学医学院老年病医院6家医院正式签订技术协作医院协议。同年与西岗区白山路小区、白云莲花小区、长春路小区、石道街小区、八一路小区、白云民运小区6家小区卫生服务机构签订了对口支持合同。

2010年4月2日

协作医院又增加了甘井子区人民医院。至此，覆盖辽南地区的新医疗技术协作体的7位加盟者都挂上了一块共同的牌子：大连医科大学附属第一医院技术协作医院。

2010年5月

大连医科大学附属第一医院“万名医师支持农村卫生工程”先后派出两支医疗队奔赴朝阳县人民医院和青海省西宁市湟中县第二人民医院进行对口帮扶。

【横向资源整合】

院中院——大连医科大学骨科医院

2010年9月17日大连医科大学骨科医院正式挂牌成立，这是在原大连医科大学附属第一医院骨外科基础上组建而成的院中院，是辽宁省第一家集医疗、教学、科研为一体的大型专业骨科医院。

大连医科大学骨科医院是辽宁省重点学科，拥有卫生部关节内镜技术培训基地、辽宁省骨关节疾病诊疗中心。作为全省最大的骨科专科中心，下设专科门诊及骨折治疗室、五个病区，以及大连医科大学骨科研究所、激光治疗中心、中美人工关节置换中心等机构。目前能完成国内外开展的各种骨科手术，一些项目在国内、省内处于领先地位，如：僵硬型脊柱侧弯的矫治手术、颈椎管狭窄的系列基础研究及临床治疗、千余例的关节镜下大功率钬激光治疗骨关节疾病、股骨头坏死的诊断与治疗、人工髋膝关节置换术、交叉韧带重建术等。该院率先在国内开展了肩、肘、腕、髋、踝关节镜技术。值得一提的是，该院创伤骨折内固定技术已与世界先进水平接轨，十指断指再植全部成活，跻身世界先进行列。中心同时设有关节康复俱乐部，指导患者功能康复及保健等。

院中院——大连医科大学心血管病医院

2011年7月29日，大连医科大学心血管病医院、辽宁省心律失常诊疗中心挂牌成立。成功地将心内科、心外科、心脏影像学、心脏电生理检查中心资源整合，实现了优势互补。

大连医科大学附属第一医院心血管学科成立于1953年，2010年经辽宁省卫生厅批准成立心血管病医院。在专科基础上，现已形成8个亚专科：冠心病亚专科是卫生部冠心病介入治疗培训基地；心律失常亚专科是卫生部心律失常介入治疗培训基地和辽宁省心律失常诊疗中心，实力水平居国内前列；心力衰竭亚专科是目前东北地区唯一的心衰专病治疗单元；高血压亚专科成为东北地区特色亚专科；结构性心脏病亚专科手术量居于省内地方医院首位；心血管外科是东北地区最大的心脏外科中心之一，手术成功率98%以上；影像学检查室学科水平强大，拥有目前国际最先进的第二代炫速双源心血管CT、东北三省首台超高端宝石能谱CT（拥有世界上最快的探测速度），是亚太地区心脏CT临床应用培训中心。

大医女生成功捐献造血干细胞

大连晚报 2011.08.11

（文/实习生：孙雅 本报记者：常婷 图/本报记者：高强）

昨天，1988年出生，23岁的在校大学生李文雯，将自己的造血干细胞无偿捐献给了一位广州素不相识的白血病患者。

80后女孩捐献造血干细胞

昨日上午8点半，记者赶到了大连医科大学附属第一医院二部9楼血液中心时，李文雯刚开始进行造血干细胞体外循环采集，姑姑陪伴在她身边。眼前的李文雯是个非常漂亮的姑娘，她的身体非常瘦，1米63的身高，体重才47公斤。

李文雯是大连医科大学七年制临床医学专业的学生，还有两年就毕业了。早在读大一时，她便报名成为了捐献造血干细胞的志愿者。谁都知道，配型的成功率是相当低的，李文雯坦言没想到自己能够配型成功。今年4月，她与一名患者HLA初次配型成功，之后高分辨检测配型成功，体检合格。李文雯在查阅了大量资料，并与我市捐献者联系，了解捐献造血干细胞对身体没有任何影响后，才鼓足了勇气通知父母。开始父母并不同意，经过她的耐心劝导，她的父母最终才同意了。

李文雯向记者举起左胳膊，上面赫然两个针眼。她笑着说："昨天第一次采集时非常紧张，由于血管细，扎了两遍都失败了，吓死我了。"由于李文雯对于抗凝剂比较敏感，抗凝剂会和体内的钙相结合，昨日她出现了短时间的缺钙现象。"手和脚，甚至连嘴唇都是麻麻的。下地走路都需要搀扶，脚下就像踩了棉花一样。"医生表示，这种情况在捐献后会很快消除。

短期内两次配型成功属巧合

据了解，李文雯是大连市第21例造血干细胞捐献者，大连医科大学第6例捐献者。就在今年7月1日，在同样的病房，我市中心医院药师赵广仁成功捐献了造血干细胞。众所周知，造血干细胞配型成功率是非常低的，可短短一个多月，我市连续出现了两例成功捐献造血干细胞，这引起了很多人的兴趣，有的人说大连是块福地，有魔力。

对此，市红十字会表示，这与我市造血干细胞捐献者基数大有一定关系。目前我市有 1.4 万名志愿者，仅大连医科大学就有 2300 名志愿者。不过这么短的时间出现两例成功的案例，实属巧合。据了解，目前我市尚未出现一例高分辨检测配型成功后却不想捐献的情况。

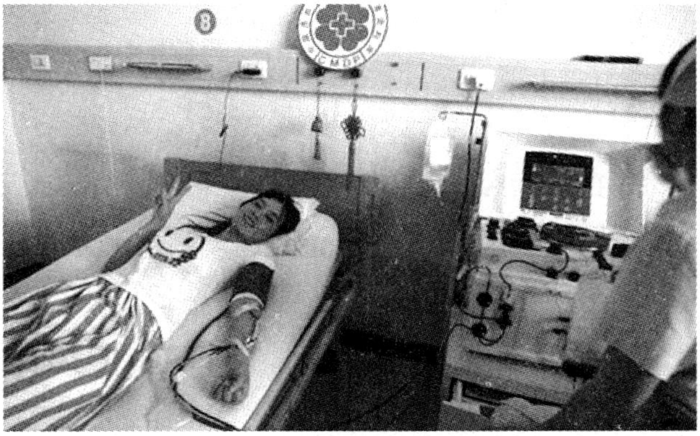

李文雯正在进行造血干细胞体外循环采集

大连医科大学新生报到

《大连新闻》　2011 年 8 月 28

（于建波　报道）

这两天，沉寂了一个假期的大学校园热闹起来了，驻连各高校陆续迎来 2011 级新生。请看报导。

今天，大连医科大学迎来 2011 级新生，学校简化报到手续，新生只需要扫描录取通知书和身份证，缴纳学杂费，不到十分钟就能完成注册手续。校内到处都有志愿者身影，帮助新同学拿行李，带领新生到指定地点报到，安顿住宿，解答疑难。

大连医科大学2011级学生岳文青：“每一站都有学哥学姐来接我们，感觉特别方便，有一种家的感觉。”

今年，大连医科大学共有1900名新生，其中200名家庭困难新生办理了生源地信用助学贷款，学校还为他们开辟“绿色通道”，可以暂缓交学费，先办理入学手续，由学校提供部分学习和生活用品。

大连医科大学学生工作处处长刘景伟：“比如笔、本、书包甚至水杯，还有洗漱用品，这些经济困难的学生一入学就能感受到学校的这种温暖。”

普湾新区将建大医附属第三医院

大连日报　2011. 08. 31

（记者：张丽）

本报讯　昨日，副市长朱程清先后来到大连医科大学附属第一、第二医院进行调研。记者了解到，为了充分发挥高等医学院校医疗、教学、科研优势，为全市人民提供高水平、高质量的医疗服务，大连医科大学将在普湾新区规划建设一所高水平的大型综合医院，作为大医附属第三医院，预计2013年年底前竣工并投入使用。大医附属一院也和金州新区管委会共同合作，建立金州新区医疗中心项目，预计3年内竣工并投入使用。

据了解，大医附属第三医院规划占地面积19.3万平方米，设计总床位数2000张，总建筑面积20万平方米，总投资约16亿元。附属三院将总体设计、分期建设，其中一期建筑面积约12万平方米，设计1000张床位，预计2013年底前竣工并投入使用。

另外，大医附属一院与金州新区管委会共同合作的金州新区医疗中心规划占地面积2.8万平方米，总建筑面积16万平方米，设计总床位数1500张，总投资约12亿元，将建设成为集医疗、教学、科研、卫生保健、康复医疗等为一体的综合性现代化医疗中心。

大连医科大学为名师出书立传

大连日报　2011.09.22

（记者：谢小芳）

本报讯　昨日下午，大连医科大学举行了大医人物丛书首卷《大医——吴襄》图书发行仪式，向吴襄教授的家属代表、学生代表、在校师生代表及图书馆赠送了图书。

吴襄（1910～1995）是我国著名的教育家、生理学家，大连医科大学生理教研室原主任，从事生理学教学和研究近60年，在确立国人的生理水平方面有突出的贡献。吴襄在我国生理学教材建设方面，更具有不可磨灭的历史功绩，早在上世纪30年代，就编写出版了我国第一本中文生理学实验教材。1947年编著《生理学大纲》，并先后六次修订再版，被国内许多高校（包括台湾医学院校）采用，广为流传。《大医——吴襄》一书，通过记录吴襄教授生前拜师求学、科学研究、编书立著、培养学生等过程中一个个鲜活的故事，使大家了解这位大师的人品师道、学术成就、高风亮节。

大医引进高端创新团队

——我市引进高端肿瘤创新团队　大医签下15名高端人才

新商报　2011.09.30

（记者：黄华）

新商报讯　15人中就有国家杰出青年基金获得者6人，团队成员平均年龄仅为42岁。昨日，一支高端肿瘤创新团队签约大连医科大学，副市长朱程清出席了签约仪式。

据介绍，此次大连医科大学按照人才引进、合作共建等方式聘请到这支高端肿瘤创新团队来学校工作。团队共有 15 人，精英云集，其中国家杰出青年基金获得者就有 6 人，团队成员平均年龄 42 岁。团队负责人刘强教授为国家杰出青年基金获得者，“973”项目首席科学家，百千万人才工程国家级人选，美国中华医学会杰出教授，美国医学及生物学工程院院士。

副市长朱程清在签约仪式上发布讲话，她对大医成功引进国内高层次的创新团队表示祝贺，并希望此次人才引进能结出丰硕的成果，为辽宁省和大连的医疗事业发展奠定科技创新的基础。

大连医科大学引进高端创新团队

辽宁日报　2011. 10. 06

（记者：杨丽娟）

本报讯　报导近日，大连医科大学举行引进肿瘤创新团队签约仪式，大医按照人才引进、合作共建等方式聘请高端的肿瘤创新团队来学校工作。

此次引进将为我省和大连的医疗事业发展奠定科技创新的基础。此肿瘤创新团队共有 15 人，其中国家杰出青年基金获得者 6 人，团队成员平均年龄 42 岁。

70 年前他确立了国人生理正常值

——大医出书纪念知名教授吴襄

（本报记者：栾光煜）

在大连医科大学的校史馆里，吴襄的很多生平照片和宝贵文字资料等被陈列在醒目的位置。不仅仅因为他曾经为学校的教育事业鞠躬尽瘁，更因为他在我国的生理学史上做出过突出成就，他是我国著名生理学家、教育家，是生理学的一代宗师。

2010年10月17日，是吴襄100周年诞辰的日子，他曾经就职的大连医学院（现大连医科大学）师生举行了隆重仪式纪念他。与此同时，大连医科大学正积极采访和搜集资料，准备出一本关于吴襄的书。

日前，由大连医科大学宣传统战部组织编写的《大医——吴襄》出炉。在今年的10月17日，吴襄诞辰101周年之际，记者采访了大医组织编写该书的相关人员。同时，也将这本书中有关吴襄的一些故事再现于读者。

■ 开创了生理常数的先河

吴襄（1910~1995），字成之，浙江苍南县人。曾任大连医学院（现大连医科大学）生理学教授兼教研室主任，中国生理学会理事，辽宁省生理学会名誉理事长，中华医学会大连分会生理学分科学会名誉主任委员，《中国医学百科全书》生理学分卷副主编，《中国大百科全书》生物学分卷编委兼该卷生理学分支主编之一，《生理科学进展》杂志主编、顾问，生理学名词审定委员会顾问，政协辽宁省第五、六届委员会常委，民盟辽宁省第七、八届委员会顾问，民盟中央科技教育委员会委员。

大连医科大学生理学教授黄龙为《大医——吴襄》一书提供了不少素材，他向记者介绍了说，吴襄从事生理学教学和研究长达50余年，在确立中国人的生理水准方面，有突出的贡献。做了大量中国人各项生理常数的开拓性工作，包括肺活量、血液、生长率、感觉器官以及基础代谢等诸多方面，填补了我国生理学研究领域中的空白，开创了研究国人生理常数之先河。抗美援朝时期，吴襄研究并发表了《输血者血液的亏损与恢复》；1954年和1955年，他为改善产业工人的劳动条件，开展劳动生理研究；上世纪60年代初，他投身针刺机制研究；在晚年，鉴于我国肾脏生理学研究尚属空白，他率先呼吁并带领年轻同志开展肾脏生理研究，翻译国外专著，推动了我国肾脏生理学的研究。他一生的研究工作，贯穿着基础研究与生产实践相结合的指导思想，为开创我国的生理科学事业作出了重要贡献。

在我国生理学教材建设方面，吴襄更是有口皆碑，具有不可磨灭的历史功绩。早在上世纪30年代，就编写出版了我国第一本中文生理学实验教材。1947年编著《生理学大纲》，并先后六次修订再版，被国内许多高校和台湾医学院校采用，广为流传，在海内外产生了重大影响；他参编和主编了全国医学院校的生理学教材及大型生理学参考书。主译了《呼吸生理学》、《肾脏生理学》等专著。在晚年，又编写了《近代生理学发展简史》。1951~1953年，受卫生部委托，连续举办三届生理学高级师资进修班，为新中国输送了当时极为宝贵的生理学教学和科研骨干。50多年来为祖国培养的优秀医学人才更是难以计数。1991年获国务院颁发的证书，表彰他为发展我国高等教育事业作出的突出贡献，并于同年享受政府特殊津贴。

■ 大学时转专业，从此结缘生理学

吴襄于1910年10月出生在浙江省苍南县。在读初三时，他与同年级一帮学习成绩优秀的学生，组织成立了“群志改进会”，旨在砥砺学行，共谋社会的进步。这个少年组织还开办补习学校及暑期平民学校，吴襄对教育事业的兴趣，也萌芽于此。

1930年，吴襄考入南京中央大学教育行政系。大学二年级伊始，著名心理学家郭任远先生应聘来中大执教，他对吴襄的影响很大。吴襄对郭氏心理学兴趣浓厚，在对自己全面分析后，他自问性格耿直，感觉不适合在当时的政治形势下担当教育行政工作，于是毅然向学校申请转入理学院心理学系，并以动物学系为副科，吴襄也由此开始接触生理学。

1934年从中大毕业，吴襄获教育学士学位。1936年，著名生理学家蔡翘教授应聘来中大医学院任教。吴襄久慕其名，便申请成为中大医学院生理科助教，从此追随蔡翘教授连续工作达14年之久。在这些前辈们的熏陶下，吴襄养成了严谨的科学作风，积累了广博的科学知识。

抗日初期，吴襄先后被提升为生理学讲师和副教授。抗战胜利后，他于1946年秋被派赴美国留学一年，先在明尼苏达大学医学院生理系M. B. Visscher教授指导下，从事循环生理研究，获科学硕士学位；后又至纽约哥伦比亚大学医学院生理学系进修血液生理学。回国后于1948年晋升为教授。

1949年初，吴襄参加了前大连医学院的创建工作。1949年8月，吴襄接受大连医学院之聘，担任生理学教授兼生理教研室主任。由于在南京的工作未完，吴襄继续在南京为南京大学医学院讲授生理课，同时为在大连医学院开设生理课，做着教材、实验仪器以及师资培养聘用的准备工作。

1950年夏，吴襄正式到大连工作。1969年随校内迁贵州遵义。1978年因健康原因在北京休养，曾兼任北京市结核病研究所以及北京协和医学院的生理学顾问，并担任中国中医研究院学术委员会院外委员。1983年春调回复办的大连医学院，任教授兼生理学教研室主任。1987年退休之后，仍任大连医学院“专家咨询委员会”委员，直至退休前。

■ 虽然教材是自编 但每次课前重写讲稿

姜春玲是大连医科大学生理教研室教授，她回忆说，1987年7月，她从大医临床医疗系毕业留校任教，开学后第一次去吴襄先生的办公室拜见他老人家。那时吴先生年事已高，但仍然精神饱满地做着研究，从事着教育工作。

姜春玲说，去之前，她心里很紧张，因为要见的是位“大师”级人物。但见面后，吴老平易近人的态度让姜春玲很快就放松了。姜春玲汇报了她进教研室后第一学期的工作安排，吴老叮嘱她多做教学观摩，读国外原版教材等。之后我们还谈到了“人才培养”话题。吴先生说，“人才、人才，人——就是做人，才——就是做学问，要先学做人，后做学问”。

在大连医科大学的很多老师都曾是吴襄的学生，在他们的心中，吴老师始终是一位可亲可敬的长者。吴襄非常重视青年教师的实验室工作锻炼，不但自己经常为年轻教师做实验示范，而且对新来助教，首先要求他们在实验室里先做半年动物实验，培养其实验动手能力。没有经过严格实验训练的新助教就不能上实验课。直到今天，大医生理教研室仍延续吴襄老师的规矩行事——助教要想走上本科大课讲台，一般也要经过2~3年的实验课教学的锻炼，而且都要写出讲稿全文，先经试讲认可才行。

即使在年逾七旬的古稀高龄，吴襄也依然站在讲台前为学生上大课。尽管教科书是他亲手所写，教学内容烂熟于心，但每次必重写讲稿，根据科学进展和学生情况加以调整更新，绝不沿用旧稿。在课堂上，永远是精神矍铄，侃侃而谈，旁征博引，引人入胜。

吴襄在上世纪40年代所确立的中国人的生理正常值，有些至今仍被学术界所引用。1948年冬，他又发现了暑季的血浆量比寒季多，于是写成“中国人的血量”一文。这也是属于中国人生理水准的研究范围。

抗美援朝时期，吴襄带领教研室同志，研究并发表了《输血者血液的亏损与恢复》。结果表明，一次献血200~300ml，血浆蛋白浓度24小时内即可恢复，红细胞比容和血红蛋白一般在第三周内也完全恢复，解除了献血者的思想顾虑，有力地支援了志愿军伤病员输血治疗的需要。

上世纪80年代，已年届古稀的吴襄教授有感于我国尚无人从事肾脏生理学的实验研究，带领教研室中青年教师建立肾脏生理学实验室并开展研究工作，招收肾脏生理学研究生，翻译肾脏生理学专著；且于1984年在《生理科学进展》上著文呼吁国内同道共同开展这一空白领域的研究，有力地推动了我国肾脏生理学的研究。

吴襄对自己热爱的医学教育事业执著、忠贞，即便是在1957年的反右运动中和“文化大革命”的十年动乱中，二度受到冲击，身心都受到伤害，他身处逆境而不改初衷，始终将发展科学教育事业作为自己一生的追求，辛勤耕耘，表现出崇高的思想境界与百折不挠的精神，对中国生理学的发展，留下了不可磨灭的贡献。

“要在生命的最后，发出最后一分光和热”

——八十岁入党的老人用遗体为人民作出最后的奉献

大连日报 2011.10.19

（胡莉莉）

本报讯 10月18日，大连医科大学遗体捐赠中心接收了第108位遗体捐献者，这是一位特殊的遗体捐献者，参加捐献和追悼仪式的大医师生无不被其感动。捐献者名叫高光，1922年出生，浙江绍兴人，民盟盟员、中共党员、国民党海军“灵甫”号起义核心小组成员。他对共产党执著追求，80岁加入共产党。

1945年3月，就读北京交通大学的高光抱着“抗日杀敌、为国捐躯”的决心，毅然报考了“赴英接舰参战学兵总队”，赴英两年多系统学习海军知识，于1948年8月归国，在共产党的感召下，参与了发动“灵甫”号国民党军舰起义。高光是起义核心小组主要成员之一，在起义过程中，高光见到了当时香港地下党负责人乔冠华同志，并向他表达了加入共产党的想法，这是他第一次正式提出入党的愿望，但因时境原因未果。

中华人民共和国成立后，高光被委派筹建新中国第一所海军高等学校——大连海校（现海军大连舰艇学院）。白手起家，自编教材、教学大纲、培训教师，为人民海军的建设与发展作出了积极的贡献。

高光曾受不公正待遇，但对党的追求始终如一。1979年平反后，高光重新走上了讲坛，重新组建了家庭。1987年离休后，他仍然发挥余热，撰写了

50余篇文章，发表在有关刊物上，并为学校的发展提出了很多建议。

自从中华人民共和国成立前第一次向党组织提出申请入党到现在，他先后四次提出入党申请，在举国欢庆十六大胜利召开的喜悦日子里，八十高龄的高光终于成为一名中国共产党党员。

1999年，高光就填写了“遗体和器官捐献志愿书”，今年10月17日去世后，高光的家人将他的遗体捐献给大连医科大学，完成了他“要在生命的最后，发出最后一分光和热”的愿望。

大医附属一院提升业务确保患者满意

大连天健网　2011.10.30

（王一侠　记者：孙雨竹）

天健网消息　大连医科大学附属第一医院坚持“以病人为中心，提供放心、便捷、满意的医疗服务”为宗旨，引导党员和医护人员立足本职创先进、服务患者争优秀，以创先争优活动提升医教研工作水平，提高患者满意度。

为了做好窗口单位为民服务工作，大医附属一院开展了“三亮三比三评”活动。通过党员亮身份、亮标准、亮承诺、比技能、比作风、比业绩、群众评议、党员互评、领导点评等方式，把为民服务各项措施落到实处。

他们在我市医疗行业率先提出“临床护理一条线”理念，开展“全程服务——人文病房”活动，打造零距离、无缝隙、人性化特色服务。不断深入卫生体制改革，强化社会职责，率先与周边的县区级小医院建立协作医院，开展双向转诊、会诊、进修培训等，实现优质医疗资源共享，同时建立远程网络会诊体系，成为辽宁区域性远程会诊中心，使百姓“不出家门”就可享受到先进的医疗诊治。开展各类岗位技能比赛、业务培训、学术报告、岗位大练兵活动提高医疗技术水准，先后举办了临床技能大赛、护理操作技能赛、病历规范化培训、急诊大练兵、博士论坛、临床论坛等活动，邀请国内国际知名学者、博士讲学，增长了广大职工的专业技术知识，提高了职业素质，促进了医院的整体医疗水平与服务水平的提升。他们还举办10余次爱心义诊，为近万名市民提供了免费的健康咨询和诊断治疗。加强信息化建设，实现门诊、病房电子化、自动化办公，电子病历全面上线，保证病历完成的时效性和准确性，确保了病历书写质量和医疗服务质量。

通过开展“三亮三比三评”活动，医院的各项医疗指标和患者认可度得到进一步提升：获得国家自然科学基金项目20项，辽宁省科技计划项目、辽宁省自然科学基金项目及博士启动基金8项；先后荣获第三届全国医院文化建设先进集体、省“诚信服务杯”竞赛活动标兵、大连市政风行风评议先进单位等称号。

大医附属二院蓝湾院区开诊

大连日报　2011.10.31

（记者：张丽霞）

本报讯　10月29日，位于旅顺南路的大连医科大学附属二院蓝湾院区正式开诊，至此，旅顺南路沿线及周边地区的市民在家门口就能享受到三甲医院的服务。记者了解到，蓝湾院区是由亿达集团参与投资的一所公益性医院，不仅拓宽了该地区医疗服务的辐射半径，也为我市民营资本和公立医院的合作探索了新路。

大连医科大学领导赴台参加学术研讨会

你好台湾网　2011.10.31

（记者：方永乐）

10月14至15日，大连医科大学副校长邹存慧一行赴台考察，出席了“全球化趋势下高等教育的改革与创新”学术研讨会并应邀参加了台湾世新大学举行的“卓越世新、55生风”校庆活动。

台湾世新大学为台湾知名私立大学，以艺术、传媒为办学特色。今年2

月，大连医科大学与台湾世新大学签署了校际交流合作协议书。

大连医科大学邹存慧副校长向世新大学赠送礼品（左一为台湾世新大学校董事会董事长成嘉玲女士，右一为台湾世新大学赖鼎铭校长）

市民走进医院当“医生”　护士累倒感动志愿者

半岛晨报　2011. 11. 04

（记者：侯铁）

为了让市民与医院零距离接触，增进医患双方彼此间的理解，营造安全的医疗环境，构建和谐医患关系，市卫生局在部分医疗机构首次开展“医院开放日”市民体验活动。经过前期公开招募，昨日，包括人大代表、政协委员和普通市民代表在内的21名志愿者分散到本市三家三甲医院，对这些医院做了一次零距离了解。

突发 护士晕倒感动志愿者

昨日一早，人大代表、大连市第一中学校长石杰等5名志愿者，应邀来到大连医科大学附属二院，开始了在这里的体验。

9时20分许，石杰走进该院ICU病房，此时，医护人员们都在紧张忙碌着，一位部门负责人告诉志愿者们，这些医护人员其实都是夜班的工作人员，这个时候，其实早已过了交班时间，她们本该下班了，但由于尚有工作需要交给下一个班次，于是她们就留了下来。

说话间，一名护士腿一软，一头栽倒进旁边的同事怀里，其余护士们七手八脚地把倒下的护士扶到了一旁的办公室。“累昏了！”一位护士介绍说，原来，就在昨日凌晨3时许，一名危重病人被转入ICU病房，整个急救过程前后持续了两个多小时，最终，这位患者暂时脱离了危险，然而由于过度劳累，护士却昏倒了。所幸，经过休息，这名护士很快苏醒过来，并无大碍。“太辛苦了，作为一名医护工作者，真是不容易！”这一幕被石杰全都看在眼里，望着晕倒的护士，他感动得连连发出了这样的感慨。

提醒 1/3患者不会看医生

昨日是大连医科大学附属一院骨外科张卫国主任专诊日，半个多小时时间里，张卫国主任连续不断地给两名骨关节病的患者进行了问诊。在出诊间歇时，张卫国向志愿者们介绍说：“有1/3患者不会看病，什么资料、检查结果都不拿就来了，好不容易挂上的号就白白浪费了。”

张卫国主任说，专家诊疗除了凭经验外，更主要的还是要靠客观的检查结果，如CT、化验等。因此，患者应该先到普通门诊把各项检查都做完了，如果还得不到解决，再来挂号找专家看看，专家就是解决一些疑难杂症。对于医生的提醒，志愿者们纷纷赞同。

期盼 志愿者希望门诊大楼别太挤

在医大一院外科门诊走廊里记者看到，狭长的走廊挤满了等候的患者，有坐轮椅的、有拄拐杖的、有婴儿还有老态龙钟的老人。志愿者张瑞珍说：“这么多年了，长春路医院还是老样子，门诊看病连个电梯都没有。”志愿者们希望设施能得到改善，至少别太拥挤。

据了解，医大一院长春路门诊部1930年建成，至今已经80多年了，由于地基老化，大楼无法改扩建，导致医院门诊、住院部拥挤不堪。昨日，记者也从医院得到了一个好消息，医院正在积极争取市政府的支持，筹划建一所新的门诊、住院大楼，新大楼门诊部将容纳8000～10000名患者，可大大改善患者的就医条件。

体会

“今天终于有这样一个机会，穿上白大褂，近距离感受医护人员的工作，确实感触太多了。”志愿者张冬青说道，医护人员严谨的工作作风和繁重的工作量，让她和其他志愿者真正领略到了医护人员的奉献精神。“患者和家属也该换位思考一下，设身处地地理解医生、护士。”当提及这些年，国内多地出现过医生护士被打事件，一位志愿者如是说道。“其实我们也是非常理解患者和家属的心情，得了病，肯定都心烦意乱的。”一位护士说，即便是挨了打，她们也没有怨言。

郭明义先进事迹报告团来连

大连日报　2011.11.05

（记者：许晓楠）

本报讯　昨天，受团市委邀请，郭明义同志先进事迹报告团在大连海事大学和大连医科大学举行了两场精彩生动、感人至深的报告会。全市团干部、YBC创业青年、各高校学生会主席及学生代表等各界青年近万人聆听了报告。

郭明义同志是我省在创先争优活动中涌现出的全国重大典型，是新时期学习实践雷锋精神的优秀代表，集中展现了新时期共产党员的政治本色和精神风貌。身为鞍钢矿业公司齐大山铁矿采场的一名普通公路管理员，郭明义参加工作30多年来，坚持不懈地弘扬雷锋精神，爱岗敬业，无私奉献，被誉为“雷锋传人”、“爱心使者”。

会上，郭明义用朴素的语言，讲述了自己的成长过程和心路历程，报告团其他4名同志从不同侧面介绍了郭明义同志的先进事迹。郭明义同志多年来爱岗敬业、无私奉献的精神使聆听报告的每一个人的心灵受到震撼和洗礼。

会上，参会各界青年集体宣誓表示要学习郭明义，永远做一个有益于人民的人。会上还举行了大连市共青团“郭明义”团队成立仪式，郭明义亲自为团队授旗。

送检“一根管”，“导弹”带果来

轰鸣声中免去了医患跑腿之苦 降低了交叉感染机会

大连日报　2011.11.18

（记者：张丽霞）

本报讯　昨日，在大连医科大学附属二院五楼儿科门诊，许多患儿和家长正围着一个管道口盯着看，5岁的畅畅兴奋地对记者说：“刚才护士阿姨把我的血放到了一个小‘导弹’里，轰的一声就没有啦。阿姨说，一会儿小‘导弹’就会回来，我们正在等着呢！”畅畅说的小“导弹”就是该医院刚刚启动的医用气动物流传输系统，通过一根连接在各科室的钢管，可以把血样、病理等资料直接送达。畅畅妈妈告诉记者，原来抽完血后，要领着儿子下楼送血样，结果出来后还得去拿，又费时间又麻烦。“现在不用了，抽完血后血样直接就被送走了。”

记者抬起手腕看着表，计算着畅畅的血样送到检验科检验再送达回来的时间，总共不到20分钟，只听管道又是一阵轰鸣，一个塑料橄榄球平稳地落了下来。护士长刘婉彧熟练地打开小“导弹”说：“畅畅，你的化验单回来了，快拿给专家看看。”紧接着，又一个小患儿采血完毕，刘婉彧把血样夹好后，把小“导弹”放到发射台上，按了一下检验科的代码，又是一声轰鸣，“导弹”被吸走了。“行了，1分钟时间就会到达检验科。”刘婉彧说，儿科门诊每天要接待200多名患儿，其中近一半的患儿需要抽血化验。有了这个系统，节时的同时也保证了医疗安全。

记者从大连医科大学附属二院了解到，医用气动物流传输系统目前已经在该院门诊大楼里正式启用。它由一根镀锌合金管道作为媒介，采用空压机原理，利用气流，将标本、单据、药品等放入传输瓶（小“导弹”），以每秒8米的速度全程密闭地快速、安全、准确送达目的地。目前，医院一期工程门急诊楼共有9个工作站，包括体检中心、儿科采血室、门诊检验、ICU、门诊手术室、急诊检验科、急诊治疗室、急诊药局和急诊病房等。医院预计在星海院区的门急诊楼和新教学病房楼设置安装59个传输工作站，目前已完成门急诊楼和新教学病房楼约3000米的管道、58个站点的设计安装工作，并将分期分批投入使用。在医院ICU病房里，护士长于波深有感触地说，夜间是病情变化最快的时候，有时候需要急查血液，医生要根据血液结果调整用药。以前需要打电话给送样人员，人员到来后双方还要签字核对，再将血样送到检验室。一来二去必定要耽误10多分钟时间。同时送样人员要为全院服务，所以报告拿错的现象时有发生。现在有了这个新系统，既方便又安全，还大大降低了交叉感染的机会。

写一封信给未来的自己

——大学生们以特别载体规划就学生涯

大连日报　2011.11.21

（李松泽　记者：谢小芳）

本报讯“亲爱的自己，时间终于走到了这一天，恭喜你毕业了。在面对问题时，你可以有些许自信了。你可以去自己工作、自己生活，真正独立了……你一定要努力学习去做每一件事，珍惜每一个机会，而我也会为了更美好的你一直做准备……”这是大连医科大学心理学系大二学生关旭给毕业时的自己写的一封信。近日，大连医科大学义工协会在校园内组织开展了“写给未来自己的一封信”活动，号召同学们写一封信给毕业后的自己，交由义工协会统一封存保管，而义工协会将在该同学毕业之际把信“寄”回该同学手中。

大医临床医学七年制学生李德胜是其中一名参与者，他为自己大学生涯的不同阶段制定了相应目标，如在“挑战杯”中获得名次、取得执业医师资格证等。他说：“这个活动让我对自己的目标有了更深刻的认识，我希望再拿到这封信时，我的目标都能够实现。”大学生都在信中坦诚地表达了渴望独立、在学业上取得成就的愿望，也为自己未来的工作或深造作出了积极的设想。许多大学生还把去贫困地区支教、支医等公益行动列入大学生涯的自我规划之中。

大连医科大学义工协会会长黄睿表示，许多大学生平时行为散漫，认为大学就是“由你玩四年”，“给未来的自己写一封信，是希望每个人都能思考自己将要面对什么，从而履行对自己的承诺，时刻严格要求自己，合理规划大学生活。”

大医创业孵化基地昨日揭牌

大连日报　2011.11.22

（记者：谢小芳）

本报讯　11月21日，大连医科大学创业孵化基地揭牌成立，该基地投资20万元、占地300余平方米，分为创业基地、孵化基地两大功能区域，围绕医学院校特点，积极探索医学院校创业工作新模式，将大学生科技创新、思维创新、社会实践和自主创业相结合。

据悉，首批有8个大学生创业团队入驻、4个创业项目进行孵化，其中“儿牙口腔医院”、“药膳咨询公司”等项目将专业和创业进行了有机结合，充分体现了医学院校的专业优势，是辽宁省医学院校首个大学生创业孵化基地。

占据心血管病诊疗制高点

新商报　2011.11.28

（记者：张琳）

2011年10月，大连医科大学附属第一医院心血管学科获批国家级重点专科，这是大连唯一的一个心血管疾病国家级重点专科。这标志着以大连医科大学附属一院心血管病学科为旗帜，大连的心血管病诊疗水平已迈进国内先进行列。对于滨城的心血管疑难杂症患者来说，他们再也不必几经周折，舟车劳顿地赶往北京或上海求治。

8个亚专科各有所长，整体实力居于国内前列

大连医科大学附属第一医院心血管学科成立于1953年。近60年来，学科规模不断扩大、学术地位不断提升、医疗水平不断提高。现已发展成为集医教研于一体，设有248张床位的心血管诊疗中心。大医附属一院心血管科拥有四个心内病房、一个心外病房、一个CCU和一个ICU病房、三个心导管室和一个心血管病检查中心，中心获批成为大连医科大学的硕士点和博士点以及大连医科大学心脏中心，2010年经辽宁省卫生厅批准成立为心血管病医院。

现代心血管病学的发展越来越强调亚专科的深入发展以及多学科的横向合作。目前，在专科基础上，已经形成了冠心病、心律失常、心力衰竭、高血压等8个亚专科，在各学术带头人的带动和完善的人才梯队配合下，不断开展新技术，攻克了许多疑难病例。在心内外科每年住院的近6000人次中，疑难危重病例占到60%以上，治愈率达94%以上；年均门诊量达84000人次，且连续十年无医疗事故发生，综合诊治能力和水平均位于国内先进地位。

学科有一支高水平的国内知名专家团队，有一支技术精湛、敬业奉献的优秀护理队伍，有一批齐全和先进的大型仪器设备，更有“一家人、一条心、一股劲”的团队精神和用心、精心、尽心“治心病”的服务理念。

重视科研和人才培养，推动医疗技术不断发展

作为大医附属一院，心血管病学科除了在提供先进的心脏病医疗技术和服务之外，还担负了培养医学人才、开展医学科研的重任。大医附属一院的心血管学科团队拥有20名博士，仅十一五期间就承担国家和省市级科研课题30余项，发表包括SCI论文在内的学术论文200余篇，获得国家级和省部级科技奖励10余项。主编和参编专著20余部。

大医附属一院注重国内外学术交流，主办的“心房颤动国际论坛”等已经成为心血管领域的品牌会议。先后派出数十名医生赴国外进修学习，并聘请一批国内外知名学者作为客座教授定期来医院讲学、合作手术，大大推动了医疗技术的发展和学科影响力的提升。

医院积极承担社会责任，热心社会公益活动。在国内率先建立了心脏中心网站和房颤等专病网站。经常组织世界心脏日的义诊和宣教、先心病儿童的普查和慈善救治、百姓医学科普大讲堂、社区医务人员的培训、基层医院的会诊

和巡讲等活动，为大连市乃至辽南地区的心血管疾病诊疗、科研水平的提高起到了重要的作用，更促进了百姓健康观念质的转变。

辽宁省卫生发展研究中心在大连医科大学挂牌

大连天健网 2011.12.18

（记者：金东淑）

天健网消息 12 月 17 日，辽宁省卫生发展研究中心在大连医科大学公共卫生学院正式挂牌成立。该中心是在卫生事业改革和发展研究领域搭建的一个学术交流平台，其主要职能是开展卫生改革与发展的战略研究，为制定卫生政策提供咨询和建议；构建辽宁省卫生发展信息平台和专业人才平台；开展卫生经济与卫生管理的基础理论研究，进行卫生政策与经济技术评估。

大连医科大学早在 1985 年就创建了卫生事业管理专业，并在管理系的基础上，于 2010 年成立了公共卫生学院。公卫学院拥有 2 个省级重点学科，1 个一级学科硕士点，5 个二级学科硕士点。在卫生事业领域研究取得了显著成绩，近年来，公卫学院共主持各级各类科研课题 149 项，其中国家自然科学基金 15 项。学校先后与 30 个国家和地区的高等院校和科研院所建立了合作关系，为开展医药卫生研究提供了良好的国际合作基础。

大学+医院，最受益的是百姓

新商报 2011.12.31

（记者：青竹）

新商报讯 在大连市民的就医观念中，有身体上的“大事”还得找医科大学的医生，这缘于对医学院校医、教、研丰厚资源的信任。但对于省属的大连医科大学，如何打开区域壁垒，与大连市属医院结合，实现大连医疗优势资源最大化，这个在卫生系统“挂号”几年的计划终于实现了。昨天，大连市中心医院、大连友谊医院成为大连医科大学非直属附属医院，这是辽宁省卫生资源整合的重要部分，两所市属三甲医院将与大连医科大学在教学管理、学科建设、医疗技术等方面开展深度合作，此举不断大大化解了市属医院科研教学的短板，专家从“实力派”向“学院派”转型。更关键的是，市民享受的医院服务将得到大大提升，大连医科大学的学生也有很多机会在本地完成实习。副市长朱程清出席了昨天的揭牌仪式。

大连医科大学是辽宁省属重点综合性医科大学。多年来，为我省乃至全国培养了大批优秀医学人才，为我国医学教育事业作出了很大贡献。同时，大连医科大学也积极承担地方医疗工作，在公共卫生事件应急处理和医疗救治上、在提升大连地区整体医疗服务品质上、在提高临床科研教学水平上都发挥了至关重要的作用，为我市医疗卫生事业的发展作出了突出贡献。大连市中心医院和大连市友谊医院都是首批三级甲等医院，在医院规模、技术水平和服务能力上都是区域医疗中心。此次两医院成为大连医科大学非直属附属医院，是我市医疗卫生体制改革的一次探索，也为更好地落实当前医药卫生改革“整合医学资源、加强医药科技研发，加强高层次科研、医疗、卫生管理等人才队伍建设”的要求。

辽宁省卫生厅副厅长董德刚表示，大学与医院的合作，是大连医疗发展的“战略之举、权益之举、发展之举，更是先行之举”。临床教育是卫生工作中的核心，大学以塑人与科技为支撑，医疗和大学互相渗透，顺应了医改的要求，符合省委省政府提出的以资源整合为纽带，来探索辽宁省资源的冲击力的大方向。

记者了解到，2012 年新年过后，大连医科大学本科和研究生近 80 名学生就将走进大连市中心医院，开始他们的临床学习。以前，大连医科大学大部分的学生都要远到他乡进行学习，现今有了中心医院、友谊医院两所新的附属医院后，不仅增加了大连医科大学临床教学资源，而且为更好地培养医疗专业人才提供了保障。

声音·两大医院负责人

“医生会手术也要会科研”

“今后我们医生要开始从‘实力派’向‘学院派’转型啦!”市中心医院负责人对记者说，虽然医院近几年在合理用药管理、信息化建设、人文医疗与管理、医院文化建设等工作上都取得了一定的成绩，但是他们也要清醒的认识到，科研教学仍然是医院的薄弱之处。学科建设是医院业务发展的主要环节，没有高水平的科研支持，学科建设将成为空谈。学科的水平、专家的知名度，是靠先进的课题及其后续的成果来体现的。通过科研可以培养出一批能刻苦钻研，敢于设想、敢于创新、敢于实践的具有较高科学素质的医学人才和优秀学科带头人。市友谊医院负责人表示，作为市属医院的医生他们是临床技术的“匠才”，但是，成为大连医科大学附属医院后，医生不但要会看病、手术，还要教学生搞科研。正所谓“教学相长”，临床医生成为教师后就要不断地获得新知识、新技术、新方法，及时掌握本学科国内外发展动态，拓宽了临床教师的知识面，更新了知识结构，这样也促进了学科医疗水平的提高，带动医院整体综合实力的提升。

声音·卫生局相关负责人

“医疗资源整合只是开始”

“技术水平提高了，受益最大的就是百姓。”卫生局相关负责人对记者说，创建非直属附属医院是促进市属医院发展和完善功能的需要，是提升品牌信誉和知名度的需要，更是提高医院临床医疗技术水平、全面促进教学和科研工作并提高医院综合实力的需要。两所医院成为非直属附属医院后，会借鉴大连医科大学严谨的教风、学风，充分利用医科大学在医疗、教学、科研等方面的优势，以教学促进医疗和科研，以教学促进医院管理，切实推动人才培养和学科建设，进一步提高医院医、教、研的整体水平，进而推动医院全面、协调和可持续发展，为大连市人民群众的健康事业作出更大贡献。“这两所医院是一个试点，接下来，我们将分期分批让我市其他综合医院及专科医院加入到大连医科大学非直属附属医院队伍中，整合我市医疗资源，提升我市医疗整体水平。”

中心医院、友谊医院成为医大非直属附属医院

●专家将从“实力派”向“学院派”转型

●其他综合医院专科医院将分期分批加盟

大连日报 2011.12.31

（记者：张丽霞）

本报讯 昨日，随着“大连医科大学附属大连市中心医院”、“大连医科大学附属大连市友谊医院”的揭牌，我市两所三甲医院借助“医、教、研”优势资源，打造自己软实力又迈出新步。省卫生厅有关负责人表示，这是大连医疗发展的“战略之举、全局之举、发展之举、先行之举”。副市长朱程清出席活动。

市中心医院和市友谊医院都是首批三级甲等医院，在医院规模、技术水平和服务能力上都是区域医疗中心。此次两医院成为大连医科大学非直属附属医院，是我市医疗卫生体制改革的一次探索，更好地落实了当前医药卫生改革“整合医学资源、加强医药科技研发，加强高层次科研、医疗、卫生管理等人才队伍建设”的要求。

2012年新年过后，大连医科大学本科和研究生近80名学生将走进大连市中心医院，开始他们的临床实习。以前，大连医科大学大部分学生都要远到他乡进行实习，现今有了中心医院、友谊医院两所新的附属医院后，不仅增加了大连医科大学临床教学资源，而且为更好地培养医疗专业人才提供了保障。“此后，我们医生要开始从‘实力派’向‘学院派’转型啦！”市中心医院负责人说，学科建设是医院业务发展的主要环节，没有高水平的科研支持，学科建设将成为空谈。通过科研工作，不但可以巩固执业医师已有的医学基础知识，总结临床实践经验，掌握和跟踪国内国际最新医学发展动态和趋势，扩大知识范围，活跃思维方式，养成严谨务实的科研作风。更重要的是通过科学研究，可以培养出一批能刻苦钻研，敢于设想、敢于创新、敢于实践的具有较高科学素质的医学人才和优秀学科带头人。市友谊医院负责人表示，成为大连医科大学附属医院后，医生不但要会看病、手术，还要教学生搞科研。临床医生

成为教师后就要不断地获得新知识、新技术、新方法，及时掌握本学科国内外发展动态，更新知识结构，促进学科医疗水平的提高，带动医院整体综合实力的提升。

市卫生局相关负责人说，创建非直属附属医院是促进市属医院发展和完善功能的需要，更是提高医院临床医疗技术水平、全面促进教学和科研工作并提高医院综合实力的需要。“这两所医院是一个试点，接下来我们将分期分批让我市其他综合医院及专科医院加入到大连医科大学非直属附属医院队伍中，整合我市医疗资源，提升我市医疗整体水平。”

第六篇 06

| 2012 |

媒体眼中的大连医科大学

大连医科大学肿瘤中心揭牌

辽宁日报 2012.01.06

（记者：杨丽娟）

1月5日，大连医科大学肿瘤中心正式揭牌，肿瘤中心第一届年会暨哈佛大学医学院青年学者论坛同日举行。副省长陈超英为肿瘤中心揭牌并与青年学者座谈。

大连医科大学肿瘤中心是大连医科大学以合作共建方式引进的高端创新团队，创新团队共有15人，团队成员平均年龄42岁。团队负责人刘强教授为国家杰出青年基金获得者，“973”项目首席科学家，百千万人才工程国家级人选，美国中华医学会杰出教授，美国医学及生物学工程院院士。

肿瘤中心将组建国际化的干细胞优秀科研团队，以肿瘤机制研究为基础、肿瘤预防为重点、肿瘤个体化治疗为中心、转化医学和创新药物为目标，建设在干细胞领域集基础研究、技术研发、临床治疗和技术咨询为一体的国际中心。

大连市中心医院、友谊医院首批成为大医非直属附属医院

健康报网 2012.01.11

健康报网讯 2011年12月30日，“大连医科大学附属大连市中心医院、大连医科大学附属大连市友谊医院签字揭牌仪式”举行，这是大连市医疗卫生体制改革的一次探索，是辽宁省卫生资源整合的重要举措。省卫生厅副厅长董德刚表示，这是大连医疗发展的“战略之举、全局之举、发展之举、先行之举”。大连市副市长朱程清出席活动。

创建非直属附属医院是促进市属医院发展和完善功能的需要，也是更好落实“整合医学资源，加强高层次科研、医疗、卫生管理等人才队伍建设”医改要求的需要。大连市中心医院、大连市友谊医院成为大连医科大学非直属附属医院，将大大化解市属医院科研教学的短板，大连医科大学的学生也将有更

多机会在本地完成实习，有利于实现资源共享与优势互补。两所市属医院将认真借鉴大连医科大学严谨的教风学风，充分利用医科大学在教学管理、学科建设、科研工作等方面的优势，提高医院的教学质量及科研能力，推动学科发展和人才建设，促使医护人员由“实力派”向“学院派”转型，以更加规范的模式为广大患者服务，市民享受的医疗服务将得到大大提升。

大连市中心医院、大连市友谊医院成为大连医科大学非直属附属医院，不仅是市属医院与教学单位在合作方面的重大突破，更是两所医院进一步向医疗、教学、科研共同发展的新起点，也是两所医院争创全国一流医院战略的重要组成部分，对于深化大连市医药卫生体制改革、提升大连市乃至辽南地区医疗服务整体水平具有十分重要的意义。这两所医院成为大连医科大学非直属附属医院是一个试点，大连市将分期分批组织其他综合医院及专科医院加入到大连医科大学非直属附属医院队伍中，实现大连医疗优势资源最大化。今后，还将不断创新合作机制，优化人才成长环境，推动医疗服务与科研双向发展，为大连市医药卫生事业可持续发展奠定坚实基础。

大连医科大学肿瘤中心成立

健康报网　2012. 01. 11

健康报网讯　大连医科大学肿瘤中心成立揭牌仪式于1月5日在大连医科大学举行，辽宁省副省长陈超英与大连医科大学党委书记周万春共同为大医肿瘤中心成立揭牌。

副省长陈超英代表省政府对肿瘤中心的成立表示祝贺，并介绍了辽宁省高等教育、科研的现状和未来规划，并从“创新、创业、创环境”三个方面对肿瘤中心的发展提出了希望，要求高校把研究所的职能承担起来，大医肿瘤创新团队要作为全省的标杆和示范，建成辽宁肿瘤防治的高峰，完成肿瘤疾病的预防、治疗、转化，更好地服务百姓。他希望高校能创造公平、公正的环境，使人才脱颖而出，为人才搭建舞台。

大医肿瘤中心同时举办了第一届年会暨哈佛大学医学院青年学者论坛，哈佛大学医学院的胡毅等10名青年学者应邀来到大连医科大学，参加该论坛。副省长陈超英参加了论坛并与大医肿瘤中心教授和哈佛大学医学院青年学者进行了座谈。

大连医科大学肿瘤中心创新团队是大医按照人才引进、合作共建等方式聘请到的高端肿瘤创新团队。团队共有15人，包括6位杰出青年基金获得者，平均年龄42岁。团队负责人刘强教授为国家杰出青年基金获得者，“973”项目首席科学家，百千万人才工程国家级人选，美国中华医学会杰出教授，美国医学及生物学工程院院士。此创新团队以肿瘤机制研究为基础、肿瘤预防为重点、肿瘤个体化治疗为中心、转化医学和创新药物为目标，把基础研究与临床治疗紧密结合，处于肿瘤研究的学术前沿。而且大医为其建立的肿瘤干细胞联合实验室已获批辽宁省第一批高校重大科技平台。

大医肿瘤中心教授和哈佛大学医学院青年学者就肿瘤研究最新进展、肿瘤专业人才的培养与引进、博硕士研究生的培养等方面进行了交流。

在5、6号两天时间里，大医举办了10多场与肿瘤相关的学术报告，吸引了全市肿瘤研究人员前来学习交流。

大连医科大到20多个城市的学生家中家访

大连天健网　2012. 01. 16

（胡莉莉　记者：金东淑）

天健网消息 刚刚放寒假，大连医科大学口腔医学院辅导员丁颢老师就远赴新疆吐鲁番市葡萄乡巴格日村，探望了维族学生阿孜古丽等3个新疆学生的家庭，正式开启了大医寒假“暖冬爱心行”辅导员家访活动。丁老师为家长带去了学校景观台历、成绩单、学生写给父母的书信以及米面油肉等年货，以表达学校的新年问候。

据大医学生处处长刘景伟介绍，每年寒暑假，学校都开展家访活动，辅导员、“两课”教师、心理健康中心教师、班导师等都积极深入学生家庭，和学生近距离接触。学校要求每名辅导员至少走访两名有特殊问题的学生家庭，通过有针对性的走访，解决学生的实际困难，实现“家校联动、共助成长”。在去年的寒假，大医老师实地入户走访慰问学生家庭123户，走访地区涉及6个省份，20多个城市。

大医在实地入户走访的基础上还开展了电话家访、网络家长会、给家长一封信等多种形式的家访活动，丰富了家访活动载体，创新了家访活动举措，形成了以实地入户走访为主，以电话访问、网络视频、快递信件为辅助的多渠道“走访—网访—话访”全方位的家访工作模式。

大医万名学子加入郭明义团队

新商报 2012.03.04

（记者：黄华）

新商报讯昨日，大连医科大学11个分团委集体加入郭明义爱心团队，375个团支部的万余名学子成为郭明义微博的粉丝，用这种方表达了追随新时期的“活雷锋”郭明义同志传递爱心的决心。

郭明义同志先进事迹报告团在去年11月到该校作报告时就在全校引起轰动，4000余名师生现场共同宣誓向郭明义同志学习，学校还聘请郭明义同志作为大连医科大学“德育教育名誉教授”。随后，学校相继开展“学习郭明义先进事迹”，“寻找我身边的郭明义”等活动，并编写学习郭明义体会文集。该校口腔医学院团总支于去年7月率先加入郭明义爱心团队微博。

我市高校首个雷锋班诞生

大连日报 2012.03.05

（水晓凤 记者：谢小芳）

本报讯3月4日，大连医科大学检验医学院举行了雷锋班的成立仪式。据悉，这是大连高校的首个雷锋班，目前共有15名大学生。

在启动仪式上，大连市雷锋班的创始人周勇鼓励大学生们积极参加到雷锋班活动中，希望雷锋班的规模越来越大，今后能成为一个大学生雷锋班群体。在现场，孤独症患者刘爽还和雷锋班的同学们进行交流互动，坦率地倾诉自己的经历，收获了和雷锋班同学的友谊。

大医成立遗体捐献服务队

大连日报 2012.03.31

（水晓凤 记者：谢小芳）

本报讯 每年的4月1日是大连市遗体捐献纪念日。3月29日，大连医科大学遗体捐献志愿者服务队正式成立，志愿服务队由大连医科大学的爱心师生自愿组成，为遗体捐献登记者、实现者家属提供服务和人文关怀。

据了解，大连医科大学遗体和器官捐献中心自2001年成立以来，已接受登记遗体捐献志愿者986人，有117人实现遗体捐献夙愿。

大连市遗体（器官）捐献者纪念碑昨揭幕

“无语体师”有了安息之地

大连日报 2012.04.01

（记者：张丽霞）

本报讯“我们悲伤，悲伤我们的亲人含辛茹苦一辈子，临终却没有哪怕巴掌大的墓地，砖块大的墓碑；我们矛盾，矛盾我们无处寄托自己的哀思与想念。”这是一位遗体捐赠者家属的肺腑之言，同时也道出了他们的心声。昨日上午，家属们的心愿终得以实现了。由市政府投资86万元建设的“大连市遗体（器官）捐献者纪念碑”揭幕仪式暨2012纪念捐献者追思会在大黑石将军山公园公墓举行。各相关单位的领导、捐献者家属、红十字志愿者、大连医科大学师生代表共300多人参加了仪式。按照规定，遗体捐献使用完毕后，骨灰不返还，不保留，集中统一送殡葬部门火化，家属们苦于无处祭奠逝者。至此，遗体捐献者的家属们可以到纪念碑来寄托他们的哀思了。未来捐献者的名字也将于每年的清明节前夕，加刻到碑上，让每一位捐献者都有一个理想的归宿。每年还将定期举行纪念活动。

昨日上午，记者也来到了大连市遗体（器官）捐献者纪念碑，参加了捐献者追思会。纪念碑坐落在绿山环抱中，占地面积200平方米。由主纪念碑、沉思广场和纪念区域三部分组成，整体方案设计以手、海浪、竹笋作为构思创作元素，寓意“生命永恒”和“回归自然”的主题，表达了遗体、器官和角膜捐献者宽大的胸怀和无私的高尚品格。主纪念碑高4.9米，众“手”高举醒目的红十字标志，彰显了人道、博爱、奉献的红十字精神。在沉思广场两侧的纪念区域立有12块卧碑，以金色字体镌刻着首批126名已实现愿望的遗体、器官和角膜捐献者的名字。围绕在这些名字周围的是捐献者的家属、志愿者寄托哀思的白色、黄色的菊花。在碑的周围则长满了翠绿的松柏。

追思会上，大连医科大学学生为表达对“无语体师”——遗体捐献者的敬仰，在追思会上朗诵了《爱的礼赞》，前来祭祀的捐献者家属、志愿者、学生和市民为捐献者献上一束束菊花。捐献者家属田舒说，母亲2007年去世，父亲2011年去世，按照他们的嘱托，都将遗体捐赠给大连医科大学。虽然他们没有墓穴，无法按照传统将骨灰合葬，可在纪念碑上，他们的名字却被刻在了一起，这也是一种别样的团聚。他也曾对遗体捐献的事情矛盾过，担心父母没有墓穴，担心亲友不理解。“虽然没有自己的墓穴，但你们永远活在我们心中；虽然没有自己的墓碑，但却有一座丰碑树立在大黑石将军山公园。”田舒说，我作为一对老医生的后代，一对遗体捐献者的儿子，面对脚下的青山绿水和庄严的纪念碑宣誓：百年之后也当作为一名光荣的捐献者，为祖国的医疗教学事业，为救治更多的病人，作出自己最后的贡献。

据了解，2009年清明，在市红十字会为纪念碑选址多方寻求支持没有着落，大黑石将军山公园公墓有限公司董事长、大黑石村党总支书记曲钟实得知后，立即与市红十字会取得联系。“这些人太了不起了，这需要多大的勇气，不是谁都能做得到的。该给他们立个碑，留给后人效仿。”于是他将墓地最好的一块地让给红十字会建纪念碑。为尊重遗体捐赠者，感恩社会各界人士的志愿无偿捐赠，大连医科大学2001年3月6日正式成立大连医科大学遗体和器官捐赠中心，从2009年起，大连市政府将每年的3月31日定为大连遗体捐献纪念日。遗体捐赠中心在学校解剖馆为遗体捐献者专门设立了生平展示厅，所有捐献者的生前照片、出生日期及捐赠（逝世）日期都展示在上面。学校配备了专用接受车辆和工作人员，规范了遗体捐赠管理。

大连医科大学学生评选校园感动人物

大连日报　2012.04.06

（水晓凤　记者：谢小芳）

本报讯 冒着大雨给全班同学送伞的骆大尧；躺在病床上却依然抱着医学书学习的赵倩楠；父母双亡跟爷爷奶奶生活的坚强的刘倩倩；从浙江慈溪每年自己一个人骑车14天来大连上学的霍蔚鹏；辍学两次，两次重返学校的刘艳蕾……虽然普通，却给人带来温暖和感动。日前，大连医科大学由全体大学生投票选出了“感动大医”十大人物。

大连医科大学团委苍健说：“‘感动大医’这样的活动，是为了号召大学生们善于发现身边的感动，学会感恩。平时除了学习还要加强自己的人文素养，全面发展，学会为别人着想。除了这十人，其实还有好多同学都在用自己的实际行动感动着‘大医’，感动身边的每个人。”

东北区高等医学院校大学生临床技能竞赛大连开赛

大连天健网　2012.04.08

（记者：金东淑）

天健网消息以仿真模拟人和医学模拟器具为操作对象，进行内科、外科、妇产科、儿科、急救和护理的基本操作……4月8日，来自东北三省的11所医学院校的学生齐聚大连医科大学体育馆，同场竞技临床技能。获得一等奖的吉林大学、中国医科大学、哈尔滨医科大学和获科优秀竞赛、优秀组织奖的大连医科大学将代表东北高校参加全国高等医学院校大学生临床技能竞赛。

此次大赛是大连医科大学承办的第三届全国高等医学院校大学生临床技能竞赛东北分区赛比赛，11所医学院包括哈尔滨医科大学、佳木斯大学、齐齐哈尔医学院、北华大学、长春中医药大学、吉林大学、吉林医药学院、延边大学、沈阳医学院、中国医科大学、大连医科大学。每个高校有 4 名参赛选手，选手以仿真模拟人和医学模拟器具为操作对象，进行内科、外科、妇产科、儿科、急救、护理等项目比赛。比赛的内容都是临床上有实用意义的基本操作，如心肺复苏、腹腔穿刺、骨折的小夹板固定、小儿腰穿、妇科检查等。所有参赛选手在规定的时间内完成指定的操作内容，以考点完成质量为评分标准。

据大医临床教学处处长王绍武介绍，“比赛用具是为临床技能实践操作而特别购置的模具，很好地将模拟与临床实践紧密结合，而且在大医，这种仿真模拟人已在临床教学实践课上广泛使用。此次比赛题中，也将人文关怀、爱伤观念等医学生必备素质融入其中。”

融教育性、比赛性、实践性于一体的临床技能的强化训练，不仅检验了各院校医学生的临床实践知识、基本操作技能、医疗安全意识和仪器规范使用水平，更检验了医学生对临床现象认真观察分析判断、逻辑推理进而作出临床结论和解决临床实际问题的能力。

全国高等医学院校大学生临床技能竞赛是由教育部高等教育司主办，以全面提高医学生综合素质和人才培养质量，推动高等医学院校进一步加强临床实践教学改革，创新实践教学体系为目的，围绕临床医学的基础知识、基本技能和基本操作展开。全国近 200 所医学院校分 6 个赛区于 4 月份进行选拔赛，5 月将在北京大学举行总决赛。

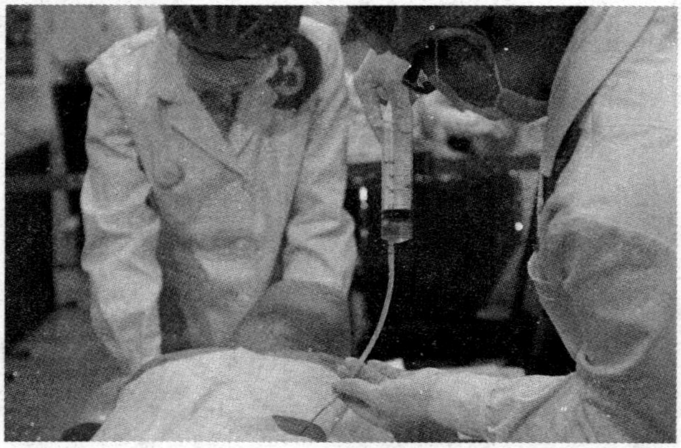

利用模具进行腹腔穿刺

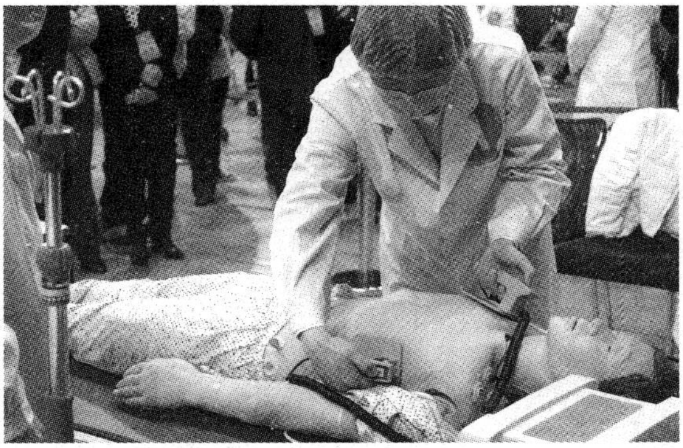

心肺复苏

第三届全国高等医学院校大学生临床技能竞赛（东北赛区）举行

中国教育报　2012.04.09

4月8日，参赛选手在为“病人”进行临床治疗。当日，第三届全国高等医学院校大学生临床技能竞赛（东北赛区）在大连医科大学举行。姜冰 摄（新华社发）

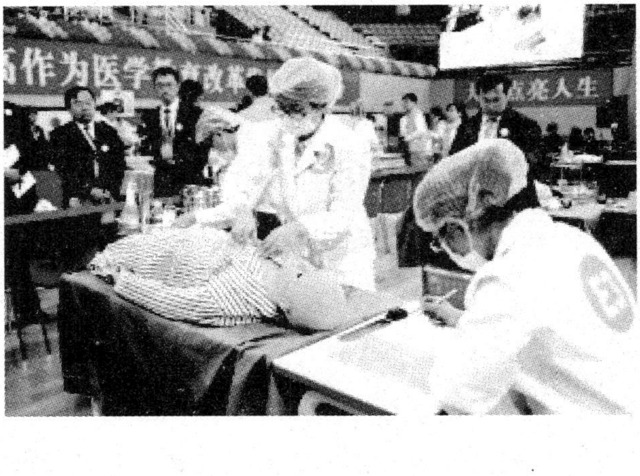

大医一院两名教授入选大连首批领军人才

健康报网　2012.04.12

健康报网讯　今年2月，大连市首批领军人才选拔结果揭晓，大连医科大学附属第一医院党委书记兼常务副院长徐英辉教授、副院长吴泰华教授作为中青年专业技术人才被列入大连市首批领军人才培养工程人选。

从大连市人力资源和社会保障局获悉，首批选拔工作从去年8月份开始启动，大连市共有330余名专业技术人员申报参选。经过科学、专业的独立评审和会议评审，并严格履行大连市人才工作协调小组办公室审核、公示、市政府审批等程序后，最终确定了102名人选。

实施领军人才培养工程是《大连市中长期人才发展规划》确定的一项重大人才工程，目标是努力培养造就一支具有全国乃至世界一流水平的领军人才队伍。为实现这个目标，按照《大连市领军人才培养工程实施办法》规定，大连市将建立政府、单位、社会和个人联合开发培养机制。

目前，大连市人社局正在会同市财政局研究制定领军人才项目资助办法，近期将对领军人才开展的创新研发、研修培训和学术交流等活动提供资金支持。(大连医科大学附属第一医院宣传部)

留学生组团到社区学写字

半岛晨报　2012.04.14

(记者：阎华)

采自凌海社区·新鲜事

4月12日下午，高新园区凌水街道凌海社区老干办书画班来了一群特殊的学生，这些学生或金发碧眼、或皮肤黝黑，尽管中国话说的还不是很流利，但行、楷、隶、草中国书法却写的有模有样，这些来自16个国家的大连医科大学留学生每周四、周五都来凌海社区跟社区居民“学艺”。

在当天的活动中，来自美国、英国、南非、印尼、越南、巴勒斯坦等16个国家的留学生从一进门开始，便被浓厚的文化艺术氛围所吸引。琳琅满目的书画作品、典雅精致的文房四宝令这些外国留学生啧啧称赞。他们操着水平不同的汉语饶有趣味地问个不停：“哪幅画儿画得最好?”“中国花鸟画与西方油画有什么区别?”“墨为什么要在砚台里磨?”“毛笔的毛是什么做成的？”“一幅画为什么要裱起来？”……

一位外国友人是医科大学临床系的大三学生。他从小喜欢中国传统文化，特别是对中国书画感兴趣，还曾学习过中国书法，尤其喜欢唐伯虎，因此比起其他同学，他对中国文化懂得稍微多些。

活动现场，老人们为留学生展示作画。看着老人们笔走龙蛇，寥寥几笔就勾勒出一幅幅精美的写意花鸟和人物画，留学生们大为叹服，非要现场拜师求教。同学们忍不住在画家的指导下“一试身手”，虽然中国字写得还比较有模有样，但是画起来就成了真正的“涂鸦之作”，于是不停地相互打趣。老人们教他们毛笔字，他们教老人们外语和所学的健康知识，作为友好的回馈。

大学生为小学生送健康

大连日报　2012.04.16

（李松泽　记者：谢小芳）

本报讯 日前，大连医科大学自立社医疗队一行8人来到旅顺九三小学，为小学生们讲授饮食卫生小常识。早餐应该吃什么？如何控制饮食过量？什么时间吃水果最好？吃什么能提升夜间视力？这些日常饮食小窍门无不激起孩子们的兴趣，帮助他们从小养成科学的饮食习惯。

大连医科大学医疗队自2007年起，定期走进小学校，为小学生们讲授健康安全知识，5年来从未间断。

省医疗会诊中心落户大医一院

医生大屏幕前远程会诊县区医院患者

大连日报 2012.04.19

（记者：张丽霞）

本报讯 辽宁省医疗会诊中心落户大连医科大学附属第一医院揭牌仪式昨日在该院举行。至此，金州、普兰店、瓦房店、庄河等地区的百姓不出家门即可享受到大医院高质量的医疗服务，真正实现“基层首诊、分级医疗、远程会诊、定点指导、双向转诊、上下联动”的金字塔型医疗协作模式。

2007年，该院在我省首次提出建立技术协作医院的发展思路，先后与瓦房店市中心医院、庄河市中心医院、普兰店市中心医院、金州区第一人民医院、营口开发区中心医院、大连大学老年病医院、甘井子区人民医院7家医院建立了技术协作医院，与朝阳县人民医院、青海省西宁市湟中县第二人民医院及西岗区六家卫生服务中心建立了对口支援单位。真正实现小病、常见病、多发病在基层，大病、疑难重症到大医院的医疗格局。

据了解，该医院已经引进远程会诊系统，可以同时与5家技术协作医院共同在线实时观阅患者的B超、X光、CT、核磁共振等影像资料，血液、生化等各种检验信息，实现电子病历实时传输，与各县区医院医生进行交互式网络音频、视频连接。昨日记者看到，医生坐在大屏幕前可以清楚地看到县区医院传输的患者病历，既节省了患者的就诊时间，又最大限度地减轻了患者的经济负担。

大学图书馆：实体书“遭冷”　电子书“受宠”

大连日报　2012.04.24

（李松泽　记者：谢小芳）

本报讯 昨天，大连医科大学图书馆在“庆祝世界读书日”庆典上，对上一年度借阅图书馆书籍数量最多的20名学生和教师进行了表彰。馆长王虹菲表示，表彰借阅书籍最多的同学，并不是把读书当成“比赛”，而是鼓励全校师生走进图书馆，沉下心来读一本好书。

近年来，电子书资源以其方便快捷的优势受到大学生的青睐，手机、IPad随手就能上网查到想看的学术论文、百科知识、小说等，真正静下心来阅读实体书的大学生正在减少。王虹菲告诉记者，最近三年，大连医科大学图书馆实体书年借阅量在逐年减少，相比之下，图书馆数据库的电子资源利用率在逐年提高。“我们并不是反对学生利用电子资源，互联网速度快、更新快，学生能够及时了解到最新的学术科研进展，是很值得利用的。但是电子书是种‘碎片化阅读’，不具备实体书的完整性和系统性。大学生不仅要学习知识，更要培养文化素养。在安静的环境下捧一本好书，会让人有思考的空间，让思想更有深度，领会书中的内涵，这本身就是一种享受。”王虹菲说。

辽宁医疗会诊中心成立

健康报　2012.05.02

辽宁省医疗会诊中心成立暨技术协作医院远程会诊启动仪式，近日在大连医科大学附属一院举行。会上，大医一院与瓦房店市中心医院、庄河市中心医院等7家协作医院院长签署了技术协作医院协议书。据大医一院院长姜长斌介绍，该远程会诊系统可以同时与5家协作医院在线实时观阅患者的影像资料以及血液、生化等各种检验信息，实现电子病历实时传输，与各县、区级医院医生进行交互式网络音频、视频连接。

弘扬五四精神 奋发创新创业（节录）

大连日报 2012.05.07

【编者按】

“五四”前夕，市委统战部、团市委、市归国留学人员联谊会和市学生联合会共同组建大连市归国留学人员创业英才报告团，走进大学校园开展归国留学人员创业报国事迹宣讲活动。报告团成员全部由近年来我市评选出的“归国留学人员创业英才”组成。在“五四”青年节到来之际，本报摘要刊登10名归国创业英才留学报国、创新创业的事迹，激励青年朋友们开拓进取、奋发有为。

……

马翔

隋鸿锦

胡祥

患者眼中的“光明使者”

马翔，男，1965年10月出生，中共党员，博士研究生，留学美国，大连医科大学附属第一医院眼科主任

马翔1987年于大连医科大学毕业并留校在附属第一医院眼科工作。曾师承我国著名眼科学家、眼科学会主任委员黎晓新教授，获北京大学医学部

眼科学博士学位。1997年留学国际著名的美国迈阿密大学Bascom Palmer眼科研究所及中心。2001年，在美国经过4年多严格博士后训练和工作的马翔，他的有关人工角膜材料的研究荣获国际眼科研究学会颁发的“研究奖”和美国路易丝安娜州眼科学会颁发的论文奖。他在国际上发表近30篇论文，有近10余篇论文发表于世界一流眼科杂志。此时，世界著名的哈佛大学眼科研究所、约翰·霍普金斯医学中心的眼科研究所等纷纷向他发出工作邀请，但他却放弃国外的优越生活，打定主意回国。2001年2月，马翔谢绝了导师的挽留，谢绝了所有的工作邀请，带着他的科研成果，带着他治病救人的热切渴望，回到了大连医科大学附属第一医院。年底，他研究的课题——转基因角膜干细胞移植，获得了国家自然科学基金资助。2002年2月，这一课题的初步成果被“国家973”专家组肯定，年轻的马翔教授，被聘为国家重大项目、国家自然科学基金重大重点项目、国际合作重大项目、海外留学基金等基金的二审专家。

回国后的马翔“干起活来不要命”，用心为患者带来光明。2007年以来，他共做了4000余例手术，成功地为病人解除病患，重见光明。

马翔教授24年来一直坚持医疗、教学和科研一线工作，跟踪世界眼科发展前沿，在国内率先开展遗传性眼病的基因诊断和综合治疗，率先开展了眼穴位针灸等综合治疗视神经萎缩，在东北率先开展玻璃体腔注射联合PDT激光治疗老年黄斑变性、黄斑水肿、糖尿病黄斑病变等。近年来共发表论文50余篇，其中有10余篇发表于国际著名眼科杂志；主持国家自然科学基金3项等10余项课题。获辽宁省科学技术进步二等奖等奖项。

领跑生物塑化立潮头

隋鸿锦，男，1965年2月出生，民盟盟员，博士生导师，留学德国，大连鸿峰生物科技有限公司总经理

1994年，35岁时就被破格晋升为教授的隋鸿锦带着“将人体标本从福尔马林中解放出来”的理想，受大连医科大学委派，以访问学者身份赴德国海德堡大学专修生物塑化技术。时隔多年，隋鸿锦说，“搞科研的人，不仅要学习国外的先进技术，更要把先进技术兼收并蓄，用于发展民族科研事业。”

1994年底，隋鸿锦带着一份推动民族生物塑化事业发展的赤子情怀回到了祖国，成为在中国推广这项技术的第一人。

2002年6月，隋鸿锦建立了中国第一个生物塑化研究机构——大连医大

生物塑化有限公司，年创利润500万元。2004年，大连鸿峰生物科技有限公司成立，隋鸿锦出任公司总经理。2006年7月，公司引入港资，成立中港合作企业。人才队伍不断扩大，公司进入了良好快速的发展态势，进入了生物塑化领域的国际领先行列。如今大连鸿峰生物科技有限公司在隋鸿锦的带领下已发展为注册资本9104.5万港币，占地面积5万平方米的生态园式企业，总资产逾亿元，成为世界上最大的塑化产业基地。公司先后被评为“中国留学归国人员创业腾飞奖”、“中国留学归国人员创办百家最具成长性企业”、“最佳海外学子创业企业”等荣誉称号，连续两年被评选为“大连市10大高新技术优秀企业”。隋鸿锦也多次被授予“大连市归国留学人员创业英才标兵”、“大连市优秀发明实施企业家”等荣誉。

作为一名医学教育工作者，隋鸿锦深知一种知识、一项技术只有得到普及才有力量；医学科学的崇高使命，就在于它要为人类的健康作出贡献。2004年至今，由其发起的“生命奥秘”系列科普展览在北京、南京、成都等地相继举办，开创了一条全新的医学科普途径。此项科普展览目前已走过20多个国家的50多个地区，引起全球的瞩目。隋鸿锦也因此在文化传播领域被评为“十大科普明星”、“中国科普十大公众人物”、“辽宁经济与社会发展科教文卫十大新闻人物”等称号。

祖国的医学发展需要我

胡祥，男，1956年12月出生，中共党员，博士研究生，留学日本，大连医科大学附属第一医院外科教研室主任、普外一科主任、教授

1982年，胡祥从中国医科大学毕业后，先后两次共6年时间，赴日本求学深造，师从世界著名外科学教授岗岛邦雄，并获大阪医科大学医学博士学位。留学期间，他以出色的表现和优异的成绩，使得一向对中国留学生抱有偏见的日方老师和同学对他刮目相看，并在毕业时力劝他留日工作。面对日本优厚的生活和工作条件，胡祥毅然选择回到祖国，到大连医科大学工作。这一干就是20年，也使得大连医科大学附属第一医院的胃肠外科从无到有，从弱到强，一路发展为国内一流甚至国际先进的外科手术平台。他常说：“凡是对医学发展有利的就要支持发扬；凡是对患者有利的就要支持发扬；凡是对科室团队发展有利的就要支持发扬。”

胡祥做事严谨、努力、自律、务实。他始终强调，外科医生是一个半军事化的职业，容不得半点马虎和差池，事无大小，他从不糊弄任何一件事情。他

创造了一个具有高度自觉性的高效团队，敢于攻克任何难关。大连市第一例肝移植手术的成功，腹腔镜下胃肠癌根治术的广泛开展……，无不体现胡祥及其团队的超强战斗力。难怪见到胡祥老师的学生时，人们总会发出“强将手下无弱兵”的感慨。

胡祥身为大连医科大学附属第一医院外科教研室主任、胃肠外科主任，博士、硕士生导师，同时在中国医师协会外科分会、中国抗癌学会胃癌专业委员会、中华实验外科学组、国际外科学会、国际胃癌学会等多家学术团体兼职，并担任《中华外科杂志》、《中华普通外科杂志》、《中华实验外科杂志》、《中华胃肠外科杂志》、《中国实用外科》、《外科理论与实践》、《中华普外科手术学杂志》、《中华消化外科杂志》等多家杂志编委。他曾先后承担国家自然科学基金、辽宁省科委、教委课题20余项，并获得辽宁省政府科技进步奖多项，在各级杂志发表论文180余篇。

……

真诚服务谱写南丁格尔精神，专业技术解除患者身心病痛

大医一院护理团队进入全国第一方阵

新商报 2012.05.07

（葛春璐 记者：高晶）

2007年，北京人民大会堂相关领导人亲自颁奖，把象征国际护理界最高荣誉的第41届南丁格尔奖章，挂在了大连医科大学附属一院（以下简称“大医一院”）时任护理部主任丁淑贞的胸前。这枚奖章是一代又一代大医一院护士们的心血与智慧的结晶，这也是大连市护理界唯一一枚南丁格尔奖章，这枚奖章代表了大医一院护理团队至高无上的殊荣。大医一院“临床护理”专业是国家卫生部“国家级重点学科”，据了解，全国仅有20家医院入选，该院系大连唯一一家，这也是大连医疗机构获评的第一个国家级重点专科。在卫生部开展的优质护理服务示范工程活动中，该院护理部引领了“主动服务——感动服务——亲情服务——人文服务”的先进理念；并且创新提出“优质护理服务”与“临床护理路径”相结合的“临床一线式”护理服务模式，进一步规范了护理行为；大医一院护理团队在从临床走向科研的学科建设上，也大

踏步地向前迈进。

大医一院护理团队现有护士近1600人，主任护师2人，副主任护师16人，硕士生导师4人，硕士研究生5人，护士长86人，在读硕士研究生近20人，大专以上护士占全院护士的81%。这个高素质的护理团队在公益和突发事件中，彰显了勇于奉献的精神。从伤员救护，到汶川大地震的现场救援和伤员收治；从“非典”、“甲流”等疫情的防治到无数次突发公共卫生事件的紧急救治……大医一院护理团队勇于挑战难关，在一次次的重大紧急事件上的优异答卷，也为她们不断创造护理界佳绩奠定了基础。大医一院护理团队曾获“全国卫生系统护理专业巾帼文明岗”、辽宁省教科文卫体工会授予的“五一巾帼先进集体”称号，此外，连续多年荣获大连市“护理管理工作先进单位”、大连市“先进护理质量控制中心”，等等。据悉，大医一院“优质护理服务”开展以来，患者对护理服务满意度上升到98.5%，有些标杆病房高达100%。2011年9月，卫生部相关领导人这样评价大医一院的护理团队：“大医一院的护理团队已进入全国的第一方阵”。

亲情式人文关怀

真爱燃起患者活下去的勇气

大医之道，仁心当先；护理之术，真爱为本。如今，优质护理服务已经不再停留在为患者扎针、提醒患者定时服药等术后护理层面，理解病人的痛苦，与病人心灵沟通，帮助其战胜病魔乃用心服务之道。

不久前，大医一院骨一病房收治了一位15岁的左大腿骨肉瘤男孩，因为是恶性肿瘤，他的左腿需要截肢。在为他进行基础护理时，分管他的张玲护士发现这孩子面部表情僵硬、眼神中充满了恐惧，由于情绪波动大，进食情况极差，几天工夫孩子明显消瘦。张玲将该情况与男孩家长进行了沟通，同时自己也开始查阅资料，她了解到，行之有效的心理干预，有助于恢复截肢患者的自信心、树立新的生活态度、以正确的心态看待将来，最终达到在身、心两方面康复。于是，在每次护理过程中她用自己充满希望的笑容感染男孩，给他讲霍金只有两根手指能动，说不了话，仍然对生活充满了希望；张海迪如何坐在轮椅上写作……张玲就像男孩的亲姐姐一样鼓励他要坚强地面对未来，这一切尽收男孩父母亲眼底，不免也为之感动。不久，虽然还在卧床等待手术，但是男孩的心变得更加勇敢了，不时地还会给大家一个灿烂的微笑，张玲用真爱燃起了男孩活下去的勇气。

急诊室抢救的一幕幕，留下爱的烙印更多。急诊室护士长告诉记者，作为医院的窗口，急诊室接诊了社会形形色色的患者。一次夜班护士刚为一位发烧患者打完静脉点滴，一位被打得头破血流的患者冲进了处置室，因为被打窝火，他冲着护士大嚷了一阵。刚刚稳定了这位火冒三丈的冲动男后，该护士又接到通知，一位老人因车祸重伤马上入院，工作的快节奏加上心理上积攒的压抑，并没有让这位护士在关键时刻有丝毫的松懈，依然满怀工作热情积极为这位没有任何亲属陪护、受了重伤的孤寡老人进行基础护理，直到老人脱离生命危险。

在大医一院，类似的护患间的感人事迹每天都在上演，这与护理团队注重人文关怀、注重患者“就医感受”密不可分。据了解，各护理单元护士定期开展“体验式护理”培训，护士扮成患者体验“做病人”的感受，通过这种体验式训练，使护士真切地体验到病人的切身感受和需求，使之从内心更加贴近病人。

规范化护理流程

13 天真情交流唤醒“植物人”

护理部主任尹安春向记者介绍，大医一院的护理流程一直遵循着科学的、合理的、体现各专科特点的护理路径，形成规范的操作流程。如护理长时间处于昏迷状态的患者，也要将他当成正常人一样交流，每进行一项处置，需告知后进行。

60 岁的李大爷住在重症 ICU 病房，是一位通过心肺复苏抢救的病人，心跳恢复了，但是意识始终没有恢复，依照当时的生命体征来看，80% 以上被认定为“植物人”。但 ICU 病房的护士们每次进行处置的时候，都会微笑着对一点反应都没有的李大爷说：“大爷，我给您打针了，希望您能快一点醒来，您可一定要坚持住呀，您女儿还在外面等您呢。”重症 ICU 病房不允许家属探视的特点，决定了患者的一切均由护士完成，而且不分昼夜，尤其是夜班护士需要连续照顾病人 16 个小时，护士也不是铁打的，感觉疲惫了就站起来走走；困了就用凉水洗洗脸。就在李大爷昏迷的第 13 天夜间，当班护士亲切地与李大爷对话：“大爷，我现在要给您打针了，然后给您翻翻身……”忙了一晚且有些困意的护士，目光一直没有离开这个已经昏睡了 13 天的老人，像老人的亲生女儿一样始终期待他重新苏醒的那一瞬间。就在她起身摆脱困意的时刻，老人的食指动了一下，之后眨了一下眼睛——“植物人”的意识奇迹般地被唤醒了。

骨科手术后，规范的功能锻炼对病情的康复起到至关重要的作用，术后规范的护理流程对患者康复程度影响颇大。今年年初，52岁的刘先生因为腰间盘突出需要手术住进了大医一院骨一病房，手术非常成功，因为术后身体疼痛仍然存在，他拒绝功能锻炼。本着为患者负责的态度，尽管患者不配合，护士也要想尽办法完成规范的护理工作。骨一病房护士张姝雯在遭受刘先生多次言语抨击后，依然耐心地告诉他："腰椎手术后神经根容易黏连，如果不进行功能康复，日后您的肢体功能依然会出现障碍，起初我先帮您进行躯体运动，过几天您康复些了，就能直接通过仪器功能锻炼了。"在张姝雯的耐心劝导下，刘先生配合地完成了术后康复项目，一周后顺利出院。

临床护理走向科研

从患者需求出发，源于临床、高于临床

当今现代化的医院里，护理专业与医学专业，护士与医生，已是医院发展中相互依存不可分离的两翼，已是广大患者同样依赖而不可或缺的依靠。遍布各个临床学科的护理人员，也像医生一样，需要精湛的技术，需要先进的科研，需要强烈的责任心，需要新锐的创造力。大医一院的护理团队擅于发现临床上存在的问题，并且通过"护理创新"、"护理用具改革"等项活动，发明"新技术、新举措"为病人提供高品质的护理服务。

很多病人术后需要长时间留置导尿，尤其是泌尿外科术后患者，由于导尿引流袋的携带，如果患者想下地活动，便需要将尿袋从裤内拿出裤外，这过程中尿袋将有一瞬间高于膀胱，也就是说一部分尿液可能回流至患者膀胱内，但是从避免逆行感染角度考虑，引出的尿液不允许回流。过去这个现象需要护士将尿袋夹闭，拿出裤子后再将夹子松开，但是往往患者自作主张地操作，造成了尿路感染。泌尿外科护士发现这个现象后，开动脑筋，发明了"改良病员裤"，道理很简单，即：将病号服裤腿一侧开缝，尿袋可以顺利地从侧面拿出，简单的改变为患者带来了极大的便利；针对需要长时间卧床牵引或打石膏的病人足跟着力易出现压疮的情况，骨科护士独创的预防压疮"小水袋"，明显降低了患肢足跟部压疮的发生率；另外，规避拔针时棉签按压不舒适的弊端，护理发明了"注射按压贴"；为了在给患者洗头时，水不至于淋湿床单及患者衣领，护士巧妙地设计"充气式床上洗头装置"，让患者更舒服；还有防止恶露外漏的"翻式立体防护卫生巾"等多项发明，均已获"国家新型发明"

专利。

护士不再是简单的操作工，她们在护理领域始终在创新着科学研究，这个从临床到科研的跨越，也是护理学科不断进步的卓越表现。

记者手记

曾经有一位医生这样告诉记者："三分治疗七分护理。其实，治好一个病人，我们的功劳只占三分之一，剩下的三分之二要记在护士身上。"的确，患者在手术台上的时间寥寥可数，大多数时间都是在病房与护士朝夕相处，一个优秀的护理团队，彰显了医院的总体实力。

大连医科大学附属一院护士们迈着整齐的步伐迎接美好的明天。受访者供图

在大医一院分别采访了几位科室护士长，其中一位护士长告诉记者："其实护士这个职业也是弱势群体"，听到这样的评价甚感不解，当听完护患矛盾后，明白了护理人员的辛酸。可爱的"白衣天使"们默默地承受着很多辛苦与误解，但是，每当看到患者一天天康复、健康出院，她们的心里也会产生由衷的喜悦，虽然她们忙碌着、辛苦着，但同时也快乐着。

让南丁格尔之灯代代传递

大连日报 2012.05.09

（刘肖燕　赵红英）

2007年，在人民大会堂党和国家领导人把象征国际护理界最高荣誉的第

41届南丁格尔奖章，挂在了大连医科大学附属第一医院时任护理部主任丁淑贞的胸前。这枚南丁格尔奖章是一代又一代大医一院护士们的心血与智慧的结晶，也是大连市护理界唯一一枚南丁格尔奖章，代表了大医一院护理团队至高无上的殊荣。据悉，大医一院护理专业是卫生部首批国家级“临床护理”重点专科，全国仅有20家医院入选，大连仅此一家。该专科也是大连医疗机构获评的第一个国家级重点专科。

“把理让给病人”

1997年，大连医科大学附属第一医院在创建“全国百佳医院”活动中，率先提出了“把时间还给护士，把护士还给病人”，引起全国护理同行的共鸣；2011年3月，“优质护理服务”在全院全面铺开，护理部提出“主动服务－感动服务－亲情服务－人文服务”的理念，引领“优质护理服务”工作创全国一流，居全省领先；同时，护理部倡导护理管理者要“乐于奉献，善待病人，尊重护士”，并在护理服务过程中再度创新提出“把理让给病人”的理念……在这些先进理念的熏陶下，医院护理服务品质得到不断提升，以“改革护理服务模式”为切入点，以“履行护士职责”为落脚点，为患者提供了全程、全面、专业、人性化的护理服务。

会呼叫的“小鸭子”

“大爷你是不是饿了，如果饿了就踩下脚底的小鸭子。”ICU病房护士长刘秀梅介绍，李大爷是一名重症肌无力患者，不能活动也不能讲话。护士们就突发奇想，专门为他设计了一只会呼叫的小鸭子。李大爷的妻子说：“从入院到现在，已经数不清踩坏了多少小鸭子！儿女忙，自己年龄也大，没有精力照顾老伴，都是护士在照顾。她们既专业，又细心。”刘秀梅说，现在护士除了提供专业护理外，还要照顾患者的生活，护士轮班对患者实行24小时护理，针对患者最基本的需求，提供全面的体贴入微的护理服务：包括喂饭、洗脸、梳头、刮胡须、剪指甲、翻身、拍背等等，这些看起来非常简单的护理服务，却充满了护士对患者的爱心。

在大连医科大学附属第一医院，基础护理合格率已达到95%。护理部主任尹安春介绍，为进一步完善“临床一线式”护理模式，满足患者出院后的护理需求，医院还增设了“护理专科门诊”，为患者及家属进行PICC护理、造瘘口护理、褥疮等家庭护理以及疾病相关健康指导，使患者在出院后也能够享受到规范、专业的护理服务。

好护士是风景线更是安全线

大医一院护理部设置门诊护士“导诊岗”做到“迎上来，送出去，微笑服务，亲情服务”，形成了“医院一道亮丽的风景线”，大大提高了门诊患者的“就医感受”。各病房康复指导也可谓“科科有特色”，目前各病房每周的“健康讲座”、每天的专科“康复指导”都吸引了诸多病人和家属的参与，健康教育知晓率达98%。

尹安春主任说，大医一院实行责任护士分管患者的分工方式，责任护士与医生对应管理同组病人，成为“诊疗团队”中的一员，一起进行查房、讨论、制定治疗与护理方案及康复计划。护士时时在患者身边，能够及时掌握患者的病情变化、治疗效果和药物的不良反应等信息，医生会根据护士提供的病情信息制定有效的治疗方案，这样的医护“搭配”有效地保证了医疗安全，医疗纠纷较去年同期下降了34%；各病房还定期召开医护交流会，针对近期工作中存在的医疗、护理隐患，探讨最佳的医护配合方案，提高了整体工作效率。

团队的骄傲，城市的自豪

大连医科大学附属第一医院领导始终高度重视并支持护理工作。据了解，护理团队现有护士近1600人，大专以上护士占全院护士的81%。硕士生导师4人，在读硕士研究生近20人。这个高素质的护理团队在公益和突发事件中，从伤员救护，到汶川大地震的现场救援和伤员收治；从“非典”、“甲流”等疫情的防治到无数次突发公共卫生事件的紧急救治……彰显了勇于奉献的精神，荣获“全国卫生系统护理专业巾帼文明岗”、辽宁省“五一巾帼先进集体”，多年荣获大连市“护理管理工作先进单位”、“先进护理质量控制中心”等等。“优质护理服务”开展以来，患者对护理服务满意度上升到98.5%，有些标杆病房高达100%。2011年9月，卫生部相关领导人这样评价大医一院的护理团队：“大医一院的护理团队已进入全国的第一方阵”。

大医中山学院为护理学专业学生授帽

大连晚报　2012.05.10

（通讯员　李梁摄影报道）

在“5·12”国际护士节来临之际，大连医科大学中山学院于5月8日举行了护理学专业2009级学生授帽仪式。

全市2.1万名护士今日过节

专科护士成各大医院抢手人才

新商报　2012.05.12

（记者：青竹）

新商报讯 今日，全市2.1万名护士将迎来自己的节日。记者从市卫生局召开的纪念国际护士节100周年座谈会上获悉，目前，全市现有护士2.1万人，其中硕士学历33人，大专以上学历11800人，占护士总数的56%。男护士160人，占总数的0.8%。中级以上职称人数6070人，占总数的29%。护士已成为医疗卫生行业一支不可或缺的重要力量。护理队伍素质不断提高，也推动着大连护理工作的全面转变。副市长朱程清出席了活动。

大医二院优秀护士代表郑英花说，在20多年护理工作中，不仅仅是她在为患者服务，同时她也收获了一份被患者认可的尊重，这让她对护理工作更加的热爱。座谈会上，许多护士代表表示，做护士，没有“四心”不行，但仅有这些也胜任不了护士工作。2010年开始，国家卫生部推行“优质护理服务示范工程”活动，实行“责任护士”制，护理理念全面与国际接轨。其实，生活护理只是护士工作的一小部分，想让病情康复得快，必须有专业技能做支撑。随着临床医学的不断细分化，护理工作也越来越细化。目前，我市许多医院都在加大专科护士的培训，大医一院护理专科就分重症护理专业、急救护理专业、干细胞移植护理、肿瘤护理、手术护理、助产护理、小儿护理等等。中心医院也启动了专科护士培训计划，在危重症、急诊、糖尿病、肿瘤、手术室、造口等领域，培养了20余名专科护士。这些护士能出门诊，能开讲座，还能在医生看不到的领域内查找病因。护士已经成为一支专业化队伍，与医生、营养师、心理医生、康复师一起，组成一支完整的治疗团队。

又讯（记者青竹 邱小晏）昨日，大连医科大学附属一院纪念国际护士节100周年大会暨第九届“我爱我家”文化节开幕式在市青少年宫举行。

据了解，大医一院护理专业是卫生部首批国家级“临床护理”重点专科，全国仅有20家医院入选，大连仅此一家。该专科也是大连医疗机构获评的第一个国家级重点专科。该院基础护理合格率已达到95%，进一步完善“临床一线式”护理模式，满足患者出院后的护理需求，医院还增设了“护理专科门诊”，为患者及家属进行PICC护理、造瘘口护理、褥疮等家庭护理以及疾病相关健康指导，使患者在出院后也能够享受到规范、专业的护理服务。副市长朱程清出席了会议。

大医获全国高等医学院校大学生临床技能赛二等奖

大连天健网 2012.05.15

（记者：金东淑）

天健网消息 5月12、13日在北京大学人民医院举行的第三届全国高等医学院校大学生临床技能竞赛总决赛上。大连医科大学荣获本次竞赛二等奖，位列42支参赛队的第10名，是东北各参赛院校最好成绩。

第三届全国高等医学院校大学生临床技能竞赛共人全国115所高等医学院校参加，经初赛选拔的42支代表队参加全国总决赛。大连医科大学作为东北分区赛承办单位，不参加东北分区赛排名，与吉林大学、中国医科大学和哈尔滨医科大学代表东北赛区参加全国总决赛。

编剧徐萌来连共话《医者仁心》

大连日报 2012.05.27

（记者：秦玉）

本报讯 5月25日，正在热播的电视剧《医者仁心》编剧徐萌分别在市新华书店图书大厦、大连医科大学大学生活动中心为1200余读者和医大师生作了题为《医者仁心》的讲座，并与读者和学子们进行了现场互动。此次讲座由第三届大连读书月组委会、市新华书店、大连医科大学主办，也是读书月在大连高校中开展的“读经典书籍，建书香校园”内容之一。

徐萌向大连医科大学的学子们介绍了电视剧《医者仁心》的创作背景、创作过程和电视剧播出后的反响和争论，对引发医患矛盾的原因及如何处理医患关系做了深刻的思考，为大医师生上了一堂生动的医学人文教育公开课。

体验急诊ICU的紧张与忙碌——

这里，是与死神角力的赛场

大连日报 2012.05.29

（本报记者：张丽霞 文/图）

5月25日，“医院开放日”第五天，记者“逛”医院走进了大连医科大学附属第一医院急诊ICU即急诊重症监护病房。

这里很安静，整个病区实行全封闭式管理；这里又很“热闹”，各种仪器的声音此起彼伏地响起。住进这个病区的病人都是危重患者，这里是他们最后的希望。

一名患者有多名医护人员照顾

上午9时30分至10时，是家属探视的时间。记者看到，ICU门前聚集了很多家属，有的隔着门缝向里扒望着，有的焦急地走来走去。“一天只有这一次探视时间，一次只能进两名家属，我们都想进去看看……”张女士道出ICU外所有家属的心情。“ICU里都是危重患者，有的气管切开，呼吸道是敞开的；有术后患者，伤口还刚刚缝合。”护士长戴红对记者说，这些患者免疫功能差，很容易被感染。因此，ICU里的空气一定要非常“干净”，有万级层流的空气加强净化系统等时刻净化空气。所以，家属不能像在普通病房里那样随便出入。

经过层层“把关”的门，记者走进ICU，发现这里和普通病房不同，是一间很大的通透式病房，根据不同的病症及医护工作需要，划分出不同的功能区域，每个床位均为一个独立的抢救单位。记者看到，每名患者床前都有责任护士，紧盯着仪器上闪动着的荧荧绿光，密切注意着患者的病情变化，其他医护人员也都在忙碌地工作着。“早上一名心梗患者已经脱离危险，刚刚转出病房。现在ICU里共有20名患者。”戴红说，一名患者有医生、责任床旁护士、巡回护士、配药护士、辅助护士、护理员等多名医护人员24小时守护着，发生任何状况，都会在第一时间进行救治。

医患与死神角力的赛场

“医生，他为什么还不醒呀，他会不会有危险呀。”望着戴着氧气罩，浑身插着各种管子的弟弟，9床患者的姐姐悲痛欲绝。“目前，你弟弟的情况很危险，生命体征还没有平稳，你先别急，我们会尽全力的。”一旁的医生李锐安慰道。

记者看到，每个患者床前都有各种监护、抢救设备，“滴、滴，滴答滴答”的声音此起彼伏。9时50分，一阵急促的“滴滴”声响起，只见医护人员立即赶到6床前，原来，37岁的重症肺炎患者呼吸突然出现不稳，医生赶紧调大呼吸机流量，调整呼吸机参数，推注药物，吸痰……5分钟后，呼吸机上的警报声消除了，患者的状态改善了，医生们也松了一口气。“因为病情严重，这里的患者可能上一秒还平稳，下一秒就会出现危险。”急诊ICU主任张彧说，医护人员必须时刻盯着这些监护设备，随时关注患者的病情变化。同时，根据患者的情况，在监护设备上作了各种警报参数的设置，有危险仪器就会自动发出警报声。

27秒就能出化验结果

80岁的李大娘患有慢性肾脏病、肾功能衰竭，两天前突发心衰被送入了急诊ICU。因老人出现了高钾血症、肾脏衰竭、心律失常，必须要经常监测血液、尿液的化验结果。记者看到，护士在老人胳膊上抽了一管血，然后把针管放到床旁的快速检测仪上。“1、2、3……”27秒后，检测仪上就清楚地显示了老人血液中的各种指标。“神奇吧，ICU里的救治就体现了一个快速。”李锐说。

正所谓“好钢用在刀刃上”，ICU是在现代医疗装备下对危重患者进行监护治疗。因此，要求ICU医师必须具备多个方面的基本技能。张彧说，很多人误以为病人被送进重症监护室就很难出来，其实重症监护室的存活率远比大家想象的要高。随着ICU病房的普及与规范，人们对生命生理机能的了解也逐渐完善，提高了对衰竭器官的支持和保护能力，使危急重病的抢救成功率明显提高，约80%～90%的危重症病人在ICU严密监护与精心治疗下，能度过生命中最困难的时刻，而逐渐走向康复。

医生护士经常连干48小时

上午10时左右，本来早就下班的卢志丹还在紧盯着10床的监护仪。“加班太正常了，我们这里所有的医护人员都经常连干48小时，而且365天没有休息日。”卢志丹说，在ICU里当医生、护士的确很辛苦。工作时间长，从早上7时

30分一直忙到下午17时，很少能出ICU的大门。随时等待接收患者，患者情况随时都在变化，一般夜班都不能合眼。下了夜班还要继续忙自己的患者，经常加班加点。

戴红说，ICU护理最辛苦，要求护士时刻都要集中精神看护好患者。因为ICU毕竟是一个没有家属的病区，上到治疗，下到病人的吃喝拉撒全都在病床上，都是这些管床的护士一手包办的。无论多苦多累，ICU的护士们总是面带微笑。她们告诉记者，虽然每天在病床前忙来忙去，有时下班之后腿都是肿胀的，但是看到病人病情好转转出ICU后，她们感到特别欣慰，很有成就感。

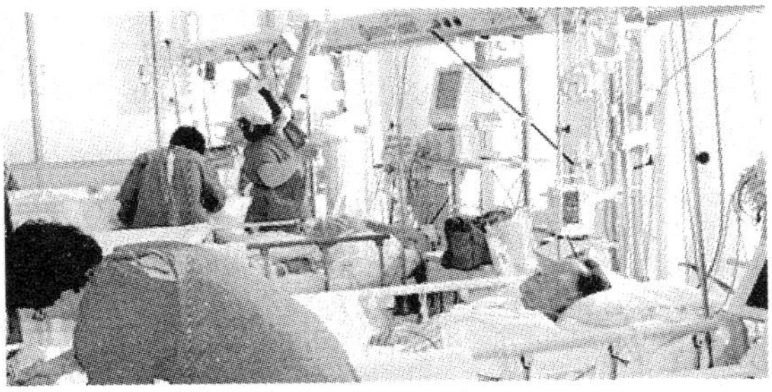

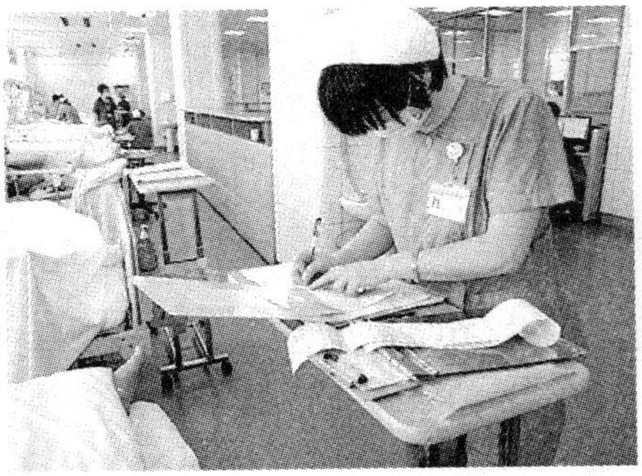

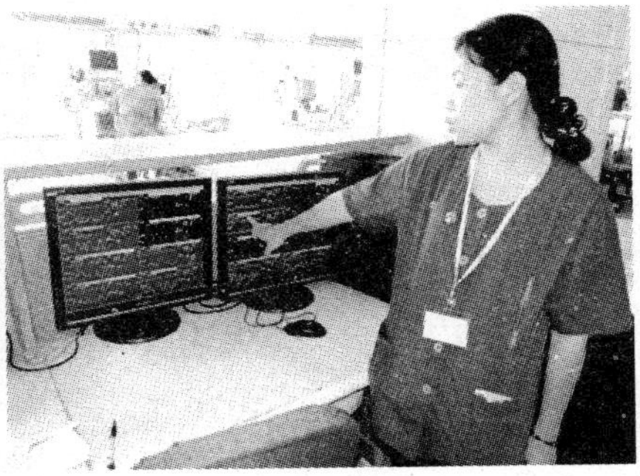

新奇设备：以“炮弹”速度传回血检结果

大连日报 2012.05.30

刚踏进大连医科大学附属第二医院门诊四楼检验科的大门，一个炮弹似的椭圆形容器落在接收槽里，检验科人员拿起“炮弹”，原来是儿科病房送过来的患者血样，医护人员通过数字化系统确认，将血样进行化验，然后将化验报告再放回“炮弹”中，原路径返回儿科病房。

医护人员向体验者们介绍说，这个叫“气动物流”，它可以以每秒20米的速度传递检验信息，是医院便民措施之一，不再需要专人跑上跑下送化验结果，大大缩短了患者等待检验数据的时间。

此外，医院极力缩短在相关必检项目的检查时间，在检验科旁边安放了采血、采尿的自动排号机，患者可以自助排号，卫生间设有与检验室链接的窗口，患者取尿样直接就能送去检验，省去了很多不必要的程序。

更让体验者觉得新奇的是药局的“包药机”，住院病人每日用药各异，传统的分药方式还停留在人工，需护士一粒粒取药后装在一个纸质的小袋子里，现在分药全部自动化，药剂室接到病房医生医嘱后，只需要在电脑上点几下，“包药机”就能在几秒钟时间将患者一天的用药，精确地包在封闭袋中，护士拿药“立等可取”，患者用药准确无误。另外，医院的远程会诊，实现了院区间、技术协作医院间，以及同国内顶级专家进行视频对接，患者不必东奔西走，就能享受优质的医疗服务。

“大医艺术学院2012届毕业作品展”开幕式昨举行

大连晚报　2012.06.01

（文/图　本报记者：张瑜）

本报讯 昨日上午，“大连医科大学艺术学院2012届毕业作品展”开幕式在大连医科大学风雨馆举行。本次主题为“破茧”的毕业生作品展由大连医科大

学艺术学院、大连市美术家协会和大连市摄影家协会共同主办，展期为6天。现场展示了摄影、艺术设计和形象设计170多名毕业生的1200余件作品。

[王琪] 让肺癌患者看到春天

大连晚报 2012.06.04

(本报记者：常婷)

人物简介

王琪，教授，博士生导师，大连医科大学研究生院书记兼副院长，附属二院呼吸内科副主任，辽宁省重点学科带头人，大连市政府特殊津贴获得者。曾获大连市优秀专家、大连市领军人才、辽宁省优秀科技工作者等诸多荣誉称号。在国内，她率先应用分子生物学研究的一个主要技术平台——微流控芯片技术进行肺癌化疗耐药性研究方面的探索。

第一次见到王琪，她穿着一身淡紫色的衣裙，梳着长长的头发，轻声细语的，邀记者看她保存在电脑里的旅行照片。与其他年近50岁的女性相比，她显得年轻，有些柔弱。

可一开口，记者便立马晕菜了，“T字形芯片”、“微流控梯度芯片”、“化疗药物的浓度梯度”，这些词儿一个个往外蹦，根本听不懂。她的一句“心理承受力差的当不了我的学生”更是颠覆了她柔弱淑女的形象。记者不由得将她与教授、博士生导师、辽宁省重点学科带头人这些头衔联系在了一起。

王琪教授长期在大连医科大学附属二院从事呼吸内科临床工作，主要研究方向为肺癌化疗耐药机制的基础与临床研究，在承担繁重的教学、科研、临床等工作任务的同时，她以顽强的毅力于2002年获得了大连理工大学工程技术专业的博士学位，2005年完成了大连化学物理研究所分子生物学专业的博士后研究，2006年又以国家公派访问学者身份在挪威奥斯陆大学肿瘤医院研修一年。多学科交叉融合为她开启了科学研究的一扇门。

在国内，她率先应用分子生物学研究的一个主要技术平台——微流控芯片技术进行肺癌化疗耐药性研究方面的探索，如：利用T字形芯片成功进行了肺癌细胞培养、利用微流控梯度芯片实现了化疗药物的浓度梯度分离和不同药物浓度梯度下细胞活性的检测等，开创了生物技术与肺癌诊疗相结合的先河。在采访中，王琪教授尽量用通俗的语言解释了这一研究的意义。目前肺癌患者化疗是没有体外验证的，到底是A药好用还是B药好用不得而知。

由于检测过程本身复杂，准确性不够，实验需要很多标本等等，一定程度上限制了对患者用药前的检测，这就导致了一个后果——患者花费多，疗效差。她研究的领域就要解决这个问题，如果研究得以在临床应用，肺癌患者将实现个体化治疗，他们可以选择最有疗效的药，花费少，副作用小，疗效高。如今，她主持开展的系列相关研究，分别获国家自然科学基金重大及面上项目课题4项、省市级课题4项，获得辽宁省科技进步二、三等奖和大连市科技进步一等奖各1项，以第一或通讯作者在国内外重要杂志发表文章30余篇，其中被SCI收录20篇，影响因子46分。

近年来，王琪教授不仅为本、专科学生讲授内科学和诊断学等课程，还为七年制学生和留学生进行英语授课，并亲自指导留学生的临床实习。想做她的学生不但成绩要优秀，还要吃得起苦。她每个周末都会组织硕士研究生学习国

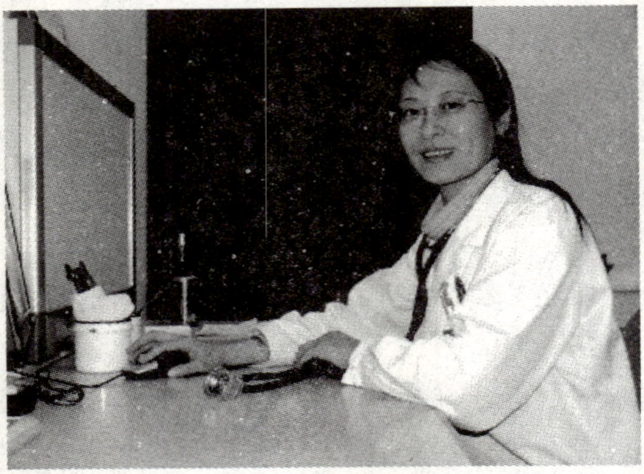

外医学前沿文献，英语不好肯定不行。每个学生都要完成用英语来讲读一整个文献。她的学生说："第一次收到王老师邮件的时间是凌晨四点多，当时还以为老师失眠了，后来发现她是经常如此。"严师出高徒，迄今为止，王琪教授已指导研究生30余名，其中4名学生论文被评为"辽宁省优秀硕士论文"，2名学生论文被评为"大连医科大学优秀博士论文"，10余名学生论文发表在SCI期刊上。她被学生评为"最受欢迎的授课教师"，还被学校授予"大连医科大学教学名师"等荣誉称号。

辽宁公共卫生学院挂牌

辽宁日报　2012.06.06

（记者：朱勤）

本报讯6月6日，大连医科大学、辽宁省疾病预防控制中心共建辽宁公共卫生学院签约挂牌仪式在辽宁疾病预防控制中心举行。此举将大力推动省疾控中心全面培训和培养人才进程，有效提高现有人员的业务科研水平。

同日，辽宁省肿瘤防治领域“院校合作”也开启了新的一页大连医科大学临床肿瘤学院在辽宁省肿瘤医院正式揭牌。专家称，依托大连医科大学临床肿瘤学院这一合作平台，我省将能够迅速抢占国内肿瘤医学创新的制高点，带动肿瘤防治领域创新性成果的转化，实现一大批肿瘤诊治适宜技术的开发、应用与推广，进而优化我省肿瘤防治体系。

大连医科大学与辽宁省肿瘤医院共建“临床肿瘤学院”

健康报网　2012.06.08

（网络编辑：刘凤云）

健康报网讯6月6日，大连医科大学与辽宁省肿瘤医院共建“临床肿瘤学院”签约挂牌仪式在辽宁省肿瘤医院举行。辽宁省卫生厅党组书记、副厅长王大南和大连医科大学党委书记周万春共同为临床肿瘤学院揭牌。

辽宁省肿瘤医院罗娅红院长表示：辽宁省肿瘤医院建于1975年，历经37年的实践与发展，已成为全国规模较大的“三级甲等”肿瘤专科医院，并跻身于肿瘤防治、科研、教学为一体的现代化肿瘤防治中心。大连医科大学是我国知名的高等医学院校，历史积淀深厚，学术气息深邃，师资力量雄厚，科研成果丰硕。辽宁省肿瘤医院将依托大连医科大学雄厚的基础医学实力、优秀的肿瘤创新团队和高端的肿瘤学科研平台，推动肿瘤学基础研究成果的转化与推广，造福我省乃至全国的肿瘤患者。

大连医科大学临床肿瘤学院吕德成校长表示：该校将在隶属关系不变的前提下，把辽宁省肿瘤医院全面纳入附属医院的管理范畴，为其提供大学的办学理念、发展目标及如何建设大学附属医院等方面的培训和讲座。大连医科大学将依托辽宁省肿瘤医院齐全的肿瘤临床诊治学科、优秀的肿瘤临床诊治团队、丰富的肿瘤临床诊治资源和尖端的肿瘤临床诊治技术，促进我省肿瘤医学人才的培养，提升我省肿瘤医学人才队伍的整体素质。

辽宁省卫生厅党组书记、副厅长王大南强调：随着我国“医改”的不断深化，国内许多医疗发达地区在肿瘤防治体系建设中采用了医学院校与肿瘤防治中心间的院校合作模式，取得了很好的社会经济效益。这种模式的优势主要体现在，具有科研技术优势的医学院校可以迅速地将肿瘤防治领域最新成果提供给肿瘤防治中心，进而应用于临床实践，极大地提高了科研成果的转化率；而具有临床资源优势的肿瘤防治中心可以为医学院校的医学人才提供临床实践的空间和适宜技术培训的平台，进而促进所在地区肿瘤防治工作走向规范化。在此过程中，医学院校和肿瘤防治中心优势互补，相得益彰，彼此促进，实现“双赢”！大连医科大学临床肿瘤学院在辽宁省肿瘤医院正式揭牌。依托大连医科大学临床肿瘤学院这一合作平台，我省能够迅速抢占国内肿瘤医学创新的制高点，带动肿瘤防治领域创新性成果的转化，实现一大批肿瘤诊治适宜技术的开发、应用与推广，进而优化我省肿瘤防治体系，造福我省广大肿瘤患者！

本报记者专访86岁著名心血管病专家柯若仪

［柯若仪］传奇老人，被誉为侨界的民间“外交家”

大连晚报 2012.06.09

86岁，在时下已算高龄，对于绝大多数人来说，这个年纪，若无重病缠身，晚景孤独就是人生幸事，但是，对于大连医科大学附属第一医院特聘教授柯若仪来说，86岁，却完全不是人生暮年、垂垂老矣这个概念。

记者面前的柯教授有老年人的练达睿智，却无耄耋老人的消极与慵散；有中年人的自信进取，却无中年人的纠结与挣扎；有年轻人的乐观求知，却无青年人的稚气与单薄。

与柯教授一席谈，会让人热爱生活，甚至对历经人生风雨后的晚年生活充满憧憬。

是医学专家 还是个出色的活动家

采访之前，柯教授通过助手要记者提供一份采访提纲，及至与柯教授面对面、看到柯教授对每个问题回答得认真和缜密，记者才打消了之前的顾虑：柯教授这个要求绝不像个别采访对象要表达的“我很忙”、“不要浪费我时间”等潜台词，相反，这是她尊重对方和严谨务实处事态度的一种体现。

在事业上，柯若仪是我国著名的心血管病资深专家、辽宁省劳动模范、国务院特殊津贴获得者；在社会上，她是个出色的活动家，作为归侨、侨眷为促进国内外医学科学文化交流积极奔走；在家庭中，她与老伴相敬如宾60多年，言传身教培养出一对优秀儿女，两个孙辈在读博士，一家八口，七个学医。

柯家科学人才倍出，柯若仪的哥哥是中国科学院院士，弟弟是中国工程院院士，弟妹也是中国科学院院士，一家人中，拥有三个院士，真的是科学传家，底蕴深厚。

柯若仪曲折丰厚的人生经历，立体丰满的人生角色，无论哪个方面都能写成一本书，要不是有个提纲，这次专访很可能变成信马由缰的漫谈。

记者是第一次在办公室采访一位耄耋老人——尽管86岁高龄，柯教授每天仍然上班、出门诊、查病房、带学生、搞科研。柯教授身材娇小，精神矍铄，笑容和蔼可亲。她告诉记者，现在除了交谈时需要借助助听器外，她的身体很好，别人给她配了一个可以调音量的特殊的听诊器，她很少用，因为，听病人的脉搏心跳除了记录速度外还要比较强弱，普通听诊器更准确些。

柯若仪是浙江黄岩人，小时候在长春生活，她父亲曾经到日本留学，后来在铁路上工作。“九一八”事变的时候，她正害伤寒病，全家没撤到内地，留在了伪满洲国。柯若仪从小学习就很好，跟父亲学了日语，中学时，全班四五十人，只有两个考上大学，她是其中之一。在日本东京女子医科专门学校（即日本东京女子医科大学）学习两年后，由于太平洋战争爆发，东京的学习环境恶劣，政府同意中国学生转回国内学习。1945年，柯若仪转入满洲医科大学，即后来的中国医科大学读书，毕业后留校工作。1954年12月，她调到大连医科大学，从那时起一直从事医疗教学科研。

中学和大学里，柯若仪的刻苦努力也赢得了日本老师和同学的尊重和认可。

在日本留学后期，陷入战争深渊的日本本土生活也十分艰难，在学生食堂吃的甚至是豆腐渣，也是从中国东北掠夺去的，但是同学之间却彼此关心尊重。学生时代的友谊甚至延伸到数十年之后。柯若仪说：“日本帝国主义侵略中国，给我们的人民带来灾难，我们恨他们，但是日本人民是善良的有正义感的。”她的一位日本老师曾经在课堂上预见：“未来世界，中国、苏联、印度将是三个最强大的国家。”

改革开放之后，中国对外交流活动逐渐开展起来。1979 年，大连与日本北九州结为友好城市，作为医学界归侨侨眷，柯若仪积极为大连医学界走出去请进来、对外合作培养医疗人才积极奔走。

当年，大连市政府组织了一个代表团出访日本北九州，柯若仪是代表团成员之一。当时，大连的心血管病治疗水平比国外晚了二十年。柯若仪痛心地发现，国内对心血管病，如冠心病的诊断与治疗“至少有一半是错误的”。在改革开放的大好形势下，她积极与日本同行交流，凭借渊博的才学、广阔的视野和以诚相待的态度，促成了大连与北九州市医疗界的交流合作。一位日本教授评价：“柯教授用一口流利、优雅的日语与我交流时，让我感到非常愉快和安心。”

30 多年来，大医附属一院选派青年医师和护理人员百余人出国学习，请进的访问学者近百人。较早开展了心血管病介入治疗，挽救了大量危重病人，培养了大量硕士、博士，部分已成为全国该行业的领军人物。大医附属一院还荣获了“全国卫生系统外事先进集体”光荣称号。

每年元旦，寄送贺年卡、回复来自海外的问候是她的一项重要工作。采访当天中午，柯教授就有外事活动，会晤来连参加赏槐会的海外友人。

说“健康秘诀”信任医学重视保健

作为从业 60 余年的老医务工作者，柯教授说：“她最感欣慰的事就是患者的病原来没诊断出来，现在诊断出来了；病恹恹地住进医院，乐呵呵地出院了。”

面对一位医学专家，同时又是一位年高健硕的老人，记者急于知道“健康的秘诀”。柯教授语气和缓、娓娓道来，既有医者视角又有保健观念，同时不乏推动全民健康和医疗事业整体进步的高度。

柯教授告诉记者，社会环境在变，疾病也在变。心脑血管疾病正逐渐成为健康第一杀手，心梗、脑梗成为患者死亡的主要原因，这类疾病往往与高血压、少运动、抽烟和不健康饮食方式有关。

柯教授现身说法，说明高血压是可控的。她说，目前，有五大类上百种可以用来治疗高血压的药物，降压效果非常好，但是遗憾的是，很多病人不能坚持服药，导致令人惋惜的后果。这其中既有患者的原因，也有医生的跟踪治疗不得力，医生教育不够等原因。

交谈中，柯教授用“现在的治疗手段大不一样，医疗工作大有干头”，来说明现代医学能够为生命提供的保障。她说，以往急性心梗病死率极高，甚至两三个患者就有一个死亡，就算侥幸闯过鬼门关，很多患者也要卧床一个月甚至更久。现在，只要抢救及时，通过规范用药，必要时安放支架等介入治疗，几天之后，病人就能治愈如初。

柯教授的一番说明，如同一颗定心丸，设想，病人听了她的话，定会对治病和康复充满信心和安全感。

柯教授对于“增强病理解剖意识”的呼吁，让记者体会到一位有强烈社会责任感的医者，对推动全民健康和医疗事业整体进步的关切之情。柯教授说，医学在一定程度上是一门经验科学，是个需要不断探索求证真相的过程。在国外，患者死后病理解剖的比例比较高，这有助于医生弄清导致患者死亡的根本原因，对总结经验提高整体医疗水平是非常有意义的。但是目前，国内病理解剖工作几乎停顿，一方面是受传统观念影响，患者家属难以接受遗体解剖；另一方面，医方也担心，一旦解剖暴露出治疗过程中的失误，会难以应对。由此可见，全民健康指数的提升和这个国家国民素质及文明程度密切相关。

谈“医患关系”病人见到我都很亲

时下，电视剧《心术》热播，对于引起热议的“医患关系”话题，柯教授有她自己的看法：“我不认为医患关系像有些人说得那么紧张，主流是好的。我从医六十多年，没有遇到过捣乱的，病人见到我都很亲。”经常有病人推开办公室的门，看到柯教授就点个头笑笑走了。柯教授知道，病人并不是有啥大事，只是想告诉她，自己今天状态不错。柯教授说，医者的态度很重要，病人是弱者，医生只要诚心诚意为他们着想，很多所谓的矛盾就会被化解掉。当然，有的时候，对个别“医闹”，医疗行政部门决策不得力助长了“医闹”的气焰。

柯教授是大医附属一院二十余位特聘教授之一，离休后她一天也没有离开岗位休息。现在，她每天早晨五点四十分起床、做早饭，七点钟医院来车接她上班，上午看病查房，每周参加大会诊；中午，老伴从公园打网球回来顺路买菜做饭，饭后，她会看看报纸，午睡一小时，老两口再到海边散步一小时；一块做晚饭，饭后看新闻联播，晚上大部分时间是看杂志、书刊，柯教授说，要从事临床工作，就得不断学习新知识，活到老，学到老。

记者了解到，两年前，柯教授和牵手60年的老伴度过他们的钻石婚纪念，《大连日报》专门以《心灵在高处相逢》报道了这对高知伉俪充实、恬淡、幸福的晚年生活。他们互敬互爱和睦恩爱的相处之道令人敬仰，而恰恰是这种和谐的家庭关系助力柯教授赢得健康、丰硕的人生。

柯若仪和老伴在散步

年轻时的柯若仪夫妇

他坚持研究肺间质纤维化的发病机制

［吴泰华］9年坚持只为前进“小半步”

大连晚报 2012.06.12

（文/本报记者：张晓帆　图/赵红瑛）

人物简介

吴泰华，大连医科大学附属第一医院副院长，辽宁省重点学科呼吸内科学科带头人、主任医师、教授、博士生导师。主要学术兼职为国家科技奖励评审专家、国家自然科学基金评审专家，辽宁省医学会常务理事、中华医学会辽宁省呼吸分会常务委员、中国实用内科杂志编委会编委，辽宁省医疗事故鉴定专家等。2003年，获评辽宁省卫生系统抗击非典先进个人；2009年，辽宁省新世纪百千万人才百人层次。

记者面前的吴泰华，温文尔雅，气质沉静。这样一个平和的人，很难跟那么多的“不可思议”联系起来：十几年来，他每天只睡五小时左右；看病的时候，他要求自己“看到”细胞；坚持九年研究肺间质纤维化的发病机制，为的是“小半步”的突破……

从1993年中国医科大学研究生毕业，来到大连医科大学附属第一医院做主治医师，到后来读博士，出任大医附一中心实验室主任、教授，直至任大医附一副院长、博士生导师，吴泰华的岗位一直是呼吸内科。

9年前的非典经历是吴泰华47年人生中最难忘的记忆。“我记得很清楚，接到命令的时候是5月22日中午近12时。仅用了2个小时，我们就完成了集结，开进非典隔离病区。”吴泰华临危受命，出任非典隔离病房主任。他提出的第一个要求就是“把多层口罩换成N95”。因为他十分清楚，寄生于细胞中的非典病毒极微小，口罩层数再多可能从侧面钻入。相反，有“猪嘴”之称的N95医用防护口罩的隔离功能更强，能够有效地防止非典病毒侵入。

很多人问吴泰华是否感觉恐惧，“我真的一点都没觉得害怕，因为我了解这种病毒，知道一切是可控的。我在查房、与患者近距离接触时，仿佛能看到非典病毒在空气中‘运动’的轨迹，只要站在可以避开它的位置就行了。”世人谈非色变，他却轻描淡写。轻松与自信缘何而来？正如吴泰华时常对学生重复的一个要求，“看病要看到细胞”！这样一个看似不可思议的要求，基于的正是长时间、深入的科研。

吴泰华在近10年间，主持了两项国家自然科学基金课题，八项省、市课题。9年来，他的主要研究方向始终锁定为肺间质纤维化的发病机制。9年了，无数次熬夜、临床、科研、实验，所取得的成绩仅仅是一点点。如果要用走路来比喻，也就只是迈出了小半步！”吴泰华如此形容医学科研：就像愚公，面对着巨大的太行与王屋，身背镐头，手握铁锹，确定一个方向，便不停地挖下去，“或许努力了很多年，发现是死路一条，所能做的就是竖一块牌子‘此路不通’。一代代医务科研者，就是这样前仆后继地不断努力，艰难地取得一项又一项的突破！”吴泰华先后获辽宁省政府科技进步奖二等奖三项、三等奖一项，其中关于《肺纤维化中基质金属蛋白酶系统的作用及信号传导机制》的研究成果，获辽宁省政府科技进步奖二等奖。他尝试用中西医结合的方法提高肺间质纤维化的疗效，已经取得了一定的成绩。虽然这成绩被他谦虚地形容为“小半步”，对于未来解决肝硬化、肾纤维化等顽疾却都有很大的帮助。

吴泰华是江西人，他曾希望成为一名航空人，却阴差阳错学了医。他本是爱好广泛的人，爱集邮、喜摄影、好围棋，却都让位于工作。如今的他，任职大连医科大学附属第一医院副院长的同时，还是大学教授、博士生导师，带了很多学生，同时主持多项科研课题……在诸多角色间游刃有余，且每个领域都取得骄人成绩，虽然吴泰华给人的感觉永远是从容、淡定，但其背后的付出超乎想象——行政工作、教书授课、查房会诊将白天时间占得满满的，大量的研究工作都在下班后进行。十几年来，吴泰华每天都工作到次日凌晨1时才睡觉，早晨六时就起床。一天仅睡五个小时，他称已经完全习惯了。而这样的一种“习惯”却是医务工作者殚精竭虑、兢兢业业精神的最好诠释！

坚持“看病要看到细胞”的吴泰华

大医理工化物所开展协同创新深度合作

大连日报 2012.06.12

（记者：谢小芳）

本报讯 日前，大连医科大学与大连理工大学、中国科学院大连化学物理研究所在大连医科大学召开了“两校一所”协同创新、深度合作研讨会。会上，“两校一所”就建立合作基金及成立联合专家咨询委员会等相关事宜进行了初步探讨，三方今后将逐步建立一套适合“两校一所”长期合作、深度融合的体制机制，把原始创新和重大科技成果结合起来。同时，通过科技资源共享，加强各领域的深度合作，建立具有融合性的技术平台，探索出适应不同需求的协同创新模式，营造有利于协同创新的环境和氛围。

吴阶平医学基金会副秘书长史荣教授表示，今后将利用吴阶平基金会平台优势，对“两校一所”协同创新项目提供最大程度的支持。

爱心助燃希望 服务铸就品质

——大连医科大学附属第一医院护理改革创新纪实

健康报 2012.06.13

在一个鸟语花香的清晨，一束阳光透过病房的窗子，照到护士微笑的脸庞。这时，或是一个满面欢喜的孩童，或是一位神清气爽的老者，或是一位刚刚拥有宝宝的母亲……抬头，望着走入病房的护士，报以灿然一笑：“今天我出院了，谢谢你!”这正是大连医科大学附属第一医院（以下简称“大医一院”）开展护理改革创新活动中的美好画面之一。

大医一院护理队伍是一支团结向上、敢于拼搏、求真务实、不断创新的团队，医院现有护士近1600人，其中有硕士生导师4人，大专以上学历占81%，本科学历占33%。作为卫生部首批20家国家级临床护理重点专科之一、辽宁省急症护理培训中心、大连市护理质量控制中心、大连市静脉输液培训中心，医院的护理技术水平长期居于辽南地区的龙头地位，并在省内占据优势位置。1997年，医院在全国率先提出了“把时间还给护士，把护士还给病人”的理念，引起全国护理同行的共鸣。2001年，医院以绩效奖金分配为突破口，在全国率先进行护理改革，打破了分配的大锅饭，以岗定酬、岗变薪变，创建了护理垂直管理及绩效分配体制，大大激发了护理人员的工作热情。2005年，第二次全国护理工作大会在大医一院召开。此次大会上，医院护理改革的成功经验得到了卫生部相关领导和业界人士的充分肯定。2007年，时任护理部主任丁淑贞荣获第41届南丁格尔奖章，成为大医一院护理团队至高无上的殊荣。2011年9月，卫生部医政司副司长郭燕红来医院视察工作，对护理团队给予了高度评价：“大医一院的护理团队已进入全国第一方阵”。

推陈出新　提出临床一线式护理服务模式

大医之道，仁心当先；护理之道，真爱为本。2010年，医院响应卫生部开展“优质护理服务示范工程”活动的号召，成为卫生部首批72家重点联系医院之一，并在国内首次提出优质护理与临床护理路径相结合的“临床一线式”护理服务模式。该模式以改革护理服务模式为切入点，以履行护士职责为落脚点，为患者提供全程、全面、专业、人性化的护理服务。同时，护理部创立了“主动服务—感动服务—亲情服务—人文服务”的理念，倡导“乐于奉献、尊重护士、善待病人”的管理者理念，以“夯实基础护理，发展专科护理”为抓手，以“打造护理品牌，提供满意服务”为目标，从而充分调动了护士的工作积极性，赢得了患者的广泛赞誉。

医院对优质护理工作真抓实干，得到了卫生部、辽宁省卫生厅等各级领导和专家的认可。医院心内三科、脊柱外科荣获卫生部“优质护理服务先进病房”称号，胃肠外科荣获卫生部第一批“优质护理示范病房”称号，2名护理人员被卫生部评为“优质护理服务先进个人”。

提高患者自护能力　将护理服务延伸至家庭

为全面提高患者的自护能力，医院护理部开展了丰富多彩的健康教育活动。产科病房推出了“一对一”指导，护士走到床边为新生儿进行护理，产妇在旁边观看、学习，从而提升产妇出院后对新生儿的护理能力。呼吸科设定了“健肺时间”，内分泌科设定了“健身时间”，神经内科成立了“康复之家”，每天都有专门的护士指导、带领患者做健康运动。心身病房设立了“放松训练之家”。

患者不但可以在“家”里的留言板上说出自己的心里话，还可以在护士的指导下做“心情减压操”，让患者切实体会到来自医院、社会的关爱，增强了战胜疾病的信心。

同时，护士们创新思维，各护理单元开办了健康讲座大课堂、播放了健康知识DV宣教短片，发放了知识园地、爱心台历及各种书面宣传资料等，从而改变了以往枯燥的健康讲座形式，极大地提高了患者学习的兴趣。为进一步完善医院临床一线式护理模式、满足患者出院后的护理需求，2011年7月医院成立了“护理专科门诊”，提供PICC置管护理、造口护理、居家护理及相关疾病的健康指导等服务，从而将优质护理服务延伸至家庭，使患者在出院后也能享受到连续、规范、专业的优质护理服务。

“大医一院的护士不但让我们享受到了从没享受过的护理服务，还为我们开启了一扇通往健康的大门……”这是心内三科一位患者挥笔写下的感谢信。目前，医院各病房的“健康讲座”及专科“康复指导”吸引了众多病人和家属的参与，使参与者的健康教育知晓率达到了98%。病人从中懂得了怎样配合治疗，怎样康复最快，家属则学习到了大量的防病知识。该活动将健康带到家庭，带到社区，为形成“有病治病，无病防病”的健康教育氛围贡献了力量。

人文关怀　注重患者就医感受

近年来，医院设立了“门诊护士导诊岗”，在新招聘的护士中选拔优秀人员并在门诊导诊岗轮训一年，为患者提供门诊就医的全程服务。同时，加强对这部分护士的礼仪培训，外树形象，内修素养，做到“迎上来，送出去，微笑服务，亲情服务”。这已成为医院一道靓丽的风景线。经过轮训的护士进入临床后，表现出较高的沟通力和亲和力，所负责患者的满意度普遍高于未经轮训的护士。

医院病房开展了“送温暖”系列活动。大年三十，护士为患者送去热腾腾的饺子；正月十五，为患者带来甜蜜蜜的汤圆；患者生日，为其送上精美的生日贺卡。对于没有儿女在身边陪伴的孤寡老人，护士专门买来鲜花和蛋糕为其庆祝生日。很多老人亲切地称呼护士为“女儿”、“孙女”，感动之情溢于言表……此外，护士自发开展了“做一天患者家属”活动。年轻的护士利用休息时间为自己所负责的患者做一天“家属”，通过与患者深入交流，了解他们的需求，为今后制订“个性化”护理计划奠定基础。她们还设计制作了“医护患沟通交流版”，开展了护患联谊会、护患沟通交流会，增强了医护患之间的沟通，使病房呈现出和谐融洽的氛围。重症医学科推行“零距离”护理，让患者舒心、家属放心。在等候手术的时间段，手术室护士为患儿准备了玩具、小画册和轻音乐，安抚患儿的恐惧心理，患儿家属对此感激不已。

各病房开展了“创新护理”活动，以新技术、新发明为患者提供高品质的护理服务。泌尿外科护士创新了改良病员裤，为占病房三分之二的留置导尿患者带来了福音；创伤骨科护士独创的预防压疮小水袋，使患肢足跟部压疮发生率明显降低。他们发明的注射按压贴、充气式床上洗头装置、翻式立体防护卫生巾等已获国家实用新型专利。

2011 年 11 月，大连市卫生局举行“医院开放日”市民体验日活动，社会监督员和市民体验者深入到大连市各医院体验就医过程。他们感慨地说：“大医一院的护理服务果然名不虚传！”

优质护理与临床路径相结合　焕发勃勃生机

开展优质护理服务以来，护理部恰到好处地将其与临床护理路径相结合，成立临床护理路径评价小组和实施小组，有专人培训督导。如果将护理工作比作一棵大树，临床护理路径如同护理工作的“树干”，而优质护理服务好似“绿叶”和“花朵”。两者相结合，医院护理工作才能焕发出勃勃生机。

目前，医院已在 35 个病房制订了 53 个病种的临床路径“护理篇”及“病友篇”。临床路径“护理篇”的制订是以循证护理为基础，将患者住院期间每一天需要进行的主要诊疗及护理作详细计划，同一病种所有护理人员均遵照路径计划为患者提供护理服务。它作为一种权威的护理服务计划体系，规范了护理行为，使护理工作有章可循，克服了以往护理行为的随意性，降低了护理差错的发生率。

临床路径“病友篇”，这该院的创新做法。他们将患者每日的主要治疗、处置、体位、饮食及活动量制作成册，期间穿插了具有健康教育指导作用的彩色图片。在制作理念上，他们摒弃了以往通篇文字式的枯燥，取而代之的是制作精美的“台历式”路径，加深了患者对临床路径内容的掌握。“病友篇”的应用不仅维护了患者的知情权，还使患者及家属能够主动遵照路径的指示配合治疗和护理，促使患者早日康复。

护患关系　和谐融洽似亲人

2011 年 3 月，优质护理服务已在全院 73 个病区全面铺开。护士用“爱心、耐心、细心、恒心”为患者提供高品质、人性化的护理服务，并在实践中形成了“把理让给病人”的服务新理念，使护患关系更加和谐、融洽，护士与病人的概念逐渐模糊，亲人的概念却渐渐清晰起来。患者送给护士的锦旗、牌匾上写着：“优秀护理团队”，“最优秀、最合格、最负责的护理团队”，“大医一院优质护理服务真好!”这发自内心地道出患者了对该院护理工作的认可与赞誉。

60岁的于吉川是一位肠肿瘤患者，他在表扬信中写到：入院伊始我的心理压力大，整天愁眉哭脸，护士长贾立红每天都来询问我的病情，亲切地和我唠家常，让我逐渐放下了思想包袱……我身上带着人工造瘘，异味很大，数次污染了衣服和床铺，护士们不怕脏、不怕累，每天都给我收拾的干干净净。特别是那些刚刚走上工作岗位的“90后”护士，她们像天使一样，那发自内心的微笑，像一剂良药，浸透我的心田。

一位来中国旅行的美国患者威尔在表扬信中这样写道：“我在大医体验到了在美国都没有享受到的护理服务。她们给了我亲人般的照顾，让我在异乡感受到家一般的温暖。如果再生病的话，我还要找大医一院的护士来护理我。”

在卫生部、辽宁省卫生厅的正确领导下，大医一院全体护理人员将继续齐心协力，以“南丁格尔精神”为指引，改革创新，团结奋进，用爱心助燃希望，用服务铸就品质，打造出属于大医一院的“护理品牌”。如今，在医药卫生体制改革的浪潮下，医院将一如既往地抓住发展机遇，以人民群众健康为己任，加强护理学科内涵建设，探索建立优质护理服务长效机制，向国际先进、国内领先的护理行列迈进是护理团队的奋斗目标。

大医中西医结合研究院院长

[战丽彬] 立足抗衰新疗法

大连晚报　2012.06.13

(本报记者：毕庆　实习生：宋宇)

人物简介

战丽彬，教授，博士生导师，大连医科大学中西医结合研究院院长。1995年博士毕业于辽宁中医药大学。现任辽宁省中西医结合疑难危重病基础研究重点实验室主任，辽宁省中西医结合基础重点学科带头人，国家重点学科中西医结合临床学科骨干，享受国务院政府特殊津贴、第一批辽宁特聘教授、辽宁省名中医、大连市首批领军人才、大连医科大学附属二院中医科副主任、辽宁省高校优秀人才。

“哪位是战教授?”“我就是。”记者采访战教授时，难以相信眼前这位看上去只有30多岁的女士今年已经48岁了。也许是和做抗衰老研究有关，也许是和良好的心态有关，岁月并没有在战丽彬脸上留下多少痕迹。就是这样一位总是笑呵呵的女院长，她的肩膀上担负着许许多多的担子，头顶着众多的荣誉，是我国近10年中西医结合科技人物。

战教授的研究方向是：中西医结合防治老年脑病的基础与临床研究、藏象学说脾本质及其应用。从事中医、中西医结合基础与临床工作二十余年，在国内外创新性地运用滋补脾阴法延缓衰老特别是在防治老年脑病、改善学习记忆、中枢神经系统损伤修复等方面取得突破和阶段性的研究成果，并在国内率先成功建立脾阴虚痴呆证病结合动物模型，为揭示中医脾本质奠定了基础。

2011年，她获得辽宁省政府科技进步一等奖。她先后主持国家自然科学基金面上项目2项、高等学校博士学科点专项科研基金资助课题2项、省部、市等科研课题12项，科研成果7项。

采访中，战教授告诉记者，她在作为大连医科大学中西医结合研究院院长进行管理工作的同时，每周还要在大连医科大学附属二院出一个半天专家门诊。

由于现在还带了20多个学生，所以，除了日常管理工作、出诊外她还得带着学生做课题，和学生讨论课题怎么做，如何设计构思，实验结果如何，下一步怎么做，遇到问题怎么认识和处理。一个人承担着三四个人的工作，战丽彬白天的时间常常不够用，她就经常熬夜给学生改论文。一个研究院才来的博士生曾开玩笑跟她说：“院长，我发现您就像超人一样，那么大的工作量，您不但做得很轻松，人看起来也不疲惫。”

战丽彬在讲述自己成长的轨迹时，她坦言，有两个对她影响巨大的重要的人，一个是她的父亲，另一个是她的爱人。

战丽彬的父亲是大连理工大学的物理学教授，她的父亲一直很注重对人生成长的关注，战丽彬从小就喜欢和父亲交流，讨论一些成长中的问题，看书后也喜欢和父亲谈谈感想。工作后，和父亲的交流也依然没有减少。中西医怎么发展，父亲也会帮着战丽彬关注。战丽彬喜欢上网买书，因为家里白天没人她就把书寄到父亲家，父亲总要先翻开看一看，战丽彬没时间看那么多书，父亲就把重点画出来留着给她看。

父亲对思维的培养一直引导着战丽彬，日后她的一些好习惯都与父亲的影响有关。如果说人生的前半段导师是父亲，那么战丽彬人生后半段的导师就是她的爱人。

战丽彬在大学毕业前一年认识了她的爱人，她的爱人也是一位医生，在她毕业前她的爱人已经工作两年了。毕业后战丽彬想考研究生，她的爱人特别支持，婚后读硕士博士时，因为硕博连读是全日制的，需要在沈阳住宿，她的爱人也给予了她极大的理解和鼓励。平时在家里，两人经常进行一些学术探讨。爱人的扶持和鼓励成为了战丽彬努力工作的最大动力。

25年他无偿献血1.5万余毫升

记大连市坚持无偿献血时间最长的人张成鸿

大连日报　2012.06.15

（胡莉莉　本报记者：谢小芳）

他坚持25年，无偿献血1.5万余毫升，是大连市坚持无偿献血时间最长的人；他把献血当成“事业”，心中有着一份浓浓的责任。张成鸿，大连医科大学形态学实验室的一名普通实验教师，用自己的一腔热血表达着对公益事业的无限热忱。6月13日，张成鸿又一次来到大连市血液中心，作为大连市无偿献血志愿者服务队的一名义工，热心为献血者提供帮助和答疑。工作间隙，他接受了记者的采访。

献血是我力所能及的一件事

作为一名医学教育工作者，张成鸿深知血液在急救中的重要作用。从1987年开始，他每年献血一至两次，每次400毫升全血，中间血液中心有需要的话他还经常捐献血小板。张成鸿曾两次获得大连市无偿献血之星称号，也是中国无偿献血金、银、铜奖获得者。问及是什么信念使他坚持了这么久时，他只是一笑，说："献血是我力所能及的一件事，能够帮助危急中的病人我心里非常宽慰，我真心愿意把这件事一直做下去。"

为人师表的自豪让自己也感动

25年来，在张成鸿坚持无偿献血的背后，是无数次接到紧急电话后毫不迟疑奔赴血站的身影，是无数次利用休息时间、在献血现场给献血者讲解注意事项的辛劳和付出。有没有印象最深刻一次献血？张成鸿说，回忆不起来，只觉得每一次都很平常，自己只是在做一件很普通的事。但在做义工时遇到的一件事，让他至今也感到很自豪。那是在一个献血现场，张成鸿如同往常一样，穿上红色马甲开始工作。这时，听到几个年轻人很激动地跟他打招呼，"张老师，好高兴在这里看到你。"原来这几个是大连医科大学的学生，听说了张成鸿的故事深受感动，也加入了献血志愿者的行列。"在那一刻，我突然觉得很欣慰，有着一股为人师表的自豪。"

家人的支持是最大的温暖

提及自己的献血"事业"，张成鸿对家人有着深深的歉意和谢意。"我在这件事上没有受到任何来自家人的阻力，他们的默默关心给了我最大的支持和温暖。"作为一名"老献血员"，临时接到血液中心紧急需要血小板的电话，对张成鸿来说已成为一种"习惯"。张成鸿说，有一次，他载着媳妇儿和丈母娘一起出去散心，中途接到血液中心的电话，说急缺AB型血的血小板。"我当时立即就答应了，挂了电话才想起身边还有妻子和丈母娘。那次出来玩主要就是为了让老人开心，我这边还在迟疑该怎么解释，丈母娘已经催着我说，'这么急，你还不快去？时间紧，就带我们一起过去吧'。事后她还嘱咐我媳妇儿给准备好吃的补身体。"

张成鸿的寒暑假和平常的业余时间经常是在血站度过。记者看到，遇到第一次来献血的志愿者，他总有自己的方法消除他们的紧张和担心。张成鸿总是

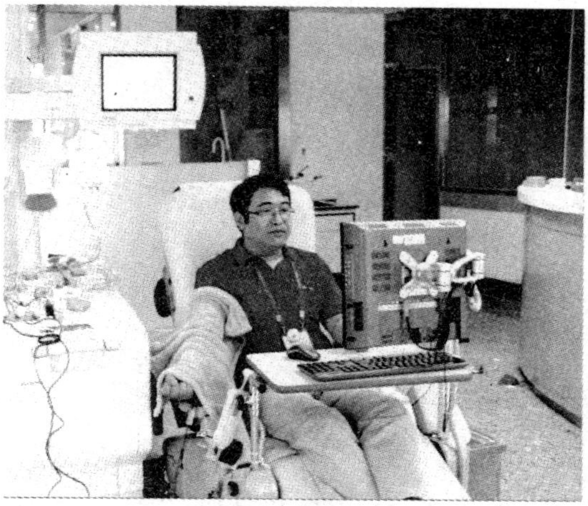

乐呵呵的，用一口海蛎子味的普通话为大家说着注意事项，不自觉地让他们放松下来。志愿者的工作占据了张成鸿大量的业余时间，在被问及这样的付出是否值得时，他说："工作之余打扑克玩游戏是消磨时间，帮助别人做好事也是消磨时间，既然如此，何不选择更加有意义的事情来做呢？最重要的是，做这些使我觉得开心。"

大医成立"爱·助成长"基金

大连日报　2012.06.16

（胡莉莉　记者：谢小芳）

本报讯 6 月 15 日，由大连医科大学在校学生发起、创建和管理的"爱·助成长"校内学子基金举行了成立仪式，大医两名身患重症的学生成为首批资助对象，各获得了 5000 元的现金资助。

据了解，"爱·助成长"基金是在 2011 年年底，由大连医科大学学生自我教育委员会首任主席冯婷婷和学风促进部部长玄甜甜两名学生从自己获得的奖学金中分别捐资 5000 元和 3000 元开始发起的，主要用于帮助家庭经济困难或因遭遇不幸而面临经济困境的学生，到目前已收到 278 名学生的捐款，募集到资金共 61090 元。

百姓不出“家门”可享一流医疗服务

辽宁省医疗会诊中心落户大医二院

半岛晨报 2012.06.18

（记者：沈华）

今年5月10日，辽宁省医疗会诊中心落户大连医科大学附属二院。该中心的落户，将惠及滨城及周边百姓的求医问诊。据了解，大医二院充分发挥医疗技术优势和数字化建设优势，建立与基层医疗技术、信息、管理的全方位对接，使医疗服务的重心下移，为基层群众提供优质、便捷的医疗服务。同时推进数字化工作模式的升级，积极与旅顺口区合作，建立起远程医疗、影像、心电诊断、远程门诊、远程会诊、区域一卡通和居民健康档案管理等功能的网络系统，实现区域内医疗信息和资源共享。并实现与浙江大学数字化医疗联盟的无障碍对接，将国内最先进医院的优质技术资源引入大连基层医疗机构。辽宁省医疗会诊中心的落户，真正实现“基层首诊、分级医疗、双向专诊、上下联动”的医疗模式，使滨城百姓不必东奔西走，即可直接与大医院专家进行“面对面”互动交流，享受高效、高质量的医疗服务。既节省了就诊时间，又减轻了经济负担，为解决百姓看病难、看病贵提供了新的途径。

先进设备　顶级核磁共振破解患病“密码”

12岁的小廷5年前患有癫痫病，当时的医生建议服用药物维持和控制大发作，但一直服用药物却没有阻止病情。在癫痫病第四次又发作时，被家人送到大医二院急诊室。了解病史后，急诊医生通过药物先稳定小廷病情，然后建议他通过大医二院最新引进的、目前国际上顶级的核磁共振详细检查病因。不到两分钟的时间，病因查出来了，“小廷脑部的海马区神经细胞明显有缺失，导致局部电信号异常放电，这也是他癫痫发作的主要原因。”放射线科边杰主任拿着片子说。明确了发病原因后，医生为他进行了相应的手术治疗，并表示治疗后小廷仍可以像正常人一样生活。

边杰主任介绍，这台顶级的磁共振仪器可以精确地看到传统仪器看不到的反射神经，患者一旦肢体、言语等出现异常时，只要做一下磁共振就能找到异常的脑部神经纤维，从而有针对性治疗，因此再疑难的脑部复杂病变，也能通过这台世界顶级的磁共振破译其患病“密码”。与传统的影像学检查相比，3.0T磁共振在神经、细胞功能性病变方面起着无法替代的作用，临床应用很多疑难疾病，如：帕金森、脑部肿瘤、老年痴呆等等病症，都能在先进仪器的显影下，找到病灶，为进一步治疗制订合理化方案。而3.0T磁共振仪器无辐射，分辨率是普通仪器的一倍，可以发现直径仅1毫米的肿瘤组织，还能够分析出肿瘤的性质。这种清晰直观的影像学检测，不仅缩短了诊疗路径，而且在手术过程中也能成功避免触碰重要血管、神经，在保证手术顺利进行方面也起到了重要作用。

特色技术　小切口解决关节疾病大问题

刘先生是名体育教师，打篮球时不慎扭伤膝关节。到附近社区医院拍了X光片后，并没发现异常，一周左右，走路时后膝关节出现“交锁”症状。到大医二院骨外科进行运动医学专业检查后发现，前交叉韧带断裂，内侧半月板损伤，随后医院进行了“关节镜下前交叉韧带重建术和内侧半月板撕裂缝合术”。医生在高清的视野下，通过关节镜清理术将导致疼痛和摩擦感的原因逐一清除，使关节重新变得“清洁”起来。半月板破裂术后膝关节只留下两个0.5厘米左右小切口，经过一段时间的康复训练，现在刘先生运动能力基本恢复。

大医二院骨外科主任医师东海潮是大连市运动科学研究会理事，擅长应用关节镜微创治疗膝关节、肩关节、肘关节、腕关节损伤、踝关节扭伤及不稳、足跟痛、跟腱断裂等骨科疾病。据东海潮教授介绍，发生关节损伤通过关节镜微创手术进行治疗，与以往的手术相比，具有诊断准确、切口小、副反应极少、恢复快等优点。在大医二院，近百万的新一代高清关节镜系统也已正式投入使用，这套系统是目前国际上最先进的美国施乐辉品牌，包括主机、光源、动力、射频四部分仪器及全套关节镜下手术器械，从而彻底替代原有旧设备，使关节内损伤及疾病的诊断和治疗真正实现微创化。

特色技术　经皮肾镜穿刺电切实现肾癌微创治疗

目前，各种微创技术越来越成为泌尿外科大部分疾病的首选治疗方法。上世纪90年代初至今，大医二院泌尿外科微创治疗已经达到国内先进水平。70多岁的孙大爷五年前因患左肾盂癌在大医二院做了左侧泌尿系切除。今年再次复查，CT表现为典型的肾盂内充盈缺损，大小在2×3cm左右，诊断仍为肾盂肿瘤。按照上尿路肿瘤的治疗原则，应该行根治性切除手术，可是患者只有这一个肾脏，再切除患肾就意味着必须依赖透析来维持生命。患者希望能用微创的方式既切除肿瘤又保留肾脏。

在范治璐主任的带领下，治疗组为患者实施经皮肾穿刺肾盂肿瘤电切治疗。这种方法是利用经皮肾镜的穿刺技术，借助经尿道电切的手术设备对肾盂肿瘤实现微创治疗。手术为了置入电切刀，需要大口径地扩张肾穿刺通道，而且要选择合适的目标肾盏穿刺，以便观察到肿瘤的全貌，以免切除时遗漏。实施此种手术，要克服很多技术难题，以及面临出血乃至患肾切除的风险，针对这个大胆的设计，范主任给予了治疗组有力的支持和鼓励。经过周密的准备，历时两个小时的努力，手术取得了成功。术后，患者只在腰部留下了一支造瘘管，第二天下床自由活动。据了解，这已是大医二院开展的第二例独肾肾盂癌经皮肾穿电切手术。

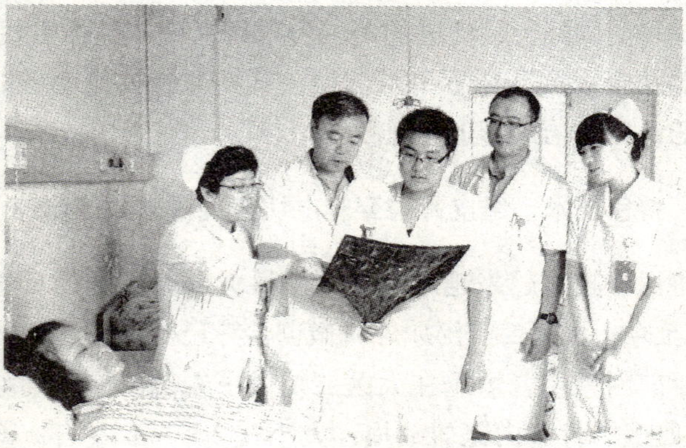

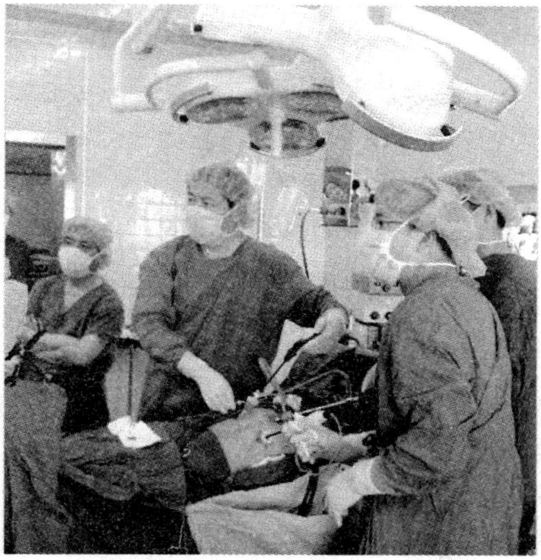

大医在校生自创基金助同学

辽宁日报 2012.06.26

（胡莉莉　本报记者：杨丽娟）

本报讯 6 月 15 日，由大连医科大学在校学生发起、创建、管理的“爱·助成长”校内学子基金举行了成立仪式，大医学生自我教育委员会现场公布将对 2 名重病经济困难学生进行资助，每人资助 5000 元。

“爱·助成长”基金是在 2011 年底，由大医学生自我教育委员会首任主席冯婷婷和学风促进部部长玄甜甜从自己获得的奖学金中分别捐资 5000 元和 3000 元开始创建的。主要用于帮助家庭经济困难或遭遇不幸而面临经济困境的学生，凡在校的全日制本、专科生和研究生，均可申请此基金。“爱·助成长”基金主要接收优秀学生的各类奖学金和助学金、节约节俭下来的各类资金、辛勤工作后的劳动报酬等。到目前共有 278 名学生捐款，募集到资金共 61090 元。

他致力于肿瘤糖生物学研究十余载

［张嘉宁］想给病人生活送甘甜

大连晚报 2012.06.27

（本报记者：祝福 实习生：宋宇）

张嘉宁，男，博士，教授，博士研究生导师，教育部优秀青年教师资助计划获得者。1994 年获日本京都大学药学部药学博士学位。2000 年被聘大连医科大学生物化学与分子生物学教授。现为中国生物化学与分子生物学会常务理事，辽宁省生物化学与分子生物学会副理事长，辽宁省高等学校糖生物学创新团队带头人。2010 年被评为大连市优秀专家，获大连市政府特殊津贴。2011 年获得国务院政府特殊津贴，2012 年被评为“大连市领军人才”、首批“辽宁特聘教授”。

研究人员发现，细胞表面糖链结构的改变和很多生理过程以及疾病的发生相伴相随，其中的原因成为了生命科学领域尚未解决的难题之一。1988 年，牛津大学德威克教授将对细胞表面糖链结构与功能的研究定义为“糖生物学”，以此为标志生命科学诞生了一个新的分支学科——糖生物学。糖生物学研究已经成为了解生命基本过程、解析疾病发生发展机制、寻找疾病诊疗新手段的“甜苹果”。因而，令人着迷的糖生物学研究被誉为“甜蜜的事业”。作为大连医科大学生物化学与分子生物学学科的带头人，张嘉宁把自己的根深植于肿瘤糖生物学研究，探寻细胞表面糖链结构在肿瘤转移中的作用，希望给肿瘤病人的生活带来甘甜味道。

“不拒绝每一点小的进步，坚持走下去，再回首已是大的进步。”这是 1987 年张嘉宁在吉林大学化学系获得硕士学位时导师给他的赠言，这句话也一直伴随着他在科研工作中淡泊笃定，扎实前行。1990 年，张嘉宁到日本京都大学药学部进修生物化学，他从事的专业同时从有机化学转向了生物化学。在这所世界知名学府，张嘉宁不仅受到了严格的科研训练，掌握了在上世纪 90 年代初可以称为前沿的分子生物学技术，而且养成了严谨求实的科研作风。1994 年，张嘉宁获得日本京都大学药学博士学位，1995 年被大连医科大学的生物化学与分子生物学学科引进。在朱正美教授的指引下，他进入了糖生物学研究领域。从那时起，张嘉宁从事的科学研究开始定向为糖生物学。

2000 年，张嘉宁赴美国 The Burnham Institute 研究肿瘤糖生物学。2001 年回国后，他应用大连医科大学自主建立的肿瘤淋巴道转移模型，结合糖生物学，开始独立开展肿瘤糖生物学研究。“科学研究就是一场寂寞而艰苦的长跑。”经过十余年的努力，克服了许多实验条件不足等多方面的困难，张嘉宁带领他的团队，在肿瘤淋巴道转移的糖生物学机制研究上，逐渐形成了自己的特色，取得的相关研究结果在 Leukemia（白血病）等重要国际学术期刊发表，为深入理解肿瘤转移的糖生物学机制和探索治疗肿瘤转移的新方法提供了理论和实验基础。2008 年张嘉宁主持的“肿瘤淋巴道转移机制与实验性干预”研究获得辽宁省政府科技进步一等奖。甜蜜的事业终于开始结出了甜蜜的果实。

“尽我所能，让年轻人少走弯路”。这是多年来，张嘉宁始终对研究生和青年教师悉心关怀、严格要求的内动力。在他培养毕业的 8 名博士中，有 2 人获得辽宁省优秀博士学位论文奖，3 人毕业后成为国家自然科学基金项目主持人。说起指导的学生和青年教师的成长进步，张嘉宁的脸上总是露出欣慰和甜蜜的笑容，他说：“只有让年轻人成长起来，我们的学科才有未来。我愿意做他们的教练员。”2012 年，张嘉宁带领大连医科大学糖生物学团队承担了国家重大科技项目，他们正沿着转化医学的方向，满怀信心地为高质量地完成课题任务而努力。

自1996年以来我市共有1034人承诺捐献遗体

遗体捐献：艰难前行的大爱

大连晚报 2012.06.27

（本报记者：邵闯）

6月19日，55岁环卫工人孙宏伟在遗体捐献登记表上写下了自己的名字，承诺百年之后，将遗体捐献给医学研究。孙宏伟的举动引起了很多市民的热议，有人赞成有人无法理解。记者调查发现，从1996年我市开展遗体捐献工作至今，全市共有1034例捐献者，其中成功捐献的达到138例，而脏器和眼角膜捐献分别只有2例。查看捐献数字曲线会发现，在上世纪90年代后期，平均每年仅有几例捐献者，而最近几年，人数呈几何倍数的增长，今年上半年更是史无前例地创下过百的纪录。大连的捐遗工作在全国处于前列，但与发达国家相比，差距仍很巨大。

现状：15：1和100：1的尴尬

■医学院：十五六名医科生解剖一具尸体

大连医科大学是大连地区接收遗体的单位，从1996年6月到今年年初，共接收了138具遗体。虽然从最初每年几具到现在每年十多具，尤其是今年到目前为止，已经接收了20多具遗体。数量在不断增长，但却无法满足教学的需求。

大连医科大学遗体和器官捐献中心的徐主任介绍说，目前解剖课上是十五六个人共同解剖一具尸体。而在一些发达的欧美国家，几乎都是一个学生解剖一具或几具尸体。当然，徐主任也承认，东西方文化差异也是原因之一。“之前有家属担心尸体会遭到不公待遇，这也是制约捐献的一个原因。”徐主任说，家属对此大可放心，学生们对捐遗者十分崇敬。学生们为这些能够为他们提供实践学习机会的人十分感激，而学校也会对解剖完的尸体进行统一火化，并且妥善处理。

■器官移植：100名患者中仅一人能等到肾源

记者了解到，捐献有三种方式，一是捐献遗体，二是捐献组织，比如眼角膜等，三是捐献器官，比如肾、肝等。如果说遗体捐献在我市的发展还算可以的话，那么器官及组织捐献却遭遇尴尬境地。器官捐献极少不等于没有需求。

大连友谊医院肾移植中心是大连地区专做肾移植的医院，据该中心主任胡志林介绍，仅在这里做血液透析的尿毒症患者就有2000多人，而他们每年做的肾移植手术仅二三十例。胡主任说，平均100名患者中才能有一人做移植手术，主要是因肾源奇缺。医院多数都要联系外地医院，提供可匹配肾源。

据了解，大连地区肝移植指定医院，大连医科大学附属二院的情况也不乐观。每年医院平均要做20多例手术，这只是等待肝供体做移植手术的极小部分。有很多肝病患者直到去世也没能等来供体。因器官捐献有严格的医学标准，不是所有人都能捐献，而有捐献意愿的人往往又不适合捐献，这样就造成器官捐献的人很少。“除此之外，器官捐献还有社会标准，家人是否同意，能否得到社会认可？这就导致器官捐献的人少之又少。”医大二院的王教授表示。

进步：今年上半年创16年来捐遗最高纪录

■数字：前6个月百余人登记捐遗

2011年1月4日上午，孤寡老人丁淑珍走完了人生的第81个年头。临终时分，出乎所有人的意料，老人拉着陪伴在她身边的社区工作人员的手说：我这一辈子无儿无女，有你们陪在身边，我也没什么遗憾了……我要捐出自己的遗体给国家。老人的举动让周围人大为吃惊，继而深受感动……

昨日，记者从大连医科大学遗体和器官捐赠中心了解到，我市从1996年开展遗体捐献工作，到目前为止共接收了1034份志愿者提交的遗体捐献申请表，其中有138例已经成功捐献。“上世纪90年代刚开展遗体捐献工作时，一年也就有几例申请。2003年成立专门机构以来，申请捐遗的人数每年都呈上升趋势。”捐赠中心执行负责人徐飞主任介绍说，特别是2011年，全市共有100余位像丁淑珍这样的无私捐献者。2012年，这一数字有望翻番，因为到目前为止，前6个月已经有超过百名志愿者申请捐遗。这是16年来最高的纪录。

■构成：捐献遗体者以中老年人为主

记者了解到，申请捐献者中，最年长的为90多岁的老人，最小的则是几个月大的婴儿。他们当中有些人是身患疾病、有些却是身体健康。捐献者以中老年人为主，年轻人自愿捐献遗体的很少。“近几年我市遗体捐献呈上升趋势，但发展依然迟缓。”徐主任告诉记者，大连的捐遗工作在辽宁省乃至全国都处于前列，但与发达国家相比，差距依然很大。

卫生部统计数据表明，我国目前约有150万患者急需器官移植，但受捐赠器官少制约，每年器官移植手术仅为1万余例，是世界上器官捐献率最低的国家之一。“制约遗体捐献的根本原因是根深蒂固的传统观念。”相关工作人员一语道破其中缘由，在我国，“人死厚葬”“全尸安葬”“入土为安”等观念是生者对死者的最大敬畏，遗体捐献无疑与其背道而驰，在感情上使人无法接受。每当到了中国的传统节日，都要上坟扫墓，以寄托对逝者的哀思。尤其是清明节，无论相距多远都要回家祭祖，这已经成为中国人的一种习俗。而遗体捐献，无疑使生者失去了缅怀先人的场所。“实际上，遗体捐献者都会或多或少遇到一些阻力。”工作人员表示。

观点：更多理解更多尊重推动“大爱”前行

1034、138、2、2……这组看似杂乱的数字，却对大连市遗体和器官捐献发展意义重大，这是截至目前我市遗体、器官、组织捐献的真实写照。1034代表大连目前已经登记捐献遗体的数目，138代表成功捐献数目，而两个2则为器官和眼角膜的数量。

这些数字对于拥有669万人口的大连来说，确实不算多，尽管在省内、国内均排在前列。捐献遗体的发展不是某个人某个机构单一方面的努力就能达到需求的，这需要全社会的共同努力。接受记者采访时，孙宏伟曾透露了一个细节：母亲在世时，他曾表达了要捐献遗体的想法，没想到招来母亲的一顿大骂。“我妈说，如果你走在我前面，连个烧纸的地方都没有，岂不是白养你了！”孙宏伟表示，他只好打消了捐遗的念头，“后来，母亲还是走在了我的前头，虽然不孝，但我还是坚持要捐献遗体。”

专业人士分析，制约遗体捐献主要有几方面原因：一是人们的传统丧葬观念作梗；二是人们对相关捐献知识的缺乏；三是很多人如孙宏伟这样的，根本不了解应该怎么办理捐献。“希望加强这方面的宣传，什么时候大家像了解无偿献血那样了解遗体及器官捐献就好了。”采访中，一位市民如此说。

对于部分家属对于遗体处理的担心，徐主任明确表示，由大连市政府投资86万元建造的大连遗体捐献者纪念碑，于今年4月1日在大黑石将军山公园公墓正式揭幕。捐献者家属可在清明节等节日来此祭奠逝者，并且大连市红十字会在每年的3月31日，都会将当年捐献遗体者的姓名刻在墓碑上。“遗体、器官捐献是一项庞大的爱心工程，需要形成政府支持、社会推动、公民参与的社会氛围，推动人体器官捐献工作的开展。”徐主任说。

第8届“中国医师奖”颁奖 大医一院卞晓明获奖

大连天健网　2012.06.28

（记者：李佳鹤）

天健网消息 昨日，第8届“中国医师奖”颁奖大会在北京人民大会堂举行，102名医疗一线的临床医生获此项殊荣。大连医科大学附属一院心血管外科主任卞晓明荣获本次“中国医师奖”，截至目前，我市共有7人获此殊荣。

卞晓明主要从事心血管外科医疗、教学和科研工作。能熟练掌握所有的成人及幼儿各类心血管疾病的外科治疗以及术后处理，尤其对复杂先天性心脏病和主动脉疾病的外科治疗有较深的造诣，为大连地区唯一可以独立完成各种主动脉疾病外科手术的医生。卞晓明在大连医科大学附属一院心外科任主任8年间，带领心外科团队完成年手术300例，占大连地区心脏手术总量的近2/3。手术死亡率由原来的>6%降低到<1%，为全国同专业最好水平。卞晓明主刀近两千例手术，但从未收过病人“红包”，并多次为因贫困而要放弃生命的病人提供经济帮助，最多时一人可达几万元。他捐款资助看不起病的农村贫困先心病患儿，同时，通过慈善机构和社会团体、企业筹措资金，为大连贫困家庭先心病患儿建立了专项救助资金数百万元。

据了解，“中国医师奖”是2003年经卫生部批准中国医师协会设立的我国医师行业的最高奖项。2010年经中共中央、国务院审核同意，并由原来的1年评选1次调整为2年评选1次。该奖设立以来，全国共有523名优秀医师获得“中国医师奖”殊荣。大连市第三人民医院院长张繁友、大连医科大学附属一院肝胆外科主任王忠裕、大连市疾病控制中心佟伟、大连医科大学附属一院神经内科教授许晶、大连大学附属中山医院肿瘤科主任王若雨、大连医科大学附属一院重症医学科主任万献尧先后荣获“中国医师奖”。

［田晓峰］他推动医大二院开展我市首例肝移植

大连晚报　2012.06.29

（文/本报记者：王玲）

人物简介

田晓峰医学博士，教授，博士研究生导师。现任大连医科大学附属第二医院外科教研室主任，院长。先后获得大连市政府特殊津贴、辽宁省百千万工程百人称号，获得大连市劳动模范和十大杰出青年称号。

一艘运行良好的轮船，必然需要一个经验丰富术业有成的掌舵人。田晓峰，正是医大二院的这个掌舵人，拥有医学博士、教授、博士研究生导师多重身份的他，从业务副院长做到院长，推动了医院学科建设、医疗质量、管理水平、工作绩效的大幅度提高，为大连医疗事业做出了卓越的贡献。约见田晓峰，是在他的办公室，穿着干练而简洁，言谈严谨而清晰，令人产生深深的信任感，或许这正是他从医数十年的职业素养的历练体现，也正是他作为一个优秀医生、行业带头人的魅力构成。

我国是一个肝病多发的国家，随着医学的发达，肝脏移植已经是唯一能够让肝硬化患者长期存活的有效方法。肝脏移植手术难度大，被誉为医学皇冠上的明珠。2001 年，时任业务副院长的田晓峰率先和同道们在大连开展器官移植的临床和基础研究工作，在他的推动下，医大二院开展了我市的首例肝脏移植。之后，临床技术和水平不断提高，现已完成肝、肾、胰肾联合移植和心脏移植等各类器官移植手术 200 余例，其手术例数、手术种类、疑难程度和手术成功率在国内均位居前列，成为东北地区具有影响力的器官移植中心之一。2003 年，肝脏移植项目被评为辽宁省医学创新工程；2006 年，获得卫生部器官移植准入资格，成为大连地区唯一的肝脏移植中心；之后，该团队又成功开展了东北地区首例成人间活体肝移植……这些成就载入了大连乃至中国医学界的史册，更标志着医大二院器官移植中心的技术水平达到了国内一流。

在医学钻研的道路上，田晓峰是一个甘于寂寞的行者，即便是在领导岗位做着管理工作，他依旧在临床医学研究上屡有建树。近年来，随着动脉搭桥术、断肢再植和器官移植等方法的建立和推广应用，在手术中，组织器官将经历缺血后的再灌注过程，但这一过程会造成组织的严重损伤，甚至是不可逆性损伤。田晓峰率领团队通过无数次的研究和试验，在肠缺血再灌注多器官功能损伤方面的研究近年取得进展，率先报道了 NFκB 参与了肠缺血再灌注肝肺损伤的发病机制，在临床上有针对性地采用 NFκB 和蛋白酶体抑制类药物对肠缺血再灌注产生的多器官损伤进行保护，研究大大降低了手术中缺血再灌注的损伤风险，而这些研究都是为了找出中药、中药化合物的作用，从而为中药开发做研究平台，更大程度地减轻患者痛苦。该研究对我国中医药现代化具有重要意义。该项目 2009 年获得大连市科技进步一等奖，2010 年获得辽宁省科技进步二等奖，先后两次获得国家自然基金资助。

在记者采访的间隙，不断有电话甚至越洋电话打来找田晓峰咨询一些医学上的问题，田晓峰一边对记者表达歉意，一边尽可能详细的解答问题。此外，记者还了解到，在 2003 年那场非典战役中，田晓峰任我市抗击非典指挥部培训组组长，对大连一线医务工作者进行了专业的培训和指导，因卓有成效的工作被评为大连市抗击非典先进个人。同时，作为农工民主党副主委、主委和人大代表，他积极参政议政，有多项提案和议案被重视和采纳。

尽管还有诸多问题没有了解到，但是记者实在不忍再多占用田晓峰宝贵的时间。采访结束后，田晓峰立马赶往诊室，那里还有一个患者在等着他……

他“少年成名”，是神经外科专家

［徐英辉］对抗脑胶质瘤的人

大连晚报　2012. 07. 02

（文/本报记者：韩晓东）

人物简介

徐英辉，1967 年生，医学博士，神经外科教授，博士生导师，大连医科大学附属第一医院党委书记兼常务副院长。现任中国医院协会经济专业委员会委员、辽宁省医院协会副秘书长、辽宁省医学会常务理事，辽宁省神经外科学会副主任委员、大连市伦理委员会副主任委员。《中华医学杂志》英文版特邀审稿专家，国家自然科学基金评审专家，在脑肿瘤、脑血管病及颅脑损伤的诊断、显微外科治疗方面积累了较为丰富的临床经验。

记者来到徐英辉的办公室时，他正忙着给一位来自索马里的留学生布置作业。作为大连医科大学附属第一医院党委书记兼常务副院长，徐英辉异常忙碌，但脑外科专家的长期职业历练，让他看上去总是踏踏实实，不急不躁。

1985 年考入大连医科大学时，徐英辉的专业是英文医学专业，1990 年，立志成为一名医生的他被保送为神经外科研究生。彼时，他跟随导师侯菊生教授，选择了神经外科极富挑战性的颅内恶性肿瘤作为研究方向。具体说，徐英辉挑战的是占颅内肿瘤 46% 的恶性脑胶质瘤，其复发率高，病人生存期短，但在徐英辉的记忆中，却没有产生过惧怕。世界卫生组织的一份报告显示，按死亡率顺序排位，恶性胶质瘤是 34 岁以下肿瘤患者的第 2 位死亡原因，是 35~54 岁患者的第 3 位死亡原因。在全球，每年无情地夺去 18~60 万中青年人的宝贵生命。

在就读研究生期间，徐英辉与导师侯菊生在国内外率先开展了榄香烯治疗颅内恶性肿瘤的系列研究，并分别于 1994 年、1999 年两次获省政府科技进步三等奖；1999 年辽宁省教委科技进步一等奖。经国际三大检索机构之一、美国化学文摘（CA）检索，仅有的两篇关于榄香烯治疗颅内恶性肿瘤的文章为徐英辉与导师侯菊生撰写。目前与中国科学院上海神经科学研究所合作，已完成由徐英辉主持的国家自然科学基金课题《榄香烯诱导胶质瘤凋亡机制的研究》。首次发现榄香烯通过下调 Bcl-2 家族 Bcl-XL/Bcl-2 基因及蛋白表达诱导胶质瘤凋亡，这一结果被专家认定为是目前该领域最深入的研究。榄香烯是我国医药工作者经过近 20 年研究，自行开发的国家二类非细胞毒性抗肿瘤新药：实验药理学研究证实榄香烯对体内外多种肿瘤细胞具有较强的抑制和杀伤效应；上世纪 90 年代，侯菊生等首次将榄香烯用于颅内恶性肿瘤的治疗并取得令人鼓舞的成果。

就科研成果而言，徐英辉可谓“少年成名”，研究生毕业后的 1994 年，他就出席了在印度举行的第十六届国际癌症大会，且文章被大会收录。面对诸多的成就，徐英辉总是淡然处之，“在不同阶段我给自己制定了不同的目标，每一阶段的目标总比自己实际水平高一些，只有十分努力，才能达到这个目标。”1998 年，徐英辉被破格晋升为神经外科副主任医师，但他仍不放松对自己的专业要求，2001 年又以优异成绩考入上海交通大学医学院攻读在职博士研究生，师从我国著名神经外科专家罗其中教授，并获博士学位。2004 年起，徐英辉任大连医科大学附属第一医院副院长，在参与医院行政管理工作的同时，仍不放松在科研工作上的追求和探索。2004 年，《经发迹内小切口经翼点前循环动脉瘤显微手术的研究》获辽宁省政府科技进步三等奖；2007 年，《脑梗死激活神经干细胞增殖机理的实验研究》获辽宁省政府科技进步三等奖；2011 年，《基于 MAPK 信号传递系统的榄香烯抗脑胶质瘤增殖的作用机制研究》与《扩大经蝶入路治疗侵袭性垂体腺瘤的基础与临床研究》均获辽宁省政府科技进步二等奖。目前，徐英辉还承担三项国家自然科学基金项目课题和多项省级科研课题。

已培养博士生 3 人，硕士生 15 人的徐英辉更加看重对年轻人的培养。“我是这样理解的，所谓领军人才，不但是科研领军，在人才培养上更要领军。”徐英辉说。

大连高校校长毕业演讲很潮很文艺（节录）

半岛晨报　2012. 07. 04

（记者：辛敏娟）

“舌尖上的东财”、“被就业”、“蜗居”、“蚁族”……这些潮词出现在大连一些高校的校长演讲词中，这些演讲是发表在 2012 届本科生毕业典礼上的。用学生熟悉的语言，关心学生遭遇的问题，表达学生面临的困惑，正是这种“以生为本”的角度和思路，让校长们的演讲直达学生的内心，唤起精神上的共鸣。曾经遥不可及的校长变得亲切起来，乏味的仪式变成了珍贵瞬间。

文艺范的演讲　努力成为这个世界上最美的人

“‘胆欲大而心欲小，智欲圆而行欲方’，意思是说医生要有战胜病魔的胆略和勇气，而为病人治病时则要谨慎小心，认真负责。”

———大连医科大学党委书记周万春

记者注意到，今年大连很多高校校长在毕业典礼上的演讲都充满个性，关注与学生的内心交流。比如，大连医科大学党委书记周万春的演讲——

对于2012届的学生来说，你们的大学生活是在新校园度过的。旅南快客的拥挤和黑车的便捷常常难以取舍，食堂的饭菜也许永远都没有妈妈的味道，逃课的窃喜和考试的忐忑宿命般的轮回，恋爱的浪漫和就业的现实令你们备受煎熬。大学并不完美，大学生活也许并不绚丽，或许还留有某些遗憾，但你们毕竟在这里编织、追寻过自己的梦想，并且为梦想而努力过、奋斗过、激动过、失落过、爱过、恨过，曾经历过风雨，也欣赏过彩虹。也许有一天回眸往事的时候，你们会发现大学的记忆始终保留在内心最温暖、最柔软的地方。不管你们去哪里，不论你们走多远，母校永远是你们的精神家园。

“胆欲大而心欲小，智欲圆而行欲方”，意思是说医生要有战胜病魔的胆略和勇气，而为病人治病时则要谨慎小心，认真负责；医生用药要周密考虑，对症下药、辨证施治，并且不贪名、不夺利，行为端正。这是“医神”孙思邈根据自己一生行医济世经验总结的行医准则，在我看来，这又何尝不是做人的准则！也许我们很难使自己伟大，但我们一定可以使自己崇高。现实生活中不是每个人都会功成名就，但至少要做一个好人，一个道德和良知的守望者，像“最美的教师”、“最美的司机”那样，懂得爱、学会包容、知道感恩、勇于担当，成为这个世界上最美的人。

医科大学10名大学生到大连小海豚亲子园开展志愿服务活动

大连日报　2012.07.05

昨日，大连医科大学艺术学院学生党支部一行10名大学生党员到大连小海豚亲子园开展志愿服务活动。大学生们捐资为自闭儿童购买了画册、儿童读物等书籍。通过活动大家表示，今后要向自闭儿童奉献更多的爱心。

徐洋 摄

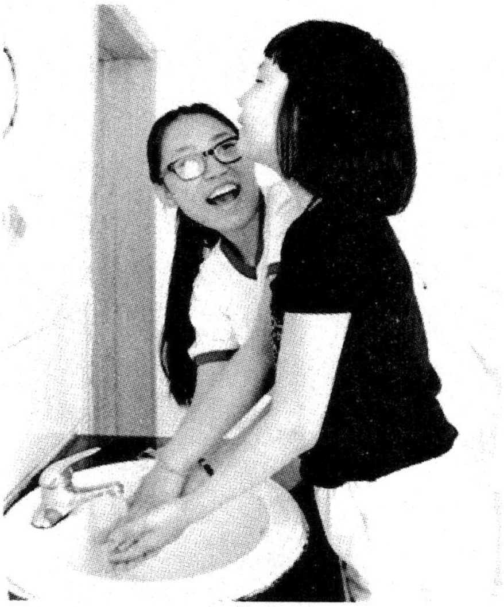

"我推荐我评议身边好人"

大连好人榜（节录）（2012年第二季度）

大连日报 2012.07.12

编者按：

由市文明办组织开展的"我推荐、我评议身边好人"第二季度"大连好人榜"好人评选活动，经基层推荐，市文明办审议，共有71人入围候选人。6月15日至6月29日，在大连文明网上对候选人事迹进行了集中展示与宣传，并接受市民投票、评议，累计收到市民网上投票14万余张。根据候选人事迹，参考得票数量，经相关部门审定，大连医科大学张成鸿老师等11人入选2012年第二季度"大连好人榜"好人。"大连好人榜"好人评选活动每季度举办一次，按照"助人为乐"、"见义勇为"、"诚实守信"、"敬业奉献"、"孝老爱亲"五个类别，对基层推荐的候选人事迹在市主要媒体进行宣传，并在大连文明网（网址 http：//dl. wenming. cn）集中展示，接受市民评议和投票，让市民在参与推荐、评议过程中，学习好人、宣传好人、提升自己，在全社会营造学习、关爱、崇尚、争当好人的良好风尚。

助人为乐好人　张成鸿

大连市“献血状元”坚持献血25年

张成鸿是大连医科大学老师。从1987年到2012年，张老师坚持每半年献400毫升血。作为一名“老献血员”，临时接到血液中心紧急需要血小板的电话，对张成鸿来说已成为一种“习惯”。一次，他载着妻子和岳母一起出去散心，中途接到血液中心的一个电话，说急缺AB型血的血小板，需要张老师的配合，一家人急忙驱车赶到了血站。对于公益事业的热忱使得张成鸿加入了大连市无偿献血者志愿服务队，他的大部分业余时间就在血站度过，在献血车和献血站经常可以见到他穿着志愿服务队特有的红马甲或是T恤奔波的身影。

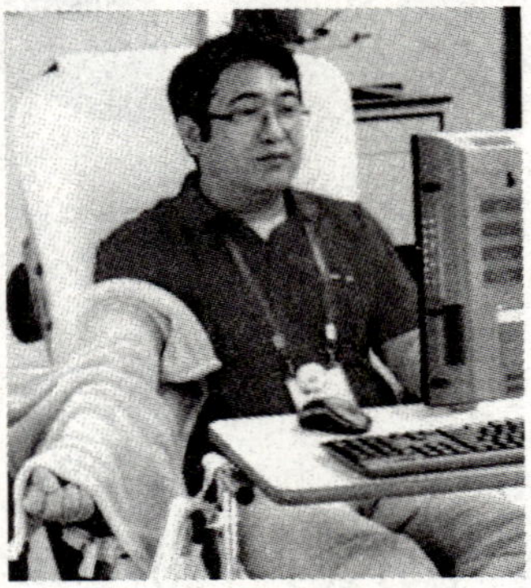

大连医科大学130支大学生社会实践服务队奔赴全国

大连日报　2012.07.14

（胡莉莉　记者：谢小芳）

本报讯 7月13日，大连医科大学基础医学院“红十字精神”志愿宣讲团来到鞍山，与当地红十字会联合开展宣讲活动。当天下午，这个志愿宣讲团还来到鞍钢，与全国道德模范郭明义进行了座谈交流。

今年暑假，大连医科大学像“红十字精神”志愿宣讲团这样的大学生社会实践服务队重点队组有20支、一般队组30支、基本队组80支，共130支校级社会实践团队奔赴全国各地开展社会实践活动。服务队组分为基层医疗卫生服务团，生态环保宣传服务团，关爱农民工子女服务团，红色主题考察、服务团等八大主题。

东北首个心脏远程监测中心落户大医一院

大连日报 2012.07.16

（通讯员 赵红英 本报记者：常婷）

本报讯 7 月 13 日，由中华医学会心脏起搏与心电生理学会主办、大连医科大学附属一院承办的第十届心房颤动国际论坛在我市举行。会上，中华医学会心脏远程监测中心大连分中心、卫生部心脏远程协作组织大连中心也正式在大连医科大学附属一院揭牌成立。

据了解，这也是东北首个心脏远程监测中心。与此同时，我市也正式成为全国启动心电监测网络体系的第一批城市。副市长朱程清出席了会议。

大医留学生居东三省高校首位

大连天健网 2012.07.18

（胡莉莉 记者：金东淑）

天健网消息 目前来华留学教育面临的首要任务是扩大规模，实现 2020 年全年来华留学人员总数达到 50 万人、成为亚洲最大留学目的地国家的战略目标。这是记者在 7 月 18 日举行的“高等教育学会外国留学生教育管理分会 2012 年学术年会”上获得的消息。

“高等教育学会外国留学生教育管理分会 2012 年学术年会”会议由大连医科大学承办。教育部副部长郝平，副省长陈超英、副市长朱程清等出席会议。来自全国 27 个省市自治区，315 个单位的 700 余名代表参会。15 位大学校长、6 位来华留管专家和学者在大会和研讨会上做主旨发言和演讲。

据介绍，改革开放三十多年来，我国留学生工作发生了极大的变化，《教育规划纲要》正式颁布、《留学中国计划》全面实施以来，来华留学事业更是发展迅速，学生规模持续增长，学生结构不断优化，管理服务日益规范，培养质量显著提高。目前来华留学教育面临的首要任务是扩大规模，实现2020年全年来华留学人员总数达到50万人、成为亚洲最大留学目的地国家的战略目标。

目前，来华留学规模不断扩大，2011年，共有194个国家和地区的29万多各类外国留学人员在华学习。学生结构不断优化，近四年来，学历留学生的增长速度均高于来华留学生整体的增长速度，在去年新录取的中国政府奖学金生中，研究生的比例达到了53.7%，学历留学生已经达到了77.8%。另外值得一提的是，工学类的外国留学生同比增长了1.25倍，是11个学科门类中增长最快的。在留学人员当中，自费留学人员占到了90%以上。

目前，辽宁省拥有普通高校112所，在校生100万人，各高校与世界1000多所高校、教育组织、民间机构建立了广泛的交流与合作关系。辽宁外国留学生规模达到1.5万人，分别来自155个国家和地区。从2008年开始，省政府设立了外国留学生奖学金，资助来辽宁学习的博士留学生。

据大医党委书记周万春介绍，大医在校留学生1416人，占全校学生总数的12%，学历生数居东北三省高校首位。大连医科大学留学生遍布世界五大洲的82个国家和地区。其中学历生1323人，占留学生总数的94%。目前，大医针对留学生开设了以临床医学、口腔医学为主的本科教育专业，研究生教育的全部专业均面向留学生开设。“十二五”末期大医在校学历留学生目标规模将达到1800人左右，研究生将占留学生总数的20%。

辽宁外国留学生达1.5万人

辽宁日报　2012.07.19

（胡莉莉　记者：杨丽娟）

7月18日，来自全国27个省、自治区、直辖市的近700名代表汇聚大连，参加由大连医科大学承办的高等教育学会外国留学生教育管理分会2012年学术年会。教育部副部长郝平、副省长陈超英出席会议并致辞。

记者从学术年会上获悉，省政府从2008年开始设立了外国留学生奖学金，资助来辽学习的博士留学生。目前我省高校与世界1000多所高校、教育组织、民间机构建立了广泛的交流与合作关系，外国留学生规模达1.5万人，分别来自155个国家和地区。其中，大连医科大学在校留学生1416人，居东北三省高校首位。当日下午，大会召开了“大学校长谈来华留学生教育”研讨会，9所高校校长作了主题发言。

辽宁省糖尿病足治疗中心昨挂牌

大医附属二院钻石湾院区冠名典礼同时举行

大连晚报　2012.07.28

（本报记者：常婷）

本报讯 昨日上午，大连医科大学附属第二医院钻石湾院区冠名暨辽宁省糖尿病足治疗中心挂牌典礼隆重举行。据了解，目前钻石湾院区正筹备建设新住院大楼，预计到十二五期末，总建筑面积达7万平方米，开放床位数800张。

据介绍，钻石湾院区前身为大连石油化工公司职工医院。2003年，顺应国企改革的潮流，经辽宁省政府和中国石油天然气集团公司批准，与大医二院顺利完成合并重组，建立了大医二院北院，开创了省内医科大学附属医院与企业医院合并重组的先河。重组后，院区内外环境进行装修改造，更新大型设备，新建ICU、体检中心等医疗科室；调整医疗布局，确定以慢性病、老年病、肿瘤疾病诊疗为核心的发展方向。历经9年的风雨历程，钻石湾院区已由一个开放床位120张、年出院病人不足千人次的企业医院发展成为开放床位457张、年出院病人近万人次的综合医院。钻石湾院区正筹备建设新住院大楼，预计到十二五期末总建筑面积达7万平方米，开放床位数800张，力争把钻石湾院区打造成大连北部城区的医疗中心。

中西医结合科借此机会，成功申请成为“辽宁省中西医结合糖尿病足治疗中心”。目前该中心是辽宁地区唯一的以慢性创面修复、糖尿病足、慢性骨髓炎、静脉性溃疡等为治疗方向的特色科室，在4年时间内治愈患者3000余例。

大医附属一院与复旦大学附属中山医院结成友好协作医院

双向转诊实时高效救治患者

大连日报 2012.07.29

（记者：张丽霞）

7月27日下午，大连医科大学附属第一医院与复旦大学附属中山医院结为友好医院签约仪式在大医附属一院举行。两院将开通转诊绿色通道，实行双向转诊。截至目前，我市已有7所医疗机构与国内外著名院校密切合作，拓宽了医疗服务领域和发展空间。

复旦大学附属中山医院是卫生部部属综合性教学医院，不仅有学界泰斗心血管介入治疗奠基人陈灏珠院士、世界断肢再植之父陈中伟院士、世界最早提出“亚临床肝癌”的汤钊猷院士，还有一大批优秀的中青年专家。该院心脏、肝癌、肾脏和肺部疾病诊治是医院的重点和特色，诊治水平国内领先。拥有消化科、检验科、麻醉科、心血管内科、内分泌科、胸外科、心脏大血管外科、临床护理和中医脑病科等9个国家临床重点学科。每年承担国家、卫生部和上海市重大科研项目近百项。大医附属一院经过80年发展，已成为辽南首屈一指的大型综合性三级甲等医院。该院中西医结合和临床医学为国家一级学科博士点；中西医结合临床为国家级重点专科及国家“十一五”重点专科、省中西医结合疑难危重病重点实验室；护理学和心内科为首批国家临床重点学科。同时拥有省级重点学科6个、市级重点学科15个、省级医疗中心8个，中英再生医学应用研究中心为科技部国际科技合作基地。

结成友好协作医院后，复旦大学附属中山医院将通过派出专家、远程网络平台等方式，进行专家会诊、专家讲座、查房，帮助大医附属一院解决急、危、重症及疑难病患者的抢救和治疗，真正实现实时高效救治患者。同时，该院还将参与疑难病例会诊，指导大医附属一院开展特殊手术和新技术、新业务。

大学生志愿者走近“星星儿童”

大连日报　2012. 07. 30

（实习生：韩林君　记者：谢小芳）

本报讯“回寝室了，可是我的心却依然留在星星乐园，放不下那里的孩子。我能够让那个小帅哥笑，他张开双手愿意让我抱，他的每一个表情变化都牵动着我的心……”昨日，参加完“陪伴‘星星儿童’走入心灵送温情”主题关爱活动后，大连医科大学检验医学院学生蔡东池在实践日记上这样写道。

暑假里，大连医科大学、大连理工大学等多所大学的大学生社会实践团队都不约而同地来到“星星乐园”，关爱自闭症患者这个特殊群体。大连医科大学15名雷锋班成员带来了玩具、糖果、巧克力等小礼物，自闭症患者在家长的带领下与志愿者们一起捏橡皮泥、画画、唱歌。

志愿者还和家长进行交流。马集说，陪孩子来的家长大部分都是母亲，她们大都因为要照顾孩子辞掉了工作，生活压力很大，一想到自己以后老了，孩子没人照顾，就非常忧虑。志愿者们运用所学的心理学知识与家长沟通，缓解她们的心理压力，并且每个人都留下了自己的联系方式，希望能够与他们建立长期的联系和友谊。

中国·大连国际肿瘤前沿论坛举行

大连天健网　2012. 07. 31

（记者：金东淑）

天健网消息 7月30日，由大连医科大学举办的中国·大连国际肿瘤前沿论坛在棒棰岛举行。来自世界各地的专家们论坛探讨了肿瘤研究的最新进展、肿瘤的防治和肿瘤专业人才培养等话题。

本次论坛是继去年底，大连医科大学举办肿瘤中心第一届年会暨哈佛大学医学院青年学者论坛之后的又一次肿瘤研究的学术盛会。在短短的两天时间内，大医举办了10余场学术报告会，来自美国、英国、新加坡等国家和地区的130余位学者和10余名长江学者、国家自然科学基金会杰出青年基金获得者参加论坛。

近年来，随着国民经济发展和医药卫生事业的进步，国内人群健康水平得以大幅提升；但是随着人口老龄化的推进，肿瘤已经成为威胁人类健康的“头号杀手”。此次论坛在细胞周期关键蛋白与肿瘤发生的基因机制，肿瘤的基因组学与遗传学及表观遗传学等方面取得重要进展。与会专家就肿瘤的分子分期和分子分型与个体化外科治疗，肿瘤干细胞与肿瘤的复发转移与放化疗敏感性下降，肿瘤细胞及肿瘤干细胞生长调控等方面达成重要共识。

大连医科大学学生自创基金资助困难同学

中国教育报　2012. 08. 03

（记者：刘玉　通讯员　胡莉莉）

本报讯　日前，患慢性肾衰竭、靠血液透析维持生命的大连医科大学2008级口腔医学院学生朱宇（化名），以及因椎管动脉瘤破裂压迫神经，导致第5胸椎以下身体失去知觉的2009级学生刘倩（化名）分别获得了完全由校内同学捐资成立的“爱·助成长”基金提供的5000元资助。

“爱·助成长”基金是在2011年底，由该校两名学生从自己获得的奖学金中分别捐资5000元和3000元创建。基金主要用于帮助家庭经济困难或遭遇不幸而面临经济困境的同学。“爱·助成长”基金到目前已有278名学生捐款，募集资金61090元。该基金的主要来源是学生的各类奖学金和助学金、节约节俭下来的各类资金、工作后的劳动报酬等。据介绍，“爱·助成长”基金每学年可资助5—10名学生。

大连医科大学近两千名新生报到

我市迎来今年首批大一新生

大连晚报 2012.08.25

（文/图 通讯员 李梁）

本报讯 8 月 24 日，大连医科大学迎来了近两千名报到的 2012 级新生，这也是我市今年迎来的首批大一新生。

只需扫描一下录取通知书上的条形码，新生的自然信息、学费上交情况、所在院系班级、公寓号，甚至连床位号都一目了然。学生凭借打印出来的新生报到单，到宿舍去登记、领取钥匙即可，大大简化了新生开学的报到手续。到昨日上午 9 点，大连医科大学已经有 1000 名同学报到，占新生总数的一半多。

继续开通的“绿色通道”为家庭经济困难学生顺利入学保驾护航，到当天中午，共有 114 名家庭困难的学生通过绿色通道办理了入学手续，并获得了学校赠予的装满生活和学习用品的“爱心大礼包”。大连医科大学学生工作处处长刘景伟说：“交不起学费的学生允许他们先办理报到手续，对特别困难的学生，我们以后还可以提供勤工助学岗位、给予一定的生活补助等，保证每个学生不会因为家庭困难而辍学。”

据了解，大连医科大学今年共招收本科学生 2000 人，外省市生源约占 53%，为此，校方设立咨询台和家长休息区，并为提前报到的新生提前安排入住。本周日开始，大医新生将开始为期 13 天的军训，而且学校将陆续开展新生适应性教育、安全教育和心理测评等工作，使新生们尽快地适应大学生活。

从今天起到 9 月初，我市各大高校将陆续迎来新生。

大医设立“孙思邈肿瘤研究与治疗杰出贡献奖”

大连日报 2012. 10. 13

（记者：谢小芳）

本报讯 昨日，“肿瘤研究与治疗前沿论坛”在大连医科大学举行。该论坛由大连医科大学肿瘤干细胞研究院主办，邀请了国内外肿瘤学界的知名专家、学者就肿瘤研究与治疗的前沿问题进行学术交流与沟通。论坛上还颁发了第一届“孙思邈肿瘤研究与治疗杰出贡献奖”。该奖项由大医肿瘤干细胞研究院组织遴选，每年颁发一次，授予在肿瘤研究领域与治疗作出突出贡献并取得杰出成就的科学家。

全国首家台湾学生联谊会在连成立

大连日报 2012. 11. 03

（孟木日根 记者石朕）

本报讯 昨日，来自台湾岛内在大连就读的学生欢聚一堂，庆贺大连台生联谊会成立，这也是全国首家台湾学生联谊会成立。

近十年来，我市的台湾学生人数已发展到在校生200余人，求学人数位居省内各市之首。大连医科大学、大连理工大学、大连海事大学等知名高校是吸引岛内青年远赴大连求学的重要因素。目前，从大连各高校毕业的台生有300余名，分别在医疗、IT等专业领域发展。

药理大师张毅雕塑在大连医科大学揭幕

大连天健网　2012.11.07

（胡莉莉　记者：金东淑）

天健网消息 11 月 18 日是我国著名药理学家、医学教育家，原大连医学院副院长、兼任旅大市副市长的张毅教授诞辰 110 周年。7 日，大连医科大学举行了张毅雕塑落成暨揭幕仪式，并将雕塑所在的药学院楼被命名为“张毅药学楼”。市人大副主任田树军等出席了纪念活动。

1902 年，张毅出生于湖南省宁乡县一个中医家庭。青年时期，他刻苦求学并积极投身学生运动，加入中国共产党，参加了举世闻名的“南昌起义”。1935 年，张毅考取了庚子赔款留英，先后在伦敦大学生理系和爱丁堡大学药理系攻读研究生。学成之后，尽管导师一再挽留他留在英国，但张毅认为不能贪恋异国的物质生活和科研条件，应该把力量献给祖国，毅然回到了烽火连天的中国，回到了母校上海医学院。

1949 年 2 月，张毅在地下党的安排下，冒着生命危险，秘密地离开上海，绕道香港，来到大连，参加了大连医学院的创建工作，先后任药理组主任、教务长、副院长。1958 年，张毅兼任旅大市副市长，1969 年随大连医学院南迁贵州省遵义市。

张毅教授是新中国药理学科建设和发展的奠基人之一。他热爱祖国的医药事业，并认为走中西医结合道路是我国在医药事业上能赶超世界水平的捷径。他开创了中草药药理及其化学成分研究之先河，为推动我国药理学发展做出了卓越贡献。1956 年被评为国家一级教授。

从事医学教育近 50 年，张毅教授凭借渊博的知识、严谨的治学态度、正直无私的高尚人格言传身教，给学生们树立了一面旗帜，他告诫学生，“不是‘名师出高徒’，是‘严师出高徒’，无论做什么事都要认真。搞科学研究必须要实事求是，阴性结果也是结果。”

1980 年，张毅教授已经卧床不起，还对家人说：“我还有 5 名研究生未毕业，还想编几本书，如果再给我一年时间，我就满意了。”在弥留之际，他要求组织上在他死后解剖遗体，将肿瘤做成标本献给学院作教学、医疗和科学研究之用。他把他的一切献给了医学教育事业，献给了党和人民。

为了传承大医精神，弘扬名医名师文化，大连医科大学编撰了《大医张毅》一书，里面详细介绍了张毅教授为祖国医药卫生事业和医学教育奉献的一生，还收录了一些怀念文章及张毅论著。当天，大连医科大学还举行了纪念张毅教授诞辰110周年座谈会，张毅教授的学生、中国科学院院士韩济生等20余人从外地赶来参加座谈会和纪念活动，张毅曾学习和工作过的原上海医学院、现复旦大学医学院以及遵义医学院领导，中国药理学会，民盟大连市委领导都参加了纪念活动。

相关链接：张毅，中国生理科学会理事，中国药学会副理事长，中国药理学会名誉主任委员，卫生部学术委员会委员。第三、四届民盟中央委员，第

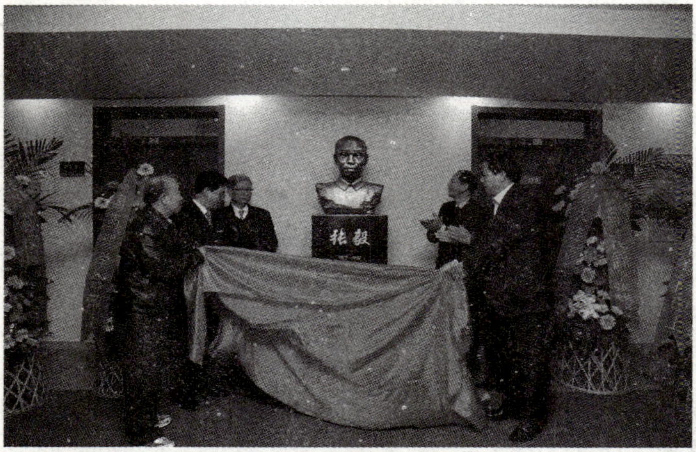

三、四、五届全国政协委员。他毕生致力于医学教育和人才培养，成绩显著。开创了中草药药理及其化学成分研究之先河，为推动我国药理学发展做出了卓越贡献。1956年被评为国家一级教授。2009年，张毅入选新中国60年大连英模谱——《大连不能忘记》。

大医纪念药理大师张毅诞辰110周年

大连日报　2012.11.08

（记者：谢小芳）

本报讯 今年是我国著名药理学家张毅教授诞辰110周年。昨日，大连医科大学举行了系列纪念活动。市人大常委会副主任田树军，中科院院士韩济生、中国工程院院士刘昌孝等参加了纪念活动。当天，该校为张毅塑像揭幕，并将雕像所在的药学院楼命名为“张毅药学楼”，此外，还举行了《大医张毅》一书的发行仪式、纪念张毅教授诞辰110周年座谈会和学术报告会等。

张毅是我国著名药理学家、医学教育家，新中国药理学科建设和发展的奠基人之一，曾任大连医学院副院长等职。他毕生致力于医学教育和人才培养，成绩显著。开创了中草药药理及其化学成分研究之先河，为推动我国药理学发展作出了卓越贡献。1956年被评为国家一级教授。

田树军在座谈会上说，大学之道乃大师之道，张毅教授无愧于大师这个称号，在学术研究和育人方面作出了突出贡献。我们在追忆大师风范、继承优良传统的同时，还应该结合时代特点，将大师的精神发扬光大。

“好医学”应充满关怀

健康报 2012. 11. 14

（记者：孟小捷）

什么样的医学才是“好医学”？11月10日—11日，来自全国各地的百余位医学人文学者和临床医生共聚一堂，围绕“医学走向何处：探寻好医学”的大会主题进行了研讨。

与会者认为，当今医学面临的挑战主要表现在三个方面：一是医学如何防控慢性病对人类健康的威胁和满足广大民众对健康的要求；二是如何处理好医学和市场的关系，坚持医学的根本宗旨；三是如何使医学成为公平的医学，人人可及的医学。研讨会上，学者们提出，“好医学”应是为患者提供必要的、完整的、科学的、现代化医疗卫生服务的医学；是对患者的生理、心理和社会层面上予以整体和综合关怀的医学；是与社会公益和社会福利相协调、一致的医学；是以呵护人的生命为使命、充满医学人文精神，以求真、崇善、尚美、达圣为终极目标的医学。

研讨会由中华医学会心身医学分会、中华医学会医学伦理学分会、中国自然辩证法研究会医学哲学专业委员会、大连医科大学、医学与哲学杂志社联合主办。研讨会上还举行了医学人文学者杜治政撰着的《医学哲学不是多余的话》、《医学在走向何处》两本新书的首发式。

300名大医学子捐献造血干细胞

大连天健网 2012. 11. 18

（记者：金东淑）

天健网消息 11月18日上午，大连医科大学大学生活动中心格外热闹，300多名学生参加了“医者仁心，大爱无疆”捐献造血干细胞血样采集活动。

最终，200 余名学生采样成功。

从实习医院请假赶回来的基础医学院2009 级梁寒说：“一想到自己的造血干细胞能进入中华骨髓库，想到可能有人因为我而获得新的生命，心中就会有一股自豪感，期待这一天早点到来。”大连市红十字会郭宏延在现场告诉记者，“这几年大医学生对捐献造血干细胞活动的热情越来越高，前后送来的300 份志愿表全部发放一空。”

据了解，大连医科大学自2004 年首次组织全校性志愿捐献造血干细胞活动以来，先后共有2500 名同学加入志愿捐献造血干细胞的队伍，其中有8 人成功捐献。大医已成为大连高校捐献成功者最多、志愿者比例最高的学校。

大连医科大学附属三院普湾新区开工

半岛晨报　2012. 11. 21

11 月20 日，省委常委、市委书记唐军在普湾新区调研时强调，要把学习贯彻党的十八大精神作为当前和今后一个时期首要政治任务，以十八大精神为指引，进一步解放思想，坚定信心，高起点规划、高标准建设，加快普湾新区开发开放步伐，实现全域城市化与新型产业化“双轮驱动”，不断增强发展活力，推动经济社会又好又快发展。市委常委、常务副市长肖盛峰，普湾新区党工委书记、管委会主任、普兰店市委书记姜周，市长助理刘岩等参加调研。

医大附属三院2014年竣工

唐军首先来到松木岛化工园区，调研园区规划建设及入驻企业大连嘉盛新材料有限公司建设情况，希望继续坚持绿色环保理念，与长兴岛的西中岛化工园区一起为承接大孤山石化产业园区整体搬迁做出贡献。现场察看了新区管委会办公楼及十六号路跨海大桥、内湾核心区CBD等基础设施规划建设情况后，唐军要求以国际化的视野、现代化的目标，高标准规划、高水平建设。唐军还出席了位于普兰店经济开发区的大连医科大学附属第三医院开工典礼和红星美凯龙商业综合体项目奠基仪式。医大附属三院建筑面积约20万平方米，总投资15.3亿元，设计床位2000张，将建设为三级甲等综合性医院，计划2014年7月竣工。红星美凯龙商业综合体项目建筑面积45万平方米，总投资20亿元，将建设成为具有现代气息的集商、贸、住于一体的大型商业综合体，计划于2013年10月1日开业。

加快建设，不断完善城区功能

调研中，唐军对普湾新区开发建设取得的成绩给予充分肯定，指出，当前要把学习贯彻党的十八大精神作为首要政治任务，迅速掀起学习贯彻十八大精神的热潮。

唐军强调，普湾新区干部群众一定要进一步解放思想，转变观念，坚持推进全域城市化与新型产业化“双轮驱动”，不断提高区域开发开放水平。要根据普湾新区的功能定位，瞄准国内外一流城市的水平，加快基础设施建设步伐，不断完善城市功能，注重资源环境保护，在城市化进程中大力推进生态文明建设。

大医30万元奖励科技工作先进个人

大连天健网　2012.12.13

（记者：金东淑）

天健网消息 记者从13日召开的大连医科大学科技创新大会获悉，该校出台11项新的科技管理办法，其中《大连医科大学学术道德与诚信规范管理办法》，首次提出了对学术不端行为的查处方案。当天的科技创新大会，科技工作先进个人共获30万元的奖励。

11项新的科技管理办法包括科技平台建设、纵向与横向科技项目、科技成果转化、成果鉴定与科技奖励、专利申请、论文发表、专著出版、国际科研合作、学术道德与诚信规范等管理办法。

据了解，大医科技工作把“协同创新”作为重点，提出今后要以提升学校科技创新能力为突破口，以临床需要为基础，有效整合基础、临床，校内、校外，国内、国外各种有利资源，通过协同，解决创新力量各成体系，创新资源分散重复，创新效率不高的问题。而科技工作两级管理，加大了二级学院的自主权，课题的申报、过程管理、经费使用更加自主，也激发了科技工作者的积极性。

相关链接：

大连医科大学近几年科技工作实现跨越式发展，特别是“十二五”开局两年，以“肿瘤干细胞联合实验室”入选第一批辽宁省高校重大科技平台为标志的科技平台建设取得了质的飞跃；各级各类科研立项和科研经费大幅增长，在主持国家科技重大专项、“973”计划课题、国家自然科学基金重点项目、国家社会科学基金课题等方面取得历史性突破；国家自然科学基金项目数和经费数连创新高，一直位于全省高校前列；以大连医科为第一完成单位的高水平科技论文数倍增。

近几年，获国家和省、市级科技奖励280项，其中获得国家科技进步二等奖4项、辽宁省政府科技一等奖7项。这些获得科技奖励的成果在临床得到推广和应用。

该校两医学研究中心辽宁省灵长类实验动物疾病模型研究中心和辽宁省神经疾病转化医学研究中心也同时获批组建

我市首家“美国心脏学会专业示范中心”落户大医二院

大连日报　2012.12.19

（记者：张丽霞）

本报讯 昨日下午，我市首家“美国心脏学会专业示范中心”在大连医科大学附属二院正式挂牌成立。据了解，美国心脏协会（AHA）是全球心血管领域学术影响力最大、历史最为悠久的学术团体，此次在中国甄选90家医院作为“AHA专业示范中心”，以“推动全球动脉粥样硬化研究的进步和分享”为目的，将陆续组织包括学术交流指导、科研活动经验分享等活动。

目前，中国有高血压人口近两亿，相当于每5个中国人里面就有一个高血压患者。而高血脂人口则超过了1.5亿，每年新增冠心病人口近6000万。因此，我国心血管疾病防病治病形势十分严峻。据悉，此项目是首次由美国心脏学会（AHA）倡导并面向中国开展的“美国心脏学会专业示范中心”项目，将依托美国心脏学会的学术和教育资源优势，借鉴其在同行业内先进的教育培训经验，通过开展专业示范项目、医学教育项目、学术交流项目等方面培训，在中国建立专业的心脏病学专业示范中心，以此来搭建中美两国在心血管领域合作与交流的平台。此外，该项目还将在中国开展行之有效的心内科医师继续教育培训活动，以此来提升我市医疗从业人员在心血管领域的临床诊疗、学术研究、从业经验交流等方面的整体水平，为促进中国心血管学科的发展起到专业示范作用。

大连市肿瘤诊疗中心落户医科大学附属第二医院

大连日报　2012.12.21

（记者：张丽霞）

本报讯 昨日下午，大连市肿瘤诊疗中心揭牌仪式在大连医科大学附属第二医院举行。记者获悉，该院在大连市快速提升医疗软实力项目中，获得大连肿瘤诊疗中心以及大连肝胆胰肿瘤诊疗基地、大连肿瘤内科诊疗基地、大连冠心病诊疗基地、大连糖尿病诊疗基地、大连缺血性脑卒中诊疗基地、大连脑血管病康复基地和大连癫痫病诊疗基地等1个中心7个基地项目。副市长朱程清出席揭牌仪式。

据了解，大连肿瘤诊疗中心成立后，将通过核心人才和技术引进以及与国际国内一流的医疗机构合作，力争使该中心成为全省门类最全、功能最强的肿瘤诊疗中心和全国的区域性中心，快速提升肿瘤诊疗水平。特别是在肿瘤的早期诊断、手术治疗、术后放化疗及康复等临床诊疗环节达到国内先进水平，实现与国际肿瘤临床前沿保持密切交流和同步发展。

朱程清强调，中心及各基地成立后，要以学科与人才建设科学发展为主题，用好用足支持政策和资金，会聚国内外高端人才、先进的诊疗技术和一流的设备，把中心建设成为大连地区疾病诊治的权威。并通过“中心+基地”模式形成联动效应，建立诊疗中心与其他医院、社区卫生服务机构纵向一体化网络，带动全市各级医疗机构的诊疗水平共同提高，满足百姓不同层次的医疗卫生需求。

大医一院聘请两位院士为“超级顾问”

大连日报 2012. 12. 24

本报讯 12月22日，由中华医学会继续教育委员会、大连市医学会、大连市医师协会及大连医科大学附属一院主办的“第九届大连冠心病诊断治疗新进展国际研讨会暨第十届大连心脏病学国际论坛”与“辽宁省医学会心电生理与起搏分会2012年会”在大连瑞诗酒店召开。会议期间，该院还聘请了复旦大学附属中山医院的葛均波院士、山东大学齐鲁医院的张运院士为双聘院士，首都医科大学附属北京大学人民医院的胡大一教授、武汉大学的黄从新教授、北京安贞医院的马长生教授、北京大学第一医院的霍勇教授为该院特聘教授。此次聘请国内心血管领域“超级顾问”，将有利于该院医疗服务能力和技术水平的提升，带动我市整体医疗水平的逐步提升。

12月26日，大医一院将与中国医学科学院北京协和医院、北京大学人民医院特推出“心血管病联合诊疗日”活动。特邀北京大学人民医院郭继鸿教授、李学斌教授及北京协和医院邓华教授来连进行心血管病联合会诊及手术治疗。

大医一院　立医疗高原做行业高峰

大连日报　2012.12.26

（赖莹　赵红瑛）

今年，大连市政府、大连市卫生局投入3亿元，启动了“2012年大连市快速提升医疗软实力建设项目”。在6个中心42个基地中，大连医科大学附属第一医院（以上简称大医一院）以绝对优势获批心血管病、脑血管病和临床实践技能培训共3个中心以及17个诊疗基地，并一举获批1.26亿元资助。“有高原无高峰”是许多专家对目前大连医疗行业水平的评价，作为提升大连医疗软实力建设的主力，大医一院从理念、人才到技术、设备、环境都当仁不让地担当起打造行业新高度的重任。

与患者需求同行　专业服务24小时不休

一个城市的居民健康水平是衡量其幸福指数高低的重要指标，就像一个城市的名医数量和层次是衡量其医疗软实力的重要指标一样。按照清华大学之前对我市7家综合三甲医院的初步评估结果，我市各医院尚无前三级顶级名医，在全国及区域性有影响力的名医较少。这一结果直接导致了不少老百姓奔波于北京、上海求医问药，治疗成本大幅提升、幸福指数直线下降。

以患者的需求为中心，需要的是从宏观理念到微观诊治的全方位的落实。据调查显示，自2007年至2011年我市居民发病率较高且引发死亡的前三个疾病分别是肿瘤、心血管病、脑血管病。因此通过选取实力较强的公立医院，建立相应的诊疗中心和临床技能培训中心，引进国际顶尖级医疗品牌及技术，有效降低疾病死亡率已成为当务之急。此次，大医一院分别获批心血管病、脑血管病和临床实践技能培训3个中心，对此，大医一院党委书记兼常务副院长徐英辉表示，能够以绝对优势获批3个中心17个基地，既是大医一院多年来在这些专业里辛苦耕耘、厚积薄发的结果，也是政府主管部门给予的认可与支持。“尽管在人才储备、技术水平及硬件配备上我们已位居行业前列，但作为中心与基地，我们还有很多工作要做。”据徐书记介绍，为了真正为市民提供不间断的服务，大医一院正在建设“24小时心血管病专科急救绿色通道”和设立“24小时心脏病咨询热线”，只有感受到最贴心和最切实的帮助时，老百姓才不会觉得“中心、基地”很遥远。

与国内大师联合　打破限制促行业发展

2007年，大医一院在辽宁省首次提出建立技术协作医院的发展思路。五年过去了，大医一院已经与国内多家顶级医院建立了友好合作关系，如北京301医院、北京协和医院以及北京天坛医院等，今年7月份，大医一院还与复旦大学附属中山医院结为友好医院。友好协作医院的成立，迎合了大医一院对先进管理理念、高超医疗技术的渴求，顺应了大连市快速提升医疗软实力的迫切需求，更满足了广大百姓足不出户即可享受国内一流大医院的诊疗服务的强烈愿望。据徐书记介绍，过去的行内交流大都只局限于学术上的交流，但现在通过友好合作关系的建立，可以实现大医一院的医生与国内知名专家联合会诊、联合查房、联合手术等实质性合作。

“大医一院在行业率先提出的‘横向整合，纵向深入’的医疗服务理念，横向以疾病为中心多学科整合，纵向亚专科向精细化发展。中心和基地的建立为资源整合提供了可能，打破传统学科资质限制，最大化发挥多学科协同作战能力，搭建了多学科会诊治疗平台，对各治疗方案的安全性、科学性、费用、风险等进行全面评估，最终给出最恰当治疗方案，真正帮助患者得到标准化、科学化、规范化治疗。”徐书记认为，中心与基地的出现，会让先进的医疗技术与患者的实际需求更好地对接，同时，也会以新的方式促进大连医疗行业的发展。

与国际最佳同步　远程诊疗天涯变咫尺

1.26亿元的政府资助如何使用？徐书记的回答是：“因软实力建设而得，自然回馈在软实力建设上。从成为中心、基地的那一刻起，大医一院所担负的责任就更重了。以前我们以完善自己为首任，现在我们还要担负起为同行提供学习环境、为兄弟医院培训人才等重任，3个中心17个基地是大医一院的，也是大连医疗同行的，当培养出更多的医学人才，中心与基地的意义才真正体现出来。”

作为辽宁省卫生厅唯一的远程会诊中心，大医一院目前与美国前三名的顶级医院建立紧密合作。同时还肩负着对下级医院包括：瓦房店中心医院，金州区医院、普兰店中心医院、庄河医院、鲅鱼圈中心医院等7家医疗机构的远程会诊及指导的责任。大医一院以自身为枢纽，建立了跨越万里之遥的远程诊疗网络，在他们不断地努力下，越来越多的大连老百姓不出大连，就可以享受到国际、国内顶尖医疗机构诊治。“远程会诊是一种手段，最终是服务患者，而在实现这一终极目标的同时，这个手段也将快速推动我市医疗行业软实力的发展，从而形成良性循环。”

快速提升医疗软实力建设项目造福大连老百姓，3个中心17个基地助推大医一院。2012年，大医一院站在大连医疗高原之上，2013年，大医一院将从高点起步，打造行业高峰，为大连的医疗行业发展书写崭新的高度。

我市投入3亿元提升医疗技术水平和管理服务水平

大连天健网 2012.12.26

（记者：王煜）

天健网消息 12月25日，大连市快速提升医疗软实力6个中心和42个基地授牌揭牌仪式在大连医科大学附属一院举行。记者在仪式上获悉，市委、市政府投入3亿元用于提升我市医疗技术水平和管理服务水平。副市长朱程清出席了揭牌仪式。

据悉，市委、市政府将围绕我市“十二五”期间居民健康主要指标达到接近15个副省级城市第一梯队水平的战略目标，通过6个中心42个基地建设，全面快速提升医疗软实力，通过3—5年的努力，构建与大连社会经济发展需求相适应、与国际化城市地位相称的现代化医疗健康服务体系。

根据《大连市快速提升医疗软实力规划纲》内容要求，市卫生局选取实力较强的公立医院分别建立了大连肿瘤诊疗中心、大连心血管病诊疗中心、大连脑血管病诊疗中心等3个诊疗中心，大连临床实践技能培训中心、大连急救医学培训中心、大连临床适宜技术推广中心等3个技能培训中心，及其各中心下设的共42个基地。目的就是引进国际顶尖级医疗品牌及技术，快速提升我市医疗水平，满足大连市民就医需求。据了解，疾病诊疗中心与设在本单位的疾病诊疗基地为领导和管理关系，与设在其他单位的相关疾病诊疗基地为上下级业务指导关系，通过定期组织开展并指导疾病诊疗基地进行疑难病例讨论、会诊、教学查房和学术讲座等，对疾病诊疗基地的疾病诊疗活动进行业务督导和质量控制，使我市疾病诊疗整体水平逐步提升。

朱程清强调，各承担中心和基地建设任务的单位，要以国内一流、国际先进为目标，创新机制、开拓进取，实现技术、服务和管理的新突破，要切实落实目标责任，持续有效加强中心和基地的内涵建设。中心和基地建成后，要在3－5年时间内使大连市的医疗技术、医疗服务、医疗管理水平得到质的提升，构建与大连经济发展社会需求相一致、与大连国际化大都市地位相称的现代化医疗服务体系，不断满足人民群众的医疗服务需求。